R & L

Wolodymyr Wynnytschenko

DER SCHIEFNÄSIGE MEPHISTO

Ein Beziehungsroman

Deutsch
von Rolf Göbner

Rütten & Loening
Berlin

Titel der ukrainischen Originalausgabe
Записки Кирпатого Мефістофеля

Durchs geöffnete Fenster zieht ein Geruch von aufgeweichter Baumrinde und ein säuerlicher, feuchter Hauch von wäßrigem Frühlingsschnee, der naß unter den Füßen schmatzt. Vom Luftzug zerteilt, ballt sich der Tabaksqualm widerwillig zusammen – er wird dünner. Die Glocken der Sophien-Kathedrale mit ihrem nachdenklichen Fastengeläut sind zu hören. Dort in der Kathedrale knistern jetzt leise die Kerzen, es riecht nach nassen Wänden, und hoch oben unter der Kuppel tönt die monotone Stimme eines Sängerknaben.

Der Frühling ist eine häßliche Zeit – alles ist unruhig, verwahrlost, sinnentleert. Für die Abende bleibt nur Kartenspielen. Dabei weiß man wenigstens, was Sache ist. In einer einzigen durchspielten Nacht lernt man die ganze Vergangenheit und Zukunft seiner Partner kennen.

Da ist zum Beispiel Karatschapow, er bringt es fertig, sich jemanden in einer schwierigen Lage zu schnappen, ihn an der Kehle zu packen und so lange zu würgen, bis er ihm auch die letzte Kopeke abgenommen hat. Er tut das ernsthaft und mit sachkundiger Grimasse, schweigend, streng und ehrfurchtsheischend.

Klapan ist ein Feigling, er hält sich bei Kleinigkeiten auf. Wenn er in eine Falle geraten ist, blickt er sich um, läuft in eine Ecke und knabbert gierig an einem Knöchelchen. Das ist dann sein einziger Traum.

Sosnyzky rennt im Zimmer hin und her. Wenn er eine Glückssträhne hat, kann er ins Wasser springen und sein Leben aufs Spiel setzen, um einen anderen zu retten. Steht es um ihn schlecht, ist er imstande, dem Freund noch ein Bein zu stellen und Genugtuung an dessen Leid zu empfinden.

Mir macht es Spaß, einen anderen bis auf den höchsten Gipfel zu locken und ihn anschließend vom Berg zu stoßen. Am schönsten ist der Augenblick, in dem in seinen Augen, die vor Hoffnung und Eifer weit aufgerissen sind, der Schreck aufblitzt. Angenehm ist es, wenn seine Aufmerksamkeit nachläßt und du ihn vorsichtig und behutsam dorthin lenkst, wo du ihn haben willst. Und er lächelt dabei und glaubt, daß er selbst geht, »er geht selbst!«. Für dieses Gefühl ist kein Preis zu hoch: Du hast ihn so fest im Griff, daß er es nicht einmal merkt.

Sosnyzky leiht sich bei mir schon den sechsten Hunderter. Mehr will er nicht riskieren. Jetzt wird er mit Verstand spielen. Die Bank füllt sich. Das ist bereits ein richtiger Berg. Aber Sosnyzky legt, wie auch Klapan, ein Steinchen nach dem anderen und hält sich mit aller Kraft zurück, um sich nicht mit Hurra auf diesen Berg zu stürzen. Er hockt lässig da und macht kleinste Einsätze – der Berg geht ihn nichts an. Ich bekomme Lust, ihn hinaufzuziehen.

»He! Sosnyzky! Wollen wir zu zweit? Einverstanden?«

»Nein, merci!«

»Willst wohl lieber scheibchenweise verdienen? Weiter so, mein Lieber, kannst deinen Kindern 'ne kleine Freude machen. Laß doch die Dummheiten! Komm, zu zweit! Los!«

Sosnyzky springt plötzlich auf: »Also los, zum Henker noch mal! Wieviel liegen da? Karatschapow, nimm dich in acht!«

Er setzt sich gerade hin, streicht sich mit beiden Händen über die gelbe Mähne und schlägt mit der Hand auf den Tisch. Jetzt ist er ganz oben auf dem Gipfel des Berges. Ich überlege ein wenig und sage: »Nein, das ist wohl doch nicht der richtige Augenblick; warten wir lieber noch etwas.«

»Was?! Warten? Worauf?«

»Auf einen besseren Augenblick. Jetzt geht es nicht.«

»Du bist ein Feigling! Ich gehe selbst!«

»Wie du willst, ich bin dagegen.«

»Ich spucke auf deinen Rat. Wieviel ist in der Bank?«

Er geht selbst!

Nebenan, am Tisch mit den Appetithappen, sitzt dieser Netschyporenko. Anscheinend merkt er es selbst nicht, daß er von Zeit zu Zeit mit der Gabel einen Pilz oder ein Stückchen Wurst aufspießt und ißt. Seine Kiefer pressen sich zusammen, als wolle er sich gleich mit Wolfsgeheul auf das Essen stürzen, es mit beiden Händen in sich hineinstopfen und dabei vor Genuß schnaufen und beben.

Manchmal tritt er an uns heran und blickt auf die Hunderterscheine, die wir uns gegenseitig zuschieben. Auf seinen bläulichen, hungrigen Lippen spielt das flüchtige und gleichzeitig entschuldigende Lächeln eines alten durchgeistigten Intellektuellen. Und seine ganze Erscheinung wirkt alt, durchgeistigt: ein zerzauster mausgrauer, leicht gelockter Bart; aschgraue Haarsträhnen auf den Schläfen und im Genick; ein schmuddliges, abgetragenes Jackett und ein besticktes Hemd mit einem Band anstelle der Krawatte; zu kurz geratene Hosen, unter denen rote Stiefelschäfte sichtbar werden, Stiefel, die heute wohl nur noch Geistliche tragen. Unter uns, unter unseren sorgfältig rasierten Gesichtern, den tadellosen Kragen und korrekt gebügelten Hosen, unseren Lackschuhen erinnert er bald an einen Psalmensänger, bald sieht er wie ein Gutsverwalter aus. Und es scheint, als sitze er hier und warte, bis der Herr Zeit hat und ihm

Instruktionen gibt. Dann nimmt er seine Habseligkeiten, die irgendwo in der Küche liegen, und den Knotenstock und eilt mit kleinen Schritten zum Bahnhof, da ihm die fünf Kopeken für die Straßenbahn leid tun.

Aber einst beherrschte er die Meetings, und dieser zerzauste Bart, die Strähnen im Genick riefen Achtung hervor. Die schmuddligen und armseligen Kleidungsstücke gehörten untrennbar zu ihm. Einst lernten die Arbeiter Proklamationen auswendig, die diese Hand geschrieben hatte – jetzt schiebt sie ängstlich, in ständiger Furcht, erwischt zu werden, appetitliche Pilze mit der Gabel in den Mund.

Er wartet auf mich. Ich habe ihm gesagt, daß ich ihm Arbeit verschaffen kann. Zu Hause hat er sein »Frauchen und zwei Kleine«, wie er mir mit einem gespielten Lächeln, für das er sich anscheinend schämt, mitteilt. Schon seit zwei Wochen sind sie aus der Verbannung zurück, und er kann nirgends Arbeit finden. Ja, ich werde ihm Arbeit anbieten.

Als Sosnyzky allmählich »vom Berg herabrutscht« und dann mißgestimmt dasitzt, wird mir langweilig. Wir spielen schon den ganzen Tag. Das kann widerwärtig werden.

Ich greife mit einer Hand nach hinten, nehme den Telephonhörer vom Tisch und rufe Sonja an, ohne das Spiel zu unterbrechen. Sosnyzky schaue ich nicht an, aber ich sehe, wie seine Hände schwer werden und sich betont gleichmäßig bewegen – so geht es einem Menschen, der aufmerksam zuhört und gleichzeitig dabei etwas tut.

»Sonja? Sei gegrüßt! Ja, das bin ich . . . Ich habe es nicht eilig. Obwohl . . . ich weiß nicht. Dein Mann verliert, und ich gewinne. Er hat Glück in der Liebe, und ich nicht. Aber das wissen wir ja schon seit langem . . . Sosnyzky, deine Frau fragt, wann du nach Hause kommst.«

»Ich hoffe heute.«

»Er hofft heute. Und ich komme jetzt. Machst du mir Tee? Ausgezeichnet. Also dann – bis bald!«

Ich lege den Hörer hin und erkläre: »Meine Herren! Ich setze meinen ganzen Gewinn plus einen Hunderter. Ganz gleich, ob ich gewinne oder verliere – ich gehe. Also mein Einsatz . . . achthundert. Halten Sie dagegen, Karatschapow?«

Karatschapow kneift wegen des Zigarettenqualms ein Auge zusammen und gibt Karten. Sein bräunliches Kirgisengesicht glänzt, als sei es schlecht mit Schuhcreme eingerieben, es wirkt unbeweglich und ernst. Also regt sich in ihm die Gier. Er möchte mein Geld einstreichen. Seine zusammengekniffenen dicken Augen starren aus weichlichen Lidern auf den Tisch.

Sosnyzky streckt sich und gähnt lange, wobei er, wie mir scheint, seinen großen fettigen Mund besonders weit öffnet. Er will zeigen, daß alles seine Ordnung hat. Gut.

Ich gewinne.

»Siehst du, wie man spielen muß, Dmytro? Also dann, meine Herren!«

Im Vorzimmer ziehe ich mich an und blicke in den Spiegel. Neben mir steht Netschyporenko, und im Spiegel sehe ich, daß ich einen ganzen Kopf größer bin als er. Er ist klein, zu kurz geraten, hat einen runden Kopf; ich bin lang, schwarz, habe ein längliches Gesicht, einen spitzen Bart und dichte Augenbrauen, die an zwei flauschige Raupen erinnern. Meine Nase ist nicht stumpf, sie ähnelt der einer Ente: breit und vorn plattgedrückt mit großen Nasenlöchern. Wegen diesem Gesicht und meiner Gestalt nennt man mich Mephisto, wegen der Nase – schiefnäsigen Mephisto.

Netschyporenko zieht einen schäbigen cremefarbenen Mantel an, stülpt den Kragen hoch und wartet auf mich, wobei er eine runde Mütze, die wie rötliches

Hundefell aussieht, in der Hand hält. Als ich den Zylinder aufsetze, auf dem sich in einem langen, scharfumrissenen Streifen das elektrische Licht reflektiert, wirke ich neben Netschyporenko wie ein Riese.

»War es Ihnen denn in Sibirien nicht zu warm in diesem Mantel?« Ich spiele auf Netschyporenkos leichtes Mäntelchen an und streife mir die Handschuhe über.

Netschyporenko beugt sich wieder etwas nach vorn, streckt sich und sagt lachend: »Dort hatte ich ein feines Pelzchen! Hier mußte ich etwas – wie heißt es doch gleich? – organisieren, also . . .«

Er bezeichnet einzelne Sachen gern mit der Verkleinerungsform: Pelzchen, Frauchen, Kinderchen, Geldstückchen.

Auf der Straße riecht es erregend scharf nach Frühling. Über dem Boulevard hängt der ohrlose Kahlkopf des Mondes und lächelt zerstreut. Die Pappeln stehen unbeweglich, gleich zwei Reihen von gigantischen Besen. Hinter ihren durchsichtigen Spitzen zeichnen sich kleine blausilberne Wölkchen ab. Balalaikas ertönen unter den Pappeln, unsichtbare Pärchen kichern. Neben dem Gehweg rinnt Wasser, und auf dem Pflaster liegt noch schmutziger, zerstampfter Schnee, der an Schokoladenhalwa erinnert.

»Jetzt haben wir also schon Frühling . . .«, stöhnt Netschyporenko. Ich spüre, daß er das nur sagt, um mit dem Gespräch über die Arbeit zu beginnen.

Ich gehe auf den Boulevard hinüber und setze mich auf eine Bank, ohne mit Netschyporenko zu reden und ihn zu fragen, ob er sich setzen will.

»Ja, ja, Frühling«, sage ich dann. »Eine wundervolle Zeit. Erinnern Sie sich, wie wir einst zu solch einer Zeit auf Revolution machten? Ja, ja. Also, zur Arbeit? Ausgezeichnet, warum nicht. Was lassen wir uns für Sie einfallen? Nur eins, mein Lieber: Ich möchte bereits von

Anfang an Ihr Wort, daß Sie unser Gespräch geheimhalten. Wissen Sie, es geht dabei um Berufliches, um eine Anwaltssache. Sie sind eine konspirative Person, ich weiß, aber ich muß Sie warnen.«

Der Mond ist bis zu den Häusern gewandert und blickt mir von dort ins Gesicht. Es riecht nach feuchten Sträuchern und nach Laub vom vergangenen Jahr. Der Kopf brennt nach einer schlaflosen Nacht. Sonja wartet auf mich. Jetzt ist es nicht ganz acht Uhr, also schläft Andriko noch nicht.

»Ich verstehe nicht ... Aber selbstverständlich gebe ich mein Wort.«

»Das ist gut. Also sind Sie einverstanden. Nun gut. Und an Arbeit habe ich mir erst mal etwas für Sie einfallen lassen. Auf einige Zeit natürlich, um über die Runden zu kommen. Besondere Kenntnisse brauchen Sie nicht. Es ist sozusagen eine Angelegenheit mit diplomatischem Charakter. Sie müssen also in eine Stadt fahren und einen Menschen davon überzeugen, daß es auf der Welt keine absolute Wahrheit gibt, daß die Welt nichts anderes ist als einzig und allein unsere Vorstellung von ihr. Ganz einfach gesagt, mein Lieber: Sie müssen erreichen, daß dieser Mensch vor Gericht einige Sachen so ausmalt, wie wir sie uns vorstellen. Und damit ihm dies leichter fällt, werden Sie ihm dabei helfen. Das ist durchaus eine Arbeit: seine Phantasie in eine andere Richtung lenken. Und jede Arbeit wird bezahlt. Sie sind ein guter Agitator, und deshalb wird es leicht für Sie sein. Wie denken Sie darüber?«

»Wie meinen Sie das?! Was soll ich ...? Wovon ...?«

Es gibt nichts Anrührenderes als diese ehrliche Aufwallung. Von Anfang an bis zu ihrem Ausklingen.

»Nein, meinen Sie das etwa im Ernst?!«

»Ganz und gar im Ernst, mein Lieber. Also? Können Sie solch einen Auftrag annehmen?«

Netschyporenko springt plötzlich auf und spricht in seinem früheren ernsthaften Ton, mit der Stimme, die mir einst Organisationsbefehle gab.

»Hören Sie, Genosse Anton (in Wirklichkeit heiße ich Jakiw), wenn das ein Scherz sein soll, dann halte ich ihn für sehr dumm. Wenn das allerdings Ihr Ernst ist, dann ... dann ...«

Er findet kein Wort, das seinen Gefühlen entspricht.

»Ja, was denn, mein Bester? Was für Scherze? Völlig im Ernst. Aha, was ich noch vergessen habe: Als Honorar kann ich Ihnen dreihundert Karbowanzen für die erfolgreiche Ausführung oder einhundert für einen Mißerfolg anbieten. Auslagen gehen natürlich auf meine Rechnung. Die Reise ist so schnell wie möglich anzutreten.«

Dreihundert Karbowanzen sind ein schwerer Schlag für die Ehrlichkeit bei hungrigen Augen und kleinen Kindern. Netschyporenko lächelt.

»Also, *das* habe ich nicht erwartet. Einiges schon, aber das habe ich nicht einmal von Ihnen erwartet.«

»Nun, mein Lieber, ich habe keine Zeit. Überlegen Sie sich's und kommen Sie mit der Antwort zu mir. Aber so schnell wie möglich. Leben Sie wohl!«

Ich stehe auf und lüfte leicht den Zylinder.

»Großartig ...«, sagt Netschyporenko verständnislos. Er schiebt seine Hundefellmütze ins Genick und starrt mich an. Ich nicke mit dem Kopf und gehe den Boulevard hinauf. Auf der Schattenseite der Straße verschwimmen menschliche Gestalten auf den Bänken zu dunklen Flecken. Ich denke daran, daß heute Sonntag ist.

Ich gehe eine ganze Weile, höre aber hinter mir keine Schritte. Netschyporenko steht am selben Fleck oder eilt, die Mütze in die Augen gezogen, zu seinem »Frauchen«, um möglichst schnell alles zu erzählen, was seine ehrliche Seele gehört und gesehen hat.

Andriko sitzt im Eßzimmer am Tisch, neigt den Kopf bald auf die rechte, bald auf die linke Schulter, die Zunge an die Oberlippe gepreßt, und malt mit Farbstiften eine Landschaft.

Sonja liegt im Schaukelstuhl und liest. Als sie mich sieht, legt sie ruhig das Buch auf die Knie und fragt: »Trinkst du Tee?«

Andriko zieht einen letzten Strich, springt auf und läuft mir entgegen. Ich spüre, wie mir die Knie von seinen Berührungen weich werden. Ich fasse ihn unter den Armen und hebe ihn hoch. Meine Hände fühlen die zärtliche Wärme seines Körpers, und wieder ist mir, als sei ich mit ihm verschmolzen, es bereitet mir einen fast physischen Schmerz, mich von ihm loszureißen.

»Höher, Onkel Jascha, höher!« schreit Andriko von oben herab und hebt seine Arme, um die Zimmerdecke zu berühren.

»Du wirst ihn fallenlassen ...«, sagt Sonja trocken.

»Onkel Jascha, noch ein bißchen, noch mehr!«

Aber ich stelle ihn auf den Boden und setze mich an den Tisch, ohne seine Hand loszulassen.

»Na, wie geht es dir, mein Kleiner?«

»Alles in Ordnung. Aber bei einem Jungen hat man heute Tabak in der Tasche gefunden. Aus der zweiten Klasse. Man wird ihn von der Schule jagen. Es ist doch dumm, ihn für so eine Kleinigkeit rauszuwerfen. Nicht wahr, Onkel Jascha?«

Ich habe Angst, daß sich auf meinem Gesicht allzu deutlich meine Gefühle spiegeln, und sage lächelnd: »Aber natürlich, natürlich. Weiß der Teufel, was das soll!«

»He, Onkel, du lachst schon wieder! Ich will das nicht. Ich rede ernsthaft mit dir, und du ... Wenn ich in die zweite Klasse komme, rauche ich auch!«

»Und jetzt rauchst du nicht?«

»Jetzt ist es noch zu früh«, sagt er gewichtig.

Ja, er ist seiner Mutter wie aus dem Gesicht geschnitten. Dieselben blaugrauen Augen, nur nicht so trocken und hart, dieselbe hohe Stirn, die an eine bauchige Teekanne erinnert, ein spitzes Kinn, weißes glattes Haar. Die Nase ist nicht ebenmäßig. Und heute scheint mir, daß sie etwas Entenhaftes hat und plattgedrückt ist. Ich bin tief gerührt und empfinde Zärtlichkeit.

Ich hüstele, stecke mir eine Zigarette an und sage zu Sonja: »Bist du sehr böse?«

»Weshalb?« fragt sie gleichgültig und legt die Hand auf den Hahn des Samowars. Dann dreht sie ihn zu und stellt mir ein Glas kräftigen Tee hin, so, wie ich ihn gerne trinke.

»Weshalb ... Siehst du, es gibt nichts Schlimmeres, als mit seinen eigenen Kumpanen zu spielen. Einer schiebt dem anderen sein Spiel zu. Das geht so lange, bis alle müde geworden sind ...«

Andriko zieht an meiner Hand, er will herumlaufen. Ich umarme ihn und setze ihn auf meine Knie. Er ist zufrieden und beginnt sofort, in meinen Taschen zu wühlen.

»Andriko, es ist Zeit zum Schlafen ...«, sagt Sonja.

»Ma-a-ama! Jedesmal, wenn Onkel Jascha kommt, schickst du mich schlafen. Es ist noch nicht mal neun.«

Ein bekannter Schmerz und Mitleid mit mir selbst durchbohren mich.

»Ja, mein Junge, geh schlafen, geh ...«

So etwas wie ein niederträchtiger Genuß liegt in diesem Schmerz!

Sonja scheint mich zu verstehen, sie lächelt spöttisch und kommt zu uns.

»Um neun mußt du im Bett sein. Bevor du dich gewaschen und ausgezogen hast ... Geh, sag Fenja, daß sie dir helfen soll. Verabschiede dich von Jakiw Wassyljowytsch und geh.«

Andriko klettert langsam von meinen Knien und streckt mir die Hand hin, als er bereits auf dem Boden steht. Ich lächele, drücke seine Hand und lasse sie los. Andriko gibt der Mutter einen Kuß und geht aus dem Zimmer.

Sonja setzt sich mir gegenüber, stützt die Ellbogen auf den Tisch und sagt, indem sie die Fingerspitzen aneinanderdrückt: »Ich muß mit dir reden, Jakiw.«

Als die kleine Gestalt hinter der Eßzimmertür verschwunden ist, finde ich zu mir selbst zurück. Ich ziehe den Aschenbecher heran, schlage ein Bein über das andere und lehne mich auf dem Stuhl zurück.

»Ich höre begierig zu.«

»Ich bitte dich, mir ernsthaft zuzuhören.«

»Ernsthafter als ich kann nur ein geistiger Vegetarier sein.«

Sonja schweigt eine Weile, sie scheint mit ihren Fingern beschäftigt. Sie hat eine andere Nase als Andriko – ihre ist regelmäßig, hager und hat rosarote bewegliche Nasenlöcher. Sosnyzky hat auch nicht Andrikos Nase – seine ist fleischig und plump; die Nasenlöcher sind wie mit einem Nagel durchgestoßen. Mir scheint, das treueste Spiegelbild der Seele eines Menschen sind nicht die Augen, wie man gewöhnlich annimmt: Es ist die Nase. Es gibt gute und böse Nasen; weiche, feste, schwere, leichtgewichtige, schlaue, einfältige.

Sonja richtet Andrikos blaugraue Augen auf mich und sagt leise: »Komm nicht mehr zu uns.«

Innerlich spüre ich einen schmerzhaften Stich, aber ich lächele weiter, wundere mich leicht und sage: »Eine ziemlich unerwartete Artigkeit. Und warum?«

»Die Artigkeit lassen wir beiseite. Deshalb, weil deine ... weil du uns alle schlecht beeinflußt. Dmytro läßt sich in deiner Gegenwart gehen, er wird nervös. Andriko wird ungehorsam und launisch. Mir fällt es auch nicht leicht mit dir. Wir sollten uns besser nicht sehen.«

Ich schweige und lächele. Sonjas Nase ist vor Erregung bleich, und ihre Lippen werden noch schmaler, ihr Gesicht wird hager und hart. Jetzt ist zu sehen, daß sie neunundzwanzig Jahre alt ist, vielleicht auch älter.

Ich sollte eigentlich aufstehen und gehen.

»Seltsam ...«, sage ich, schnippse die Asche von der Zigarette und zerstoße mit dem Stummel die graue Masse. »Seltsam. Und ich habe gedacht, daß ich einen besonders wohltuenden Einfluß auf euch ausübe. Ein Freund des Hauses. Im eigentlichen Sinne des Wortes, ohne Gänsefüßchen! ...«

»Du gehörst wohl nicht zu denen, die auch in Gänsefüßchen Freund sein wollen?«

Ihr Zorn ist nicht ganz verständlich.

Sonja zieht ruckartig die Arme vom Tisch und fingert nervös an ihren Haaren. Mich schaut sie nicht an, aber ich fühle, daß sie eine Antwort auf diese Worte erwartet. Sie wartet irgendwie auf besondere Art.

»Weshalb plötzlich solch ein Spektakel? Ich komme ein ganzes Jahr lang, ohne daß ... und plötzlich aus heiterem Himmel ...?«

Sie zieht ihre lieben, breiten Augenbrauen streng zusammen, schaut zur Seite und sagt schon fast ruhig, in gewöhnlich trockenem Tonfall: »Weil dieses Spektakel längst fällig ist. Ich will dir offen sagen ... Du bist zutiefst unnormal, abstoßend und grausam. Du bist listig und kannst dich verbergen, aber man sieht dich trotz allem. Für dich gibt es überhaupt nichts Heiliges und ... und sogar nichts Teures, Wertvolles im Leben. Ich weiß nicht, wozu du lebst. Wer mit dir zusammen war, fühlt sich leer und überflüssig. Das Leben wird langweilig.«

Sie liest wie aus einem Buch – man sieht, daß sie all

diese Sätze schon längst vorbereitet und einige Male wiederholt hat. Ich höre aufmerksam zu.

»... du lachst über alles und gibst dich enttäuscht, aber das tust du nur, um deine Herzlosigkeit und deine moralische Leere zu vertuschen, und deshalb bist du grausam und ... vieles andere, was noch schlimmer ist. Ich will mich in dein Privatleben nicht einmischen. Das ist deine Sache, leb so, wie du willst. Wenn aber deine Person in unser Leben tritt, dann habe ich das Recht, mich zu verteidigen. Bevor du bei uns aufgetaucht bist, war Dmytro ein ordentlicher Mensch. Zwar nicht so, wie vor acht, neun Jahren, aber auch nicht so wie jetzt. Du hast ihm beigebracht, über das, was er früher verehrte, zu lachen, du hast ihn verdorben. Du, jawohl! Dabei bleibe ich. Du hast ihm beigebracht, Karten zu spielen, verlogene Artikel zu schreiben, das Geld zu lieben, zu trinken und ... wohl auch, mich zu hintergehen. Ich bin sicher, daß du ihn nicht nur einmal zu käuflichen Damen mitgeschleppt hast. Und das allein deshalb, um zu triumphieren, um dich zu freuen und über uns, über unseren ›heimischen Herd‹ zu lachen.«

Eigentlich wundere ich mich nicht allzusehr über diese Flut von Beschuldigungen und Schimpfworten. Sie mußte übrigens irgendwann einmal losbrechen. Verwunderlich ist nur, daß dies ohne ersichtlichen Grund geschieht.

»Entschuldige, Sonitschko, daß ich dich unterbreche. Siehst du, wenn man dich hört, kann man denken, daß Dmytro irgendein kleiner Junge oder ein willenloser Mensch ist. Das zum einen. Zum zweiten, daß sich Dmytro sehr verändert hätte. Und drittens könnte man annehmen, ich sei eine ungewöhnlich starke Natur. Nichts davon stimmt, meine Liebe. Er ist kein kleiner Junge, seine Willensstärke kann man jedem anderen nur wünschen, und ich habe keinerlei Einfluß auf ihn. Das alles hast du dir ... Laß mich ausreden! ... Du weißt das alles genausogut wie ich, aber du brauchst einen Vorwand, um mich wegzujagen. Entschuldige, aber ist es dabei nicht ganz egal, auf welche Weise du das machst? Willst du mir noch etwas sagen, oder muß ich schon gehen?«

Sonja blickt mich eindringlich an, als wolle sie mich mit Gewalt verlegen machen. An ihren Augenrändern klebt Schminke, und die Augen scheinen zu brennen.

»Weshalb drängst du dich uns auf?«

Ihre Stimme wirkt drohend, verhalten.

»Ich habe mich nicht aufgedrängt, Sonja. Denk doch mal nach: Wir haben uns zufällig getroffen, und du selbst hast mich eingeladen.«

»Nein, du hast dich aufgedrängt. Du hast die Einladung ausdrücklich gefordert. Du hast gewußt, daß ich dich all diese acht Jahre lang hassen mußte. Und trotzdem bist du mit deiner gewohnten Frechheit unverfroren in unsere Familie gekommen und ... zerstörst sie.«

»Vorurteile, Sonja! Eine Familie kann man nicht von außen zerstören. Sie zerfällt immer von innen heraus.«

»Nun, das ist deine ›Theorie‹. Und ich kann dir nur sagen, was ich sehe.«

Ich seufze und stehe auf.

»So. Entschuldige, sagst du mir das im Einvernehmen mit Dmytro?«

»Ja, im Einvernehmen. Wir sind uns völlig einig!«

Das sagt sie unüberlegt, ich verstehe das ausgezeichnet. Aber ich verbeuge mich leicht und erwidere: »Ihr habt euch äußerst geschickt verabredet: Er schuldet mir neunhundert Karbowanzen.«

Sonja steht langsam auf, reckt ihre kleine, etwas flache Gestalt und weist schweigend mit der Hand auf die Tür.

»Gehen Sie, augenblicklich!«

Ich stehe eine geraume Zeit und blicke sie lächelnd an.

Es kostet mich große Überwindung, mich vor der sichersten Art, die pure Wahrheit zu erfahren, zurückzuhalten: Ich könnte zu ihr gehen, sie in die Arme nehmen und küssen. Dabei käme die Wahrheit heraus.

Ich drehe mich um und gehe, ohne ein weiteres Wort zu sagen.

Eine Nacht ohne Schlaf, Andriko, das Gespräch mit Sonja, die dicke Abendluft. Aus unerklärlichem Grund bin ich fröhlicher Stimmung, und das Blut wallt in meinen Adern. Ich widersetze mich nicht mehr allen möglichen Gedanken, die der Frühling mit sich bringt, zum Teufel noch mal!

Ich schiebe den Zylinder in den Nacken, knöpfe den Pelz auf und gehe mit langsamen Schritten den Fußweg entlang, wobei ich mit dem Stock weit aushole. Die Droschkenkutscher bieten sich mir um die Wette an und hoffen auf guten Verdienst. Ich winke ab, bitte lauthals die Damen um Verzeihung, blicke ihnen dabei unter die Hüte und ... und lache dabei nicht einmal über mich selbst.

Da ist das kleine Haus, in dem wir einst auf dem Hektographen Proklamationen abgezogen haben. Ja, das ist es, aber was soll's? Es ist alt, rot, der Stuck fällt von den Wänden, die kleinen grauen Fensterläden sind mit dikken eisernen Bolzen beschlagen, die weder vor Dieben noch vor den Gendarmen Schutz bieten. Dort ist ein kleines Zimmer, dessen Fenster auf den Hof hinausgehen. Einst haben wir dort ... Aber zum Teufel mit ihm, warum muß ich daran denken?

Wo wohnt dieser Dummkopf Netschyporenko? Ich würde mir gern seinen »Herd« ansehen.

Vor mir schiebt sich ein weißes Käppchen zwischen den Schultern und Köpfen hindurch. Das flauschige hellblonde Haar im Nacken kommt mir bekannt vor. Ist sie das wirklich? Ich rücke den Zylinder zurecht und beschleunige meine Schritte. Eine Zeitlang gehe ich neben ihr und sehe sie lüstern an. Sie ist es! Die Wangen wie aus Milch und Blut, eine kindhaft strenge Nase und weiche, sanfte Gesichtszüge.

Plötzlich fühle ich mich wie ein Achtzehnjähriger, bin unentschlossen und verstört. Was sage ich ihr? Wie trete ich an sie heran? Wie beginne ich das Gespräch?

Das weiße Käppchen geht in eine Seitengasse. Hier sind weniger Leute, und der Mond scheint heller. Ich hole Weißkäppchen schnell ein und gehe eine Weile hinter ihr. Von ihr geht etwas Zärtliches, unsagbar Erregendes, Reines aus. Ich selbst komme mir wie ein Gymnasiast vor, der sich an eine Gymnasiastin heranmacht, sich Sätze zurechtlegt, die er ihr sagen will, und bis zu ihrem Haus kein Wort sagt.

Weißkäppchen blickt sich um. Für einen Moment tauchen zwei verwunderte Augen vor mir auf und verschwinden sofort wieder. Da schließe ich zu der jungen Frau auf, halte ehrerbietig den Zylinder über den Kopf und sage ruhig – ich wundere mich selbst, woher diese Töne bei mir kommen – und zudringlich: »Entschuldigen Sie bitte. Gestatten Sie mir, Sie bis an Ihr Haus zu begleiten.«

Die junge Frau dreht sich bei meinen ersten Lauten schnell um und beschleunigt ihre Schritte. Aber Angst bemerke ich in ihren Bewegungen nicht. Ich bemühe mich, neben ihr zu gehen, nicht zurückzubleiben. Ein plötzlich aufkommendes unangenehmes Schamgefühl lähmt meine Gedanken und meine Zunge. Schon wünsche ich mir, daß das alles nicht wahr ist, ich will zurückbleiben, aber aus irgendeinem Grunde habe ich nicht die Kraft dazu. Ich gehe schweigend und blicke das silbrige, gleichsam mit Perlmutt überzogene Profil der jungen Frau an, wobei ich mein eigenes dummes Lächeln auf dem Gesicht spüre.

»Seien Sie so freundlich – lassen Sie mich in Ruhe«, stößt sie plötzlich mit gelangweilter Stimme hervor und blickt mich dabei nicht einmal an. So kann eine Frau reden, die ähnlicher Szenen bereits überdrüssig ist. Sie erschrecken und empören sie nicht – sie stören sie nur.

»Ich werde Ihnen gleich ... Entschuldigen Sie, in Gottes Namen. Mir ist es selbst peinlich ... Aber erlauben Sie mir etwas zu sagen. Ich bin Ihnen einige Male auf der Straße begegnet, und jedesmal ... wollte ich Sie sehr gern näher kennenlernen. Das ist alles. Ich versichere Ihnen, das ist die Wahrheit.«

Vielleicht spürt sie in meiner Stimme etwas wie Aufrichtigkeit, denn sie scheint mich aufmerksamer anzuschauen. Zum erstenmal sehe ich ihr Gesicht, das sie mir zugewendet hat, so nahe, und ich wundere mich: Sie sieht völlig anders aus als im Profil. In ihrem Profil liegt etwas grenzenlos Sanftes, Schwaches, Zärtliches, so aber ist ihr Gesicht ernst, kühl, die Augen wirken spöttisch und vielleicht auch schwermütig.

Sie wendet sich ab, bleibt stehen und winkt mit der Hand einem Kutscher. Der kommt mit seinem Wagen polternd herangerollt. Weißkäppchen steigt ein und fährt los, ohne sich umzublicken. Vor Scham spiele ich mit den Fußspitzen und gehe langsam weiter. An einem Tor wird gelacht. Vermutlich über mich.

Ich liege im Bett und starre auf die Wand, auf der der Mondschein totenbleich ruht. Nach Schlafen ist mir nicht zumute. Beim Ausziehen hatte ich den Eindruck gehabt, ich werde wie ein Toter schlafen. In dem Moment jedoch, als ich dalag und die Lampe löschte, spürte ich, daß ich es nicht kann.

Ich lege mein Kopfkissen ans andere Ende des Bettes und drehe mich mit dem Gesicht zum Fenster. Der Mond steht jetzt auf der anderen Seite, ich kann ihn nicht sehen. Dafür sehe ich die bläulichen und gelblichen Tupfen der Sterne.

Ein kaltes, ekelerregendes Gefühl der Schwermut liegt mir wie ein schweres Gewicht in der Magengrube. Wohl deshalb sind Hände, Füße und der ganze Körper so schwach, daß es große Kraft kostet, mich umzudrehen, mich zu erheben und eine Zigarette vom Nachttischchen zu nehmen.

Ich weiß und wiederhole mir absichtlich immer wieder, daß das alles mit dem Mond zusammenhängt, daß es ein rein physiologisches Problem ist. Im Winter war mir nichts Vergleichbares passiert. Meine Schwermut ähnelt jener Furcht, die ein erfahrener, intelligenter Mensch auf dem Friedhof empfindet. Er weiß, daß es keine Gespenster gibt und auch nicht geben kann, und dennoch spürt er die ganze Zeit über ein eisiges Kribbeln auf seinem Körper. Das ist ein altes, finsteres und dummes Gefühl, über das man nur zu lachen braucht. So ist es auch mit meiner Schwermut. Ich bin die Herde gewohnt, diese Gewohnheit stammt aus den Kindeszeiten der Menschheit, ebenso wie auch die eisige Angst vor Gespenstern. Weiter ist da nichts dran. Man sollte am besten nur darüber lachen und alles vergessen.

Aber meine Meditationen helfen nicht. Die Schwermut vergeht nicht, die Langeweile bleibt, schwer, nagend, dunkel, als hätte ich etwas Vergessenes getan, und jetzt droht mir dadurch Unheil.

Vor dem Fenster auf der Straße ertönen von Zeit zu Zeit fröhliche laute Stimmen, Lachen, Gesang. Irgendwo kehren Studenten, Lehrgangsteilnehmer, aus dem Theater, von einer Feier zurück. Jetzt vergnügen sich die Studenten nachts. Und das ist gut so. Sie tragen keine Proklamationen, auf der Brust verpackt, unter ihren Mänteln, und wenn sie heimkommen, müssen sie von ihren Händen keine Hektographentinte abbürsten. Und nach zehn oder zwanzig Jahren brauchen sie vor ihren Erinnerungen keine Angst zu haben, sie werden um die Orte ihrer Jugend keinen Bogen machen und sie nicht scheel, voller Mißachtung und stummem Vorwurf betrachten.

In der Tat – wozu lebe ich? Ich kann es einfach nicht verstehen. Und spielt sich wirklich auf diesen gelblichen Tupfen auch irgend so ein Schmierenstück ab, das sich Leben nennt? Ich stelle mir vor, wie langweilig es für ein Wesen sein muß, das auf Grund seiner Stellung die Pflicht hat, unsterblich zu sein: Es ist so einförmig und monoton – das Leben. Man wird geboren, wächst heran, lebt eine Weile, stirbt. Und das bis in alle Ewigkeit. Die Sternenwelten, einzelne Planeten, menschliche Kaiserreiche, der Mensch, die Mikrobe – alle leben nach einer Schablone. Ich verstehe nicht, wer an solch einem Hin und Her interessiert sein kann, wer das braucht und wozu.

Bei diesen Gedanken läßt meine Langeweile etwas nach.

Ich beobachte das unstete, sanfte Flimmern der Himmelstupfen und versuche mir Leben auf ihnen vorzustellen. Mir fallen die Marskanäle ein, und ich male mir die Folgen aus, wenn die Menschheit eines Tages die Möglichkeit haben wird, in den Weltraum zu fliegen. Nehmen wir an, sie nutzt das Licht als Mittel zur Fortbewegung. Das Licht durchläuft in einem Augenblick wohl vierzigtausend Werst. Und dennoch wird der Mensch viele Planeten, deren Licht erst nach einigen tausend Jahren zu uns gelangt, nie erreichen können.

Und wenn der Mensch auch irgendwohin fliegen sollte – welchen Grund zur Freude hat er dann? Auf dem Mars oder anderswo wird wie auch hier geboren, gelebt, gelitten, gestorben. Weshalb also hinfliegen? Alles ist ein und dasselbe, Erregung ist fehl am Platze. Vielleicht beginnt sogar noch ein Kampf unter den planetarischen Brüdern? Bei lebendigen Wesen geht das sehr schnell.

Ich weiß nicht, weshalb ich traurig werde. Ich staune: Woher kommt diese Trauer? Weshalb? Wo ist jenes Reservoir, aus dem die Gefühle strömen, und wer steht an ihren Grenzen? Zumindest ist es nicht immer das Bewußtsein.

Und schon gehen meine Gedanken in eine andere Richtung. Ich denke an Sonja, Andriko, Sosnyzky, an Panas Pawlowytsch, Karatschapow. Auf irdische Weise schmerzt mich alles, woran ich denke, es ist zugleich lustig und schwer zu ertragen. Und dabei gibt es nichts Wichtigeres, man kann diesem menschlichen Kreis unmöglich entrinnen, ohne alles philosophisch zu betrachten.

Und diese Trauer macht mich froh, denn ich weiß, daß ich bald einschlafen werde. Ich lege mich auf die Seite, stecke den Kopf unter die Bettdecke, rolle mich wie ein Kind zusammen, indem ich die Knie bis an mein Kinn heranziehe, und beginne »daran« zu denken.

Das ist meine alte, komische Angewohnheit, von der keine Menschenseele weiß. Ich kann nicht einschlafen, bevor ich mir nicht ein Märchen erzählt habe. Das war bereits als Kind so. Jedesmal bin ich nur eingeschlafen, wenn mir Mutter ein Märchen erzählt hat. Als andere über meine Angewohnheit zu lachen begannen, mußte ich sie meinem männlichen Stolz zum Opfer bringen und auf Mutters Märchen verzichten. Aber ich ersetzte sie durch eigene. Und von dieser Zeit an, wo und mit wem auch immer ich die Nacht verbracht habe, erzähle ich mir unwiderruflich ein Märchen, und wenn es auch nur für einige Minuten ist.

Das scheint vielen so zu gehen. Und sicher haben sie

alle auch eine Besonderheit dieser Märchen bemerkt: Bis zu einem bestimmten Zeitpunkt berichtet das Märchen von tatsächlich existierenden Sachen. Das ist eigentlich kein Märchen, sondern der Abglanz der Wirklichkeit in der Phantasie. Wenn ich über viele Jahre hinweg Geschichten erfand, in denen meine Person verschiedene Großtaten – angefangen von heldenhaften Zweikämpfen mit Indianern, Drachen bis hin zum Sieg über Gefängniswände – vollbrachte, erzählte ich mir immer etwas, was wirklich geschehen war. Denn in diesem ersten Teil gleicht alles einem Sieg und einer Befreiung.

Im zweiten Teil kommt das eigentliche Märchen, denn es erzählt von Sachen, die nicht existieren und niemals existieren können. Schwermütig ruft es den Schlaf herbei, verdrängt für einen Moment die Wirklichkeit und hilft vergessen. Und deshalb ist es noch besser als das erste zum Einschlafen geeignet.

Unter der Bettdecke ist es dunkel, warm und gemütlich – wie vor zwanzig und mehr Jahren. Ich beginne mein Märchen in aller Ruhe.

Ich gehe gerade die Straße entlang. Es wird Abend. Herbstregen raschelt wie feiner Sand in den gelb gewordenen Blättern. Die Gehsteige sind nicht naß, sie sind nur schmierig vom Nieselregen. Entlang der Holzzäune liegt das herabgefallene gelbrote Laub in lockeren Häufchen, von ihm geht ein Geruch aus, als zerreibe man ein Blatt auf der Hand. Die Fensterscheiben ähneln pockennarbigen Gesichtern.

Mein Mantelkragen ist hochgeschlagen, ich habe die Schultern gereckt und ziehe den Kopf ein, trotzdem ist mir kalt. Ich gehe ziellos dahin und denke an nichts. Nein, ich denke daran, wie furchtbar einsam ich bin. Einsam schon deshalb, weil ich niemanden liebe. Einsame erkennt man am sichersten daran, daß sie nichts und niemanden lieben. Und wenn ich Leute höre, die sich über Einsamkeit beklagen und dabei versichern, daß sie lieben, denke ich mir: Du Ärmster, du willst mich aus irgendeinem Grunde überzeugen, bei dir im Portemonnaie seien gleichzeitig Löcher und große Schätze.

Ich schlendere langsam dahin und blicke auf die Erde. Ab und zu hebe ich den Kopf, und dabei taucht mein Gesicht in einen feinen Nieselregen ein, wie es mitunter an Springbrunnen vorkommt.

Neben einem Haus – ich sehe es deutlich vor mir: klein, aus roten Ziegelsteinen errichtet, zweigeschossig, davor ein Holzzaun, der sich vor dem Paradeeingang zu einem Korridor öffnet – neben diesem Haus, am Anfang des Korridors, begegne ich einer Dame in einem ... weißen Käppchen. Ja, in einem weißen Käppchen, mit einem weißen Kragen am kurzen Mantel. Sie wirft mir einen Blick zu und stützt sich im selben Moment, als sei sie verletzt, mit einer Hand auf den Zaun und steht so geraume Zeit, ohne sich zu bewegen und ohne ihre Augen von mir zu wenden. Mich durchdringt ebenfalls ein wundersames Gefühl, ich stehe mit hochgestülptem Kragen da, habe die Hände in den Taschen und meine Augen in ihren Augen vergraben. Das dauert nicht länger als fünf bis sechs Minuten, aber mir ist, als falle ich kopfüber in einen Abgrund, als weite sich mein Herz in süßem Schreck.

Die Frau läßt den Zaun los und geht mit unsicheren, schwachen Schritten ins Haus. Die Türangeln quietschen leise, die Tür schlägt hinter der Frau zu, und ich begreife, daß ich auf der Straße stehe, auf ebendemselben Fleck, auf dem gerade mein Leben zerbrochen ist. Einsamkeit und Schmutz und Scham – alles ist auf dem Fußweg, hinter dem Zaun zurückgeblieben, ich fühle mich ganz neu und für mich selbst ungewohnt: Ich muß in dieses rote Haus gehen und künftig ein neues Leben leben.

Und so gehe ich durch die Tür des Paradeeingangs. Sie quietscht, als sei ich ihr auf den Schwanz getreten, und ich steige mit sicherem Schritt in die erste Etage hinauf. Dort klingele ich an der linken Tür und warte.

Als die Tür geöffnet wird, sehe ich *sie* und das Stubenmädchen im Vorzimmer. Ich lächele ihr zu und bleibe an der Schwelle stehen, ohne die Augen von ihr zu wenden. Das Stubenmädchen blickt uns erstaunt an.

»Legen Sie ab ...«, sagt sie erschrocken und leise. »Gehen Sie nur, Pryssja: Das ist für mich!«

Ich lege den nassen Mantel und den Hut ab, von dessen Krempe mir das Wasser, das sich vom Nieselregen angesammelt hat, auf die Brust fließt. *Sie* stützt sich, genau wie auf der Straße, kraftlos mit der Hand auf ein Tischchen und blickt mich zerstreut, mit stillem Schreck und verständnislos an. Ich sehe, wie sich ihre Lippen lautlos zu bewegen beginnen, und weiß, daß sie »Was kann ich für Sie tun?« oder etwas Ähnliches sagen will, aber sie bringt diese Worte nicht über die Lippen.

Ich gehe zu ihr, nehme sie an der Hand und führe sie in das Zimmer, dessen Tür offensteht. Dort ist es dunkel, und ich ahne, daß sie hier am Fenster gestanden und mich ebenso erschrocken angeschaut hat. Sie geht gehorsam mit, ohne ein Wort zu sagen, und bleibt stehen, wenn auch ich stehen bleibe. Die Tür zum Vorzimmer schließe ich hinter mir, und im bläulichen Dämmerlicht sehe ich ihr bleiches Gesicht mit den großen, starren, verzauberten Augen vor mir. Ich lasse ihre Hand los, aus der sich mir eine unsagbare Erregung überträgt. Mir ist, als würde ich diese Hand ein Leben lang nicht aus meinen Händen lassen, als sei diese Hand ein Geschenk der ganzen Welt, auf der ich mich bis vor kurzem so tödlich einsam gefühlt habe. Eine unendlich vertraute, nahe Hand ...

Und mit einer Hand ziehe ich diese Hand ganz sacht

an mich, an meine Brust heran, und mit der anderen umfasse ich andächtig ihre zarten Schultern, ich beuge mich zu ihren geöffneten heißen Lippen, die in süßem Schreck erstarrt sind.

Irgendwo fällt etwas herunter – und wir lassen einander los. In meinen Augen spiegelt sich unsagbare Schwäche; ich schwanke wie ein Genesender, gehe zum Fenster und setze mich auf einen Stuhl. Auch sie geht zur Seite und setzt sich an die Wand.

Ich blicke auf die nackten Wipfel der Bäume mit den einsamen vereinzelten Blättern, die hoffnungslos und matt schwanken, als machten sie schwache Versuche, sich loszureißen und ihren Gefährten nachzueilen; ich schaue in die bleiblaue Dämmerung des Abendhimmels empor und komme allmählich zu mir – es ist, als stoße mich jemand an. Und eine dichte, weite, mächtige Freude überflutet meine Seele wie Hochwasser.

Ich stehe auf, gehe zögernd zu ihr und setze mich neben sie. Sie zittert von neuem, wie die Flamme einer Kerze erzittert, wenn man sich ihr nähert. Ihr Gesicht ist vor dem Hintergrund des grauen Fensters kaum zu erkennen, aber die Augen sehe ich deutlich – weich, ängstlich, immer noch verständnislos, erwarten sie noch etwas.

Nebenan werden Stimmen laut.

»Gehen Sie! In Gottes Namen, gehen Sie!« flüstert sie plötzlich.

»Sehe ich Sie morgen?«

»Ja, sicher!«

»Wo?«

»Ich weiß nicht ... In Gottes Namen!«

»Auf dem Boulevard gegenüber der Kathedrale? Um sieben? Ja?«

»Ja, gut!«

»Wiederholen Sie!«

»Auf dem Boulevard, gegenüber der Kathedrale. Um sieben.«

. . . . .

Wir sitzen sehr häufig auf dem Boulevard, gegenüber der Kathedrale.

Sie zieht ihre Hand nicht mehr zurück und macht ein Gesicht, als habe sie sich in ein unvermeidbares Schicksal gefügt.

Ich sage zu ihr: »Ich kann dir nur das bieten, was ich habe: meine brennende Begierde nach dir, deinen Lippen, deiner Brust, nach deinem ganzen Körper, der sich mit meinem harmonisch verbindet. Ich verspreche dir nichts! – weder Treue noch ewig währende Begierde, denn dann würde ich dir wie auch mir etwas vorlügen. Aber ich habe darüber hinaus noch etwas: meine alte, in langen Jahren erworbene Sehnsucht nach der Mutter meiner Kinder, nach einem Freund und Lebenskameraden. Insgeheim hege ich den schüchternen Wunsch, mich in meinen Kindern zu erneuern und meine schmutzige, abstoßende Existenz zu rechtfertigen. Wenn du einen Vater für deine Kinder suchst, wenn auch du dir sehnlichst einen Lebenskameraden wünschst und meiner Sehnsucht glaubst, wenn du kühn genug bist, neue Wege zu suchen, und dich nicht vor möglichen Fehlern und Mißerfolgen fürchtest, dann kann ich dir noch etwas bieten, und zwar mein langes Suchen, meinen Traum, meine Sehnsucht, mich selbst zu erschaffen ...

... Ich kenne dich nicht, und du kennst mich nicht. Wir kennen die Stimme unserer Körper, die alte, herrliche, kraftvolle Stimme unserer Vorfahren. Sie füllt unsere Seelen wie ein abgelagerter, dickflüssiger Wein mit trunkener, froher Erregung und Entzücken. Aber wir dürfen ihr nicht glauben, sie ist nur eine alte, leichtsinnige Gottheit des schönen Lebens, die ihre Bestimmung gewissenhaft erfüllt. Verlangen wir nicht mehr von ihr, als sie geben kann. Sie hat die Aufgabe, uns zusammenzuführen, den einen zum anderen zu stoßen. Aber was mit uns weiter geschieht, berührt sie nicht. Stimmen wir ihr ein Ruhm- und Dankeslied an, aber wir wollen nicht unser Leben auf ihr aufbauen. Verstehst du mich, meine Begehrenswerte?«

Sie drückt meine Hand leicht und sieht mich mit einem kurzen, schüchternen Blick an, hinter dem ich mit unsagbarer Erregung das Lächeln der alten, schönen Lebensgottheit erkenne.

.....

Und schon bin ich kein Raubtier im Advokatenrock mehr, das sich vom Aas des Gesetzes, von der Dummheit, Ratlosigkeit und Habgier seiner Opfer ernährt. Ich bin ein bescheidener Anwalt des Vertrauens, der gutgläubige und ratlose Raubtiere gegen das Gesetz verteidigt.

Wir wohnen in einem kleinen hellen Zimmer. Ich habe alle Schulden bezahlt, verzichte auf »Honorarfälle«, und unser Budget zwingt uns allmonatlich zu verschiedenen heldenhaften Entschlüssen: Wir kaufen dreimal in der Woche billige Theaterkarten, versuchen uns als Vegetarier, ich rauche billigen Tabak, und sie verzichtet auf Apfelmus, das sie furchtbar liebt.

Aber je mehr es von diesen kleinen Opfern gibt, desto leichter ist mir zumute. Als ob ich eine angeklebte, schmutzige, harte Rinde abwerfe und in meine Jugend zurückkehre ...

Wenn wir uns gegenseitig unseren Freunden vorstellen, wissen wir nicht, was wir sagen sollen, und nennen uns einfach beim Namen. Wir sagen nicht: Das ist mein Mann, oder: Das ist meine Frau. Wir würden uns schämen und wären unangenehm berührt – wir sind noch nicht Mann und Frau. Vorerst sind wir Liebhaber, Kameraden der fröhlichen trunkenen Gottheit. Wir feiern und richten Orgien unserer trunkenen Liebe aus.

Aber unwillkürlich beobachten wir einander unbewußt und insgeheim. Mir gefällt nicht alles an ihr. Und sie scheint mir nicht völlig zu glauben. Wenn eine Orgie vorüber ist, nimmt sie an, ich werde sie verlassen, wie es alle tun. Und mir gefällt nicht, daß sie deshalb weint. Sie müßte anders reagieren. Ich weiß nicht wie und kann es ihr nicht beibringen – nur weinen soll sie nicht.

Aber vielleicht ist es ganz gut so – ich werde sie doch nicht verlassen. Wie kann ich jemanden verlassen, den ich selbst ausgesucht habe?

Schließlich – nach sehr langer Zeit, wenn die Orgie vorüber ist – spüre ich, daß ich sie jetzt kenne und liebe. Und einmal frage ich sie: Was ist eigentlich Liebe? Sie antwortet: Es ist Liebe, wenn außer ihm nichts anderes existiert.

Also liebt sie mich noch nicht.

Und erneut stelle ich ihr nach einiger Zeit dieselbe Frage. Sie sagt: Liebe – das ist die Furcht, jemanden zu verlieren.

Nein, auch jetzt weiß sie noch nicht, was Liebe ist.

Und endlich sagt sie mir von selbst: Seltsam, ich liebe die Welt, ich liebe die Menschen so, wie ich sie nie geliebt habe. Woher kommt diese Wehmut in mir, und die Erregung, und solch eine wohltuende Trauer? Ich habe keine Angst mehr, dich zu verlieren, denn das ist unmöglich, nicht wahr? Wir sind so eng miteinander verwachsen, daß ich das Wort »verlieren« bereits nicht mehr verstehe. Wen verlieren? Sich selbst?

Da sehe ich, daß sie weiß, was Liebe ist. Jetzt können wir uns weder verlieren noch miteinander verbinden.

Und dann treten wir, eins geworden, in eine neue Welt ein. Jetzt sind wir Mann und Frau.

Wir haben einen Sohn. Das ist ein kleines, wundervolles Geschöpf, das sich seltsamerweise von uns abgetrennt hat und ...

Aber hier endet mein Märchen: Ein dumpfer, alter Schmerz, wie von einer früheren Wunde, bohrt in meinem Inneren. Gleich wird es stickig unter der Bettdecke, und ich schüttele sie vom Kopf. Und im selben Augenblick schlägt mir der Mond mit seinem hellen Schein in die Augen. Er hat sich bis ans Fenster herangeschlichen, lächelt blaß, als hätte man ihn bei etwas Verwerflichem ertappt, und schaut mir starr ins Gesicht.

Ich drehe mich auf die andere Seite und horche mit geheimer Hoffnung in mich hinein. Nein, der Schmerz ist noch da. Und jetzt weiß ich, daß ich nicht sehr bald einschlafen werde.

Ja, er ist da. Ich erhebe mich, nehme eine Zigarette vom Nachttisch, stecke sie an und setze mich im Bett aufrecht hin.

Zum hundertsten, ach was: Zum tausendsten Male frage ich mich: Und wenn es nun nicht so ist? Wenn sie sich auf so gemeine Weise rächen will für das, was vor acht Jahren war?

Und immer von neuem gehe ich in Gedanken alle Kleinigkeiten jenes verdammten Abends durch. Dabei sehe ich in meinem Verhalten keine solche Schuld, die diese Strafe rechtfertigen würde. Sie wußte doch, daß ich sie nicht geliebt habe. Sie wußte es! Niemals habe ich zu einer Frau »ich liebe dich!« gesagt, wenn ich es nicht mit ganzem Herzen sagen konnte. Ich brachte es fertig, auf diese Frage überhaupt nicht zu antworten, konnte mich mit einem Scherz, einem Kuß, einer sophistischen Bemerkung aus der Affäre ziehen, aber lügen konnte ich nicht.

Wir hatten auch niemals über die Liebe gesprochen. Es gab nicht einmal etwas in der Art, was man Flirt nennt. Wir waren Parteigenossen und weiter nichts. Zwar stichelte sie öfter wegen meiner Liebesabenteuer, ich aber antwortete darauf mit Scherzen, und damit hatte es sich. Nicht einmal jetzt verstehe ich, wie es zwischen uns zu jener verdammten Nähe, nur einen Augenblick lang, kommen konnte. Ich weiß es nicht. War es wirklich eine Folge des Weins? Oder war es die Freude über die Flucht der Genossen, weshalb ich alle umarmen, küssen und alle möglichen Dummheiten machen wollte?

Und wie, wie war das mit ihr? Sie hat wohl nicht einmal Wein getrunken. Hatte sie in der Tat ernsthaftere Absichten, war es für sie mehr als eine Augenblicksdummheit? Wie kann man sich sonst ihr Benehmen an jenem Abend erklären, am anderen Dnipro-Ufer? *Sie* war es doch, die mich genommen hat, und nicht ich sie! Das habe ich Sonja niemals gesagt, aber sie müßte das doch selbst wissen, sie muß sich doch erinnern, wie sie mich gezogen hat, wie sie an mir zerrte, wie sie das auslöste, was sie hinterher »tierisch« genannt hat.

Und als sie am Tag darauf zu mir kam, konnte sie da etwa tatsächlich annehmen, daß ich sie als meine Frau bezeichnen würde?

Aber sie nahm es wohl an oder wollte es zumindest. Wäre sie sonst so tief, so tödlich beleidigt gewesen über mein (in der Tat ziemlich niederträchtiges und feiges) Schweigen? Warum hat sie sich so plötzlich, nur zwei Wochen später, mit Sosnyzky trauen lassen?

Oder wollte sie einfach die Folgen der Sünde verbergen? Die künftigen Folgen legalisieren?

Gut. Aber weshalb dann erklärt sie mir acht Jahre danach, die Folge sei von *mir*? Andriko sei mein Sohn!

Und wenn es so wäre! Aber warum nimmt sie dann einige Tage nach dieser Erklärung ihre Worte zurück und sagt, daß sie selbst nicht weiß, wessen Sohn Andriko ist? Aus welchem Grund? Um mich einem ununterbrochenen, ewigen Zweifel zu unterwerfen?

Aber das ist bereits Rache, das ist Terror, Bosheit, Vorsatz! Wenn das stimmt, warum sollte ich ihr glauben? Kann man dann nicht schlußfolgern, daß sie sich alles von Anfang bis Ende ausgedacht hat, daß Andriko überhaupt nicht mein Sohn ist, daß sie das bestens weiß, aber sich alles nur ausgedacht hat, um zeit meines Lebens eine grausame Macht über mich auszuüben?

Ja, das kommt wohl der Wahrheit am nächsten. So wird es in Wirklichkeit sein! Ich entsinne mich ganz genau, wie sie es mir gesagt hat. Einen ganzen Monat lang – nach unserer Begegnung, vor der wir uns acht Jahre nicht gesehen hatten und nichts voneinander wußten – einen Monat also behandelte sie mich so, als könne von Geheimnissen zwischen uns nicht die Rede sein, und dann plötzlich spielte sie darauf an, daß Andriko mein Sohn sei. Ich weiß auch, wann sie auf diese Idee kam: Es war damals, als sie mich mit Andriko und Wassylko gesehen hat. Ich kann mit Kindern nicht umgehen, ich benehme mich dumm und bin ein richtiger Spielverderber.

Ja, sie hat ihren Schlag gut berechnet: Andriko – mein Sohn!

Hervorragend! Aber dennoch: Weshalb ändert sie diese kategorische Erklärung so plötzlich ab? Weshalb?

Ich schaue zum Mond hinauf, der Mond blickt mich an und lächelt schuldbewußt. Ich nehme erneut eine Zigarette, zünde sie an und denke angestrengt nach.

Genau das ist der Grund: Sie hat gesehen, daß sie mit ihrer Mitteilung das gewünschte Ziel nicht erreicht hat – sie hat mir viel zuwenig Leid zugefügt. Ich hatte die Tatsache als solche nicht besonders schmerzhaft aufgenommen. Sie hat mich natürlich verletzt, erregt, aber gleichzeitig damit hat mich ein ganz neues Gefühl erfaßt, ein so großes Gefühl, daß in ihm alles andere untergegangen ist. Ich wußte nur, daß Andriko mein Sohn ist, ein Teil meines Wesens, das sich von mir abgesondert hat und für sich allein aufwächst. Das war für mich das Allerwichtigste.

Sie hat gesehen, daß sie mir kein Leid, das mich vernichten sollte, zugefügt, sondern etwas zum Aufrichten gegeben hat. Und da hat sie eine sicherere Methode gefunden: Sie »gestand«, gelogen zu haben, sie wisse selbst nicht, wessen Sohn Andriko ist.

Als sie dann völlig zufrieden sein konnte, erschrak sie selbst, als sie sah, was mir ihr Schlag zugefügt hat. Sie selbst hatte nicht mit solch einer Wucht gerechnet.

So verhält es sich in der Tat. Und wenn es so ist – ist es dann nicht auch dem Dümmsten klar, daß alles leeres Gewäsch ist, daß es nichts Gemeinsames zwischen mir und Andriko gibt und daß ich ein für allemal Schluß machen, mich von diesem Gedanken losreißen, das Gefühl zerstören, seine glimmenden Reste mit den Füßen austreten und Sonitschka ins Gesicht lachen muß?

Aber warum entreißt sie mir jedesmal Andriko? Um den Zweifel nicht zur Ruhe kommen zu lassen und mich im Glauben zu bestärken, er sei mein Sohn?

Und warum glühten ihre Wangen bei der vorletzten Begegnung? Lag immer solch ein Ausdruck in ihren Augen, in ihrer Stimme, wenn sie Romanzen sang? Und weshalb hat sie mich gehen heißen, mir ihr Haus verboten? Ein schlechter Einfluß? Das unnormale Leben? Aber ist das etwa neu für sie? Und wenn ich ihr nun folgende Kombination vorschlage: Hör zu, Sonja, nimm dir Andriko, überlaß Dmytro deinen Wassylko und komm zu mir, wir werden zusammen leben?

Vielleicht treibt sie mich auch durch ihr Verhalten in diese Richtung? Sie liebt Dmytro nicht, das hat sie mir schon fast am ersten Tag unserer Begegnung gesagt. (Er liebt sie wohl auch nicht.) Er ist ihr lästig geworden, sicher geht es ihr um neue sexuelle Erlebnisse. Um leichtsinnige Seitensprünge zu machen, hat sie viel zu viel über Moral geredet, hat sie allzu lange alle davon zu überzeugen versucht, daß ihr dieses »tierische« Benehmen widerwärtig sei. Also muß das ernsthafter bewerkstelligt werden, mit mehr Geist. Und auf diese Weise wird die Beziehung auch dauerhafter, beständiger.

Ich lächele, werfe die Zigarette in die Ecke und lege mich hin. Auf Gesicht und Brust ruht der tote Schein des Mondes. Es ist rundum so still, daß es in den Ohren rauscht.

Andriko! Mein Junge, wo bist du? Existierst du wirklich? Bist du es, der dort auf der Basarna-Straße schläft, mit diesem niedlich spitzen Kinn, das von der Kälte so rührend rot wird?

Gott im Himmel! Werde ich denn wirklich niemals die Wahrheit erfahren, kann ich nie meinen Durst nach Liebe stillen?

Ich nehme das Kopfkissen, wälze mich erneut auf die andere Seite und drehe dem Mond den Rücken zu. Jetzt fällt sein Licht auf die Seite des Schrankes, es strahlt sie grell an.

Ich bemühe mich, nicht mehr an Andriko zu denken, und strenge mich an, auf andere Gedanken zu kommen. Ich denke an Geschäftliches, an Klienten, Karten, Honorare. Ich überschlage, wieviel ich in diesem Monat verdiene, und lege mir die Verteidigung bei den nächsten Prozessen zurecht.

. . . . .

Und wieder lande ich ungewollt bei Andriko. Ich beginne von vorn, wälze Erinnerungen, stelle mir die »Entennase« vor; die Gedankenkette verändert sich, auch Sonja ändert sich, ich glaube ihr bereits.

Ich fahre hoch, presse die Fäuste zusammen und schreie in blinder Wut: »Verflucht sollst du sein!! Verflucht! Nichts ist an allem dran, nichts! Laß mich in Ruhe!«

Ich knipse die Lampe an, greife nach den ersten besten Papieren, die mir in die Hände fallen, und lese.

Als es im Fenster hell zu werden beginnt und mein ganzer Körper von zwei schlaflosen Nächten brennt, lösche ich das Licht und falle ins Bett, ohne an etwas zu denken – ich will nur schlafen.

Ich bin mißmutig und böse. Grundlos schreie ich den Schriftführer und Mykola an und sehe erzürnt, daß sie mich aus ganzer Seele hassen. Der Schriftführer geht weg, um irgendeine Angelegenheit zu erledigen, und ich bleibe allein.

Der Kopf will mir zerspringen, und der Schmerz zieht in die Schläfen.

Mykola öffnet jemandem.

Panas Pawlowytsch Krywulja kommt ins Zimmer geflogen. Er geht nicht – er fliegt. Das ist alles so ungewöhnlich, daß ich, ohne den erregten Krywulja angeschaut zu haben, spüre, daß sich etwas Katastrophales ereignet haben muß.

Panas Pawlowytsch – ein stets ruhiger, bis zur Ermüdung nüchterner, gezierter und nicht häßlicher Privatdozent der Philosophie, ein Skeptiker in Maßen, aber nicht bösartig, ein Mensch, der hinter diesem Skeptizismus seinen weichen Charakter, für den er sich schämt, verbirgt – ist in diesem Augenblick nicht gerade betrunken oder ungepflegt, aber doch deutlich und aufs äußerste erregt. Seine sonst sorgfältig zur Seite gekämmten Haare, die wie ein gelbes Käppchen aussehen, liegen jetzt nachlässig und schweißverklebt auf der Stirn. Die spöttisch gutmütigen, etwas kurzsichtigen Augen sind entzündet und von organgefarbenen geschwollenen Lidern fast verdeckt, sie blinzeln angestrengt und fassungslos unter dem Kneifer hervor, als sei ein Staubkorn in sie hineingeraten. Das ganze Gesicht mit den frischen roten Wangen eines hellblonden Mannes, mit einer weichen willenlosen Nase erscheint jetzt gelb, schmutzig und töricht.

»Zu Hause?« stößt er gebrochen hervor, fliegt mir geradezu an die Brust und drückt mir mechanisch die Hand. »Gott sei Dank! Ich dachte Sie nicht anzutreffen . . .«

»Was ist passiert, Panas Pawlowytsch?«

Ich erhebe mich, grüße und schiebe ihm einen Sessel hin. Er läßt sich schwer schnaufend hineinfallen und beginnt in allen Taschen nach einem Tuch zu suchen. Seine Weste ist nur mit dem oberen und dem unteren Knopf geschlossen, wenn er sich bewegt, öffnet sie sich und läßt die Unterwäsche sehen. Er findet das Taschentuch nicht, vergißt es gleich und schaut mir plötzlich, stark mit den Augen zwinkernd, ins Gesicht. Dann erklärt er sogleich mit entschlossener, drohender, aber gleichzeitig auch irgendwie erschrockener Stimme: »Es reicht! Ich lasse mich scheiden. Helfen Sie mir dabei? Aber sofort, sofort! Gleich jetzt, im Augenblick!«

»Ich helfe Ihnen, Panas Pawlowytsch!«

Ich sehe, daß es sinnlos ist, ihm in diesem Moment zu sagen, daß eine Scheidung nicht in einem Augenblick erledigt werden kann.

»Hervorragend!« Er schüttelt drohend den Kopf, wobei die Haarsträhnen auf der schweißnassen Stirn in die Höhe fliegen. »Hervorragend! Ich werd es ihr zeigen!«

»Was ist geschehen, Panas Pawlowytsch?«

Mit großer Mühe gelingt es mir, folgenden Sachverhalt aus ihm herauszuholen.

Warwara Fedoriwna ist heute morgen zu Oleksandra Mychailiwna gegangen, sie ist in ihre Wohnung gestürmt und hat ein »prinzipielles« Gespräch angefangen, wonach sie das Mädchen ins Gesicht schlug. Dann ist sie ruhig in den Schoß der Familie zurückgekehrt und hat auf Panas Pawlowytsch gewartet.

Sie erwartete ihn im Vollgefühl ihres Rechts und war hinlänglich vorbereitet, denn sie wußte, daß Panas Pawlowytsch bereits vor seiner Ankunft zu Hause von ihrem »Gespräch« mit Oleksandra Mychailiwna erfahren hatte. In der Tat hatte man Panas Pawlowytsch aus dem Gymnasium gerufen, in dem er gerade Unterricht gab. Er eilte augenblicklich nach Hause, war wutentbrannt und hatte die feste Absicht, »diese abscheuliche Schlange zu töten oder zumindest zum Krüppel zu schlagen«.

Auf welche Weise er sich beinahe betrunken hat – darüber berichtet Panas Pawlowytsch sehr verschwommen: Ich wollte trinken; und als ich unterwegs ein Restaurant sah, ging ich hinein und trank. Und außerdem: Mit solch einer Person wie seinem lieben Frauchen kann man nicht menschlich reden, wenn es um irgend etwas Bestimmtes geht. Er trank nicht viel: drei Gläschen Kognak und zwei Flaschen Bier – letztere gegen das Sodbrennen. Aber er erzielte glänzende Erfolge: Er unterhielt sich mit Warwara nach ihrer eigenen Methode; er verpaßte ihr gleich zwei Ohrfeigen und erklärte, er wolle sich »entschlossen, kategorisch und für immer von ihr scheiden lassen«.

Panas Pawlowytsch springt von Zeit zu Zeit auf und will im Zimmer hin und her laufen, dann macht er an die zwei Schritte, stößt an einen Schrank oder Tisch und setzt sich wieder hin, blickt mich mit gespannt flatternden Augen an.

»Nein nein, ich bin sogar froh über alles! Ich freue mich außerordentlich!« sagt er immer wieder und sieht dabei wie jemand aus, der gerade dem Feuer entkommen ist und keinen Grund zur Freude hat.

»Wenigstens ist jetzt echt Schluß mit allem. Nein, denken Sie nur, denken Sie, wie schlimm das ist: Neun bis zehn Jahre in ein und demselben Zimmer mit einem fremden Menschen leben; mit dem Feind in einem Bett schlafen und ununterbrochen wegen jeder Kleinigkeit, wegen jedem eigenen Schritt mit ihm kämpfen. Nicht wahr? Zum Teufel damit! Das ist unbegreiflich! Nur unter Menschen kann es solche sinnlosen, wilden Situationen geben. Nein, ich bin froh, daß es so gekommen ist, ich freue mich!«

Er setzt sich, wobei es scheint, als hätte sich diese Frage für ihn erledigt, und lehnt sich erleichtert auf dem Sofa zurück – nun kann er sich endlich Erholung gönnen. Aber plötzlich neigt er sich mit dem ganzen Körper zu mir herüber und flüstert, wobei das Glas seines Kneifers glänzt: »Ja, wissen Sie überhaupt, daß sie mich gezwungen hat, Schmiergelder zu nehmen? Wissen Sie das? Jaja, Schmiergelder! Von den Schülern, von ihren Eltern. Ich persönlich habe nichts angenommen, ich habe es mir nicht einmal anmerken lassen, daß ich davon weiß. Sie hat's genommen, man hat's ihr über den Dienstboteneingang gebracht. Und dann setzte sie mich in einer bestimmten Richtung unter Druck, und basta. Sie wundern sich? Und das nennt sich eine kluge, aufgeklärte, fortschrittliche Frau! Musik hat sie gern, im Theater kennt sie sich aus und hat echte Empfindungen. Politisch ist sie eine überzeugte Republikanerin, viel fehlt nicht mehr zur Anarchistin. Jaja! Und zugleich ist sie ein grenzenlos egoistischer, böser, grausamer Parasit. Einfach ein Parasit! Sie tut ja nichts. Überhaupt nichts! Das Essen kocht das Dienstmädchen, die Wohnung räumt das Dienstmädchen auf, um die Kinder kümmert sich das Dienstmädchen. Sie ißt nur, schläft, liest hin und wieder etwas, geht in Konzerte, Theater, führt geistreiche, interessante Gespräche – und weiter nichts. Und zu welchem Zweck?« Er lehnt sich plötzlich zurück, streckt mir seine nach oben geöffneten Hände entgegen und schreit mit verständnisloser und flehender Stimme. »Zu welchem Zweck, frage ich Sie? Das ist doch ... lebenslänglicher Raub! Dafür, daß sie aus ihrem Körper zwei Stück lebendiges Fleisch herausgestoßen hat, mit tierischem Geschrei, Angst und Verwünschungen? Geben ihr diese Heldentaten ein ganzes Leben lang das Recht, einem Menschen im Nacken zu sitzen, sich in sein Leben einzumischen, es zu zerstören, zu bespukken, zu beschmutzen? Ist es so? Und beachten Sie dabei: Sie glaubt völlig im Ernst, sie stehe maßlos höher als die, die Essen kochen, Strümpfe stopfen, Kinder aufziehen. Für sie ist das alles spießige Sklaverei. Ja wissen Sie, daß es kein ekelerregenderes, abscheulicheres Wesen auf der Erde gibt als die Frau eines materiell sichergestellten Intellektuellen? ... Ich versichere Ihnen ganz im Ernst: Was sind denn unsere Frauen – die Gattinnen von Professoren, bekannten Rechtsanwälten, Schriftstellern, Ärzten, Ingenieuren –, sind sie nicht Parasiten, die lebenslänglich ihre Männer ausrauben, Spinnen, die ihre Männchen auffressen? Die Frau eines Bauern, Arbeiters, Kaufmanns, sogar die Frau eines Gutsbesitzers, eine einfache, aufrichtige ›Spießbürgerin‹, wie sie von diesen Parasiten genannt wird, tut ihr Werk im Leben, sie führt die Wirtschaft, erzieht ihre Kinder, so gut sie kann, arbeitet ehrlich für Brot und Liebe. Und die da? Was tun die, frage ich Sie? Die lachen bloß über die vier deutschen ›K‹: Kinder, Küche, Kirche und ... und noch irgendwas viertes. Was für ein spießiges Benehmen! Eine fortschrittliche intelligente Frau steht höher ... Zum Teufel mit euch allen!« Panas Pawlowytsch greift sich an den Kopf, was lächerlich wirkt. »Worin liegt denn ihr Fortschritt? Lieben sie wenigstens ihre Kinder? ›Mutterliebe, Mutterliebe, ach Mutterliebe!‹ Wie verlogen das alles ist! Die Väter, jaja, die Väter lieben ihre Kinder mehr, stärker, edelherziger. Nehmen Sie bloß die Familien Ihrer Bekannten, nehmen Sie sie und urteilen Sie – Sie werden sehen, daß die Väter lieben, ganz echt lieben; Mutterliebe ist nicht mehr als Hundeliebe, denn das ist ja ›spießbürgerlich‹. O nein, nein, ich kann nicht mehr! Ich bitte Sie, Jakiw Wassyljowytsch, erklären Sie ihr einfach und ka-te-go-risch: Wenn sie nicht auf meine Bedingungen eingeht, wenn sie mir den Sohn nicht gibt, dann bin ich zu allem fähig, zu allem. Sagen Sie ihr, daß ich einverstanden bin, ihr drei Viertel – hören Sie: drei Viertel! – von meinem Gehalt abzugeben, wenn sie nur ein einziges Mal im Leben edelmütig handelt. Erläutern Sie ihr alles, verstehen Sie, erklären Sie ihr die Bedingungen – Sie sind Rechtsanwalt und wissen das besser. Lassen Sie sie vor allem wissen, daß sie keinerlei Rechte auf mich hat. Bringen Sie sie vor allem von dieser Idee ab. Auf diese Idee geht nämlich ihr abscheuliches Verhalten zum guten Teil zurück . . . Beispielsweise ist sie der Meinung, Oleksandra Mychailiwna beraube sie. Und sie heuchelt nicht etwa – das ist ja gerade das Schlimme –, davon ist sie allen Ernstes, durch und durch überzeugt . . . Ich kann nicht mehr mit ihr reden. Ich kann sie nicht sehen. Tun Sie das, mein Lieber, seien Sie ein Freund. Und die Hauptsache – Dima muß unverzüglich, auf der Stelle zu mir. Das ist die erste Bedingung. Bereiten Sie sich darauf vor, daß sie ihn behalten will, aber gehen Sie um Gottes willen nicht darauf ein. Nein, unter keinen Bedingungen! Sie wird auf ihre Mutterliebe pochen – geben Sie nicht nach. Um Gottes willen, geben Sie um keinen einzigen Millimeter nach! Sie ist klug und psychologisch beschlagen, passen Sie auf!«

»Haben Sie keine Angst, Panas Pawlowytsch! . . .«

»Ich habe Angst, bei Gott, ich habe Angst! Sie kennen sie noch nicht gut genug. Und wenn Dima aus irgendeinem Grund dort anfangen sollte, dieser ... sagen wir, wenn er zu weinen beginnt oder so was, dann achten Sie nicht darauf. Das geht vorüber! Sie ist zu allem fähig, buchstäblich zu allem. Für die Kinder bin ich auch so schon so etwas wie ein Wüstling, Henker und Despot. Halja ist voll und ganz auf seiten der Mutter, mit der hab ich's schon aufgegeben. Und wissen Sie, was seltsam ist: Das Mädchen ist mir fast fremd, und dennoch ist es die eigene Tochter. Meinetwegen! ... Aber der Sohn? Sie kennt ihre Kraft. Um Gottes willen, Jakiw Wassyljowytsch, passen Sie auf – erster und letzter Punkt ist für mich Dima.«

Oft noch wiederholt er diesen Punkt und sieht mich mit erregten, erschrockenen Augen an.

»Ach, mein Lieber, Sie sind ein glücklicher Mensch«, sagt er, als er sich etwas beruhigt hat, »Sie wissen nicht, was es heißt, Vater zu sein. Sie wissen nicht, was das für eine Kraft ist! Ich beneide Sie: Sie sind frei, allein, unabhängig. Schaffen Sie sich niemals Kinder an, und wenn Sie Lust bekommen, dann ... seien Sie vorsichtig, seien Sie vorsichtig!«

Danach verabreden wir, daß Panas Pawlowytsch für sich und Dima eine Wohnung sucht und ich zu Warwara Fedoriwna gehe. Am Abend treffen wir uns dann bei Oleksandra Mychailiwna.

Noch ein Besuch: Netschyporenko. Tritt ein, ohne abzulegen, steht wie ein Hausmeister da, in der Hand die Hundefellmütze. Er geht auf mich zu und schaut irgendwohin zur Seite. Ich ahne bereits, daß er gekommen ist, um meinen Vorschlag anzunehmen. Er sieht kränklich aus: Unter den Augen hat er tiefe Ringe; die Nase ist leicht blau angelaufen und wirkt hungrig; die Wangen sind mit einem krausen, struppigen Bart bedeckt und eingefallen, wie bei einem alten Menschen.

Ich erhebe mich leicht und sage, indem ich ihm die Hand hinhalte: »Was macht die Gesundheit, Netschyporenko? Was haben Sie mir zu sagen?«

Er nimmt meine Hand jedoch nicht, weshalb ich rot werde; er bleibt stehen und fragt mich leise, indem er mich direkt anschaut: »Was für Gründe hatten Sie, mir gestern solch ein Angebot zu unterbreiten?«

Es scheint weder Drohung noch Empörung in seiner Stimme zu liegen. Als sei es ihm wirklich sehr wichtig, diese Gründe zu erfahren. Nur darum ist er gekommen.

Ich mache ein kaltes, etwas verständnisloses Gesicht und antworte: »Ihr persönliches Ersuchen um Hilfe, verehrter Netschyporenko ...«

Die Worte »Ersuchen«, »Hilfe« erreichen ihr Ziel: Netschyporenko wird knallrot, sogar mir ist das unangenehm. Einige Zeit steht er schweigend da und blickt mich zerstreut an.

»Ich habe Sie um Arbeit und nicht um Hilfe gebeten«, sagt er heiser, mit derselben leisen, im vorhinein offensichtlich präparierten Stimme.

»Ja ...«, sage ich mit leichtem Unverständnis und zeige ihm auf diese Weise, daß Arbeit und Hilfe in diesem Falle ein und dasselbe sind. Und ich blicke ihn abwartend an: Leg dein Ersuchen schnell dar und mach dich dann davon.

»Aber ... hatten Sie denn ein Recht, mir so eine Arbeit vorzuschlagen? Habe ich Ihnen irgendeinen Anlaß gegeben?«

Ich mache ein Gesicht, als verstünde ich nicht, was er will, und sage ungeduldig: »Natürlich: Sie haben um Arbeit gebeten. Aber was wollen Sie eigentlich in diesem Augenblick von mir?«

Netschyporenko nimmt die Mütze aus der einen Hand in die andere und wischt sich über die rote, gewellte, kahle Stirn. Er hat wohl eine ganze Rede vorbereitet, aber jetzt fällt ihm kein einziges Wort ein.

»Ich habe die ganze Nacht über Ihre Worte nachgedacht ...«, beginnt er und richtet seinen starren, funkelnden Blick auf mich, wie man ihn bei Hungernden oder Kranken antrifft. Wieviel Furcht darin liegt! »Insgesamt neun Jahre sind es, seitdem wir uns zum letztenmal getroffen haben. Nur neun Jahre!«

»Hören Sie, mein Verehrtester, für angenehme Erinnerungen habe ich keine Zeit. Sagen Sie mir bitte, in welcher Angelegenheit ich Ihnen ...«

»Ich habe keinerlei Angelegenheit für Sie, und ich kann auch nicht ...«

»In diesem Falle ...«

»Und ich kann auch nichts für Sie haben. Ich bin nur gekommen, um einem Schurken wenigtens ...«

»Aber Sie haben wohl vergessen, daß ich einen Diener habe, der Ihnen zeigen kann, nach welcher Seite sich die Tür öffnet? ...«

»Nein, das habe ich nicht vergessen. Und ich werde interessiert zusehen, auf welche Weise Sie das tun. Nein, das habe ich auf dem Weg zu Ihnen vorhergesehen. Das habe ich vorhergesehen.«

Er wiederholt noch einige Male dieses »Das habe ich vorhergesehen« und blickt sich erregt um, als triumphiere er und warte darauf, daß man ihn jetzt augenblicklich zur Tür hinauswirft. Er ist wohl eben zu diesem Zweck gekommen: Er will mir einen Skandal machen, mich dazu zwingen, ihn hinauszuwerfen, um dann alles hochherzig in der Stadt zu verbreiten.

»Was wollen Sie von mir?«

»Daß Sie mich hinauswerfen. Ich bitte sehr! Bitte schön!«

Er geht sogar zwei Schritt auf den Tisch zu, an dem ich sitze.

Ich sehe, daß er in der Tat ein kranker Mann ist: Seine Lippen sind zusammengekniffen, die Augen glänzen wie Phosphor, die Hände zittern, er ist völlig zerstört.

»Ich habe keinen Grund, Sie hinauszuwerfen«, sage ich ruhig und kalt. »Ich bitte Sie, mir zu sagen, was Sie von mir wollen, und mir die Zeit nicht zu stehlen, ich bin sehr beschäftigt.«

»Ich will Ihnen verständlich machen, daß Sie überhaupt kein Recht dazu hatten, zum Teufel noch mal, mir etwas so Abscheuliches vorzuschlagen! Sie gehen von sich selbst aus. Und haben wohl angenommen, daß alle so sind wie Sie. Wenn Sie mir dreihunderttausend anbieten würden – hören Sie: dreihunderttausend! –, auch dann würde ich Ihnen genauso antworten. Und Sie haben das gewußt, sehr wohl gewußt, und Sie wollten sich lustig machen, sich dafür rächen, daß Sie selbst zum Halunken geworden sind. Sie können Ihren Diener rufen! Hören Sie? Ja, Sie sind ein Halunke, das sage ich Ihnen ganz offen. Rufen Sie den Diener!«

»Beruhigen Sie sich, Netschyporenko, und erregen Sie sich nicht so dumm. Ich habe überhaupt nicht die Absicht, den Diener zu rufen. Ich habe nur eine Bitte: Beschimpfen Sie mich schneller, ich bin beschäftigt!«

»Ich beschimpfe Sie nicht, ich sage Ihnen gelassen und in allem Ernst, daß Sie ein Halunke sind. Denn nur ein Halunke kann so grausam und zynisch sein. Ein Mensch stirbt vor Hunger, ein ehemaliger Genosse, ein Mensch, der ehrliche Arbeit sucht, und dieser Genosse, der einst ein Revolutionär war, dieser ... Halunke schlägt ihm etwas Abscheuliches vor. Und er nennt das Verdienst. *Ihr* Verdienst, das ist wahr, aber nicht meins. Nicht meins!«

Er macht noch einen Schritt auf den Tisch zu, schüttelt zornig die Mütze, die er in der Faust zusammenpreßt. Ich blicke in sein verschwitztes Gesicht und verstehe, daß er mich beschimpfen *muß*, er *muß* schreien und seinen eigenen Edelmut herausstellen: Er hat das doch verdient, er hat auf dreihundert Karbowanzen verzichtet, und zu Hause sterben sie wirklich vor Hunger. Und um so mehr muß er mich hassen, weil diese dreihundert Karbowanzen so viele unterdrückte Bedürfnisse, so viele Träume hervorgerufen hatten. Die »Kinderchen« haben vielleicht nichts zum Anziehen, sie sind hungrig, haben ebenso glänzende, phosphoriszierende Augen. Das »Frauchen« hustet und liegt darnieder. Und er hat dreihundert Karbowanzen und schleudert sie dem Halunken in die Fresse. Und ich verstehe, daß er sie *schleudern* muß, er muß posieren und laut werden – um sich damit Kompensation zu verschaffen.

Ich schweige und blicke Netschyporenko an. Jetzt wird er noch etwas Effektvolles, sehr stolz Klingendes sagen, sich umdrehen und hinausgehen.

Plötzlich streckt er mir beide Hände entgegen und fragt aus tiefstem Herzen, mit Verzweiflung und Schmerz in der Stimme, was mich innerlich erzittern läßt: »Sind das wirklich Sie?! Genosse Anton! Erinnern Sie sich! Sie waren der Ehrlichste, Ordentlichste, der am meisten . . .«

Er weiß nicht, wie er meine früheren Qualitäten am nachhaltigsten ausdrücken soll.

». . . der Leidenschaftlichste und Ergebenste! Ich spukke auf dreihundert Karbowanzen, auf Hilfe, auf alles, aber ich konnte Ihretwegen die ganze Nacht nicht schlafen. Kann man sich wirklich so sehr verändern? Was ist das, Herr im Himmel?! Ich lebe diese zwei Wochen wie in einem Alptraum. Ich wußte, ich habe gewußt, daß ich vom Vergangenen nichts vorfinden werde. Aber ich habe nicht geahnt, daß alles so furchtbar sein kann. Ich dachte: Sie sind müde geworden, haben den Glauben verloren, haben sich verkrochen, haben vergessen, sich arrangiert. Aber, dachte ich, Sie besitzen wenigstens geistiges Mitgefühl, trauern der Vergangenheit zumindest nach. Das war doch ihre Jugend, sie haben die schönste Zeit ihres Lebens dafür gegeben. Sie können doch nicht so gleichgültig sein. Sie können nicht!«

Und ich blicke auf seinen ungepflegten Bart, auf den roten, faltigen Hals und denke erbost: Was wäre wohl, wenn man diesen Menschen, der ehrlich unter dem Verrat der Genossen leidet, in einen schönen Anzug steckt, ihn hübsch frisiert, wäscht und ihm ein Scheckheft über etwa dreißigtausend in die Tasche steckt, was würde dann aus seiner Hochherzigkeit?!

Netschyporenko steht noch einige Zeit wie in Gedanken versunken da, dann holt er etwas in Papier Eingewickeltes aus der Tasche und legt es schweigend vor mich auf den Tisch.

»Meine Schulden ...«, sagt er leise. Dann nimmt er das Päckchen erneut in die Hand, wickelt es aus und zählt. Acht Karbowanzen in Scheinen, zwei in Silber. Dieses Geld hat er sich bei mir geliehen, als er mich zum erstenmal besuchte. Sicherlich hat er alles zusammengekratzt, was er finden konnte, hat noch etwas verkauft und das Geld dann hierhergebracht. Und jetzt fühlt er bittere, schmerzhafte Genugtuung.

»Warum tun Sie das?« sage ich ernsthaft verärgert. »Das hat doch Zeit.«

»Ich will nicht!« Er richtet sich plötzlich lächerlich auf, mit einem Ausbruch von Haß. »Verstehen Sie?! Nehmen Sie! Von Prozenten war nicht die Rede. Aber wenn Sie es für richtig halten, kann ich Ihnen auch Zinsen geben.«

Diese Prozente hat er sich wohl einige Male genüßlich ausgemalt. Und zwei Rubel in Silber hat er absichtlich mitgebracht, um größeren Eindruck zu machen. Ich nehme das Papiergeld samt den Geldstücken und werfe es gleichgültig neben das Tintenfaß.

Netschyporenko wendet sich schroff ab, dreht sich um und geht hinaus, wobei er die Mütze noch im Zimmer aufsetzt.

An der Straßenkreuzung sehe ich wieder die Dame in Schwarz mit dem Jungen. Jeden Tag treffe ich sie hier, wenn ich aus dem Gericht komme. Wer ist sie, diese einsame Frau? Ein langer, schwarzer Mantel, ein schwarzer Hut, als trüge sie Trauer, ein grauer Schleier wie bei Reisenden, dessen beide Enden auf den Rücken fallen. In ihrem Benehmen liegt etwas Schüchternes und auch Verschämtes. Warum ist sie immer allein, weshalb geht sie so lange spazieren? (Manchmal sehe ich sie auf ein und derselben Stelle, wenn ich ins Gericht gehe und wenn ich wieder herauskomme.)

Sie streiten sich. Der Junge stampft mit den Füßen und beugt sich mit dem ganzen Körper bald nach rechts, bald nach links, wobei er sich losreißen will und offensichtlich etwas fordert. Die Mutter hält ihn an der Hand fest, steht gebeugt, weil sie sich vor den Vorübergehenden schämt, und redet leise auf ihn ein. Im Vorbeigehen höre ich, wie sie erregt flüstert: »Ich sage dir ein für allemal, hörst du, ein für allemal, daß ich dich nie mehr mitnehme. Du wirst sehen!«

Was der Junge antwortet, kann ich nicht verstehen, aber ich sehe, wie er sie plötzlich zur Seite zieht, sich losreißt, dann auf die Dame losspringt und wie besessen schreit; dabei richtet er sein zorniges, verweintes Gesicht auf sie, in dem mir die wenigen, verdorbenen, wie bei einem Hund gefletschten Zähne auffallen: »Du bist verflucht! Verflucht! Du Miststück!«

Als sei er über seine Worte erschrocken oder fürchte die Strafe, weicht er zur Seite aus und läuft, sich ständig umdrehend, auf die Straße. Gerade in diesem Moment kommt eine Straßenbahn um die Ecke. Die kleine, schwächliche Gestalt fliegt genau auf den Wagen zu. Die Dame in Schwarz schreit auf und stürzt dem Jungen nach, doch der nimmt an, daß sie ihn fangen will, und rennt rückwärts, ohne ihre unheimlichen, erschrockenen Schreie zu hören.

Ich kann es selbst nicht fassen, wie ich so schnell bei dem Jungen bin und ihn beinahe unter den Rädern des Wagens hervorziehe.

Fast zornig halte ich den kleinen Körper in den Händen und trage ihn zu der Dame. Der Junge, der schlagartig still geworden ist, blickt mich erschrocken und verständnislos mit runden, schwarzen Augen an und legt dabei den Kopf zurück.

Meine »heldenhafte« Tat ist – genau wie in Boulevardromanen – ein guter Anlaß, sich bekannt zu machen. Ich stelle mich der Dame vor, die Dame stellt sich mir vor, und wir erörtern hitzig alle möglichen Folgen der Unvorsichtigkeit von Kostja, ihrem Jungen, und wir gehen erschrocken und langsam die Straße entlang, während wir uns ständig nach ihm umschauen. In Wahrheit erörtert nur Klawdija Petriwna hitzig und erschrocken den Vorfall, ich murmele nur manchmal mitfühlend oder nicke zustimmend, während ich von Zeit zu Zeit den still gewordenen Jungen ansehe.

So kommen wir an das Haus, in dem sie wohnen. Die schüchterne, aber sehr herzliche Aufforderung einzutreten kann ich als Held und Retter nicht ablehnen.

Klawdija Petriwna wohnt zur Untermiete in einem großen Zimmer, das der Familie einer Operettensängerin gehört. Der Mann dieser Sängerin ist Rechtsanwalt, aber aus irgendeinem Grunde praktiziert er schon lange nicht mehr und zieht es vor, auf Kosten seiner Frau zu leben.

All das erzählt mir Klawdija Petriwna in aller Eile, während sie Hut und Mantel ablegt und den Petroleumkocher in Gang setzt, auf dem ein vorbereiteter Teekessel mit Wasser steht. (Einen Samowar borgt sie sich nur selten bei den Wirtsleuten aus, denn sie trinkt fast den ganzen Tag über Tee und will das Dienstmädchen nicht allzu sehr bemühen.)

Im Zimmer ist es gemütlich, obwohl die Einrichtung sehr einfach ist. Gemütlich wird es durch verschiedene Tücher, die hier etwas verdecken, da etwas ausschmükken, und alle möglichen Zierpüppchen auf dem kleinen Tisch; anheimelnd wirken auch ein großes fuchsrotes Kanapee und ein blaues Gazetuch, mit dem die elektrische Glühbirne umwickelt ist – Klawdija Petriwna hat grelles Licht nicht gern. Über dem Kanapee hängt eine Gitarre mit einem breiten roten Band. Auf dem Schreibtisch steht in einem Lederrahmen die Photographie eines Mannes mit verschlafenem Gesicht.

Ohne Wut erscheint Klawdija Petriwna jünger. Ich weiß nicht, warum mir das angenehm ist. Und auch ihr Haar ist sehr schön: Es ist dicht und wellig und hat einen weichen, stillen Glanz. Aber das liebe und lebendige Gesicht ist nicht als schön zu bezeichnen: Die Augen verbergen sich schüchtern unter der Stirn und sind in Wirklichkeit klein und zusammengekniffen, wenn sie auch durch das Pincenez in schwarzer Hornfassung groß wirken; die Nase ist ungleichmäßig, ganz und gar mit Poren übersät, sie hat große, allzu lange Löcher, die Lippen sind breit und wulstig wie bei Negern.

Ohne für eine Sekunde zu verstummen, bereitet Klawdija Petriwna Tee, zieht Kostja aus, läuft geschäftig zum Teekessel, beugt sich über ihn und lauscht, ob das Wasser noch nicht kocht.

Und diese Geschwindigkeit, ihr flinkes Auftreten hier, im Zimmer, lassen sich überhaupt nicht mit ihrer ängstlich-bescheidenen Erscheinung auf der Straße in Übereinstimmung bringen, was mich unwillkürlich in Erstaunen versetzt. Während dieser knappen Stunde, die ich bei ihr sitze, bringt sie es fertig, mir eine Menge der unterschiedlichsten Sachen zu erzählen. Zuallererst natürlich über sich selbst. Sie ist verheiratet; ihr Mann arbeitet als Lehrer in irgendeiner Provinzstadt. Er ist jetzt sehr reich geworden, weil er ein Handbuch geschrieben hat – Gott weiß, was für eins, den Titel hat sie vergessen –, das durch seine Beziehungen im Ministerium kolossale Verbreitung gefunden hat (das Wort »kolossal« gebraucht Klawdija Petriwna sehr häufig). Aber sie leben schon das dritte Jahr getrennt. Weitere Kinder haben sie nicht, nur diesen Jungen, Kostja (»Kostja, faß den Petroleumkocher nicht an, es brennt gleich wieder etwas!«). Ihr Mann schickt ihnen hundert Rubel Monatsunterhalt. Zuerst wollte sie Lehrgänge besuchen und überhaupt ein echtes Leben beginnen, aber ... (»Ach, Kostja! Was ist das nur für ein Kind! Ich geb dir mein Wort, daß ich dich bestrafe.«).

Während der Unterhaltung lacht sie oft und äußerst ansteckend, legt die Hände an die Wangen, wird unsicher und bleibt so stehen. Es scheint, wir wären schon wer weiß wie lange bekannt, hätten uns bloß geraume Zeit nicht gesehen, und sie beeilt sich nun, soviel wie möglich von sich zu erzählen, weil ich für lange irgendwohin verreise und keiner weiß, ob wir uns irgendwann wiedersehen. Und sie kommt in so große Erregung, daß sie sich ärgerlich zum Teekessel umdreht, als dieser zu sieden beginnt und ungeduldig und zornig aufschäumt, und sagt: »Wart's ab, gleich!« Als sie merkt, daß sie mit dem Teekessel redet, schaut sie mich mit runden Augen betroffen an, schweigt einen Augenblick und bricht schließlich in lautes, plätscherndes Lachen aus. Dann nimmt sie den Teekessel vom Kocher, zieht Kostja zur Seite und brüht auf, wobei sie dem Kessel ein geflochtenes blaues Mützchen überstülpt. Ihr junger, schlanker, schwarz gekleideter Körper bewegt sich leicht, jugendlich, weich und fröhlich. (Auch ihre Figur entgeht meiner Aufmerksamkeit nicht.)

Kostja verhält sich schweigsam, wobei er mich mitunter lange aus seinen runden, dunklen und aufmerksamen Augen ansieht. Wenn sich unsere Blicke treffen, lächelt er verschämt und flüchtig, wobei er seine kleinen, bläulichen Zähne entblößt. Der Mutter ähnelt er wenig, nur die breiten, wulstigen Lippen sind die gleichen.

Die ganze Zeit über empfinde ich leichtes Mitleid mit dieser Frau und ihrem Jungen, obwohl es eigentlich gar nichts Bemitleidenswertes gibt. Als ich mich endlich verabschiede und Klawdija Petriwna, die unerklärlich ruhig geworden ist, schüchtern darum bittet, sie zu besuchen, verspreche ich deshalb auch unzweideutig und sehr schnell, »irgendwann am Abend« vorbeizukommen.

Und an demselben Abend denke ich einige Male an das Hornpincenez, an zwei Strähnen weiches Haar und das saftige, kindlich helle Lachen.

Warwara Fedoriwna bringt mich von Beginn unseres Gesprächs an gleich von dem ruhig-sachlichen Ton ab, den ich speziell für sie angeschlagen hatte. Eigentlich bringt sie mich durch Kleinigkeiten ab. Als ich ihr Zimmer betrete, sitzt sie am Schminktischchen und poliert sich die Nägel. Auf dem Tisch, in einer silbernen Schachtel liegen alle Utensilien, die sie zur Maniküre braucht: kleine Fläschchen, Bürsten, Zangen und ähnlicher Teufelskram.

Natürlich geht es ihr nicht um die Fläschchen – sie beschäftigt sich bewußt mit ihnen, um damit ihre Stellung zu den eingetretenen Umständen zu betonen. Ich bin sicher, daß sie alles erst eine Minute vor meinem Eintreffen ausgebreitet hat, als sie vom Stubenmädchen erfuhr, ich sei gekommen und wolle sie sehen. Sie reicht mir nachlässig und ruhig den kleinen Finger der linken Hand (alle übrigen sind nämlich mit himbeerfarbener Creme beschmiert), bittet mich, Platz zu nehmen, und reibt dann den Nagel dieses Fingers ein.

»Ich komme zu Ihnen in einer ernsten und wichtigen Angelegenheit, Warwara Fedoriwna ...«, sage ich mit Nachdruck.

»Ich kann mir schon denken, in welcher«, antwortet sie und betrachtet ihre Finger, ob alle auch gleichmäßig eingeschmiert sind.

Dann beginne ich entschlossen und streng, meine Angelegenheit darzulegen. Warwara Fedoriwna kennt sie wohl in der Tat sehr gut, denn sie zeigt weder Verwunderung noch Entrüstung oder den leisesten Protest.

Während ich rede, schafft sie es, alle Finger der linken Hand zu polieren. Ihre Hand ist schmal und gelblich, ihre langen Finger wirken in der Mitte dick und erinnern deshalb an weiße Zigarren. Ab und an stellt sie mir Fragen, während sie sorgfältig einen Nagel mit einem roten Polster säubert, an dem ein geschnitzter silberner Griff befestigt ist, und kommentiert jede meiner Antworten mit »merci«.

Als ich verstumme, legt sie die Hand mit den blitzenden Nägeln – auf ihnen spiegelt sich das grünliche Licht der mit einem Schirm bedeckten Lampe – zur Seite, kneift die grauen und kalten Augen hinter den gelben Wimpern zusammen und sagt gleichgültig: »Daraus wird nichts.«

Und dann nimmt sie eine Bürste, um die Finger der rechten Hand einzucremen.

»Wieso wird daraus nichts?!« frage ich, durch diese unerwartete Antwort etwas verblüfft. Eigentlich hatte ich sie erwartet, aber nicht in solch einer offenen, völlig unverdeckten Form.

»Es wird einfach nichts daraus, und damit basta! Ich willige in eine Scheidung nicht ein, und den Sohn gebe ich ihm auch nicht.«

»Weshalb?«

»Deshalb ...« Sie schweigt einen Moment, weil sie mit dem Pinselende vorsichtig Lack aufträgt. »Deshalb, weil ich prinzipiell gegen Scheidung bin. Ich trete für die Beständigkeit der Ehe ein, Jakiw Wassyljowytsch!«

Ihr schmales, hageres Gesicht mit den schönen, großen und kalten Augen ist unnatürlich ruhig. Schaut man es an, so erscheint der Gedanke sonderbar, daß diese Frau mit ebendenselben blankpolierten Fingern eine andere Frau ins Gesicht geschlagen hat und dabei über und über mit orangefarbenen Flecken bedeckt war, wie es Panas Pawlowytsch beschrieben hat, daß dieselben erhaben-verständigen Augen hysterisch hin- und hergerollt sind.

»Man muß seinen Prinzipien häufig ein Opfer bringen, Warwara Fedoriwna ...«

»Zu diesen Leuten gehöre ich nicht, Jakiw Wassyljowytsch ...«

Ich blicke auf ihre gelbrot geschminkten Lippen, die goldfarbenen, gewaschenen Haare, auf die dünne, eigensinnige Nase und verstehe gefühlsmäßig, daß sie in der Tat wohl kaum fähig ist, irgendein Opfer zu bringen.

»Aber wie beabsichtigen Sie dann, Ihre Beziehungen zu Panas Pawlowytsch zu gestalten?«

»Überhaupt nicht! Er wird sich beruhigen, keine Dummheiten mehr machen und in die Familie zurückkehren.«

Sie wendet mir langsam ihre Augen zu und macht sich mit ihren Pölsterchen zu schaffen.

»Hm! Und wenn er nun nicht zurückkehrt?«

»Und wenn er nicht zurückkehrt, dann ist das seine

Sache. Aber dann wird er weder den Sohn noch die Tochter zu Gesicht bekommen, niemals.«

»Gut! Im Interesse Ihrer Kinder müssen Sie jedoch Zugeständnisse machen.«

»Jakiw Wassyljowytsch, die Interessen meiner Kinder kenne ich besser als Panas Pawlowytsch. Und aus diesem Grunde kann ich den Sohn nicht in die Hände eines Menschen geben, der ihm Beispiele für Ausschweifungen gibt.«

»Ausschweifungen?! Panas Pawlowytsch?!«

»Ja, Ausschweifungen!«

»Aber er liebt doch dieses Mädchen, Warwara Fedoriwna, er liebt sie. Deshalb will er doch die Scheidung, um . . .«

Warwara Fedoriwna treten kleine orangefarbene Flekken auf beide Wangen. Sie sagt jedoch in demselben Tonfall: »Man liebt auch welche aus öffentlichen Häusern.«

Ich hüstele, fahre mir mit der Hand über den Kopf und sage erst dann: »Mir scheint, Sie haben wenig Grund, solche Vergleiche zu ziehen.«

»So?« Sie zieht leicht die Mundwinkel an, um so etwas wie ein Lächeln anzudeuten. »Und ich habe den Eindruck, daß es allzu viele Gründe gibt. Und außerdem werden wir zu keiner einheitlichen Meinung finden, Sie haben andere Anschauungen. Aber es geht selbstverständlich nicht um Ihre Anschauungen. Für mich ist jede Frau, die außereheliche Beziehungen zu einem Mann unterhält, eine Prostituierte. Das ist alles.«

»Warten Sie, Warwara Fedoriwna! Die Beziehungen, von denen Sie sprechen, gibt es doch bei ihnen überhaupt nicht. Und das wissen Sie sehr gut.«

»Aber es wird sie geben, wenn er zu ihr geht. Und mein Kind in ein Haus geben, wo . . .«

»Entschuldigen Sie, eben deshalb bemüht sich Panas

Pawlowytsch um eine Scheidung. Wenn Sie sich mit der Scheidung einverstanden erklären, werden sie heiraten, und dann gibt es keinerlei Ausschweifungen . . .«

»Ich kann mich nicht einverstanden erklären, weil ich nicht gegen meine Überzeugungen handeln kann.«

Ich breite unwillkürlich die Hände aus. Warwara Fedoriwna nimmt mit der linken Hand Lack auf und streicht den Nagel ein.

Wir unterhalten uns noch lange, aber Warwara Fedoriwna kann von ihrem Prinzip, daß Menschen nur der Tod scheidet, nicht abgehen.

Der Samowar steht schon lange auf dem Tisch, aber sie trinken nicht ohne mich Tee. Panas Pawlowytsch hat sein gewöhnliches Aussehen bereits wiedererlangt: Er ist akkurat gekämmt, ist gewaschen und geputzt. Er kneift sogar ironisch-gutmütig die Augen zusammen und bemüht sich, witzig zu sein, aber oft scheint er gegen etwas zu stoßen, und dann blicken seine Augen von neuem erschrocken, und sie zucken verständnislos.

Oleksandra Mychailiwna habe ich wohl einen Monat lang nicht gesehen, und sie kommt mir verhärmt und ausgezehrt vor. Aber dafür gefällt sie mir besser – früher war ihre Schönheit allzu ausgeglichen, starr und dümmlich-streng. Jetzt ist sie durch Krankheit oder Leid einfacher und menschlicher geworden.

Sie gießt den Tee ein, wobei sie einige Male gegen das Licht lange auf das Glas von Panas Pawlowytsch schaut und Wasser aus dem Samowar hinzufügt: Panas Pawlowytsch trinkt keinen starken Tee.

Ich beginne mit meinem Bericht. Panas Pawlowytsch lächelt bald ironisch, bald wird er rot und zornig, was lächerlich wirkt, er springt auf und will zu Warwara Fedoriwna laufen. Oleksandra Mychailiwna setzt ihn ruhig und ernst wieder auf seinen Platz und hört mir erneut mit solch einer Aufmerksamkeit und Anspannung zu, wie das gewöhnlich nur Schwerhörige tun: Sie reckt ihren Hals und wendet die Augen nicht von mir.

Als ich zum Schluß komme, ist Panas Pawlowytsch verstummt, er sitzt nachdenklich da. Er sagt kein Wort und klopft mit den Fingern auf den Tisch, was wie Trommelschläge klingt. Oleksandra Mychailiwna denkt konzentriert nach, als rechne sie etwas in Gedanken durch.

»So . . .«, sagt Panas Pawlowytsch schließlich mit gespielter und peinlich wirkender Ironie. »Das alles ist nicht so lustig, wie man hätte vermuten können.«

Und eingehend beginnt er mit kurzsichtigen Augen, einen Kratzer auf seiner Hand zu betrachten, die fein und zart wie bei einer Frau ist.

»Meiner Meinung nach, Panas Pawlowytsch«, sage ich so ruhig und lässig wie möglich (um dadurch die Brisanz meines Gedankens zu mildern), »muß man Dima entführen . . .«

Wie ich erwartet hatte, blicken sich beide erschrocken an. Diese Angst ist mir angenehm: Also halten sie das, was ich ihnen vorschlage, für sehr schrecklich. Ist es etwa nicht angenehm, jemanden zu etwas Schrecklichem anzustiften?

Ich lächele noch ruhiger, trinke einen Schluck Tee und rede so, als plaudere ich mit ihnen über eine ganz gewöhnliche Sache, die auf Schritt und Tritt passieren kann.

»Ja, entführen . . . Das ist die einfachste Art, die Frage zu lösen. Auf legalem oder, besser gesagt, juristischem Weg können Sie nichts erreichen. Das Gesetz ist in solchen Fällen neutral. Aber wenn eine Seite der anderen die Kinder wegnimmt, dann mischt sich das Gesetz nicht ein. In freiwilligem Einvernehmen, das sieht man schon jetzt, werden Sie nichts erreichen. Also bleibt nur die Möglichkeit, die ich vorschlage.«

Panas Pawlowytsch richtet seinen Kneifer auf mich und reckt den Kopf komisch in die Höhe, er hört weiter zu, obwohl ich bereits nichts mehr sage. Schura steht auf, nimmt ein warmes Tuch vom Bettgestell und wirft es sich über die Schultern. Ihr feines, jungfräuliches Gesicht ist frostig und grau geworden.

»Also entführen sagen Sie?« fragt schließlich Panas Pawlowytsch, als käme er allmählich zu sich ...

»Ja, meiner Meinung nach ist das der einzige Ausweg.«

»Wie soll das vor sich gehen?«

»Ganz einfach: Die Zeit aussuchen, wenn er mit dem Kindermädchen spazieren geht, ihn an die Hand nehmen, in eine Droschke setzen, und fertig!«

Ich verstehe, daß Panas Pawlowytsch nicht danach fragt. Mit den Worten »wie soll das vor sich gehen?« will er wissen, wie er den Mut dazu findet, womit alles endet, ob das ein guter Weg ist. Aber meiner Meinung nach muß man darüber überhaupt nicht nachdenken, denn alles versteht sich von ganz allein.

Für ihn jedoch ist wohl nicht alles klar. Er schlürft automatisch und schnell seinen Tee, schluckt ihn geräuschvoll in sich hinein und schaut aufmerksam die Zuckerzange an.

Oleksandra Mychailiwna atmet kaum, sie hüllt sich in das Tuch und blickt immer noch mit demselben Ausdruck auf den Fußboden, als rechne sie etwas in Gedanken durch.

»Sie sagen also entführen?« fragt Panas Pawlowytsch erneut unaufmerksam. »Ja, ja, das ist natürlich der ... Aber gibt es wirklich keinen anderen Ausweg? Gibt es nicht, sagen Sie? Und meinen Sie nicht, daß das etwas ... wie soll ich sagen ... daß das allzu kränkend für

Warwara Fedoriwna ist? Wie? Die Mutter ist sie doch trotz allem? Nicht wahr?«

Er will, daß ich ihn beruhige, und traut trotzdem von Anfang an meinen Besänftigungen nicht.

»Was meinst du, Schura? Was?«

Schura antwortet leise, ohne die Augen zu heben: »Ich meine, man sollte das nicht tun.«

»Und was soll ich tun?«

Oleksandra Mychailiwna wickelt sich fester in ihr Tuch, zuckt nervös mit den Schultern und sieht Panas Pawlowytsch ernsthaft und aufmerksam an. Und aus diesem Blick, aus einer gewissen Stumpfheit und Erstarrung wird mir klar, daß sie bereits «auf einen gemeinsamen Nenner mit sich selbst« gekommen ist. So nennt Panas Pawlowytsch jenen Prozeß, der gewöhnlich in Schura abläuft und in dessen Ergebnis sie zu Schlüssen kommt, von denen sie auf keinerlei Art abzubringen ist.

»Du mußt zu deiner Frau zurückgehen oder ihr Einverständnis zur Scheidung erreichen . . .«, erwidert sie, wobei sie bewußt »Frau« und nicht »Warwara Fedoriwna« sagt.

»Und wenn sie ihr Einverständnis nicht gibt?«

»Zurückgehen zu ihr . . .«

Panas Pawlowytsch verfällt aus irgendeinem Grunde in ein schiefes, dümmliches Lächeln und verstummt.

Das Furchtbare erweist sich als allzu furchtbar. Das ist gut.

Ich beginne fast mit denselben Worten, die ich Warwara Fedoriwna gegenüber gebraucht habe, Schura den Schaden zu beweisen, den das Zusammenleben von Menschen, die in solchen Beziehungen zueinander stehen, hervorbringen kann. Ich male ihr die hoffnungslosesten düsteren Bilder aus, die mich selbst beinahe in ehrliche Aufregung versetzen.

»Und wenn Sie das alles zulassen, wenn Panas Pawlowytsch bewußt dieses Verbrechen an seinem Sohn begeht, dann will ich nichts mehr mit Ihnen zu tun haben! Jawohl, Verbrechen, Oleksandra Mychailiwna! Ich sage das in vollem Ernst. Aus dem Jungen wird ein verlogenes, niederträchtiges, gespaltenes Wesen, das besser gar nicht erst zur Welt gekommen wäre. Sie lassen sich bewußt, weiß der Teufel, warum, aus Gründen eines abstrakten Anstands und einer akademischen Moral darauf ein, das Kind zu verkrüppeln. Ich wasche mir die Hände in Unschuld in dieser gewichtigen Angelegenheit.«

»Ja, Sie haben sicher ein bißchen recht . . .«, bemerkt Panas Pawlowytsch unentschlossen. »Nur . . . Ich verstehe natürlich, daß . . . Was meinst du, Schura?«

Schura erklärt hartnäckig mit erschrocken-dümmlicher Gefaßtheit, sie meine es so, wie sie es gesagt habe: entweder Einverständnis zur Scheidung oder Rückkehr. Die Entführung wird das Kind noch schlechter beeinflussen. Der Junge denkt an die Mutter, er kennt und liebt sie. Die offene Feindschaft wird seine Seele noch mehr spalten. Und die Mutter wird in seinen Augen für immer die Beleidigte sein. Er wird also lügen und sich verstellen, denn seine wahren Gefühle wird er vor dem Vater verbergen, der fehlende harmonische Einfluß von Vater und Mutter wird seine Seele ebenso zerstören. Man sollte sich bemühen, friedlich und in Liebe auseinanderzugehen und die Beziehungen nicht zu zerbrechen. Wenn sich das als unmöglich erweist, muß man sein Kreuz geduldig und mutig bis ans Ende tragen. Im Leid, wie schwer es auch immer sein mag, liegt auch ein positiver Sinn.

Der arme Panas Pawlowytsch! Ihm fällt es im Moment schwer, in dieser Leidenskette, in der sich ihm die Zukunft darstellt, etwas Positives zu finden. Und auch Schura selbst wird es wohl nicht leichtfallen, auf das eine oder andere zu verzichten, was sie liebgewonnen hat.

Sie wendet ihren Blick ab, dann geht sie zur Liege und legt sich mit dem Gesicht zur Wand hin.

Wir blicken sie beide an und sagen kein weiteres Wort. Bei den Wirtsleuten singt das Grammophon mit blecherner, aufdringlicher Stimme. Es klingt abscheulich. Panas Pawlowytsch hört es jedoch nicht. Zerstreut rollt er ein Brotkügelchen hin und her. Seine Finger zittern, die Augen flackern.

Die beiden hatten wohl alles bereits durchgespielt, schüchtern und emsig, mit einer ängstlichen Begeisterung alles an seinen Platz gestellt. Bis ins kleinste Detail hatten sie ihr Zimmer, ihre Abende und zwischen sich das Köpfchen von Dima gesehen. Und jetzt also bleibt dieses alternde Mädchen, diese welkende Schönheit wer weiß warum in diesem kleinen Zimmer, mit jedem Tag wird sie mehr verkümmern – eine erschrocken-ernsthafte, unnötig strenge und überspannt-ehrliche Jungfrau. Und er wird sich erneut jeden Abend in seinem Arbeitszimmer einschließen, wird die Belagerung durch Warwara Fedoriwna schweigend erdulden. Dima wird sich heimlich zu ihm schleichen, aber Halja steht hinter der Tür und sagt laut und streng: »Dima! Und was hat Mama angeordnet?« Erneut »Klärung der Beziehungen«, prinzipielle Gespräche, weibisches Geschrei, Ohrfeigen und, wenn es gut kommt, echte Schlägereien.

Das wird nicht nur ein Jahr und auch nicht zwei Jahre so gehen. Im Ernst – das ist bedrückend.

Klawdija Petriwnas Gesicht ist puterrot, als sie mich empfängt, sie lächelt mir ängstlich und erfreut zu und drückt mir fest und verkrampft die Hand. Wie sich herausstellt, hat sie fast jeden Abend auf mich gewartet. Mir ist das angenehm, und ich sitze länger bei ihr, als ich vorhatte. Kostja benimmt sich artig und lächelt ständig mit seinen faulenden, unschönen Zähnen, weshalb er mir leid tut. Durch dieses Lächeln will er wohl meine Sympathie gewinnen. Einige Male versucht er sogar, sich bei mir einzuschmeicheln. Als ich ihn an mich heranziehe, streicht er vorsichtig über meinen Bart und sagt: »Sie haben einen dunklen Bart. Nicht wahr?«

Oder er betrachtet meine Weste und freut sich: »Oh, was für einen schönen Reißverschluß Sie haben!«

Klawdija Petriwna lacht sehr darüber, sie erklärt mir, daß Kostja vorwiegend mit Frauen zusammen ist und Männersachen nicht kennt. Kostja merkt, daß er etwas Komisches gesagt hat, er beginnt auch zu lachen und wiederholt noch einmal: »Ach, was für ein schöner Reißverschluß!« Aber Klawdija Petriwna schickt ihn zum Spielen.

Von da an gehe ich öfter zu ihnen.

Jedesmal, wenn ich komme, liegt Klawdija Petriwna auf dem Kanapee; sie springt auf, wenn ich ins Zimmer eintrete, bringt schnell ihr wunderschönes Haar in Ordnung und eilt mir verstört und in stiller Freude entgegen. (Sie empfängt mich genauso, wie sie mich verabschiedet: ein wenig ängstlich, ein wenig verschämt.) Und jedesmal ist sie schwarz gekleidet. Niemals sehe ich sie in etwas Farbigem oder Weißem, nicht einmal in einer Bluse.

Sofort kommen Teekessel und Petroleumkocher zu ihrem Recht. Neben das Kanapee wird ein flaches Tischchen gestellt, und wir beginnen uns zu unterhalten. Klawdija Petriwna spricht in der Regel am meisten. Ich höre ihr gern zu – sie versteht es, den kleinsten Ereignissen und Fakten eine irgendwie intime, große Bedeutung zu geben. Und niemals redet sie gleichgültig und ruhig: Sie spricht entweder mit Eifer und Feuer, mit glühenden Wangen, auf die man kalte Kompressen legen müßte, oder aber mißmutig, hoffnungslos und verzweifelt.

Dann gibt es noch etwas Eigentümliches, wenn man sich mit ihr unterhält: Sie redet nicht einfach über ein

Thema, sie erzählt nicht irgend etwas, wie man gewöhnlich in einer gewissen Folgerichtigkeit einen Fakt entwikkelt, Zweitrangiges wegläßt und sich aufs Wesentliche konzentriert. Nein! Sie spricht einfach Gedanken laut aus, die an ihrem geistigen Auge vorbeiziehen. Aus diesem Grunde kommt sie immer wieder vom Thema ab, sie macht unerwartete Sprünge, Kehrtwendungen, versetzt mich dadurch in Erstaunen und wundert sich selber; dann kehrt sie lachend zum Thema zurück und schweift erneut weit ab.

Sie hat ihren Mann verlassen, weil er ein unmöglicher Mensch ist. Stimmt es, daß jeder Mann Frauen liebt, die sich verkaufen? Nein! Vielleicht ist es so ... Sie wollte Schauspielerin werden, aber das ist sehr schwer. Man muß irgendwelche Gesuche schreiben, Zeugnisse bringen, Referenzen. Und noch schwerer ist es, Arzt zu sein. Sie hat lange davon geträumt, einen medizinischen Lehrgang zu belegen. Aber ist das denn mit einem Kind möglich? Der Mann schickt ihnen monatlich hundert Karbowanzen zum Leben. Kostja ist oft krank. Die Wirtin hat drei Kinder, und die sind der Reihe nach krank, so daß es hier immer wie in einem Krankenhaus zugeht. Das ist furchtbar langweilig. Sie trägt sich mit dem Gedanken, auf eine Gesangschule zu gehen, befürchtet aber, daß ihre Stimme zu schwach dafür ist. Eigentlich kam es dadurch zum Streit mit ihrem Mann. Aber wodurch es dazu kam, weiß Gott allein. Vielleicht haben sie zu unterschiedliche Charaktere? Vielleicht ... Ja, ja, so wird es wohl sein!

Mich hat sie niemals nach meinen familiären Verhältnissen gefragt, aber nicht deshalb, weil es sie nicht interessiert – sie ist eben allzu delikat und ängstlich.

Ja, von Tag zu Tag macht es mir mehr Spaß, zu Klawdija Petriwna zu gehen. Weil ich immer fröhlich, mit dankbar ausgestreckter Hand empfangen werde, fühle ich mich in dieser endlosen blauen Dämmerung des Zimmers mit dem glucksenden Teekessel in der Ecke ungewöhnlich wohl. Besonders liebe ich die Augenblicke, wenn es Klawdija Petriwna endlich geschafft hat, Kostja ins Bett zu bringen. Dann bemühen wir uns, leise zu sprechen, und das gibt den unbedeutendsten Worten einen intimen Charakter und läßt ein Gefühl der Nähe aufkommen.

Dann nimmt Klawdija Petriwna die Gitarre und singt ganz leise. Sie hat eine seelenvolle, reine und hohe Stimme. Sehr oft singt sie ohne Worte, wobei sie die Lippen zusammenpreßt – das erweckt den Anschein, als klinge eine Geige und seufze wie ein lebendiges Wesen. Klawdija Petriwna hat es nicht gern, wenn man sie lange anschaut, und deshalb neigt sie ihr Gesicht der Gitarre zu; wenn sie jedoch zu spielen aufhört, hebt sie den Kopf und lächelt mich schuldbewußt und fragend an. Ich bitte sie, weiter zu singen, und sie neigt sich erneut zur Gitarre, als suche sie einen Rat, was sie spielen soll.

Wenn ich spät in der Nacht weggehe, bin ich sentimental gerührt und empfinde etwas wie Mitleid mit dieser wundervollen einsamen Frau. Und gleichzeitig erinnere ich mich lächelnd, wie sie allmählich schwach wird und heftig vor Erregung atmet, wenn ich ihre Hand nehme und sie lange drücke. Wie sie mich ängstlich anschaut und dann ihre Augen wie blind kreisen läßt – es ist, als warte ihr schwaches Wesen auf etwas. Und wie sie sofort munter wird, wenn ich ihre Hand loslasse, als wache sie auf; sie wird dann sehr lebhaft, lacht ohne jeden Grund und nimmt jede Minute die Gitarre in die Hand, um sie sofort wieder zur Seite zu legen. Und ihre Bewegungen sind so geschmeidig, leicht, rhythmisch, als singe ihr ganzer schwarzgekleideter Körper, schlank und rank wie bei einem Mädchen. Mich erregen besonders dieses schwarze, strenge Kleid und der junge, singende Körper, der so beweglich und geschmeidig, aber auch so weich und willenlos ist, wenn ich ihn berühre.

Die Tage sind sonnig, jung, sie murmeln wie kleine Bäche, riechen nach aufgetauter, schwarzer, fettiger Erde. Alles glänzt: die geöffneten Fenster, die Knöpfe der offenen Mäntel der Gymnasiasten, die gewunden dahinfließenden murmelnden, schmutzigen Bäche, die Augen und die Zähne derer, die lachen. Und dabei lachen alle, die auf der Straße sind, die in den hohen, durchsichtig blauen, lächelnden Himmel blicken. Mein Gott, wie wenig braucht der Mensch, um glücklich zu sein! Und was für ein Glück kann es bedeuten, wenn man im geöffneten Mantel am Ufer solch eines Straßenbächleins steht; man steht mit zusammengekniffenen Augen unbeweglich da, um die anhaftende Sonnenwärme nicht von den Schultern zu schütteln; man hört etwas in seinem Innern und glaubt, das Leben sei furchtbar schön, notwendig und fröhlich.

Und unter den modrigen Holzzäunen recken sich schon Grashalme hervor, die Fichtennadeln ähneln. Rötliche Käfer sitzen auf den erwärmten Brettern in dichten Haufen, sie scheinen auch die Augen zusammenzukneifen und zu denken, daß das Leben sehr schön ist. An den Staketenzäunen in der Vorstadt sind schmale Wege in den Morast getreten, die ganz glatt und warm sind, wenn man sie mit dem nackten Fuß berührt. Die Jungen stapfen fröhlich, barfuß auf ihnen entlang und stoßen klangvolle, frühlingshafte Laute aus. Spatzen tschilpen eifrig und laut; die Weibchen sitzen neben den Astlöchern, und die Männchen schlagen sich um das Recht, diese Löcher für ihre Familie einzunehmen. Auf den Simsen und Dachrinnen drängeln sich die Tauben; die Hälse gebläht, gurren die Täuberiche laut und schieben sich mit der Brust zu den Weibchen.

Ich stehe fast jeden Tag drei Häuser von Andrikos Gymnasium entfernt. Wenn ich sein spitzes Kinn über dem Hemdkragen sehe, die abstehenden Ohren und die allzu große Schirmmütze – dann verberge ich mich in einem fremden Hof und warte, bis die Gymnasiastengruppe vorbeigezogen ist. Ich gehe ihnen hinterher und begleite den roten Ranzen und die rötlichen Ohren bis ans Haus. Wenn es zu einem Streit kommt und der rote Ranzen zurückweicht und ich von hinten die Verwirrung, Angst und Scham in der kleinen Seele spüre, wende ich mich ab, rauche und bemühe mich, nicht in diese Richtung zu blicken.

Mitunter braucht Andriko an die zwei Stunden für den Heimweg. Das liegt daran, daß die kleinen Mannschaften sehr häufig umkehren. Auf mich warten Geschäfte, aber ich kann nicht eher gehen, bis das kleine Wesen in der Tür des Paradeeingangs verschwunden ist.

Und Tag für Tag gebe ich mir das Wort, daß es zum letztenmal ist, daß ich morgen nicht mehr zum Gymnasium gehen werde. Ich habe mir doch vorgenommen, ein für allemal damit aufzuhören. Entweder ist er mein Sohn, oder er ist es nicht. Er ist es nicht? Also gut! Dann gibt es ihn nicht, er existiert nicht, ich kenne ihn nicht, ich denke nicht an ihn!

Aber im selben Moment, in dem ich mir das Wort gebe, weiß ich bereits mißgestimmt und voller Selbstverachtung, daß ich mein Wort nicht halten werde. Oh, wie ich mich dann verachte! Ein mieser, halbgewalkter Schiefnäsiger Mephisto! Überhaupt nichts kann ich zu Ende bringen. Nicht einmal etwas Böses tun kann ich bis ans Ende. Sogar des Bösen werde ich entweder überdrüssig, oder ich bekomme Angst und bleibe auf halbem Wege stehen. Selten lese ich ein Buch bis zur letzten Seite. Meine langen Gerichtsprozesse stimmen mich mißmutig, ich beeile mich, sie loszuwerden, übergebe sie anderen, mache Fehler, verliere. Ich hasse und räche mich nur ausbruchsweise, ich führe jemanden Hals über Kopf in die Irre, aber wenn es darauf ankommt, mit Methode, ständig und dauerhaft zu arbeiten, erkalte ich, und das Ergebnis ist gleich Null. Wenn mich eine Stimmung wie eine Welle ergreift und ich etwas Gutes tun will, dann muß ich das sofort tun, denn sonst werde ich meiner Gutmütigkeit überdrüssig, sie langweilt mich, ich kritisiere mich selbst und lache mich aus, und schließlich ist es wie in der Schrift: Gutes wollend, füge ich Böses zu. Ich füge Böses zu, sogar ohne es zu wollen – es ergibt sich ganz von selbst.

Aber äußerlich bin ich ein starker, energischer, ironischer Mensch. Vielleicht kommt das von meiner Hochmütigkeit und der hoffärtigen Fassade meines »Ichs«. Wegen diesem Hochmut hat man mir wohl den treffenden Namen gegeben.

Ich sitze auf dem Wolodymyr-Hügel! Unter mir breitet sich der Dnipro und umflutet die Inseln und die Slobidka. In der Ferne flimmern die Uferberge in weichen, sanften Linien. Weiß hebt sich die Klosterkirche auf ihnen ab, die von hier aus an ein Grabdenkmal erinnert. Links liegt der laute, emsige, geschäftige und schmutzige Podil. Die Sonne ist rot, groß und aufgedunsen. Die Bäume haben sich mit schamhafter Röte überzogen.

Vor meinem inneren Auge steht aufdringlich ein Bild: Ich nähere mich einem Gebäude, in dem eine Versammlung stattfinden soll. Ich bin Mitglied des Komitees. Die Versammlung der Agitatoren aus dem Stadtteil. Ach, zum Teufel damit!

Und plötzlich denke ich an die Worte von Netschyporenko: »Das war doch Ihre Jugend.« Und sofort ergreift mich ein freudiges Gefühl. Ja, in der Tat, das war die Jugend. Ich sehne mich nach der Jugend. Das ist der eigentliche Grund. Hätte ich meine Jugend irgendwo an der Maschine verbracht, würde ich mich genauso schmerzhaft, traurig und sehnsüchtig an sie erinnern. Wichtig ist das Wesen und nicht die Form. Und wesentlich sind die jubilierenden Kräfte, das tanzende Blut, die Begierde danach, die ganze Welt zu beherrschen, Mut, Verwegenheit, grenzenlose Jugend. Und Form ist alles, was man will: Verse, Revolution, Liebe, Maschine.

Ja, darin steckt natürlich die Wurzel für alles andere! Und Verrat von meiner Seite gibt es überhaupt nicht. Das Leben selbst hat mich verraten, indem es mir die Jugend genommen hat. Natürlich liegt alles nur daran! Sollten nur diejenigen andere Erinnerungen haben, die an der Revolution teilgenommen haben? Lächerlich!

Nach Hause kehre ich aufgemuntert zurück. Schnell wird der Frühling vergehen, mit ihm verschwinden auch alle seine Stimmungen ...

Im Arbeitszimmer finde ich Sosnyzky vor. Ich brauche ihn nur anzusehen, um sofort zu merken, daß er mich um irgend etwas bitten will. In mir erwacht der fröhliche, böse Wunsch, diesen von sich selbst überzeugten, schwergewichtigen Mann ein wenig zu quälen.

Sosnyzky kommt mir behend entgegen, begrüßt mich, klopft mich auf die Schultern. Genau wie ich selbst, gehört er zu den Intellektuellen, die die Kutscher, die Lakaien, die bejahrten Portiers mit du anreden, sie »Bruder« nennen, die ihre Bekannten auf die Schultern und den Bauch klopfen und sich überall und immer wie ein Fisch im Wasser fühlen.

»Was hast du bloß mit meiner Frau gemacht, Jakiw? Na? Du bist ein Komiker! Weshalb habt ihr einen Scherbenhaufen angerichtet?«

Ich klopfe ihn auch auf die Schultern, lache und gebe irgendeine Dummheit zur Antwort. Wenn sich zwei treffen, die einander auf die Schultern klopfen, dann hat der, der am stärksten und sichersten klopft, das Sagen. Und der andere verfällt dann vorsorglich ins Kichern.

»Nicht doch, hör mal zu, was passiert ist!«

Ich blicke auf seine dicke, schlaffe Nase mit den winzigen runden Löchern, auf seine blauen Augen, die gelbliche Mähne auf dem Kopf, und ich fühle schadenfrohe Lust in mir aufkommen: Es gibt keinerlei Ähnlichkeit zwischen Andriko und diesem Mann. Und erneut möchte ich gern fragen, ob er Sonjas Zweifel kennt. Sie versichert, ihm nichts gesagt zu haben. Aber kann man ihr etwa glauben? Und wenn er etwas weiß – was empfindet er dann mir und Andriko gegenüber? Und übrigens: Was für ein Vatergefühl kann solch ein träger, verwahrloster, sinnlicher Mensch haben? Er ist also gekommen, um Geld zu leihen. Für Geld wird er sowohl Andriko wie auch Sonja und sich selbst verkaufen. Vielleicht sollte man ihm Andriko abkaufen?

Ich erzähle erneut einen unbedeutenden leeren Witz über die Stimmungen von Frauen und mache es mir im Sessel bequem.

»Dummheiten, bei Gott!« lacht Sosnyzky. »Sie sitzt im Schlafzimmer und weint. Essen haben sie aus irgendeinem Grund nicht gekocht. Überhaupt sieht es miserabel aus, Jascha«, sagte er, lächelt schief und fingert eine Zigarette aus der Schachtel.

Gleich wird er um Geld bitten.

»Ja, unser Leben stimmt nicht. ›Unsere Charaktere passen nicht zusammen‹, wie du zu sagen pflegst. Das Beste und Edelste wäre natürlich, einander die Hand zu drücken und auseinanderzugehen.«

Er verstummt und geht im Zimmer auf und ab, wobei er sich schwer auf jedes Bein stützt und nach unten starrt. Mitunter blickt er mich an, und dann spüre ich in seinen Augen eine seltsame, stete Aufmerksamkeit, als beobachte er, welchen Eindruck seine Worte auf mich machen.

»Dummes Gewäsch!« sage ich und gähne ausgiebig. »Morgen gibt es dafür Blumenkohl« – sein Lieblingsgericht – »zu Mittag.«

»Nein, Jakiw Wassyljowytsch, es geht nicht um Blumenkohl. Sonja liebt mich nicht, das ist es!«

Er spricht diese Worte ernst, entschieden und leise aus. Dann fügt er etwas hastig hinzu: »Ich fordere nichts, ich fordere nichts. Ich weiß schon seit langem ...«

Und wieder geht er auf und ab und schaut mich genauso an. Was zum Teufel soll das?

Solche Gespräche haben wir noch nie geführt. Was will er von mir? Braucht er etwas zu trinken, oder was?

Ich gähne erneut und sage lächelnd: »Was ist los mit dir, hast du gestern im Spiel verloren? Was soll das Gewimmer?«

Mein Ton beginnt ihn spürbar zu reizen.

»Nein, ich habe gewonnen!« sagt er trocken. »Und ich kann dir dreihundert Karbowanzen von meiner Schuld zurückgeben. Da hast du sie!«

Er nimmt seine Geldbörse heraus und zählt dreihundert Karbowanzen ab.

Ich bin völlig aus dem Konzept gebracht und verstehe diesmal ganz ehrlich nichts.

»Also, worum geht es?«

Er wird rot und antwortet, wobei er mir direkt in die Augen sieht: »Ich kann solch ein Leben nicht länger ertragen. Sonja ist eine schöne, verständige, ehrliche Frau, aber ... wenn aber eine ehrliche Frau nicht liebt, dann ist das Leben mit ihr tausendmal schwerer als mit einer dummen und gemeinen. Ein ganzes Jahr lang geht das schon so. Zum Erzählen fehlt die Zeit.«

Er geht von mir weg, tritt ans Fenster und kommt ebenso schnell zurück.

»Also gut! Daran kann man nichts ändern. Fragt sich, was es für einen Ausweg gibt. Scheidung. Hervorragend! Aber ich bin doch nicht schuld? Nicht wahr? Auf welcher Grundlage also stellst du mir Bedingungen? Ich schlage vor: Ich nehme Andriko, sie – Wassylko. Mit Andriko kann ich leben – er ist acht Jahre alt. Wassylko wird erst zwei Jahre. Er braucht jetzt selbstverständlich eine Mutter und keinen Vater. Auf keinen Fall! Fast wäre sie in Hysterie verfallen. Auf gar keinen Fall!«

»Was will sie dann?« frage ich automatisch.

»Was sie will? Beide! Oder bestenfalls mir Wassylko und für sich selbst Andriko. Aber sie weiß doch, sie weiß, daß ich ohne Andriko nicht leben kann. Sie weiß, daß sie mir die letzte Hoffnung ...«

Vor Erregung kann er nicht zu Ende sprechen und geht wieder ans Fenster.

Wir schweigen eine Zeitlang. Ich merke erst jetzt, wie furchtbar schwerfällig er geworden ist. Seine Gedanken aber kommen erstaunlich schnell und plötzlich, wie eine Herde von Ziegen, die durch etwas erregt und erschreckt wurden. Seine Gedanken werfen sich hin und her, überspringen sich gegenseitig, tollen herum und suchen einen Ausweg.

»Ist doch alles gleich!« Sosnyzky reißt sich plötzlich vom Fenster los. »Ich weiß nicht, warum ich dir das alles erzähle. Dich interessiert das sicher überhaupt nicht. Wie geht es dir? Warst du gestern im Klub?«

In der Tat – warum hat er mir das alles erzählt? denke ich und antworte: »Nein, im Klub war ich nicht. Ich hatte zu tun.«

Und plötzlich sage ich, als hätte ich irgendeinen Befehl vernommen: »Mir, weißt du, geht es übrigens auch ... Sicher nicht in diesem Sinne, aber ... Verstehst du, ich habe eine Affäre mit einer Dame angezettelt. Wenn du willst, sogar einen ganzen Roman. Einen ernsthaften, wie es aussieht.«

»Was sagst du da?!« bricht es aus ihm gleichzeitig erschrocken und verständnislos hervor. Er bemüht sich sogleich, diesen Ton durch übersteigertes Interesse zu maskieren, aber ich fühle, daß es gut war, ihm das zu sagen.

»Meinst du das im Ernst, Jakiw?«

»Ohne jeden Scherz.«

»Und wirklich ein richtiger Roman?«

»Genau! Stell dir vor! Drei Jahre lang keinerlei Romane, und plötzlich . . .! Da kann man nichts tun. Wir wollen im Sommer auf die Krim fahren.«

Ich überzeuge mich immer mehr, daß ich mit dieser Mitteilung seine Pläne zerstört habe. Er ist schon nicht mehr in der Lage, sein Unverständnis, seine Zerstreutheit zu verbergen, er kommt auf neue Gedanken und wohl auch auf neue Kombinationen. Er fragt mich nicht mehr aus, antwortet unaufmerksam und macht sich schnell auf den Weg.

Und ich sitze lange Zeit im Sessel und denke nach. Ja, jetzt muß endgültig Schluß sein mit Andriko. Sosnyzky hatte vermutlich folgenden Plan: Er wollte mir Sonja und Wassylko geben und dafür Andriko für sich ausbedingen. Aber ich gebe ihm alle zusammen. Alle! Und damit basta!

Ich stehe auf und mache mich auf den Weg zu Klawdija Petriwna.

An diesem Abend bin ich sehr zärtlich zu Klawdija Petriwna und zu Kostja. In ihren Augen leuchten Entzücken, Verwunderung und noch etwas anderes auf. Kostja schmeichelt sich bei mir ein, er streichelt meine Brust, lächelt sanft und liebenswürdig.

»Was für lange Beine Sie haben! Weshalb sind Sie so

groß? Und heute haben Sie einen anderen Reißverschluß.«

Dann legen wir Kostja schlafen. Und wenn sich unsere Hände begegnen (eine ewige Geschichte mit diesen Händen!), scheint Klawdija Petriwna für einen Augenblick das Bewußtsein zu verlieren, danach beschäftigt sie sich mit nutzlosen Dingen. Ihre Wangen brennen, und sie berührt sie automatisch mit den Händen.

Schließlich werden Kostjas Rufe hinter dem Wandschirm ruhiger. Wir setzen uns auf das breite rote Kanapee. Auf dem Tischchen stehen der unvermeidliche Teekessel und die Konfitüre. An der Wand hängt die Gitarre mit dem breiten roten Band. Im blauen Halbdunkel glänzen die Gläser von Klawdijas Pincenez.

Ich lasse mich an die Rückenlehne zurückfallen und liege fast. Klawdija Petriwnas angespannte Unruhe, die roten Flecken auf ihren Wangen, ihre schwarze Mönchskleidung, ihr schüchternes Benehmen und ihr junger Körper versetzen mich in Erregung. Und gleichzeitig reizt mich irgend etwas, eine unerklärliche Schwermut übermannt mich. Am liebsten möchte ich aufstehen und so schnell wie möglich weglaufen. Aber ich fühle, daß das bereits nicht mehr möglich ist: Das wäre eine Beleidigung für Klawdija Petriwna, eine Beleidigung für ihre glühenden Wangen, ihr gespanntes Lachen, ihren unlogischen, erwartungsvoll auf den Wandschirm gerichteten Blick, ob Kostja schläft. Mitunter steht sie sogar auf und geht hin, lauscht auf seine Atemzüge. Das erregt mich unwillkürlich, unwillkürlich folgen meine Augen ihrem schlanken, schwarz-gekleideten Mönchskörper.

Und gerade ihre schwarze Kleidung, die an etwas Heiliges, Unberührtes, Sündiges gemahnt, erregt mich am meisten. Gegen meinen Willen stelle ich mir vor, wie mir dieser Körper in jedem Augenblick, wenn ich es nur will, gefügig sein wird; wie diese flinken Hände schwach werden und mich sündhaft liebkosen; welch süßer, zitternder Schreck diese verschlossene und einsame träumerische Seele erfaßt.

Kostja beginnt aus irgendeinem Grunde zu weinen. Klawdija Petriwna läuft hinter den Wandschirm und flüstert lange auf den Jungen ein. Als sie zurückkommt, ist die Spannung bereits aus ihrem Gesicht gewichen, auch die Hände sind entspannt. Sie nimmt nachdenklich die Gitarre und beginnt leise zu spielen. Ich nutze diesen Moment und will mich verabschieden. Klawdija Petriwna streckt mir schüchtern und traurig die Hand entgegen, als fühle sie sich für irgend etwas schuldig, und sucht mich nicht zurückzuhalten, wie sie das sonst immer zuerst getan hat. Das gibt mir einen Stich. Ich lasse absichtlich ihre Hand nicht aus der meinen und sage irgendeine Dummheit. Die Hand macht schwache Versuche, sich zu befreien, aber das reizt mich nur und weckt den Wunsch, ihre Wangen erneut zum Glühen zu bringen, damit auch ihr Hals brennt, die Trauer zu vertreiben, die von der Sündhaftigkeit herrührt. Was ich davon habe – ich weiß es nicht. Aber gehen, ohne dies erreicht zu haben, übersteigt bereits meine Kräfte.

Lange stehen wir schweigend so da. Ich lächele und drücke ihre Hand, und Klawdija Petriwna bemüht sich, mich nicht anzuschauen, sie windet ihre Finger aus meiner geschlossenen Hand. Mit der Zeit werden ihre Wangen rot, ihre Augen schauen mich einige Male fragend und flehend zugleich an. Wir sagen kein Wort. Dann versuche ich, sie zum Kanapee zu führen. Ich fasse den Entschluß: Wenn sie sich fügt, setze ich sie hin, küsse ihre Hand und gehe sofort. Mehr brauche ich nicht. Aber sie sträubt sich und beginnt schwer zu atmen, wobei sie immer wieder zum Wandschirm schaut und lauscht. Während des Handgemenges berühre ich mit dem Gesicht ihre Schulter. Ich spüre den Duft ihres entblößten Halses. Deshalb ziehe ich ihren Körper noch enger an mich heran. Klawdija Petriwna stöhnt wie ein Mensch, der zuwenig Luft bekommt, tief auf, hebt den Kopf zu mir hoch, und ich sehe, daß ihr Blick bereits geistlos und stumpf ist und auf etwas zu hören scheint. Ihre Hände werden schwach, der Körper wird gefügig und weich, und ich muß ihn bereits an den Hüften halten, damit er nicht fällt.

Ich muß gehen, genug, denke ich, aber statt dessen führe ich sie zum Kanapee.

Als ich mich verabschiede, küßt mich Klawdija Petriwna mit unverhüllter Dankbarkeit, sie schmiegt sich mit dem ganzen Körper an mich, streichelt meine Hände, die Jackettärmel und fragt mich mit heißem, gierigem Flüstern, wann ich wiederkomme. Mir ist das peinlich, und aus irgendeinem Grunde bin ich traurig, aber gleichzeitig freut mich ihre stürmisch ausbrechende, überhaupt nicht schamhafte Begierde.

Zu Hause im Bett denke ich voller Abscheu über mich selbst nach, während ich die dunkle Wand anstarre. Abscheu nicht etwa deshalb, weil ich die Frau verführt habe – das hat sie selbst gewollt, sie hat es gebraucht und würde alles dafür geben –, sondern weil ich etwas tue, was ich selbst nicht will: Ich bin gewissen Kräften unterworfen, die aus meinen Taten zufällige, unbegründete, vom Willen und dem Bewußtsein unabhängige Handlungen werden lassen. Worin bestand denn hier mein Wille, mein Bewußtsein? Was wollte ich eigentlich, und was wollte ich nicht?

Erleichterung verschafft mir lediglich, daß ich während der Umarmungen an die Gefahr einer möglichen Schwangerschaft gedacht habe. Also kann ich mich doch in gewissen Fällen beherrschen.

Ich komme aus dem Gericht zurück. Der Tag ist klar, er glänzt rötlich-golden. Von den Dächern tropft es auf Schultern, Hüte und Nasen. Die Tauben drängeln sich in grauen, gurrenden Schwärmen zwischen den Füßen von Pferden und Menschen. Auf den Gehwegen laufen viele Damen mit Päckchen – alle haben Lust bekommen, Einkäufe zu machen. Die Räder von Equipagen donnern die Straße entlang, es ist ein siegreicher und erregender Lärm.

Ich gehe nicht zum Gymnasium. Ich mache mich auf den Heimweg, habe den Mantel aufgeknöpft und fange mit der Brust die ersten heilsamen Frühlingsstrahlen ein. Selbst scheine ich jenen rötlichen Insekten zu ähneln, die an solch einem sonnigen Tag in unbeweglichen Massen die Bretter der Holzzäune bedecken. Sie brauchen nichts außer einem kleinen Stückchen Holz und einem heißen Sonnenstrahl. Und sind etwa all die Damen mit ihren Paketen, die Beamten, die Hausmeister mit ihren Besen keine rötlichen Insekten?

Nein, zum Gymnasium gehe ich nicht mehr! Schluß damit!

Neben meinem Haus bemerke ich plötzlich die Gestalt von Sonja. Sie steht vor einem Ladenfenster und betrachtet unbeweglich und starr den Trödel, ohne ihn wahrzunehmen – sie ist ganz und gar in schwere, tiefe Gedanken versunken. Plötzlich sieht sie sich um und sucht jemanden hastig im Gewühl der Vorübergehenden. Ich tue, als bemerke ich sie nicht, und gehe langsam vorwärts, einfach so vor mich hinblickend. Sonja entfernt sich von der Vitrine und kommt mir geschäftig entgegen, als hätte sie nicht noch vor einem Moment still dagestanden. Ich bemerke sie trotzdem nicht. Ob sie wohl auf mich gewartet hat? Wenn es so ist – redet sie mich dann als erste an? Ich nehme absichtlich das Zigarettenetui heraus und beginne zu rauchen, ohne dabei stehenzubleiben. In diesem Moment sind wir auf gleicher Höhe. Ihr schwarzer Hut, die grüne Feder und der Pelzkragen rauschen an mir vorbei. Sie spricht mich nicht an. Vielleicht hat sie angenommen, daß ich als erster auf sie zukomme? Oder hat sie mich wirklich nicht erwartet?

»Jakiw Wassyljowytsch!«

Allzu ruckartig drehe ich mich um, allzu erstaunt und höflich begrüße ich sie. Da haben wir es also wieder: Ich habe dich gesehen, ich habe gewußt, daß du auf mich wartest, nun will ich, daß du mich als erste ansprichst – und du tust es.

Vor Erregung und Verwirrung geht sie grundlos auf die andere Straßenseite, erschrickt dabei automatisch vor den Straßenbahnen und Droschkenkutschern. Ich folge ihr und lächele.

Drüben beherrscht sie sich etwas: »Ich muß hier... Ich soll... Ich bin sehr froh, daß ich dich getroffen habe... Übrigens...«

Ihre Nase und ihr Kinn sind anscheinend spitzer und bleicher seit der Zeit geworden, als wir uns zum letztenmal gesehen haben. Ihre Nasenlöcher schimmern heute nicht rosafarben, sondern gelblich, sie haben sich durch die Erregung vergrößert. Insgesamt ist sie mir irgendwie fremd, sie ruft leichtes Mitgefühl hervor.

»Ich wollte dich etwas fragen«, sagt sie, während ihre Augen hin und her huschen und sie über ihre eigenen Worte erschrickt; dabei bemüht sie sich jedoch, kalt und nachlässig zu wirken.

»Bitte schön, Sonja. Ganz zu deinen Diensten!«

»Hast du Zeit?«

»Soviel du willst. Ich bin immer froh ...«

Interessant, sehr interessant, was sie mich fragen will.

»Sagst du mir die Wahrheit?«

»Unbedingt.«

»Gut. Vielen Dank.«

Sie tut so, als merke sie mein Lächeln und den leichten Tonfall nicht, der ihrer Stimmung nicht entspricht. Dadurch zwingt sie mich gleichsam, ihr tatsächlich die Wahrheit zu sagen.

»Sag mir: War Dmytro gestern bei dir?«

»Ja.«

»Worüber habt ihr gesprochen?«

»Hm! Über Verschiedenes. Ich weiß nicht, ob ich das Recht habe, es dir zu sagen.«

Sie senkt den Kopf und schweigt eine Weile. Dann stößt sie trocken hervor: »Du fährst auf die Krim?«

»Ja, so sieht es aus.«

Sie schweigt noch eine Weile. Dann fragt sie ebenso trocken, als reiße sie die Wörter aus sich heraus: »Du sagst also nicht, worüber ihr gesprochen habt?«

»Ich habe keine Vollmacht dazu, Sonja.«

»Leb wohl!«

Und sie geht schnell davon, ohne mit dem Kopf zu nicken und mich anzusehen. Rücken und Hut erwecken den Eindruck, daß sie entweder gleich hysterisch aufschreit oder aber sich umdreht, auf mich losrennt und mit dem Schirm auf mich einschlägt. Sie geht um eine Straßenecke und verschwindet.

In meinem Arbeitszimmer treffe ich erneut Sosnyzky an. Aber nicht allein, sondern mit Andriko. Andriko stürzt mir entgegen, hängt sich mir an den Hals, schlingt die Beine um mich, lacht, wirft sich mit dem ganzen Körper zurück – er freut sich ehrlich, daß er mich sieht. Mama ist nicht dabei, und er spürt, daß er sich frei bewegen kann. Am Fenster steht Sosnyzky mit dem Rücken zum Licht, er ist leicht gekrümmt und sieht mich an. Sein Blick wirkt schwer, er schwankt zwischen Lachen und Leiden.

»Onkel Jascha, Onkel Jascha! Zeig mir die Photos von den kleinen Verbrechern. Du hast es versprochen, Onkel Jascha, erinnerst du dich?«

Vielleicht hat Sonja diese beiden auf der Straße erwartet? Ob sie gewußt hat, daß sie bei mir sind? Was wollen sie hier?

Ich zeige ihm die Photos von den kleinen Verbrechern, halte Andriko auf meinen Knien fest und rede zwischendurch einige Worte mit Sosnyzky. Er antwortet langsam, dumpf und ebenfalls, wie ich herauszuhören glaube, halb lachend, halb leidend. Der kleine bewegliche, unruhige, warme, geschmeidige Körper windet sich auf meinen Knien, schlägt mit den Schuhabsätzen gegen die Schienbeine, schreit und strampelt.

Sie waren spazieren und kamen ohne bestimmte Absicht herein, um sich etwas auszuruhen, um guten Tag zu sagen und dann nach Hause zu gehen.

Ich habe den Eindruck, als beobachte mich Sosnyzky, als vergleiche und überprüfe er. Vielleicht stimmt das überhaupt nicht, aber ich will mich so hinsetzen, daß er unsere Gesichter nicht erkennen kann. Ich setze mich anders hin, so daß Andriko und ich jetzt Dmytro den Rücken zuwenden. Zuerst die Seite, dann aber, als ich an meine Nase denke, den Rücken.

»Und weißt du, Onkel Jascha, wir fahren aufs Dorf zu Vatis Vater. Kommst du zu uns? Vati hat mir einen Monte Christo gekauft. Und einen kleinen Hund. Wenn er groß ist, gehe ich mit ihm auf die Jagd. Und der Bruder von Vatis Vater hat eine großartige Hundezucht.«

Sosnyzky geht vom Fenster weg und setzt sich uns gegenüber auf das Kanapee. Jetzt ist sein Gesicht im Hellen, und ich sehe, daß sich weder Spott noch Leiden auf ihm abzeichnen. Es wirkt verschlafen, mißgestimmt, erstarrt. Die Wangen hängen herunter, und die Nase sieht welk aus, wie eine unreife, gepflückte Birne. Aber sein Blick ist aufmerksam, fragend, bedrückt. Ein kranker oder furchtbar müder Mensch.

»Und Mama fährt auch mit?«

»Aber wie denn sonst ...«, wundert sich Andriko.

Ich schäme mich für meine Frage. Ich lache und sage scherzhaft, daß Mama im Sommer mit einem Flugzeug fliegen will. Vielleicht fliegt sie sogar nach Amerika.

»Nein, sie ist jetzt so eine Heulliese geworden, daß man sie im Flugzeug nicht mitnimmt. Und immerzu hat sie Kopfschmerzen. Der reinste Jammer ist das mit ihr! Onkel Jascha, haben diese Verbrecher schon Leute getötet? Mit Äxten oder mit Schlagringen?«

Weshalb sind sie gekommen? Was weiß er, dieser schwergewichtige, abgestumpfte Mann? Also hat sie ihm etwas erzählt?

»Komm, Andriko, wir gehen ...« Sosnyzky erhebt sich mit Mühe.

»Nein, Vati, nein! Noch ein bißchen ... Onkel Jascha, laß uns nicht weg!«

Seine geschmeidigen, zärtlichen Arme winden sich um meinen Hals, und der kleine Kopf preßt sich fest an meine Brust. Das niedergeschlagene Gesicht lächelt doch ironisch und schmerzlich. Sosnyzky steht unbeweglich da und schaut uns unter den Augenbrauen hervor an.

Andriko küßt mich in einer unerwarteten Gefühlsaufwallung auf die Wange, schämt sich und beginnt, weil es ihm peinlich ist, herumzualbern, zu lachen und mich zu kitzeln.

»Komm, Andriko, wir stören Onkel Jascha beim Arbeiten.«

»Ist das wahr, Onkel Jascha?« fragt Andriko und blickt mich dabei mit weit geöffneten graublauen Augen an, die mich schmerzhaft erregen. »Stören wir dich?«

Ich möchte diesen lieben kleinen Körper ganz fest

zusammenpressen, bis seine Knochen zu knacken beginnen. Aber ich lache und sage: »Ja, Andriko, ich muß arbeiten.«

Andriko seufzt, klettert von meinen Knien herunter und streckt mir dann ernst und langsam die Hand entgegen. Ich drücke sie, küsse ihn auf die Stirn und verabschiede mich von Sosnyzky.

Über den Bruch zwischen Panas Pawlowytsch und Warwara Fedoriwna ist die ganze Stadt informiert. Sie weiß, daß Panas Pawlowytsch ein Wüstling ist, ein seelenloser Mensch, verlogen und heuchlerisch. Man erzählt sich, wie er die Kinder bestraft hat, besonders das Mädchen, wie er die Frau ohne eine Kopeke zurückließ und sich weigerte, der verlassenen Familie zu helfen. Die arme Frau steht mittellos da und befindet sich in einer geradezu ausweglosen Situation.

Panas Pawlowytsch witzelt über diese Gerüchte, aber mitunter bemerke ich Zerstreutheit und Müdigkeit in seinem Gesicht. Er ist ein akkurater, genauer Mann, jede Minute hat ihren bestimmten Platz bei ihm. Er ist es gewohnt, nach einem bestimmten System zu leben und zu arbeiten, das auf äußeren Zwängen und auf Erfahrung basiert, er braucht die Gewißheit, sich morgen und übermorgen zur selben Stunde und am selben Platz im Kreis derselben Gedanken wiederfinden zu können. Und plötzlich solch ein unsicherer Zustand, der die verschiedensten Möglichkeiten bereithält.

»Wenn Sie mich fragen, Panas Pawlowytsch«, sage ich zu ihm, »sollten Sie in dieser Lage entschlossen, fest und unnachgiebig handeln. Man muß ihr Dima wegnehmen, das eigene Leben einrichten, und Schluß.«

»Nein, nein, mein Lieber.« Seine Augen zucken erschrocken. »Das ist unmöglich. Das ist völlig unmöglich. Schura wird nicht einverstanden sein.«

»Sie wird es.«

»Nein, nein, nein!«

Und plötzlich fragt er: »Sie meinen also, man sollte ihn einfach wegnehmen? Ja? Mit Gewalt? Entführen? Ja?«

Und dann von neuem: »Nein, nein! Schura ist nicht einverstanden, es wird Theater geben . . . einen Skandal, übles Gerede.«

Und ebenso unverhofft und ironisch lächelnd, stellt er die Frage: »Vielleicht sollte ich zu Warwarotschka zurückkehren?«

»Das wird für Sie auch das Ende sein, Panas Pawlowytsch.«

»Wirklich? Meinen Sie?«

Und dann schaut er lange auf ein und denselben Punkt mit seinem erstarrten ironischen Lächeln, das allmählich etwas bleicher, kläglicher und trauriger wird.

Schura steht unerschütterlich und stumpf hinter ihrem Entschluß. Es scheint, sie würde eher sterben, als ihren Entschluß ändern.

Übrigens wird jedesmal, wenn ich sie sehe, der Wunsch in mir wach, diese Rechtschaffenheit in Person zur Sünde zu verleiten. Wenn man sie zum Beispiel elegant kleiden würde, sie mit Getränken vollaufen ließe und sie mit wollüstigen fetten Fratzen umgäbe – dann könnte man sehen, was hinter dieser starren Schale der Heiligen steckt. Ich weiß nicht warum, aber immer wieder habe ich den Eindruck, daß dort ein wildes Tier sitzen muß. Eben deshalb ist sie so halsstarrig und auf der Hut, weil sie sich fürchtet, es herauszulassen.

Und dennoch wird es irgendwann herauskriechen. Es findet eine kleine Spalte. Sie braucht nur Kinder zu bekommen. Oh, dann wird das ein grausames, reißendes, eifersüchtiges Tier sein. Nur nicht zu nahe kommen! Und sie gehört eben zu dieser Gattung.

Klawdija Petriwna gehört derselben Art von in sich verschlossenen Tieren an. Ich zögere, ihr Verhältnis zu Kostja Liebe zu nennen. Das ist etwas rein Animalisches, Irrationales, Furchteinflößendes. Abschlagen kann sie Kostja nichts, wenn auch ihr Verstand jedesmal einige mißlungene Versuche in diese Richtung macht. Deshalb tobt zwischen ihnen ein pausenloser Kampf, ein Kampf zwischen zwei wilden Tieren. Vom frühen Morgen an, wenn Kostja die Augen aufschlägt, bis hin zum Abend, wenn sie allmählich zufallen, hören sie nicht auf, gegeneinander zu kämpfen.

»Kostja, zieh dich an! Der Kaffee wird kalt.«

Kostja macht seinem Pferdchen einen Knoten in den Schwanz, wobei er nur im Hemd dasitzt. Er hört die Mutter, schweigt jedoch.

»Kostja, mit wem rede ich?«

»Gleich!«

»Nicht gleich – sofort sollst du dich anziehen! Laß das Pferd in Ruhe!«

Kostja schweigt. Er schweigt nicht, weil es ihm Spaß macht, den Schwanz zu verknoten, sondern weil er weiß, daß das die Mutter reizt.

»Kostja, ich geb dir mein Ehrenwort, daß ich dich nicht zum Spaziergang mitnehme. Wenn du nicht sofort aufstehst und dich anziehst, nehme ich dich nicht mit.«

Kostja steht trotzdem nicht auf. Die Drohungen seiner Mutter fürchtet er nicht, weil er weiß, daß sie ihr Wort niemals hält, wie nachdrücklich und leidenschaftlich auch immer sie es gegeben haben mag.

»Na, dann sieh zu! Ich bitte dich, setz dich hin! Aber wag es nicht zu schreien, wenn ich dich zu Hause allein lasse. Wag das nicht, du schlechter Junge, du Quälgeist!«

Der »Quälgeist« zieht sich nach einiger Zeit an, weil es ihm langweilig wird, auf dem kalten Fußboden zu sitzen.

Ist die Zeit zum Spazierengehen heran, wird er sehr sanft, aufmerksam und zärtlich. Wenn sich Klawdija Petriwna an ihre Drohung erinnert (er erinnert sich immer!) und entschlossen ist, sie wahrzumachen, dann helfen Kostja diese Manöver nicht mehr, und er muß andere Maßnahmen ergreifen. Sein sanftes Wesen schwindet dann, seine dunklen, runden Augen werden stechend und blicken schräg, die Oberlippe wölbt sich raubtierartig nach oben und läßt seine bläulichen, ausgebrochenen Zähne sichtbar werden, er tritt mit dem Fuß gegen den Stuhl und schreit: »Nein, ich gehe mit! Ich gehe mit! Und du wagst nicht, mich nicht mitzunehmen!«

»Geh doch! Und ich bleibe zu Hause. Ich hab dir gesagt, daß ... Kostja, schlag nicht gegen den Stuhl, sonst geb ich dir mein Wort – du kommst auch morgen nicht mit zum Spaziergang! ...«

Kostja schnappt sich den großen Kamm der Mutter vom Tischchen und schmeißt ihn mit aller Kraft in eine Ecke. Und dabei springt er instinktiv zur Seite und bereitet sich auf die Verteidigung vor, obwohl ihn Klawdija Petriwna kein einziges Mal geschlagen hat.

Klawdija Petriwna hält sich mit aller Kraft zurück, ihre Bewegungen werden ruckartig und schwer. Sie hebt schweigend und langsam den Kamm auf, stellt den umgefallenen Stuhl an seinen Platz und setzt ohne jede Eile den Hut auf. Kostja beobachtet sie aus seiner Ecke aufmerksam und stürzt sich plötzlich auf die Mutter, beginnt sie mit Armen und Beinen zu schlagen und schreit: »Du Miststück, Miststück! Verflucht sollst du sein!«

Dann läßt er sich auf den Fußboden fallen, schreit wie besessen, krallt die Nägel in den Teppich und rennt dann brüllend im Zimmer hin und her. Alles endet damit, daß Klawdija Petriwna erschrickt, ihm schnell seine Schuld vergibt, ihn anzieht, und dann gehen sie gemeinsam spazieren. Kostja ist bereits ruhig, lustig, er hält die Mutter an der Hand und fragt besorgt: »Mama, hast du das Geld nicht vergessen? Du hast mir versprochen, Schokolade mit Nüssen zu kaufen!«

Solche Szenen spielen sich mehrere Male am Tag ab, und zwar aus den verschiedensten Anlässen. Sie enden erst, wenn Kostjas Kraft nachläßt. Und er wird häufig schwach. Sein blutarmer, schwacher Körper kämpft weitaus kraftloser gegen Krankheiten als gegen die Mutter. Wenn der Kampf abflaut, zeigen sich andere Beziehungen – zärtlich-nachgiebige, stille, flüsternde. Es scheint, daß beide schweigend einen Friedensvertrag eingehen, weil sich ein gemeinsamer Feind nähert, und sie bemühen sich, möglichst still und unauffällig zu sein, um dessen Aufmerksamkeit nicht auf sich zu lenken.

Und mir ist nicht klar, wer von beiden größere Angst vor der Krankheit hat, die Mutter oder der Sohn. Kostja erschrickt auf jeden Fall, auch wenn er nicht allzu stark unter irgendeiner Erkältung leidet, und er fragt dann ständig und immer wieder, ob seine Schwäche noch lange andauert, ob er nicht sterben wird, und fortwährend bittet er, ihm das Thermometer anzulegen, dem er Heilwirkung beimißt. Und die Mutter erfüllt ohne Protest alle seine Wünsche und küßt ihm ununterbrochen die Hände, die Beine, die Brust, manchmal minutenlang. Sie scheint ihn zu lecken, es ist, als wolle sie damit seine Krankheit weglecken.

Oft beglückwünsche ich mich dazu, daß ich nicht der Vater dieses Jungen bin und daß diese Frau nicht die Mutter meines Kindes ist.

Mit Interesse beobachte ich, wie sich das Tier in Klawdija Petriwna verdoppelt hat. Die eine Hälfte zieht es zu Kostja, die andere zu mir. Und die Ärmste weiß selbst nicht, was sie tun soll. Bald küßt sie Kostja, bald schimpft sie ihn aus, dann stürzt sie wieder zu ihm, und Kostja empfindet etwas wie Nachgiebigkeit, Schuld und Schwäche ihrerseits, wenn er es auch nicht versteht. Es muß ihm einfach auffallen, wie sie mich anschaut, wie sie in meiner Gegenwart Feuer fängt, wie sie sich überhaupt auffallend verändert hat. Zum Beispiel liegt sie nicht mehr wie früher auf dem Kanapee, ihre Kopfschmerzen und die schläfrige Reizbarkeit sind verschwunden. Sie singt tagelang vor sich hin, bewegt sich, lacht laut und spielt auf der Gitarre. Sie ist jünger, frischer und schöner geworden. Kostja gegenüber ist sie jetzt sowohl lieber wie auch gleichgültiger. Nun erlaubt sie ihm oft etwas, was er früher durch Tränen, Fußtrampeln, Streit und Geschrei erkämpfen mußte.

Wie dem auch immer sei – Kostja verhält sich mir gegenüber viel zärtlicher, aber in dieser Zärtlichkeit spüre ich kein echtes Gefühl. Mitunter habe ich den Eindruck, daß er mich leidenschaftlich, unbewußt haßt, daß er mich fürchtet und eifersüchtig ist.

Gegen acht Uhr setzt sich Karatschapow an meinen Tisch. Ihn bedrückt etwas, ungern und finster antwortet er auf meine Fragen. Aber sogar seine Gesellschaft ist mir angenehmer, als wenn ich mit mir allein wäre. Ich erzähle ihm alles mögliche, was mir gerade in den Kopf kommt, und er nickt unaufmerksam und hört nicht zu. Dennoch vergeht ein bißchen Zeit dabei.

Plötzlich schlägt mir jemand unerwartet von hinten kräftig auf die Schultern. Ich schaue mich schnell um: Vor mir steht Sosnyzky, betrunken und boshaft lächelnd. Aus irgendeinem Grunde trägt er einen Frack, und dadurch wirkt seine Figur noch schwergewichtiger.

»Ich wünsche gute Gesundheit, Schiefnäsiger Mephisto! Worüber beraten Sie hier, meine Herren Schmarotzer? Na?«

Und mit einer weitausholenden Bewegung zieht er

sich einen Stuhl heran. Ohne unser Einverständnis zu erbitten, setzt er sich bedächtig und langsam hin, ruft den Kellner und bestellt eine Flasche Kognak. Auf seinen Schultern und seinem Kragen liegen Puderstäubchen und gelbe Haare aus seiner Mähne. Seine Lippen sind geschwollen, und die Augen bewegen sich schwer, glanzlos und finster, selbst wenn er lacht.

»Wo haben Sie sich so vollaufen lassen?« fragt Karatschapow düster und gleichgültig, ohne dabei, wie es den Anschein hat, aufzuhören, weiter an sich selbst zu denken.

»Alles an seinem Ort. Na, Jakiw Wassyljowytsch, wie geht es dort deiner neuen Madame? Na?«

Und wieder schlägt er mich schmerzhaft auf die Schultern. Die Vermutung, Sosnyzky tue dies absichtlich, zwingt mich zur Zurückhaltung. Ich seufze und wende mich an Karatschapow: »Nun, Anton Antonowytsch, so steht es also um uns. Gehen wir ein wenig spielen? Ja?«

Sosnyzky sitzt mit ausgestrecktem Arm an der Längsseite des Tisches und sieht mich starr an, wobei er mit sarkastisch verzogenem Mund stumpf lächelt. Dann hebt er erneut die Hand, nun schon schweigend, und schlägt zu.

»Mach keinen Skandal, Sosnyzky!« sage ich ruhig, ohne mich zu bewegen und ohne ihn anzusehen.

»Wer macht Skandal?!« wundert er sich. »Wer macht Skandal?! Ich?! Das sagst du mir? Sooo? . . . Und du, du wagst mir das zu sagen? . . . Du?!«

»Gehen wir, Anton Antonowytsch!« Ich erhebe mich.

Aber Karatschapow schaut uns bereits aufmerksam und interessiert aus seinen verständigen, stechenden Augenschlitzen an.

Sosnyzky erhebt sich ebenfalls, schiebt den Stuhl mit Gepolter zurück, wobei er ins Schwanken kommt, und wendet seine haßerfüllten, dreisten Augen nicht von mir.

Ich drehe mich um und gehe ohne jede Eile zum Ausgang. Sosnyzky ruft mir etwas hinterher, etwas fällt mit Getöse auf den Fußboden.

An die zehn Minuten laufe ich eine Straße entlang, ohne mich dabei umzublicken, lausche aber angespannt auf die Laute hinter mir. Eine Droschke nehme ich absichtlich nicht. Mir wäre es sogar recht, wenn Sosnyzky hinterhergerannt käme. Aber er ist nicht zu sehen.

Und wieder bin ich allein mit mir selbst, eine schwermütige Stimmung durchdringt mich wie frostige Kälte ...

Der Abend ist trocken und dunkel, die Straßen gleichen tiefen Korridoren. Die runden, unförmigen Pflastersteine, von Rädern blank poliert und vom Regen gewaschen, glänzen im Licht. Es ist eine kleine Straße. Nur selten kommt mir jemand entgegen, die Schritte hallen einsam durch die Nacht. Die erleuchteten Fenster strahlen gelbe Wärme aus. Manchmal lassen sie kaum hörbare Musikfetzen bis auf die Straße hindurch. Schatten irren über die Vorhänge und springen an die Zimmerdecken. An der Pforte eines Hauses steht ein Polizist, er hat sich halb zur Tür umgewandt. Im Vorbeigehen höre ich, wie er zum Hausmeister vorwurfsvoll sagt: »Wenn das Kind nicht weint, kann es die Mutter nicht hören. Mit dem Hausmeister ist es auch so: Wenn der Schutzmann nichts sagt, kommt der nie auf die Straße heraus ...«

Auf den Treppen vorm Haupteingang sitzen Stubenmädchen, sie knacken Sonnenblumenkerne, schmiegen sich aneinander und blicken mir herausfordernd lachend entgegen. In ihren Pupillen und auf den Lippen glänzt feucht und grell das Lampenlicht.

Ich gehe ernst an ihnen vorbei. Die Mädchen brechen in fröhliches Gelächter aus. Vielleicht hat sich eins über mich lustig gemacht. Ihr lautes Lachen springt hell die Straße entlang, ich aber gehe weiter und ertappe mich bei dem Gedanken, wie plump und griesgrämig ich bin – ich habe das Lachen verlernt. Ja, früher, als Student, hätte ich mich im Vorübergehen fröhlich auf sie gestürzt, hätte eine von ihnen ergriffen und geküßt, laut gelacht und wäre dann pfeifend weitergegangen. Jetzt lächele ich gelangweilt, ärgerlich und zerstreut.

Ich ekele mich vor mir selbst, am liebsten möchte ich meinen Kopf mit den Händen umklammern und ihn abreißen.

Nach Hause zieht es mich nicht. Wohin soll ich gehen? Überall schlägt mir Langeweile entgegen, und irgendwie erinnern mich alle an Sosnyzky und an Karatschapow. Ich lehne mich an einen Laternenpfahl und sehe mich, ohne mit der Wimper zu zucken, auf der Straße um. Sicher denken die Vorübergehenden, ich warte auf die Liebste und sei in Hoffnung auf ein Wiedersehen mit ihr erstarrt.

Ich seufze, stelle mich aufs andere Bein und lese das Schild über einem Keller: »Schneideratelier A. Kotljarenko, gegr. 1867. Durch den Haupteingang«. Unter dem Schild leuchten niedrige Fenster mit häßlichen, halb mit Papier verklebten Scheiben. Drinnen sitzen Kinder am Tisch und essen Abendbrot. An der Seite sitzt ein hagerer, ausgemergelter Mann und hält ein Kleinkind auf den Armen, spricht zu ihm. Auf seinem schmalen, bläulichen Gesicht spiegelt sich verlegene Zärtlichkeit und hilflose Rührung. Gerade dreht er sich zur Seite, hält sich mit den Fingern die Nase zu und niest. Dann holt er ein großes rotes Tuch aus der Tasche, putzt sich die Nase und wischt mit demselben Tuch das Kind ab.

Plötzlich entsteht Unruhe. Die Jungen bedrohen einander mit erhobenen Löffeln und plustern sich wie zwei Hähne auf. Der Größere schlägt den Kleineren auf die Stirn. Vor Überraschung reißt der die Augen weit auf, öffnet den Mund und will losheulen. Als er aber sieht, daß alle über ihn lachen, lacht auch er, schlägt sich noch einmal selbst mit dem Löffel auf den Kopf und macht sich ans Essen. Die Kinder haben lebhafte, lachende Gesichter; ihre Münder kauen schnell und reden. Und der ausgemergelte Mann wiegt das Kleinste auf den Knien, sein faltiges Gesicht glättet sich vor Rührung und wirkt ungewohnt zärtlich.

Warum habe nicht auch ich so viele kleine Köpfe um mich herum?

Ich schlendere weiter, schaue in die Fenster hinein, und meine Schwermut geht unmerklich in tiefe, schreiende Trauer über. Meine Gedanken kreisen um Sonja, Andriko, Sosnyzky. Schon versuche ich nicht mehr zu lachen, mich abzulenken, zu widerstehen. Ich wundere mich nur bitter und schicksalsergeben: Wie konnte es dazu kommen, weshalb, warum?

In Gedanken lasse ich das ganze Jahr an mir vorüberziehen: Völlig zufällig treffen wir uns im Theater. Wenn ich an diesem Abend nicht ins Theater gegangen wäre, hätte alles eine andere Wendung genommen. Mein ganzes Leben wäre in anderen Bahnen verlaufen.

Was macht Sonja in diesem Augenblick? Ich stelle mir ihre hagere, etwas flache Gestalt vor, ihre geraden Schultern, die zuckenden Nasenlöcher, die stete Strähne ihres rötlichen, glanzlosen Haares über den blaugrauen Augen, ihr ganzes heftiges, scheinbar kaltes, aber in Wirklichkeit gutes und etwas verschämtes Wesen. Sie muß sich jedesmal selbst überwinden, um etwas Liebes, Zärtliches zu sagen. Aus diesem Grunde sagt sie den Leuten etwas Angenehmes gern mit einer Prise von Ironie. Sonja, meine Liebe!

Mir tut es leid um sie, um Sosnyzky, um mich selbst. Schon bin ich bereit, alle Schuld auf mich zu nehmen, jede Strafe zu ertragen, meine Schuld zu sühnen, wenn das jemandem helfen kann. Aber was soll ich tun?

Und plötzlich kommt mir der Gedanke: Ich gehe zu Sonja und rede so mit ihr, wie mir ums Herz ist. Soll Dmytro ruhig kommen, soll er alles erfahren – sollen sie sich doch selbst einen Ausweg überlegen. Wenn sie will, daß ich mit ihr und Andriko lebe – gut, dann wird es so sein. Wenn ich verschwinden soll – dann fahre ich eben weg.

Ich schaue auf die Uhr: Es ist noch vor zehn. Schnell mache ich mich zu den Sosnyzkys auf den Weg. Ich fühle mich außerordentlich erleichtert, energisch, meine Stimmung steigt.

Aber direkt vor ihrem Haus bleibe ich stehen, mich quält der Gedanke: Und wenn Andriko nun nicht mein Sohn ist?

Die Kehle schnürt sich mir zu, Ekel würgt mich, dennoch betrete ich den Flur und steige langsam die Treppen hinauf. Ich weiß schon selbst nicht mehr, warum ich komme, was ich sagen werde, aber irgend etwas treibt mich weiter.

Das Stubenmädchen ist erstaunt: Die Frau hat Kopfschmerzen. Aber mich melden kann sie natürlich.

Das Stubenmädchen ist neu. Auf einem Bügel hängt Andrikos kleiner Mantel, ein Ärmel ist aufgekrempelt. An der Mütze steckt ein zerbrochenes Abzeichen, oben ist sie vom Kopf ausgebeult.

Schnelle, kleine und mir so gut bekannte Schritte nähern sich klanglos. Auf der Schwelle des Speisezimmers steht Sonja im rosafarbenen Frisiermantel mit kurzen Ärmeln, den Kopf mit einem Handtuch umwickelt. Von ihr geht Arzneigeruch aus.

»Was ist passiert?!« flüstert sie erschrocken und verständnislos.

»Nichts, bleib ganz ruhig ...« Ich lächele verlegen. »Ich möchte nur mit dir reden.«

Sonja steht einen Moment lang schweigend; vielleicht habe ich sie durcheinandergebracht, vielleicht kämpft sie mit der Erregung. Dann dreht sie sich energisch um und geht ins Zimmer.

»Bitte ...«, entgegnet sie heiser.

Ich lege den Mantel ab und folge ihr. Auf dem Tisch stehen Fläschchen und Pulverdosen. Daneben ein nicht zu Ende geschriebener Brief, Feder und ein Tintenfaß, das ich ihr zum Namenstag geschenkt habe. Sonja trägt schnell alles ins Schlafzimmer. Die kurzen Ärmel lassen ihre Arme dünn und kindlich erscheinen.

Sie kommt zurück, setzt sich an den Tisch und fragt, ohne mich anzusehen: »Was hast du zu sagen?«

Das Handtuch hat sie abgebunden. Auf der vom Wasser roten Stirn klebt ein Haar. Unter ihren Augen zeichnen sich blaugelbe Ringe ab.

»Hast du Kopfschmerzen, Sonja? Vielleicht lieber ein andermal? Entschuldige, ich ...«

»Du wolltest mir etwas sagen? Bitte! Fang an ...!«

Und wieder erwacht dieses Schuldgefühl in mir. Ich sehe ganz fremd aus: ängstlich, verlegen.

»Also, siehst du, Sonja ... Ich hatte soeben eine unangenehme Szene mit Dmytro ...«

Und ich erzähle von unserer Begegnung im Klub. Sonja hört zu, blickt auf eine Stelle unter dem Schrank und verzieht ihren Mund. Und ich weiß nicht, ob diese Grimasse vom Kopfschmerz herrührt oder von meinem Bericht.

»Kannst du mir sagen, weshalb er sich so benimmt?« frage ich.

Sonja drückt zwei Finger an beide Schläfen, schließt

die Augen und erwidert hart: »Er ist eifersüchtig, deinetwegen.«

Ich schweige und frage dann noch einmal leise, mit Nachdruck: »Und weiter nichts? Spielt nicht auch Andriko ...?«

Ich rede nicht weiter und warte. Sonja läßt die Arme sinken, öffnet die Augen und schaut mich fest an. Wie gequält, kummervoll, gehetzt sie aussieht! Ich bereue meine Frage.

»Ich weiß nicht ...«, flüstert sie und wendet die Augen ab.

»Habt ihr darüber gesprochen?«

»Nein!«

»Ahnt er etwas?«

»Ich weiß nicht ... Er schlägt mich ...«

Instinktiv springe ich auf und setze mich sofort wieder.

Eine Zeitlang sagt keiner ein Wort. Über uns werden Stühle gerückt, Füße schlurfen über den Boden, wahrscheinlich wird Abendbrot gegessen.

»Sonja! Sag mir's doch! ... Hörst du? Sag mir die reine Wahrheit! Vergiß alles, was war, sag mir ganz ehrlich: Wessen Sohn ist Andriko? In Gottes Namen, Sonja, verstehe mich doch!«

Ich stehe auf und gehe zu ihr. Sonjas Kopf sinkt noch tiefer, sie schweigt und flüstert endlich: »Ich weiß es selbst nicht!«

»Sonja! Ich flehe dich an ... Sonja! Stell dir vor, ich ...«

»Ich weiß es nicht!!« Sie richtet sich plötzlich zornig auf und sieht mich mit weiten, haßerfüllten Augen an. »Hörst du? Ich weiß es nicht!«

Sie erhebt sich, geht mit schnellen Schritten zur Liege und wirft sich auf das grüne bestickte Kissen.

Ich zünde eine Zigarette an und ziehe gierig den Rauch ein. Ja, eigentlich habe ich genau das vermutet.

Das ist das Allerschlimmste. Jetzt ist alles klar. Das ist das Schlimmste . . .«

Langsam gehe ich im Zimmer auf und ab, denke zusammenhangloses Zeug, und diese vier Worte – »das ist das Allerschlimmste« – springen immer wieder, wie bei einem kaputten Grammophon, durch meine Gedanken.

»Ja, das ist das Allerschlimmste!« sage ich laut, um die Worte loszuwerden, und bleibe stehen. Und erst in diesem Augenblick verstehe ich die Bedeutung von Sonjas Wahrheit mit all ihrem Gewicht.

»Was sollen wir jetzt tun?« sage ich leise halb zu mir, halb zu Sonja.

Sie liegt reglos, die nackten, schlanken Arme in das grüne Kissen vergraben, und starrt zur Wand, wie eine Ertrunkene streckt sie ihre Beine in den schwarzgemusterten Strümpfen lang aus.

»Was sollen wir tun, Sonja?« wiederhole ich ratlos.

Sonja bewegt sich endlich, steht auf und bringt ihre Haare in Ordnung.

»Nichts!« sagt sie gleichgültig und zerschlagen.

»Aber man muß doch . . .«

Sonja schließt die Augen und sitzt so eine Weile. Ihr scheint der Kopf zu platzen.

Ich setze mich neben sie und schweige geraume Zeit.

»Verzeih mir, Sonja . . .!«

Wofür ich um Verzeihung bitte, sage ich nicht. Sonja öffnet die Augen, und ich sehe, daß sie naß von Tränen sind, sie rinnen ihr einzeln über die Wangen. Sie wischt sie nicht ab. Ihre Lippen spannen sich, als wolle sie etwas mit ihnen fangen, und zucken ganz leicht. Auf ihrem Kinn treten Knötchen hervor, die ebenfalls zucken. Und mir wird klar: Sie versteht, daß ich mich entschuldige, weil ich nicht sagen kann: »Komm zu mir«, weil ich ihr den notwendigen Trost nicht geben kann.

»Verzeih mir, meine arme Sonja . . .!«

Sonja bricht in Tränen aus, umschlingt meinen Hals und drückt ihren Kopf an meine Brust. Vorsichtig umarme ich ihre schmalen, warmen Schultern.

Lange sitzen wir so und hören unbeweglich ineinander hinein. Sonja beruhigt sich etwas und macht sich frei. Sie sucht ein Tuch und geht ins Nebenzimmer. Und ich zünde mir eine Zigarette an und halte das brennende Streichholz lange in den Fingern, bis es schmerzt.

Als Sonja zurückkommt, sage ich mit tief gesenktem Kopf: »Also, Sonja . . . Wir müssen davon ausgehen, daß Dmytro der Vater von Andriko ist.«

Ich kann Sonjas Gesicht nicht sehen, aber ich fühle ihren verwunderten Blick auf mir.

»Ja, Sonja! Andriko ist sein Sohn. Das muß ein für allemal feststehen, und Schluß damit! Stell dir bloß vor: Ein Mensch liebt acht Jahre seinen Sohn, beide sind ein Herz und eine Seele, und plötzlich – der Sohn ist nicht von ihm, ist fremd. Allein schon dadurch . . . Und außerdem: Wenn es einen Zweifel gibt, ist das Recht auf seiner Seite. Entschuldige, Sonja, daß ich dir einen Rat gebe, aber du mußt ihn überzeugen, daß er Andrikos Vater ist. Einfühlsam, unauffällig, aber du mußt ihm die feste Überzeugung geben . . .«

»Das Leben mit ihm fällt mir unsagbar schwer!« sagt sie kläglich; ihre Lippen spannen sich von neuem.

»Was aber sonst, Sonja? . . . Ich verstehe dich. Wie soll es anders gehen? Scheidung?«

Niedergeschlagenheit und Scham empfinde ich fast physisch, aber ich bin jetzt nicht mehr in der Lage zu sagen: »Komm zu mir!« Sie aber wartet darauf, dafür würde sie vielleicht sogar auf Andriko verzichten.

Sonja seufzt laut, sie atmet tief durch und stößt die Luft sofort wieder aus; als hätte sie mit einer Sache endgültig abgeschlossen, richtet sie sich auf und sagt energisch: »Also gut! Es bleibt dabei! Das ist auch meine Meinung ... Du fährst weg?«

»Ja! Eigentlich stand das noch nicht fest. Aber jetzt fahre ich für einen Monat irgendwohin.«

»Mit deiner neuen ... Bekannten?«

»Ich weiß nicht ... Nein! Sicher nicht ...«

»Liebst du sie?«

»Bestimmt nicht!« Diese Worte entfahren mir ganz spontan, ich bin so erschrocken, daß ich mich selbst wundere. Sonja wundert sich auch, aber sie glaubt mir anscheinend sofort, ihr ist das angenehm.

»Aber wieso denn nicht? Du hast zu Dmytro selbst gesagt, daß ...«

»Ja, aber dir gegenüber ... Das ist eigentlich einfach ... wie soll ich dir das sagen? Sie ist sehr einsam, irgendwie hilflos und ... begierig. Verstehst du? Über Liebe haben wir nicht einmal gesprochen ...«

Ich sage nichts Falsches, und doch liegt mir sehr daran, Sonja zu überzeugen, daß es nichts Ernsthaftes ist, und deshalb fühle ich mich wie ein Lügner. Aber Sonja glaubt mir oder tut zumindest so.

»Sonja!« sage ich plötzlich unentschlossen. »Darf ich Andriko sehen?«

Ich befürchte, daß sie mir die Bitte abschlägt, und greife nach ihrer Hand. Aber Sonja entzieht sie mir, steht auf und sagt einsilbig: »Natürlich, ja.«

Gleich darauf geht sie in den Korridor. Von dort aus führt sie mich zu den Kindern. Unter einem blauen Lampenschirm brennt ein kleines Nachtlämpchen. Im Halbdunkel sehe ich verschwommen zwei Betten. Eins ist ganz klein. Hier schläft Wassylko. Sonja tritt auf Zehenspitzen an das größere Bett heran und bleibt stehen, wie ein Feldscher, der den Arzt zu einem Kranken führt. Ich folge ihr auch auf Zehenspitzen und habe Angst, irgendwo anzustoßen.

In der Dunkelheit höre ich die Kinder in unterschiedlichem Rhythmus atmen, es ist, als stünden zwei Uhren in einem Zimmer. Andriko liegt ausgestreckt da, ein Knie schaut unter der Bettdecke hervor. Ich gewöhne mich an das Dämmerlicht und erkenne bereits die runde, hohe Stirn, das spitze Kinn, die ernst und streng zusammengekniffenen Lippen. Trotzdem möchte ich ihn deutlicher sehen. Flüsternd bitte ich Sonja um Erlaubnis, ein Streichholz anzuzünden. Sie nickt schweigend. Als die Flamme emporzüngelt, fällt das Licht so auf Andriko, daß sein Gesicht Dmytro ähnlich wird, nicht einmal die Nase wirkt breit und platt, sondern rund und dick. Und dadurch wird mir der Körper dieses Jungen, zu dem ich mich eben noch mit solcher Erregung hingezogen fühlte, sofort fremd, fern und gleichgültig. Sicher war das auch früher manchmal so, als ich mir vorstellen wollte, daß nicht ich der Vater bin. Aber das Streichholz flackert, ich hebe die Hand etwas höher, und vor meinen Augen zeichnen sich lange Nasenlöcher und eine breite, flache Nasenspitze ab. Ich zucke zusammen. Das Streichholz verlischt. Ich beuge mich über den Körper, der nach Wärme riecht, küsse Andriko auf die Wange und gehe schnell auf den Korridor hinaus. Sonja beruhigt Andriko – ich habe ihn geweckt – und folgt mir.

Beim Abschied umarme ich Sonja und küsse sie. Sie schmiegt sich zitternd an mich und küßt hastig und begierig mein Gesicht, meine Schultern und Hände, reißt sich los und entfernt sich schnell. Ich öffne selbst die Tür und gehe behutsam ins Treppenhaus.

Am nächsten Tag erzähle ich Klawdija Petriwna von meinem Entschluß, mit ihr auf die Krim zu fahren. Sie errötet, reißt die Augen vor Freude weit auf und drückt ihren Fuß unter dem Tisch fest an meinen. Kostja ist auch begeistert: Er läuft hin und her, schlägt mit ausgestreckten Händen gegen die Wand, läuft in die andere Richtung, trommelt dort ebenfalls gegen die Mauer, läßt sich dann zu Boden fallen und streckt die Zunge heraus, die er bald mir, bald der Mutter zeigt.

»Kostja, es ist gut, laß die Dummheiten! Kostja, ich geb dir mein Wort, daß ich dich hierlasse, du fährst nicht mit uns!«

Kostja springt vom Fußboden auf, lacht laut los und läuft im Zimmer umher. Aber Klawdija Petriwna überlegt etwas, und ihre Freude läßt ein wenig nach. Es stellt sich heraus, daß sie auf meine Kosten nicht fahren kann, und ihr eigenes Geld reicht nicht für die Reise.

»Was sind denn das für Dummheiten!« sage ich ärgerlich. »Lassen Sie das doch! Wollen Sie, daß ich nicht mehr zu Ihnen komme?«

Die Angelegenheit läßt sich regeln. Wir fahren also in zwei Wochen los. Klawdija beginnt laut und hitzig zu rechnen, wieviel Zeit sie braucht, um Kostja Anzüge zu nähen, wieviel sie für die Wäscherin, die Schneiderin usw. braucht. Kostja schmiegt sich an mich und empfindet anscheinend echte Dankbarkeit. An diesem Abend ist er so artig, sanft und zärtlich zur Mutter, daß Klawdija Petriwna gerührt ist und auch er selbst die Rührung nicht verbergen kann. Aus irgendeinem Grund beginnt sie zu weinen, sie bedeckt Kostja mit heißen Küssen und sitzt dann flüsternd lange bei ihm hinter dem Wandschirm. Dann ruft mich Kostja leise und schüchtern: »Jakiw Wassyljowytsch!«

Als ich hinter den Wandschirm gehe und mich an sein Bett stelle, kniet er sich plötzlich hin, nimmt meine Hand und legt sie auf Klawdija Petriwnas Schulter. Selbst kichert er verlegen, schmiegt sich an die Mutter, dann läßt er sich kopfüber ins Kissen fallen und benimmt sich ganz ausgelassen. Etwas wie Mitleid und Scham regt sich in mir. Ich lächele und streiche Klawdija über die

Haare. Sie ist gerührt, verstört, ihr Gesicht glüht, sie schmiegt sich an mich und beugt sich dann sofort wieder zu Kostja.

Ich komme lächelnd hinter dem Wandschirm hervor, aber das ist bereits kein verlegenes Lächeln mehr – auch ich bin irgendwie gerührt. Und wer weiß warum – ich denke daran, daß Klawdija Petriwna mir am zweiten oder dritten Tag nach unserer Annäherung – mit ebenso rotem Gesicht, verschämt und unter riesigen Anstrengungen, unverständlich und verwirrt – vorgeschlagen hat, die Vorsorge dafür, daß wir keine Kinder haben werden, ihr zu überlassen. Und daß es ihr schmerzhaft schwerfiel, daß sie verlegen wurde, als sie mir erklärte, warum sie es so haben wolle. Und daß sie mich begierig, dankbar, sogar mit einem Anflug von Frivolität zu küssen begann, als ich endlich einverstanden war. In der Tat, sie hat »den Becher bis zum Grund geleert«, wie sie mir erklärte.

Klawdija kommt hinter dem Wandschirm hervor, und wir beraten alles, was mit der Reise zusammenhängt. Sie hat häufig den Wunsch, sich an mich zu schmiegen, aber sie macht dies niemals als erste – jedesmal ist sie schüchtern, als fürchte sie, ich stoße sie zurück, mir könne es unangenehm sein. Deshalb tut sie mir oft leid, und ich ärgere mich über ihre Demut. Und ich bin um so zufriedener, daß sie auf die Krim fahren wird, daß sie aus ihrer Hülle herauskriecht, sich öffnet und mutiger wird.

All die Tage nach der Begegnung mit Sonja bin ich erstaunlich ruhig und ausgeglichen. Es ist, als lege man ein schmerzstillendes Mittel auf den kranken Zahn. Und Klawdija Petriwnas und Kostjas Freude, ihre Dankbarkeit und Zärtlichkeit geben mir eine traurige, bittere Satisfaktion.

An Andriko versuche ich nicht zu denken, und wenn er mir dennoch durch den Kopf geht, erinnere ich mich schnell an Sosnyzky; dann weicht eine ebensolch bittere Satisfaktion, wie ich sie bei Klawdijas Freude empfinde, meine Seele auf; dann sage ich mir sofort, daß ich mich nach einem halben oder einem ganzen Jahr an den Gedanken gewöhnt haben werde, daß mir Andriko fremd ist – und dann wird sich alles einrenken.

Aber es kommt sehr selten vor, daß ich allein bin und zum Nachdenken Zeit habe. Vor der Abreise bringe ich meine Angelegenheiten in Ordnung, ich gehe den ganzen Tag lang von einem Büro ins andere, empfange Klienten, und abends sitze ich entweder bei Klawdija oder gebe Panas Pawlowytsch gute Ratschläge. Diese Beratungen belustigen und verärgern mich gleichzeitig, und sie erinnern mich unwillkürlich an das, was ich so schnell wie möglich vergessen möchte.

Bei Panas Pawlowytsch geht es darum, daß er sich endgültig entscheiden muß, denn er hat nicht mehr die Kraft, so weiterzuleben. Das ist kein Leben mehr, sondern eine sinnlose Zeitvergeudung und ständiger Ärger. Warwara unternimmt überhaupt nichts von sich aus, also muß er die Frage selbst entscheiden.

Das ganze Unglück besteht jedoch eben darin, daß er nicht in der Lage ist, etwas zu entscheiden. Völlig auf die Kinder verzichten, wie wir es Warwara Fedoriwna mitgeteilt haben? Sich ein für allemal sagen, daß er weder Dima noch Halja hat, daß er niemals mehr mit ihnen zusammensein wird? Das ist unmöglich! Wenn sich auch gewisse Philosophen lustig machen und von »animalischer Kraft« reden, wenn sie auch mit dem Ausdruck der Überlegenheit die Achseln zucken – er, Panas Pawlowytsch, kann sich von dieser »animalischen Kraft« nicht lossagen, er hält sie für die größte, heiligste, notwendigste Macht im Leben! Ja, das ist seine Überzeugung! ...

Gut! Aber was soll er denn nun tun, um dieser heiligsten und größten Kraft Genüge zu leisten? Soll er zu Warwara zurückkehren?

An dieser Stelle beginnt Panas Pawlowytsch mit den Augen zu zucken, als sei ihm ein Stäubchen hineingekommen, er zaust seinen Bart und seufzt. Wenn Schura dabei ist, blickt er sie ratlos und fragend an, und mir ist, als wolle er jeden Augenblick sagen: Was meinst du, Schura, na?

Ich bleibe bei meiner Meinung, daß man Dima entführen muß. Panas Pawlowytsch erschrickt schon nicht mehr so wie früher. Und wenn Schura nicht da ist, fragt er sogar interessiert: »Sie meinen immer noch – entführen? Wirklich?«

Und nachdenklich führt er das Bartende an die Lippen.

In Schuras Anwesenheit jedoch schweigt er angespannt, und er blickt seine geduldige, rührend schöne Freundin, die sich in ein Tuch gehüllt hat, schief unter dem Kneifer hervor an. Sie sagt kein Wort, aber ihr Schweigen wirkt so unerschüttert hartnäckig, daß Panas Pawlowytsch tief aufseufzt, eilig und schuldbewußt das Gespräch auf etwas anderes lenkt und ich beiläufig in Zorn gerate und sie in Gedanken eine Idiotin nenne.

Aber einmal kommt Panas Pawlowytsch abends zu mir. Er sitzt lange da, philosophiert ironisch und hält mich von der Arbeit ab. Ich will ihm schon sagen, daß ich sehr beschäftigt bin, als er plötzlich aufsteht, den Kneifer abnimmt und sorgfältig die Gläser, die er kurzsichtig betrachtet, zu putzen beginnt. Sein Gesicht nimmt einen Ausdruck an, der mich unwillkürlich aufmerken läßt. Die gelbe Mähne glänzt; er ist sauber frisiert, auf seiner milchweißen Stirn zeichnet sich ein zartes Rot ab, was an die Fräuleins auf den Seifenpackungen erinnert.

Mit beiden Händen setzt er seinen Kneifer auf und

sagt, wobei er den Kopf leicht nach oben reckt: »Also gut, Jakiw Wassyljowytsch, ›nach reiflicher Überlegung, im Vollbesitz meiner geistigen Kräfte und bei klarem Verstand‹ erkläre ich, daß ich die Absicht habe, meinen eigenen Sohn, Dmytro Krywulja, zu entführen.«

Und er überprüft erwartungsvoll den Effekt seiner Worte. Dabei liegt auf seinem Gesicht derselbe Ausdruck von Spannung und Verlegenheit, gemischt mit guter Stimmung.

Ich stehe auf und drücke ihm fest die Hand.

»Sie billigen meinen Entschluß?«

»Ich bin begeistert!«

»Und Sie sind bereit zu helfen?«

»Mit Vergnügen!«

»Bene! Es gibt keinen anderen Ausweg! Also machen wir uns auf den Weg der Ehrlosen!«

Und er zieht entschlossen und etwas lächerlich seine Weste zurecht.

»Und was ist mit Oleksandra Mychailiwna?«

Panas Pawlowytsch verzieht das Gesicht, er wölbt die Lippen vor, als habe er etwas Kräftiges gerochen.

»Man wird kämpfen müssen!«

Und er blickt mich besorgt an.

»Meine einzige Hoffnung ist, sie findet sich mit der Tatsache ab und überläßt mir die ganze Verantwortung. Das ist meine einzige Hoffnung! Mit ihr kommen wir schon irgendwie klar. Aber, mein Lieber, was sollen wir mit Warwara machen? Mit Warwara?«

»Und was bitte?«

»Sie wird doch in Wut geraten.«

»Soll sie toben! Auf ihr Wohl!«

»Wenn es nur um ihr Wohl ginge! Es geht auch um meins! Sie wird gleich durch die ganze Stadt rennen und uns suchen. Sie läuft in die Universität, ins Gymnasium, stürzt sich auf den Rektor und verbreitet überall Hysterie. Sie macht einen Skandal, dieses gemeine Aas, daß ich vor Schande . . .«

»Aber das ist doch . . .«

»Oder sie trifft mich zum Beispiel mit Dima auf der Straße und will ihn mir entreißen. Was tu ich dann? Ich kann sie ja nicht schlagen! Und sie wird ihn mir wegnehmen! Sie reißt ihn aus meinen Händen, setzt sich in eine Droschke und fährt auf und davon. Darum geht es, verstehen Sie? Bei Gott, ich beneide die Menschen, ich beneide die, die notfalls auch mal physisch argumentieren können. Im vorhinein sollte man ihr an die zwei Mal die ›Physiognomie‹ so polieren, daß sie schon keine Lust mehr verspürt.«

»Aber Sie haben doch schon einmal so argumentiert!«

»Wann?!« Panas Pawlowytsch wundert sich.

»Wieso wann? Damals, wenn ich nicht irre, als sie Oleksandra Mychailiwna geschlagen hat.«

»Ach was! Ich habe nur zum Schlag ausgeholt! Ich habe sie nicht geschlagen, ich habe gelogen, um mir selbst Satisfaktion zu verschaffen. Ich kann nicht schlagen. Dazu bin ich zu bieder. Manchmal möchte ich so zulangen, daß kein Gras mehr wächst, aber wenn es soweit ist – werde ich weich. Es fehlt mir an Stehvermögen!«

»Fahren Sie irgendwohin!«

»Wohin soll ich denn fahren?!« Er schreit plötzlich so, als wäre ich ihm mit diesem Rat bereits lästig. »Denken Sie, sie findet mich nicht? Nein, zuschlagen können muß man, das ist es. Sie greift nach Dima, aber du schleuderst sie zur Seite und rufst nach einem Polizisten. Sie schreit los, und du noch mehr, sie wendet sich unter Tränen an die Schaulustigen, und du gehst deines Weges. So verstehe ich das! Man darf die Öffentlichkeit nicht fürchten. Sonst braucht sie nur das Maul aufzureißen, und du duckst dich bereits und blickst dich um, ob es auch niemand hört. Sollen sie's doch alle hören!«

»Selbstverständlich!«

»Und dann wird sie ... dann sieht sie, daß sie keine Waffe mehr hat. Mit ihrer eigenen Waffe muß man sie schlagen! Du gibst mir eine Backpfeife, da hast du zwei, da, nimm!«

Und Panas Pawlowytsch fuchtelt sogar mit der Hand durch die Luft, als teile er Backpfeifen aus. Unwillkürlich muß ich über seinen Mut bei mir hier im Arbeitszimmer lachen.

»Dann also los! Was kann uns passieren! Starten wir gleich jetzt den Überfall! Haben Sie ein Versteck für Dima?«

»Warten Sie – was für einen Überfall?«

Der Übergang von Begeisterung und Kampfentschlossenheit zu Furcht ist so ehrlich und kindlich offen, daß ich ein Lächeln nicht verbergen kann. Um ihn nicht zu beleidigen, nehme ich ihn bei den Schultern und sage: »Einen richtigen Überfall, Panas Pawlowytsch, einen ganz richtigen! Wir nehmen uns ein Auto, fahren hin, gehen in die Wohnung. ›Gib mir meinen Sohn heraus!‹ Und dann eins in die ›Physiognomie‹, das hast du im vorhinein! Na? Und dann machen wir uns zusammen mit Dima davon. Was meinen Sie?«

Panas Pawlowytsch geht einen Schritt zurück und sagt seufzend: »Sie haben leicht lachen, mein Lieber!«

»Wer lacht denn hier? Zum Kuckuck noch mal! Ich bin augenblicklich bereit, mit Ihnen zu fahren. Warum verschieben? Wollen Sie?«

Panas Pawlowytsch zieht den Kopf ein, er schaut mich schweigend, bestürzt und erregt an.

»Ich scherze nicht. Das muß man nicht auf die lange Bank schieben. Warum Zeit vergeuden? Wissen Sie was? Gleich jetzt rufen wir sie an. Wenn sie nicht zu Hause ist, fahren wir. Jetzt ist es um neun, Dima liegt schon im Bett. Wir gehen hinein, ziehen ihn an, und ab! Also wie? Anrufen?«

Panas Pawlowytsch steht reglos da – der Gedanke, daß es sich in der Tat so abspielen könnte, läßt ihn in Erstarrung verfallen. Als ich jedoch nach dem Hörer greife, stürzt er sich erschrocken auf mich und faßt nach meiner Hand.

»Was denn, was denn ...«, flüstert er, verängstigt auf den Telephonhörer blickend, als säße Warwara höchstpersönlich in ihm drin. »Was soll das! Sie richten noch sonstwas an. So kann man doch nicht ...«

»Warum denn nicht? Na, warum?«

»Zum Teufel, was da passieren kann. Plötzlich klappt etwas nicht, und dann ... Nein, mein Bester. Wie ich sehe, begeistern Sie sich allzusehr für die romantische Seite der Angelegenheit. Mir aber ist nicht nach Romantik. Hier muß man abwägen, den Boden vorbereiten, und nicht plötzlich Hals über Kopf ...«

Aber ich will den günstigen Augenblick nicht verstreichen lassen und beginne ihn nachdrücklich und besonnen – so, wie er es sich wünscht – zu überzeugen. Panas Pawlowytsch widersetzt sich, er weicht aus, sucht Ausflüchte, aber ich treibe ihn mitleidslos voran und drücke ihn immer mehr an die Wand. Schließlich hat er alle Argumente erschöpft und sieht mich irgendwie schwach und erschrocken an. Mir ist jedoch klar, daß dieser Schreck fast einer Zustimmung gleichkommt.

»Gut!« Er macht plötzlich noch einen verzweifelten Versuch. »Ich bin einverstanden, ich akzeptiere alles und so weiter und so fort, aber nicht heute.«

»Nein, heute, jetzt gleich! Das ist Schwäche, Panas Pawlowytsch! Schwäche! So oder so. Man muß einen Schlußstrich ziehen.«

Panas Pawlowytsch läßt erneut den Kneifer fallen und

wischt die vor Erregung angelaufenen Gläser ab. Seine Augen flattern wie sonst nie; er atmet schwer, als hätte er gerade gymnastische Übungen nach Miller gemacht, mit denen er sich jeden Morgen beschäftigt.

»Also dann ...« Er beginnt und wird blaß. »Also los! Wenn sie zu Hause ist, fahren wir nicht.«

»Gut!« Ich bin einverstanden. »Aber wenn sie nicht da ist, machen wir uns unverzüglich auf den Weg. Ja?«

»Rufen Sie an ...«, sagt er mit vernebelter schwacher Stimme, ohne mich dabei anzusehen ...

»Nein, antworten Sie mit ›Ja‹!«

»Also gut! ... Natürlich ...«

»Hervorragend!«

Ich gehe zum Telephon, und Panas Pawlowytsch trippelt um mich herum und macht dabei ein Gesicht, als warte er auf den Bescheid eines Ärztekonsiliums.

Als mir eine Frauenstimme mit »Ich höre« antwortet, verstelle ich meine Stimme und frage: »Ist Warwara Fedoriwna zu Hause?«

Panas Pawlowytsch tritt schnell auf Fußspitzen heran, als wolle er die Antwort hören, öffnet den Mund und verharrt so, ohne zu atmen.

»Nein, sie ist nicht zu Hause. Wer ist am Apparat?«

»Sagen Sie: ein guter Bekannter!«

Ein Freudenschimmer läuft über Panas Pawlowytschs Gesicht, ein Sonnenstrahl scheint im Morgengrauen den Wald zu durchdringen.

»Und was soll ich sagen?« fragt die Stimme zurück.

»Sagen Sie es genau so. Ist sie schon lange weg?«

»Nein, soeben erst. Sie sind im Theater.«

»Im Theater? Aha, vielen Dank!«

Und ich lege den Hörer auf, während mich Panas Pawlowytsch fassungslos anschaut.

»Aber wie denn ... Ich dachte schon, sie ist zu Hause«, murmelt er.

»Sie ist ins Theater gegangen!« sage ich ernst und blicke mich beflissen um. »Nun, dann können wir also fahren.«

Ich fülle mein Zigarettenetui, verschließe die Schreibtischfächer, vergewissere mich, ob ich genug Geld habe, als gehe es auf eine weite Reise. Panas Pawlowytsch läuft im Zimmer hin und her und reibt sich frostig die Hände.

»Also los, fahren wir!« sagt er und bemüht sich zu lächeln.

»Los denn!« antworte ich.

Im Auto hat sich Panas Pawlowytsch ganz in die Ecke verkrochen, und er schweigt die ganze Zeit über. Allmählich nehme ich an, daß er seine Zweifel überwunden hat. Als wir uns jedoch seiner ehemaligen Wohnung nähern, wird er unruhig, blickt aus dem Fenster, dann greift er plötzlich nach meiner Hand und fleht mich, krampfhaft zuckend, an: »Jakiw Wassyljowytsch, hören Sie zu! ... Ich verstehe wohl, mein Lieber, aber ... lassen Sie ihn anhalten. So geht es nicht. Wir haben nicht alles bedacht. Wir haben überhaupt kein Recht. Ich bitte Sie. Das ist unseriös.«

»Panas Pawlowytsch!« sage ich mit Nachdruck. »Sie haben einen Entschluß gefaßt und nicht ich. Also haben Sie die Möglichkeit, Ihren Entschluß zu ändern. Ich bin lediglich hier, um Ihnen zu helfen. Wollen Sie umkehren? Bitte sehr! Ich will keinerlei Druck auf Sie ausüben. Das ist ausschließlich Ihre persönliche Angelegenheit. Entscheiden Sie selbst!«

In diesem Augenblick hält das Auto an. Panas Pawlowytsch sieht sich aufgeregt um, seine Bewegungen werden hastig, er läßt den Kneifer zu Boden fallen, und wir suchen ihn beide zwischen den Füßen. Und als wir ihn gefunden haben, öffnet Panas Pawlowytsch mit einer Geste, die keinen Widerspruch duldet, entschlossen die

Wagentür – wer weiß, woher diese Eingebung stammt – und fordert mich auf: »Gehen wir!«

Und während wir die Treppen hinaufsteigen, liegt auf seinem Gesicht ein entschlossener, stolzer Ausdruck. Ich kann mit ihm nicht Schritt halten. Aber an der Tür, an der noch eine kleine Kupfertafel mit seinem Namen prangt, bleibt er schwer atmend, ein paar Schritte zurückgetreten, lange stehen, so lange, daß ich schließlich frage: »Haben Sie geklingelt?«

»Ach ja! Das habe ich vergessen.«

Und er hebt die Hand zum Klingelknopf. Sofort jedoch zieht er sie wieder zurück, er flüstert mir zu: »Und wenn das Dienstmädchen ihn nicht herausgibt? Und Krach schlägt?«

»Vergessen Sie nicht: Sie sind der Herr in dieser Wohnung und der Vater dieses Kindes! Klingeln Sie! Hier steht es sich nicht besonders gut.«

Panas Pawlowytsch drückt kurz auf den Klingelknopf. Lange bleibt es hinter der Tür still. Dann hört man schnelle Schritte, jemand öffnet hastig die Tür. Wir treten ein und stehen vor ... Halja. Sie hat ihren Zopf aufgeflochten und die Haare mit der linken Hand auf den Rücken geworfen, sie hält ihr aufgeknöpftes Kleid fest.

»Herr im Himmel!« sagt sie beeindruckt und erschrocken.

Wir sind auch erregt. An Halja hatten wir überhaupt nicht gedacht, als gäbe es sie überhaupt nicht.

»Papa!« schreit sie plötzlich unaufrichtig und stürzt sich auf ihn, allerdings so, daß sie mir nicht den Rücken zukehrt.

Panas Pawlowytsch küßt sie automatisch und fragt: »Ist die Mama zu Hause?«

»Nein, sie ist ins Theater gegangen. Ziehen Sie sich bitte aus!«

»Schade, schade ...«, murmelt Panas Pawlowytsch verstört und will sich ausziehen. Ich greife nach seiner Hand.

»Wir kommen nur auf einen Augenblick. In einer Angelegenheit. Wir gehen gleich wieder.«

»Aber warum?« fragt Halja erstaunt, in schon salongeübtem Ton. »Papa war schon so lange nicht bei uns. Ich lasse den Samowar aufsetzen. Schauen Sie mich bitte nicht an, ich sehe fürchterlich aus!«

Sie ist gerade eben dreizehn oder vierzehn Jahre alt, benimmt sich aber wie eine verheiratete, junge, hübsche Dame. Das Auftauchen des Vaters erregt sie nur für einen Augenblick. Ihr verstörter Ausdruck schwindet, und sie beginnt munter zu plaudern. Und wir stehen da, tun so, als ob wir zuhören, und überlegen dabei, wie wir uns verhalten sollen. Ich war bereits sicher, daß wir wieder gehen, ohne etwas ausgerichtet zu haben: In Haljas Gegenwart hat er nicht den Mut dazu.

»Dann kommen Sie doch wenigstens in den Salon!« unterbricht sich Halja plötzlich und macht eine flatternde Geste, wobei sie der Tür den Rücken zudreht. Es macht ihr Spaß, die Rolle der Hausherrin zu spielen. Das längliche, schmale Gesicht und die kalten, unaufrichtig lachenden Augen erinnern mich an Warwara Fedoriwna.

»Nein, mein Kind, wir kommen nicht hinein ...«, sagt Panas Pawlowytsch müde.

»Was für schlechte Leute!« Sie zieht ein beleidigtes Gesicht. »Das ist überhaupt nicht schön von dir, Papa. Ich verstehe: Sicherlich kann es alle möglichen familiären Mißverständnisse geben, aber seine Kinder so im Stich lassen, wie du das tust, das ist – enschuldige bitte – alles andere als schön. Und jetzt, wo du schon einmal da bist, willst du nicht wenigstens ein paar Minuten mit uns zusammensein. Aber weißt du was?« Sie macht plötzlich große Augen. »Mama können wir rufen lassen. Ich schicke Katja ins Theater, das ist nur fünf Minuten von hier. Sie ist in die Operette gegangen. Heute wird ›Orpheus in der Unterwelt‹ gespielt. Kondratsky wollte auch mich mitnehmen, aber Mama hat gesagt, für mich sei es noch zu früh, mir dieses Stück anzusehen. Willst du, Papa? Ich schicke Katjuscha. Sie findet Mama, sie sitzen Parterre vierte Reihe, ich habe selbst die Karten gesehen.«

»Ach, sie ist also in die Operette gegangen!« lächelt Panas Pawlowytsch. »Und zusammen mit Kondratsky?«

»Papa, ich bitte dich sehr, denk dir nichts Schmutziges aus! Und urteile nicht von dir aus über andere!«

»Hm . . . Also dann: Katja kannst du später schicken, ich möchte Dima sehen. Bleib du mit Jakiw Wassyljowytsch hier, und ich gehe zu Dima.«

Und Panas Pawlowytsch blickt mich ernst, streng und schweigend an. Er kommt mir etwas fahl, aber völlig ruhig vor.

»Gut, Papa! Aber bleiben Sie bitte eine Weile ohne mich sitzen, Jakiw Wassyljowytsch, ich muß mich in Ordnung bringen . . .«

Und Halja geht rückwärts aus dem Salon, wobei sie ein liebes und verschämtes Lächeln aufsetzt.

Ich versuche mir vorzustellen, wie Panas Pawlowytsch ins Schlafzimmer geht und Dima weckt. Dima, ganz verschlafen, wird nichts verstehen, er wird schlaftrunken lächeln und denken, daß er von Papa träumt. Panas Pawlowytsch wird aufgeregt sein, Dima anziehen wollen, dabei bringt er vor Erregung alles durcheinander, und Dima wird lachen und alles richtig machen.

Halja kommt zurück. Das Kleid ist zugeknöpft, der Zopf geflochten. Sie setzt sich mir gegenüber und beginnt eine Unterhaltung, wobei sie unablässig von irgendwelchen »Freundinnen« erzählt, von außergewöhnlichen Damen und von Büchern, die sie gelesen hat. Sie drückt sich wie eine Erwachsene aus, verwendet fehlerfrei Fremdwörter und bewundert sich offensichtlich selbst.

Lange sitzen wir so da. Mir kommt bereits der Gedanke, daß Panas Pawlowytsch seine Entscheidung geändert hat. Aber da ertönen Schritte, Dimas helles Stimmchen ist zu hören.

»Um Gottes Willen!« Halja klatscht in die Hände. »Papa hat Dima geweckt. Mama wird böse sein!«

Panas Pawlowytsch betritt den Salon und führt Dima an der Hand. Dima strahlt über das ganze Gesicht und ruft Halja zu: »Wir fahren mit Papa zusammen Auto!«

»Papa!« fragt Halja erschrocken. »Ist das wahr?«

»Ja! Ich möchte mit ihm ein bißchen spazieren fahren . . .«, sagt Panas Pawlowytsch. Er ist völlig, sogar übermäßig ruhig.

»Papa! Ich lasse Dima nicht weg. Mama hat gesagt, daß . . .«

»Geh schlafen, Halja, und red keinen Unsinn!«

Aber Halja stürzt zur Tür, die ins Vorzimmer führt, und stellt sich entschlossen davor.

»Das lasse ich nicht zu! Schlag mich, aber ich lasse das nicht zu! Du willst Dima entführen! Mama hat gesagt, daß du das tun willst.«

Dima schreckt zusammen, als er hört, daß man ihn entführen will, aber er weint nicht.

»Halja, geh schlafen! Ich meine es ernst!« sagt Panas Pawlowytsch, und ich sehe, wie sein Gesicht rot anläuft.

»Nein! Du hast kein Recht! Das ist gemein, das ist widerwärtig und abscheulich! Laß Dima los!«

Haljas Gesicht verzieht sich vor Wut, sie weint. Panas Pawlowytsch geht direkt auf sie zu, greift nach ihrer Hand und zieht sie zur Seite. Halja klammert sich mit den Händen an die Tür, schreit lauthals und stößt mit den Füßen. Da läßt Panas Pawlowytsch Dima los, faßt Halja mit beiden Händen und reißt sie von der Tür weg. Noch nie habe ich diesen weichen Menschen so zornig gesehen. Dima drückt sich vor Schreck an mich. Ich nehme ihn auf die Arme und trage ihn ins Vorzimmer. Halja verstummt vor Schreck; zur Seite gestoßen, starrt sie mit weit geöffneten Augen Panas Pawlowytsch an, der leise zu ihr sagt: »Du bekommst Schläge! Hier auf der Stelle, du abscheuliches Mädchen!«

Und während wir Dima anziehen und hinausgehen, steht sie in derselben Haltung im Salon, die Hände fest an die Brust gepreßt, und blickt uns groß an.

»Kostja, kriech nicht ans Fenster! ... Kostja, klammre dich nicht an Jakiw Wassyljowytsch! ... Kostja, ich geb dir mein Wort, daß ich dich zurückschicke! ...«

Aber selbst strahlt sie über das ganze Gesicht, sie schwelgt in stiller Begeisterung, paradiesischer Zufriedenheit und ungewohnter Ruhe. Besonders froh erregt sind beide deshalb, weil wir in einem eigenen Abteil reisen, im Zug ein kleines, gemütliches und ganz und gar eigenes Zimmerchen haben. Klawdija gefällt das, sie fühlt sich frei und leicht, sonst würde sie sich beengt fühlen und die Leute fürchten. Sie hat vor allen Angst: vor den Pförtnern, den Schaffnern, den Passagieren, den Gepäckträgern. Den Pförtnern und Gepäckträgern gibt sie aus Angst so viel Trinkgeld, daß sie sie nur ansehen und sich vor Staunen nicht einmal bedanken. Und sie regt sich nur darüber auf, ob sie nicht zu wenig gegeben hat. Irgendein frecher Kerl braucht nur zu sagen: »He, meine Dame, das ist wohl etwas wenig!«, und schon schämt sie sich fürchterlich, greift zur Geldtasche und gibt ihm, was ihr gerade in die Finger kommt.

Dagegen brauchen wir im Abteil niemanden zu fürchten, wir sind unsere eigenen Herren. Ich zeige Kostja den

Tanz der Wälder und Felder. Die Bäume nehmen sich einander an den Händen und tanzen feierlich und ernsthaft vor unseren Fenstern. Wenn der Zug anhält, bleiben auch sie stehen. Wenn er schneller fährt, legen auch sie an Tempo zu. Kostja schmiegt sich an mich, er blickt mich mit feuchten, dankbaren, sanften Augen an. Klawa ist es heiß, und wir kaufen auf jeder Station ein paar Flaschen von den verschiedensten Getränken. Und darüber freut sie sich unsagbar. Sie fahren wie hohe Herrschaften. Noch nie haben sie solch einen Luxus kennengelernt.

Und nachts erzähle ich mir ein Märchen und schlafe beim Stuckern der Räder sanft ein. Kostja spricht im Schlaf, und ich denke an Andriko, ohne dabei mein Märchen zu unterbrechen.

Das Meer, die Fese, die braungebrannten Gesichter, die sonderbaren Wörter, die brennende, klare Sonne, die unbeweglichen schwarzen Zypressen, die aus derbem Karton geschnitten zu sein scheinen – über alles freuen sie sich! Ich komme mir wie ein freigebiger, wohltätiger Gott vor. Als Klawdija am Abend vor mir auf die Knie fällt und meine Hand küßt, protestiere ich nicht einmal, weil ich ihre fromme Stimmung verstehe. Ich selbst würde vor demjenigen, der mir soviel unbefangene, reine, kindliche Freude beschert, auf die Knie fallen.

Morgens schlafen wir lange und sorglos in den Tag hinein. Dann legen wir uns an den Strand, blinzeln mit den Augen, tummeln uns im Wasser. Alle Leute um uns herum liegen ebenso da, blinzeln mit den Augen und tummeln sich. Auch der Himmel blinzelt tagsüber verschlafen, dabei wird er grau, als schwitze er genau wie wir. Die Zypressen schlafen. Sogar das Meer atmet verschlafen, das feine Gewebe der Uferwellen hebt und senkt sich im gleichbleibenden Rhythmus. Aus diesem Grunde ist es unvorstellbar, daß es irgendwo lärmende, polternde Städte, Straßenbahnen, Schiffe, Gefängnisse gibt; die ganze Welt scheint verschlafen mit den Augen zu blinzeln, in Sonne und Sorglosigkeit dazuliegen.

Sie sind zu dritt: Wanja, Kroschka und Wira. Wanja ist der Älteste, etwa vier Jahre; die anderen werden beide drei sein. Sie alle sitzen unter meinem Fenster auf der Erde. Wanja hält ein Glöckchen ohne Klöppel in den Händen. Mit einem kleinen Stock schlagen sie der Reihe nach zu und lachen zufrieden, wenn sie die angenehmen Töne hören. Kroschka hält ein Brötchen in der Hand. Wanja hat großen Appetit, aber Kroschka will nicht teilen. Da schickt sie Wanja als der Älteste nach Hause: »Geh nur, geh! . . . Sonst gib dein Brötchen her!«

Kroschka wählt das kleinere Übel und gibt die größere Hälfte vom Brötchen ab. Wanja will kein Schurke sein und macht von seiner Macht keinen Gebrauch; er gibt die größere Hälfte zurück und nimmt sich die kleinere. Befriedigt, die strittige Frage auf diese Weise gelöst zu haben, setzt er sich auf die Erde und streckt die Beine aus. Kroschka tut, weiß Gott, warum, sofort dasselbe. Aber Wanja springt gleich wieder auf, läuft zu einem Pfahl und ruft Wira. Er klettert geschmeidig hoch, setzt sich und baumelt mit den Beinen. Wira lacht begeistert und macht Kroschka staunend aufmerksam. Kroschka jedoch beweist Selbständigkeit und Initiative: Sie klettert auf die Bretter, die einen Lehmhaufen begrenzen, und schreit: »Ich falle, oh, ich falle! . . .«

Sie hat keine Angst zu fallen, aber sie will Wiras Aufmerksamkeit auf sich lenken. Das gelingt ihr aber nicht. Im Gegenteil – Wanja schreit ihr zu: »Kroschka, gib mir das Brötchen! Es ist runtergefallen!«

Kroschka tut so, als höre sie nicht.

»Kroschka, ich rede mit dir! Na, dann geh nach Hause, geh!«

Kroschka schnauft, ohne etwas zu sagen, klettert herunter und gibt dem Despoten das Brötchen. Tagelang tollen diese drei Knirpse unter meinem Fenster herum. Wanja hat ein spitzes Kinn, das ich stundenlang betrachten kann. Wenn Klawdija zu mir ins Zimmer kommt, erwecke ich den Anschein, als arbeite ich, und sie geht auf Zehenspitzen wieder hinaus. Und erneut horche ich auf das Geplapper der Knirpse. Eigentlich müßte ich sie von meinem Fenster wegjagen, weil sie bei der Arbeit stören. Aber Kroschka amüsiert sich so, daß ich sie noch etwas gewähren lasse. Hier ist es kühl und still, aber woanders brütet solch eine Hitze, daß sich die Nasen gleich zu schälen beginnen.

Klawdija kühlt mit der Zeit etwas ab. Weshalb weiß ich nicht. Sie küßt mir abends nicht mehr die Hand, manchmal weint sie aus irgendeinem Grund. Kostja ist von morgens bis abends am Strand, und ich muß ihn suchen gehen. Ich fühle mich bereits nicht mehr wie ein wohltätiger und guter Gott. Ich werde wohl dem Mann einer kranken Frau, mit der man große Mühe hat, immer ähnlicher. Diese Rolle beigeistert mich weniger. Überhaupt scheint es an der Zeit, mit der Wohltätigkeit Schluß zu machen – sie wird mir bereits langweilig und etwas lächerlich.

Wie wenig braucht doch ein weibliches Geschöpf, um zur Frau zu werden: Es muß nur mit einem Mann das Bett teilen. Das reicht völlig! Klawdija befriedigt es offensichtlich nicht mehr, nur die fiktive Ehefrau zu sein. Nur dadurch lassen sich wohl die unverständlichen Tränen, ihre Seufzer, Kopfschmerzen, ihr Märtyrerblick erklären. Das ist zweifellos langweilig! Langweilig und nichts weiter!

Die Vermieterin, eine alte Karaitin mit einer Hakennase wie bei einer Eule und bleifarbenem Gesicht, reizt mich allmählich durch ihr süßliches Lächeln. Klawdija unterhält sich stundenlang im Flüsterton mit ihr. Worüber kann sie mit dieser Frau sprechen? Wohl über mich; über die Männer, die ehrliche Frauen um ihren Verstand bringen und sie dann sitzenlassen.

Und Klawdija selbst beginnt mich auch zu reizen. Es ist überhaupt nicht lustig, daß sie menschenscheu ist und allen aus Angst kolossale Trinkgelder zusteckt. Ihre schwarze, bescheidene Kleidung, die sie einer Nonne ähnlich werden läßt, bringt mich auch in Rage. Zum Teufel noch mal – aus welchem Grunde soll man sich für etwas ausgeben, das man in Wirklichkeit gar nicht ist? Ans Meer geht sie kaum noch, alle Tage bringt sie auf einer alten Liege zu. Die Fenster bei ihr sind schwarz verhangen – mit Tüchern und Plaids –, und nur von oben dringt ein heißer, gelber Strahl durch, der das Zimmer in goldfarbenes Halbdunkel hüllt. Jedesmal riecht es im Zimmer nach irgendwelchen Tropfen; immer ist es stickig und warm wie in einer Orangerie. Wenn ich eintrete, erhebt sich Klawdija Petriwna schuldbewußt und schiebt das Pincenez auf die Nase. Und wenn ich sie schlafend antreffe, bedeckt sie eilig beim Aufwachen die Augen mit einer Hand und tastet mit der anderen nach dem Pincenez auf dem Tischchen, um es aufzusetzen. Damit erinnert sie mich ständig daran, daß sie unschöne kleine, von Fältchen umgebene Augen, hat. Früher tat sie mir wenigstens leid, aber jetzt ist es ärgerlich und unangenehm.

Und sie weint, sie weint ununterbrochen. Zum Teufel mit diesen Tränen! Wo kommen diese Wassermassen her? Und sie schweigt . . .

»So sag doch endlich, weshalb du weinst! Was ist los? Hab ich dich irgendwie beleidigt?«

Nein, das ist es nicht.

»Was ist es dann?«

»Ich weiß nicht! ... Einfach so! Überhaupt!«

Und sie beginnt, richtig zu schluchzen. Zum Teufel mit ihr! Das kann den gutmütigsten Menschen in Rage bringen! Soll ich da etwa keine schlechte Stimmung haben? Und aus welchem Grunde weint sie, hat sie überhaupt ein Recht dazu? Habe ich ihr etwa Liebe geschworen? Haben wir überhaupt schon einmal über Liebe gesprochen? Versteht sie etwa unsere Beziehungen wirklich nicht?

Ich sage ihr das alles nicht, aber ich gebe ihr dennoch zu verstehen, daß sie keinerlei Grund zu fordern hat, ich solle nur das Paradiesische an ihrer Gesellschaft genießen und dürfe nicht auch ab und an in Zorn ausbrechen.

»Das fordere ich auch nicht! Das fordere ich nicht! Oh ...« Sie stöhnt noch stärker auf meine Anspielungen hin und dreht ihr von den Tränen aufgedunsenes Gesicht zur Seite.

Endlich wundere ich mich ohne alle Scherze.

»In Gottes Namen! Das wird unerträglich! Sag mir doch um Gottes Willen, was geschehen ist, weshalb benimmst du dich so?«

»Nichts ist, nichts! Oh ...«

»Also, weißt du, tu, was du willst, aber das ist einfach grotesk!«

»Laß mich in Ruhe, laß mich in Ruhe! ...«

»In Ruhe kann ich dich lassen, aber ... zum Teufel noch mal! Wenn ich wenigstens meine Schuld wüßte, aber so ...«

Und schließlich weiß ich es: Klawdija ist schwanger. Das ist es also!

Als sie mir das sagt, liegt mir diese Vermutung so fern, daß ich sie zunächst gar nicht verstehe. Sie brauchte allerdings nicht lange, um mich davon zu überzeugen.

»Aber du ... du hast mir doch versprochen! Du hast

alles auf dich genommen! Du hast mich also hintergangen.«

»Oh, mach dir keine Sorgen! Ich mache eine Abtreibung. Von *mir* wirst du kein Kind haben. Von mir nicht!«

Und sie beginnt bitter zu lachen, dann weint sie und verfällt schließlich in lautes Schluchzen.

In unseren Zimmern herrscht die Karaitin. Sie flüstert mit Klawdija, kocht etwas bei sich in der Küche und trägt es in großen Gefäßen in Klawas Zimmer. Ich kaufe in der Apotheke irgendwelche Pülverchen, Schachteln, Röhrchen. Durch die Zimmer zieht warmer, nach Arzneimitteln riechender Dampf. Kostja taucht mit großen erschrockenen Augen nur für einen Moment auf und verschwindet dann wieder. Klawdija regt das alles auf, sie schluchzt, verwünscht sich selbst und schickt mich Kostja suchen. Auf dem Weg in die Apotheke schaue ich in alle Höfe und rufe in die Straßen hinein: »Kostja!« Ein Alptraum! . . .

Und die Karaitin schnüffelt ständig durch unsere Zimmer, sie trägt Kessel mit siedendem Wasser, flüstert mit Klawa am Bett und lächelt mich beflissen und familiär an. Klawdija liegt da und stöhnt, wobei das Stöhnen ab und an in Weinen übergeht. Ich gehe wie betäubt von einer Ecke in die andere, wundere mich und verstehe nichts. Frühmorgens und tagsüber gibt es oft Streitereien. Wir reden jetzt schon offen und brutal miteinander, ohne unseren Zorn zu verbergen, und bemühen uns dabei, den anderen möglichst schmerzhaft zu beleidigen. Uns ist klar, daß keiner von uns bewußt Schuld auf sich geladen hat, aber wir müssen die Schuld beim anderen suchen, um uns selbst wenigstens etwas Erleichterung zu verschaffen. Klawdija ist einige Male drauf und dran, sich zu ertränken, und ich lache laut auf und empfehle ihr, einen Korkgürtel mitzunehmen. Sie läuft los, aber nach ein bis zwei Stunden kommt sie zurück, umarmt Kolja, schluchzt und läßt sich aufs Bett fallen. Dann taucht die Karaitin auf, jagt mich hinaus, bringt Kessel und Kupfergefäße, und der Tag endet mit Stöhnen und Rumoren.

Schließlich wird mir erklärt, daß man in dieser Periode keine Abtreibung machen kann, daß man noch einen Monat etwa warten muß. Das habe der Arzt selber gesagt, der allen Kurdamen Abtreibungen macht.

Unsere Kräfte lassen nach. Mich bedrückt der Alptraum so sehr, daß mir bereits alles gleich ist. Hauptsache, es findet irgendein Ende! So geht es wohl auch Klawa. Als ich wegfahren will, bittet sie mich nicht einmal zu bleiben. Wir sind sehr höflich zueinander, freundlich, wir schämen uns dessen, was vorgefallen ist. Sie verspricht mir, mich sofort wissen zu lassen, wann die Operation vorbei ist, und ich bitte sie zu schreiben, wann immer sie Geld braucht.

Wir verabschieden uns still auf dem Bahnhof und sind uns sicher, daß wir uns nie wieder begegnen werden. Ich weiß nicht, was Klawdija empfindet, aber ich fühle mich leicht und schäme mich.

Verliebt in Kiew, schlendere ich durch seine grünen, verwinkelten und flüsternden Straßen. Diese liebe, stille, nachdenkliche Schönheit! Die Kastanienbäume überschütten die Dächer der Straßenbahnwagen mit rötlichen Blütenblättern. Nirgends gibt es solch ein Leben auf den Straßen wie hier. Nirgends ist es so zärtlich, natürlich sauber und spielerisch leicht! Die Stadt gleicht einem schönen großen Tier, das sich seit langem liebevoll pflegt.

Gerade geht die Sonne hinter dem Kadettenwald unter, und die Kreuze auf der Andriiw-Kirche und der Wolodymyr-Kathedrale brennen noch, die Fenster der hohen Steinhäuser auf den Bergen reflektieren das rote Licht mit metallenem Glanz. Unten, in den regenbogengleichen Alleen und Straßen mit ihren Kastanien, Pappeln und Akazien breitet sich ein zärtlicher, warmer, echt südländischer Schatten aus. Irgendwie besonders, erregend und herausfordernd klingt Gelächter und Musik aus den geöffneten Fenstern hinter den Zäunen. Neben den Süßwarenläden, die sich wer weiß weshalb in Kiew besonders gern in den Kelleretagen breitmachen, kommen allabendlich Leute zusammen: Hausmeister, Polizisten, Stubenmädchen. Aus den Geschäften schlägt einem Kellerkälte entgegen, es riecht nach gescheuertem Fußboden, Weißfisch und frischen Früchten.

Den Dnipro aufwärts ziehen zur selben Zeit Kähne in Richtung Tschortoryja, sie kommen kaum voran. Von ihnen fliegen Liedfetzen zur Stadt herüber. Aus der Stadt, aus dem Zarengarten antwortet ihnen Musik. Irgendwo läuten Glocken. Eine Schiffspfeife drängt sich wie ein Hummelschwarm dazwischen. Hartnäckig rattert die Straßenbahn im Takt.

Ich gehe langsam und genieße jeden Schritt, jede Straßenbiegung, jede Kerze auf den Kastanienbäumen. Glückselige Ruhe durchdringt mich. Ich denke an nichts und fürchte mich vor nichts. Vom »Frühlingskoller« gibt es keine Spur mehr. Ich gehe an allen gefährlichen Stellen vorbei, und mitunter staune ich sogar, daß sie weder Feindschaft noch philosophische Meditationen in mir hervorrufen. Als wäre all das vor kurzem nicht mit mir geschehen.

Hier habe ich in meiner Studentenzeit gewohnt – da ist das Fenster von meinem Zimmer. Wenn die Genossen Literatur brachten oder einfach nicht erkannt werden wollten, klopften sie von der Treppe aus mit den Fäusten an die Wand. An dieselbe Wand klopfte auch Hanja behutsam, wenn sie zu mir kam – dabei sah sie sich ängstlich um. An genau dieselbe Wand. Und daß Hanja jetzt irgendwo in der Verbannung lebt und daß ich hier bin, ruft keine unnötigen, sentimental säuerlichen Stimmungen mehr hervor, wie es früher im Frühling manchmal der Fall war. Sie ist eben dort, und ich bin hier – was soll's?

Die Sosnyzkys sind nicht in der Stadt, sie sind aufs Dorf gefahren. Es würde auch überhaupt nichts ändern, wenn sie hier wären. Ich weiß es und fühle vor allem, daß ich diesmal nicht »schiefnäsig« bin. Andriko existiert für mich nicht mehr, an seiner Stelle ist nur ein undeutlicher Fleck geblieben, der das Herz, etwa wie die Ruinen eines schönen, alten Bauwerks, mit leichter Trauer kühl umhüllt. Vielleicht rühren daher jene innere Ruhe, und die Selbstzufriedenheit, und der stille, sichere Gang und ein geheimer Stolz.

Aber die Krywuljas sind hier. Niemand ist weggefahren: weder er mit Dima und Schura noch sie mit Halja. Panas Pawlowytsch kam nur ein einziges Mal zu mir, saß kurze Zeit da und war nachdenklich und schweigsam. Er verbirgt Dima immer noch bei entfernten Verwandten, geht Warwara aus dem Weg, die ihn überall, wo sie nur kann, verfolgt; ab und zu ist er bei Schura und lebt ein bißchen bei ihr. Aber dieses Leben wird ihm offensichtlich etwas kostspielig.

Von Klawdija Petriwna erhalte ich ab und an Briefe, in denen sie mir versichert, daß sie mich nicht betrügen wollte, daß sie selbst über ihren Fehler verzweifelt ist: Ich solle mir keine Sorgen machen – ein Kind wird es nicht geben. Ich antworte ihr mit freundlichen Kartengrüßen, in denen ich sie ebenfalls beruhige. Und dann vergesse ich sie gleich wieder.

Bekannten gehe ich aus dem Weg, und an den Abenden spiele ich im Klub. Aus irgendeinem Grunde ist mir das Glück hold, und ich gewinne viel.

Aber bevor ich in den Klub gehe, schlendre ich lange Zeit ziellos durch die Straßen. Tagsüber ist es heiß und staubig, abends jedoch ist der Staub zumindest nicht zu sehen. Ich will nichts von den Leuten, ich brauche keinen näheren Umgang; mir reicht ein zufälliges Lachen, ein Gespräch, ein Stück Profil oder ein verschwommenes Gesicht in den dunklen Fensterrahmen. Die Menschen bewegen sich um mich herum, rühren mich aber nicht an; und das Bewußtsein meiner völligen Isolation, meiner Unabhängigkeit und Einsamkeit verschafft mir ein Gefühl tiefer Ruhe. Jetzt verlösche ich nicht mehr, allein mit mir selbst; ich klammere mich nicht an die Menschen. Im Gegenteil – mir ist, als verlösche ich mit ihnen zusammen. Vielleicht befinden sich Genesende in solch einem Zustand. Aber wovon genese ich eigentlich?

Die Menge, die sich aus den Toren des Zarengartens drängt, zerfließt in unterschiedliche Richtungen. Hier auf der Straße umschwärmen flauschige Schmetterlinge die elektrischen Lampen wie Schneeflocken. Unten brennen die Lichter des Chrestschatyk. In der Masse klingen bald hier, bald dort Melodien aus dem soeben zu Ende gegangenen Konzert auf.

Ich gehe hinter einer Frauengestalt in Weiß. Auch ihr Hut ist weiß, von seinem Rand hängt zackenförmig feine Spitze herab. Unter dem Hutrand sehe ich ein Stück nackten Hals und Rücken. Langsam schieben wir uns im Strom der menschlichen Körper vorwärts. Ich überlege, wo ich zu Abend essen könnte, und schließe in diesem Augenblick zu dem weißen Hut auf. Automatisch blicke ich unter den Hut und habe plötzlich das Gefühl, eine Faust schlage mich mitten in die Brust: Die großen, leicht ironisch, leicht traurigen Augen von Weißkäppchen sehen mich an. Ich bin so erregt, daß ich dümmlich zu lachen beginne und überlege, ob ich mich verbeugen soll. Aber welchen Grund hätte ich dafür? Vielleicht den, daß sie mich einst davongejagt hat?

Während ich noch überlege, geht Weißkäppchen wieder vor mir. Sie läuft genauso langsam und ruhig, und mir ist nicht klar, ob sie mich erkannt hat oder nicht. Sie blickt sich nicht um, sie macht keine eilige Bewegung; in ihrer Haltung erinnert nichts an die Erstarrung eines Menschen, der weiß, daß man ihm auf den Rücken schaut. Ob sie mich überhaupt bemerkt hat?

Ganz anders als vor einigen Minuten blicke ich jetzt auf ihren Hut, das Stück Hals, auf dem sich von Zeit zu Zeit das violette Perlmutt des elektrischen Lichts spiegelt, auf ihre runden Schultern. Manchmal berühre ich absichtlich mit der Hand ihr Kleid, und mir scheint, ich sei mit diesem Kleid in einem geheimen Freundesbund und es bemitleide mich.

Weißkäppchen steigt in eine Straßenbahn ein. Ich brauche eine andere Linie, folge ihr aber. Sie setzt sich in den Innenraum, für mich ist dort kein Platz, und ich bleibe auf der Plattform stehen. Weißkäppchen wendet mir ihr Profil zu, und ich kann sie ausgiebig betrachten. Welch kindlich erregende Zärtlichkeit liegt in ihrem runden Kinn und im unteren Teil der Wange! Die Lippen sind etwas zu breit, der Mund ist sehr groß. Und wie kindlich streng ihr Gesicht wirkt! Und das Auge mustert jeden neugierig.

Sie könnte mich sehen, wenn sie wollte, aber ich begegne kein einziges Mal ihrem Blick. Absichtlich nähere ich mich der Tür zum Innenraum und rücke ab und zu den Hut zurecht, um mit meinen Bewegungen ihre Aufmerksamkeit auf mich zu ziehen. Nein, sie schaut kein einziges Mal her! Als ob sie mich absichtlich nicht sehen will! Das freut mich ein bißchen: Vermutlich hat sie mich bemerkt und erkannt. Nun wende ich die Augen nicht mehr von ihr. Sie soll wenigstens ein einziges Mal herschauen, ganz verstohlen! Daran denkt sie also! Das Auge blickt auf einen festen Punkt; die strengen Lippen ziehen sich beim Lächeln unwillkürlich zusammen, das Auge blinzelt, und sie strahlt in einem seltsamen Glanz, sie wird warm und zärtlich. Plötzlich aber wischt sie das Lächeln von den Lippen und sieht sich um: Beobachtet sie auch keiner?

So! – Das bedeutet also, daß sie mich vorhin nicht bemerkt hat, und sie bemerkt mich auch jetzt nicht!

An der Ecke Wassylkiwska-/Blahowistschenska-Straße muß sie umsteigen. Während wir auf die Bahn warten, stelle ich mich einige Male so, daß sie mich sehen muß. Sie bemerkt mich tatsächlich, aber ihr Blick bleibt gleich, ob sie den Laternenmast oder mich anschaut. Und erst als sie feststellt, daß ich die Augen nicht von ihr lasse, verzieht sie ihr Gesicht mißmutig, und sie wendet sich ab. Schimpfworte von ihr würden mich weniger kränken als diese Grimasse.

Ich folge ihr trotzdem weiter. Jetzt setze ich mich ihr gegenüber, und ich kann ihr ganzes Gesicht sehen. Die Lippen wirken nicht mehr so groß, dafür erscheint ihr Gesicht trockener, kälter. Sie sieht seitlich an mir vorbei, und ich weiß immer noch nicht, ob sie mich erkannt hat oder nicht. Damals trug ich Pelz und Zylinder, heute habe ich einen grauen Sommerhut auf und bin im leichten Mantel. Ja, deshalb hat sie mich wohl nicht erkannt. Aber warum sollte sie eigentlich zeigen, daß sie mich erkannt hat, was könnte ihr das für ein Vergnügen bereiten?

Sie steht auf und will aussteigen. Von ganzem Herzen wünsche ich, daß sie ihre silberfarbene geflochtene Tasche auf der Bank vergißt. Aber nein! Sie nimmt sie mit. Ich stehe auch auf. Weißkäppchen wirft mir einen strengen und ernsten Blick zu, als wolle sie fragen: Willst du anbändeln? Das ist umsonst! Dennoch folge ich ihr. Ich gehe etwa zwei Schritt hinter ihr, schaue auf ihren Rükken und spüre eine seltsame, mir selbst unverständliche tiefe Zärtlichkeit.

Weißkäppchen geht nach rechts. Hier sind weniger Lampen, die Bäume überdecken den Fußweg wie mit Hauben, und man scheint unter Felsen entlangzulaufen. Weißkäppchens Absätze klopfen vor mir trocken auf die Steine. Sie schreitet sehr gleichmäßig aus, und an ihrem Rücken wird jetzt deutlich, daß sie auf meine Schritte lauscht. Ich weiß, daß sie Angst haben muß: Hier in dieser kleinen Straße gibt es so wenig Passanten – und das kränkt mich, stimmt mich traurig.

Endlich fasse ich Mut, hole einige Male tief Luft und schließe zu ihr auf. Weißkäppchen sieht mich scharf an und beschleunigt ihre Schritte.

»Verzeihen Sie um Gottes Willen! Seien Sie nicht böse und fürchten Sie sich nicht vor mir ...«, beginne ich so flehentlich wie möglich.

Sie schweigt und geht noch schneller. Ich schweige auch und gehe dümmlich, betreten lächelnd neben ihr – ich weiß nicht, was ich sagen soll.

»Verzeihen Sie! ... Sie haben mich im Frühling schon einmal davongejagt, als ich ... mich an Sie gehängt habe. Und ich habe mich ... Gewiß, ich ... Aber ich versichere Ihnen, daß ... ich Sie nicht beleidigen will ...«

Was ist los mit mir? Wie dumm ich mich benehme! denke ich erstaunt und beschämt.

»Lassen Sie mich bitte in Ruhe!« sagt Weißkäppchen endlich. Ich bin so froh, daß sie etwas sagt, daß ich in ihrer Stimme weder Ärger noch Erregung bemerke.

»Gleich!« sage ich eilig. »Aber warum fürchten Sie sich vor einer Straßenbekanntschaft? Das sind doch ... Vorurteile! Wenn mich irgendein Bekannter von Ihnen mitgebracht hätte, würden Sie mich doch nicht zurückstoßen?! Also stellen Sie sich einfach vor, mich hätte irgend jemand mitgebracht!«

Ich versuche sogar verschmitzt zu lächeln, aber Weißkäppchen schaut aufmerksam geradeaus, ohne wohl meine Worte so richtig zu verstehen. Wahrscheinlich wohnt sie hier irgendwo und hat es eilig, zu ihrem Haus zu gelangen.

»Warum wollen Sie denn nicht mit mir Bekanntschaft schließen?« sage ich erneut im Ton eines Bittstellers.

»Weil ich eben nicht möchte!« sagt sie in einem unerwarteten Zornesausbruch; sie bleibt stehen und schaut mir direkt und empört ins Gesicht. »Und Sie haben überhaupt kein Schamgefühl! Man jagt Sie weg, und Sie kommen dennoch und belästigen andere Menschen auf freche Art! Verschwinden Sie!«

Sie dreht sich um und geht schnell weiter. Boshafte, schamlose Hartnäckigkeit steigt in mir hoch. Wart's nur ab!

»Sie beleidigen mich dafür, daß mir Ihr Gesicht gefällt, daß ich mit Ihnen Bekanntschaft schließen möchte? Gut! Wie Sie wollen! Aber dafür geben Sie mir zum Abschied die Hand!«

Sie sieht mich an; dabei lächelt sie herablassend und zuckt mit einer Schulter. Und unerwartet geht sie auf den Eingang eines Hauses zu.

»Geben Sie mir nicht die Hand?« frage ich schnell.

»Nein!«

»Dann eben nicht! Dann werde ich so lange vor Ihrem Haus stehenbleiben, bis Sie sich von mir verabschieden.«

Weißkäppchen läutet, steht da und wartet, ohne sich zu mir umzudrehen.

»Ich werde die ganze Nacht und den ganzen Tag stehenbleiben, bis Sie mir die Hand geben. Hören Sie?«

Sie klopft ungeduldig mit der Spitze ihres kleinen

weißen Schuhs, dessen Schleife an eine Frackkrawatte erinnert, und geht, als die Tür geöffnet wird, in den Vorraum, ohne mich auch nur anzusehen.

Ich setze mich auf die Steintreppe und wische mir den Schweiß aus dem Gesicht. Dann zünde ich eine Zigarette an, werfe das Streichholz zur Seite und fühle mich so schlecht, als wäre ich öffentlich beim Betrug erwischt und hierher auf diesen Vorplatz geworfen worden. Ich stehe langsam, mit Mühe auf und beginne auf dem Fußweg hin und her zu gehen. In die roten Ziegelplatten haben sich an einigen Stellen tiefe Löcher eingetreten; die Holzpfosten an den Rändern, von der Zeit zerfressen und zerbröckelt, gleichen Baumstümpfen im Wald.

Ich sehe auf die Uhr: fünf Minuten nach Mitternacht. In einer Droschke fährt, eng umschlungen, ein Pärchen vorbei. Natürlich liebt Weißkäppchen einen anderen – das ist klar . . . Nur dann kann eine Frau so unzugänglich und grausam sein.

Und ich stelle mir vor, wie Weißkäppchen jetzt in ihre Wohnung kommt, sicherlich wird sie von ihrem Mann begrüßt – sie ist vermutlich noch nicht lange verheiratet –, sie legt ihre Arme auf seine Schultern und schmiegt sich heiß an ihn. Und dabei, jetzt eben in diesem Augenblick, erzählt sie von dem frechen Kerl, der sich an sie herangemacht hat, und davon, wie sie ihn losgeworden ist.

Ich blicke nach oben und betrachte die Fassade des Hauses. Es ist ein kleines, dreigeschossiges Gebäude, das fast wie in meinem Märchen aussieht. In einem Stockwerk ist sie. Fast in allen Fenstern brennt noch Licht, einige sind geöffnet; in den Zimmern huschen von Zeit zu Zeit Schatten vorbei, aber niemand schaut heraus – sie interessiert sich nicht einmal dafür, ob ich Wort halte. Also gut!

Ich verstehe, daß ich mir keinerlei Hoffnung machen

kann, daß es dumm und lächerlich ist, diese alberne Geschichte weiter fortzuführen, und trotzdem gehe ich nicht nach Hause. Wie ein Wachposten laufe ich auf dem Fußweg hin und her, setze mich mitunter auf die Treppenstufen, stecke mir eine Zigarette an und gehe weiter. Und je mehr ich mich von der Sinnlosigkeit meiner Lage überzeuge, desto hartnäckiger werde ich. Jawohl, ich bleibe hier eine Nacht, einen Tag, noch eine Nacht und noch einen Tag sitzen. Sie soll sehen, daß ich nicht in den Wind rede. Vor Müdigkeit und Hunger werde ich umfallen, aber bevor sie mir nicht die Hand gegeben hat, gehe ich nicht weg.

In Gedanken male ich mir aus, wie ich hier auf dem Fußweg umfalle, wie die Hausmeister und Polizisten mich hochheben, mich aufs Revier tragen, und sie schaut aus dem Fenster, und ich tue ihr leid; sie bewundert meine Willensstärke, bereut und schämt sich.

Um ein Uhr verlöschen die Lampen, und das Haus versinkt im Dunkel. Schlagartig wird die ganze Straße ruhig und macht einen verschlafenen Eindruck, sogar die Sterne scheinen eingeschlafen zu sein. Die Fenster verlöschen, nur eins im obersten Stockwerk läßt schwaches rotes Licht durchdringen. Es ist wohl möglich, daß gerade das ihr Zimmerfenster ist.

Schon einige Male ist der Nachtwächter mit seinem kupfernen Abzeichen an der Mütze an mir vorbeigegangen. Er betrachtet mich eingehend und schweigend und geht langsam weiter.

Ich habe Hunger und Durst. Im Etui sind nur noch einige Zigaretten. Soll ich vielleicht nach Hause fahren, essen, etwas schlafen und am frühen Morgen wiederkommen? Ich lächele. Das wäre etwas wie ein »Hungerstreik« von Gefangenen, die sich zwischendurch heimlich »stärken«.

Wieder kommt der Wächter, wieder blickt er mich

aufmerksam an und fragt schließlich dumpf: »Warum sitzen Sie hier, Herr?«

»Es macht mir Spaß!«

»Es ist nicht üblich, hier zu sitzen.«

»Warum?«

»Weil Sie keinen Grund haben, hier zu sitzen.«

»Und woher weißt du, daß ich keinen Grund habe?«

Der Wächter schweigt, er scheint zu überlegen, was er in so einem Fall zu tun hat. Und da ihm nichts einfällt, geht er weiter und murmelt: »Es macht ihm Spaß! Es wird ihm schon gefallen, wenn ich den Polizisten rufe... Auch so ein Freier! Es macht ihm Spaß!«

In der Tat ist es wohl verboten, auf der Straße zu schlafen. Und dieser Ordnungshüter kann sagen, daß ich schlafe. Ich stehe also auf und gehe wieder hin und her. Das rote Fenster leuchtet noch. Mit ihm ist es immerhin lustiger. Ich stecke mir wieder eine Zigarette an und schaue beim Licht des Streichholzes auf die Uhr. Gott im Himmel, erst Viertel zwei! Was tue ich hier bis zum Morgen?! Vielleicht soll ich doch lieber auf alles spucken?

Aber ich weiß schon, daß ich nicht spucken werde. Wenn ich jetzt gehe, habe ich nie mehr den Mut, mich ihr zu nähern, nicht einmal im Märchen.

Aber was will ich von ihr? Was soll diese Gefühlsduselei? Bin ich denn ein Student im ersten Studienjahr, wer bin ich überhaupt? Oho! Vielleicht ein Spanier? Vielleicht sollte ich beim Barbier eine Gitarre ausleihen? Geh schlafen, Bruderherz!

Aber statt dessen setze ich mich auf die Stufen, stütze den Kopf in die Hand und verharre so. Jemand kommt langsam, mit schweren Schritten, die Straße herunter. Der Wächter! Als er neben mir steht, nehme ich einen Karbowanez und gebe ihn ihm.

»Hör zu, guter Mann! Ich habe gewettet, daß ich hier

zwei Tage lang sitzen werde. Verstehst du? Ich bin kein Dieb, und du brauchst keine Angst vor mir zu haben! ... Diebe benehmen sich leider anders ... Nimm schon, nimm, was zögerst du!«

Der Wächter nimmt unentschlossen das Geld und murmelt: »Ich hab ja nichts dagegen. Aber wir haben auch unsere Befehle ...«

Er brummt noch etwas in der Finsternis vor sich hin, aber ich höre nicht zu. Mir treibt es den Schlaf in die Augen.

Ich wache von Rippenstößen auf. Erstaunt öffne ich die Augen und sehe mich um: Irgendeine unbekannte leere und breite Straße; hoch oben ein zärtlich himbeerfarbenes Wölkchen, und neben mir der Hausmeister mit dem Besen.

»Schlafen darf man hier nicht, Herr!« sagt er streng und schaut mich mißtrauisch an. Auf der anderen Seite steht ein zweiter Hausmeister und starrt gähnend und interessiert auf uns. Ich stehe auf, hole ein paar Silbermünzen aus der Tasche und lege sie dem Hausmeister schweigend in die Hand. Er nimmt sie, bedankt sich nicht, observiert mich aber dennoch weiter.

»Was guckst du?« frage ich zornig. »Hast noch keinen Mann gesehen? Und nennst dich auch noch Hausmeister! Mach dich an deine Arbeit!«

Der zornige Ton löst bei ihm sofort Achtung und Furcht vor meiner Person aus. Wer weiß, wer ich bin und weshalb ich hier sitze. Und wenn ich ein Spion bin?

»Ich will nur, daß Ihre Hosen nicht schmutzig werden, ich fege ein bißchen ...«, sagt er mit einem Ton von Entschuldigung in der Stimme.

»Na, dann feg!« gestatte ich und beginne auf und ab zu gehen.

Der Hausmeister tut eine Zeitlang so, als fege er sorgfältig; dann geht er mit dem Besen auf die andere

Straßenseite. Der andere Hausmeister steht immer noch und schaut auf mich. Leise besprechen sie etwas und blicken dabei heimlich in meine Richtung. Dann trennen sie sich und fegen beide sorgfältig die Straße.

Und ich gehe hin und her und bemühe mich, nicht zu zeigen, wie furchtbar kalt mir ist. Es geht erst auf vier Uhr früh zu. Die Sonne ist schon aufgegangen, aber auf der Straße ist es auch ruhig – nur die Hausmeister sind da und ich. Der Morgen ist frisch, leichter Nebel liegt über der Stadt. Das Laub an den Bäumen ist vom Tau matt und blau.

Im Hinterkopf beginnt es leicht zu ziehen – also wird mir tagsüber der ganze Kopf weh tun. Die Müdigkeit sitzt überall im Körper, das Gesicht kommt mir schmuddelig vor und zerknittert, ich möchte es in kaltes Wasser tunken. Zigaretten habe ich keine mehr, das ist das Schlimmste.

An Weißkäppchen denke ich gar nicht mehr, und ich will auch nichts von ihr. Gegen sechs kennt man mich bereits auf allen benachbarten Höfen. Niemand stellt mir eine Frage, man stört mich nicht beim Auf- und Abgehen, aber man beobachtet meine hohe Gestalt, die pausenlos mit einem finsteren, müden Gesicht auf dem Fußweg hin und her läuft, mit wachem Interesse. Anscheinend nehmen sie an, daß ich hier irgendeinen Schwerverbrecher fangen will.

Als die Läden aufmachen, kaufe ich mir Zigaretten, trinke eine Flasche Kwaß und nehme dann meine Stellung erneut ein. Interessierte Gesichter in den Fenstern in allen Stockwerken richten sich auf mich. Und gegen neun ruft irgendwoher eine junge Stimme: »Weg mit den Spionen!«

Dann sehe ich in einem Fenster zwei Gymnasiasten. Mit unschuldigen Gesichtern singen sie eine Melodie und betrachten mich gleichgültig.

An der Tür des Ladens, in dem ich Kwaß getrunken habe, versammeln sich immer wieder die Stubenmädchen und flüstern miteinander, wobei ihre Augen bald auf mich, bald auf das Haus gerichtet sind. Endlich erscheint auch ein Polizist. Als er aber meinen anständigen Anzug und den finsteren, strengen Blick sieht, bleibt er unentschlossen stehen, überlegt etwas und geht zurück. Danach nimmt die Aufmerksamkeit auf der Straße für mich noch zu.

Und ich kann mich nicht einmal setzen! Ich bin schon lange warm geworden, die Fersen brennen, die Füße schmerzen, im Magen breitet sich trockene, beißende Leere aus, das Ziehen im Hinterkopf wird stärker. Aber sowohl die Aufmerksamkeit der Straße wie auch der Polizist, der Hunger und die Müdigkeit verschaffen mir bittere, düstere Genugtuung.

Um zehn erscheint Weißkäppchen in der Tür des Haupteingangs. Heute trägt sie einen dunklen Rock zur weißen Bluse. In den Händen hat sie einige Bücher und die silberfarbene Tasche. Sie sieht mich ernst und, wie mir scheint, verwundert an, als ich an ihr vorbeigehe. Ich reagiere nicht, drehe mich nicht um. Soll sie mich diesmal zuerst ansprechen!

Aber Weißkäppchen geht um die Straßenecke und verschwindet. Da spüre ich, wie unsagbar müde ich bin, es ist langweilig und aussichtslos.

Ja, jetzt muß ich nach Hause, denke ich stumpfsinnig. Und dann gehe ich in einen anderen Laden. Dort trinke ich wieder Kwaß und kaufe mir ein Pfund kleine Zukkerbrezeln. Auf der Straße verstaue ich sie unbemerkt in den Taschen und stecke sie stückweise in den Mund. Das stärkt und muntert mich auf. Und wiederum gehe ich auf und ab.

Im Gericht wartet ein wichtiger Termin auf mich und zu Hause der Schriftführer. Vielleicht hat man dort schon Alarm geschlagen? Ich lache über mich selbst und laufe weiter. Man scheint sich schon an mich gewöhnt zu haben, man beobachtet mich weniger, so daß ich sogar von Zeit zu Zeit dazukomme, auf der Treppe Platz zu nehmen und mich für einen Moment auszuruhen. Manchmal überkommt mich unwiderstehlich das Verlangen, mich an Ort und Stelle hinzulegen, das Gesicht mit dem Hut zuzudecken und fest einzuschlafen. Zum Teufel noch mal!

Gegen zwei kommt Weißkäppchen die Straße herauf. Freudig gerührt blicke ich sie von oben an, und ich möchte auf sie zulaufen, ihr beide Hände entgegenstrekken und sagen: Nun, das reicht!

Wie auch vorhin, hat ihr Gesicht einen kalten, unerreichbaren und gleichgültigen Ausdruck. Mich schaut sie nicht an, und als sie vorbeigeht, kneift sie ihre lieben Augen stolz zusammen, als wolle sie sagen: Bitte sehr, mich geht das alles nichts an! An ihren Nasenflügeln und am Kinn hängen Schweißtröpfchen, ihre Wangen sind von der Hitze gerötet, sie sieht wie ein verschwitztes, rot gewordenes Mädchen aus. Und deshalb passen Stolz und Kälte nicht zu ihrem Gesicht.

Dann gehe ich wieder, ich gehe und gehe. Manchmal begebe ich mich in den Laden und trinke Kwaß. Mir wird bereits davon übel. Und wieder denke ich an gar nichts mehr; käme Weißkäppchen jetzt heraus und gäbe mir die Hand, wäre mir das völlig gleichgültig. Ich sehne nur den Abend herbei, träume davon, daß die Lampen ausgehen und ich mich auf den Treppenstufen hinlegen und schlafen kann.

Nach Essen ist mir überhaupt nicht mehr, nur trinken will ich, trinken. Vom Kwaß wird mir schlecht, deshalb trinke ich Selterswasser. Die Verkäufer kennen mich, sie wollen sogar mit mir plaudern und mich ausfragen, wollen wissen, wem ich auf der Spur sei, aber ich lasse mich nicht in Gespräche ein. Das verleiht meiner Person wohl noch mehr Rätselhaftes.

Und dann geht die Sonne unter. Die oberen Fenster »meines« Hauses brennen im Feuerglanz, die unteren erlöschen. Abends errege ich wieder größere Aufmerksamkeit. Die Stubenmädchen drücken sich in meiner Nähe herum; an den Toren beraten sich die Hausmeister. Mir ist das gleichgültig – ich komme mir selbst wie ein kranker, halb wahnsinniger Mensch vor, der ohne jeden Grund hier schon einen ganzen Tag auf der Straße herumschleicht.

Im Haus singt jemand, eine kräftige Stimme mit metallenem Klang. Ich stelle mir eine Frau mit vollen Brüsten vor, mit buckliger Nase und breiten Brauen, die am Nasenbein miteinander verwachsen; sie steht am Klavier und hält die Noten in den Händen; ihr Mund erinnert an einen Fisch, den man aus dem Wasser gezogen hat.

Jetzt kommt die Arie aus »Pique Dame«. Ich höre stumpfsinnig zu, obwohl mir diese Stelle gefällt und die Sängerin sie recht gut interpretiert.

»Ob Tag, ob Nacht – ganz einerlei:
Ich bin ermattet, bin wie aus Blei.«

Ja, ich bin ermattet, das ist wahr! Niemals habe ich geglaubt, daß man so müde werden kann. Wenn sie doch bald mit Singen aufhören würde, alle könnten möglichst bald schlafen gehen!

Alles auf der Welt hat einmal ein Ende. Die Sängerin ist verstummt, das elektrische Licht am Haupteingang erloschen, der Pförtner hat die Tür abgeschlossen, die Stubenmädchen und Hausmeister sind ihrer Wege gegangen. Jetzt könnte ich mich auf die Stufen setzen und vor mich hin dösen. Statt dessen stehe ich am Treppenpodest und spüre, wie sich die Langeweile in mir schwerfällig zu regen beginnt, so wie ein vom Sand verschütteter Frosch, der sich leicht rekelt: Zuerst bewegt sich nur der Sand, dann wird ein Stück buckliger, aufgedunsener Rücken sichtbar und dann das hervorgequollene, zuckende, bösartige Auge.

Ich weiß bereits, daß ich gleich nach Hause gehen werde. Mein ganzer Vorrat an Willenskraft ist ausgeschöpft, ich bin leer, mir ist langweilig, in mir sitzt als schwarzer, feuchter Frosch nur ein Wunsch. Jetzt hilft überhaupt nichts mehr. Und je mehr ich mich zu überzeugen versuche, daß ich das Angefangene zu Ende führen muß, daß ich mir sonst selbst widerwärtig sein werde, daß es eigentlich nicht um Weißkäppchen, sondern um die Achtung vor mir selbst geht – je aufrichtiger und leidenschaftlicher ich mich davon überzeugen will, um so unerwarteter und schneller werde ich mich in eine Droschke setzen und losfahren. Ich stehe wie ein Betrunkener da, krumm, mit eingezogenem Kopf, ich bewege mich nicht, denke an nichts und warte auf nichts.

Oben auf dem Berg wird das Klappern und Quietschen eines Wagens laut. Mit dieser Droschke werde ich fahren. Sie kommt immer näher und näher. Ich bin willenlos, ziehe die Lippen lächerlich zusammen und bin selbst gespannt, wie ich den Kutscher rufen werde. Ich schäme mich vor diesem Haus und dem roten Fenster, vor der Straße und sogar vor den Händlern. Leb wohl, Weißkäppchen!

Jemand öffnet die Tür des Haupteingangs. Das entscheidet die Angelegenheit: Ich drehe mich um und will den Kutscher rufen. Auf dem dunklen Podest erscheint jedoch eine Gestalt, die mir bekannt vorkommt. Sie läuft eilig die Treppen herunter und tritt auf mich zu. Ja, ich kann es bereits deutlich sehen: Das ist Weißkäppchen! Sie trägt keinen Hut und hat Hauskleidung an.

»Hören Sie, Wohltäter!« sagt sie plötzlich leise, aber streng. »Wird das noch lange so weitergehen?«

»So lange, bis Sie mir Ihre Hand geben!«

»Machen Sie sich auf der Stelle nach Hause! Ich kann Sie hier nicht mehr sehen!«

»Nein, ich gehe nicht . . .«, antworte ich gleichgültig.

»Aber verstehen Sie doch, daß Sie mit Gewalt, gegen meinen Willen und meinen Wunsch Bekanntschaft mit mir schließen wollen. Sie vergewaltigen mein . . . mein Mitgefühl und nutzen es aus. Das ist dumm, verstehen Sie doch!«

»Mir ist alles gleich!«

»Na gut, ich gebe Ihnen die Hand, und was dann? Lassen Sie mich dann in Ruhe? Gehen Sie dann nach Hause?«

»Ja, aber unter einer Bedingung: Sie gestatten mir, Sie noch einmal wiederzusehen.«

Weißkäppchen zuckt mit den Schultern und blickt mich verständnislos an. Über den Ohren liegt ihr Haar in langen, steppengrasähnlichen Strähnen, die das elektrische Licht versilbert. Ihre Augen wirken rührend streng und verwundert, das Gesicht erscheint mir in der Dunkelheit sehr fahl.

»Äußerst seltsam! Der Mensch hat überhaupt kein Ehrgefühl!«

»So ist es, kein kleines bißchen!«

»Aber verstehen Sie doch, Sie haben nicht das geringste Recht, mich zu einer Bekanntschaft zu zwingen, wenn ich das nicht will! Und ist es Ihnen etwa angenehm, wenn ich . . . wenn ich Sie nicht achte? Ich werde diese alberne Bekanntschaft sowieso nicht aufrechterhalten. So geht es doch nicht!«

»Das ist mir ganz gleich. Ich habe gesagt – ich gehe nicht weg, und damit basta. Sie können gehen und mich nicht weiter beachten.«

Weißkäppchen schweigt eine Weile, dann streckt sie mir die Hand hin und sagt kalt und feindselig: »Bitte!«

Ich nehme die leblose warme Hand, drücke sie schwach, lasse sie los und frage: »Und wie heißen Sie?«

Sie antwortet wie beim Rapport: »Hanna Pylypiwna Sabereshna. Ich wohne in diesem Haus, Wohnung sechs. Nun muß man sich wohl noch verabreden? Morgen erwarte ich Sie zwischen sieben und acht. Aber ich warne Sie: Ich nehme keinerlei weitere Bedingungen an. Wenn Sie versuchen, auf gleiche Weise die Bekanntschaft zu vertiefen, muß ich nach anderen Mitteln suchen. Leben Sie wohl!«

Erhaben nickt sie mit dem Kopf und geht ins Haus. Als sich die Tür öffnet, sehe ich drin die Gestalt des Pförtners. Sie hat ihn also gebeten, für alle Fälle dort stehenzubleiben. Soso!

Dann gehe ich langsam und müde die Straße hinunter, schief vor mich hin lächelnd.

Und sie glaubt wirklich, daß ich morgen komme! schießt es mir plötzlich durch den Kopf. Man kann sich denken, wie freundlich sie mich empfangen würde.

Ich nehme mir einen Kutscher und fahre nach Hause. Im Nacken reißt es, im Magen, in der Brust, im ganzen Körper ist nichts als schwermütige Leere.

Als ich aus dem Gericht komme, finde ich auf dem Tisch einen Brief von Klawdija vor. Auch das noch, zum Teufel! Sie wird mir lästig!

»In einer Woche ist die Operation. Heute war ich beim Arzt. Er sagt, es sei gefährlich. Aber ich will es nicht weiter hinausschieben und bin zu allem bereit. Schick mir bitte Geld, wenn es dir nicht schwerfällt. Der Doktor hat aus irgendeinem Grund seine Forderungen erhöht, er sagt, es sei jetzt schwieriger. Ich habe Angst, daß er mich ausnimmt und zuviel verlangt. Das ist mir sehr peinlich . . .«

Was heißt »das«? Verständig schreiben kann sie. Und

warum dieses »wenn es dir nicht schwerfällt«? Ich hab ihr doch gesagt, daß sie sich ohne alle möglichen Klagewörter an mich wenden soll.

»Hier ist es furchtbar heiß. Überhaupt hat mein Leben keinen Sinn mehr, und wenn ich bei der Operation sterbe, ist es gut so. Ich habe meiner Schwester geschrieben, sie wird Kostja nehmen. Ich glaube immer mehr, daß Eltern ihre Kinder nicht lieben. Meine Stimmung ist so schlecht, daß die Karaitin mich aus der Wohnung haben will – sie hat Angst, daß bei ihr zu Hause etwas passieren könnte. Übrigens ist sie ein abscheuliches Weib: Sie betrügt mich und plündert mich aus. Nur Gott weiß, wie unerträglich schwer das ist, wie einsam ich bin ...«

Ich falte den Brief zusammen und blicke auf die Uhr: Es ist zwanzig Minuten vor sechs. Dann greife ich zum Papier und will Klawdija Petriwna noch ein paar Worte schreiben. Aber die Gedanken bleiben im Kopf nicht hängen, ich lege die Feder beiseite und schaue wieder auf die Uhr. Und erstaunt frage ich mich selbst: Will ich wirklich zu Weißkäppchen fahren?

Ja, ich will, ich will, ich will! antwortet jemand boshaft, hartnäckig, begierig und stumpfsinnig.

Und mir fällt unwillkürlich eine Szene ein. Auf dem Tisch steht eine Schale mit Gebäck, das ich gerade erst aus der Stadt mitgebracht habe. Kostja hat schon ein Stück gegessen, aber er greift gleich nach dem zweiten. Klawdija Petriwna schiebt die Schale weiter von ihm weg und stellt sie näher zu sich selbst. Kostja rückt seinen Stuhl näher an sie heran, klettert auf den Sitz und legt sich mit der Brust auf den Tisch, um an die Süßigkeiten heranzukommen. Er tut das schweigend, hartnäckig, mit einem bleichen Lächeln. Klawdija Petriwna stößt seine Hand weg, doch er streckt sie erneut aus und angelt mit den Fingern. Sie droht ihm Strafe an, will ihn in die Ecke stellen und schlagen, sie stellt die Schale an einen anderen Platz, doch Kostja läuft um den Tisch herum, klettert von neuem hinauf und schiebt sich genauso hartnäckig und begierig ans Gebäck heran, ohne etwas um sich herum zu sehen, ohne den Spott und die Drohungen zu beachten, ohne auf Klawdija Petriwna, die mich um Hilfe bittet, zu hören. Sicher empfindet auch Kostja selbst Angst und Unverständnis und Scham – ich merke das an seinem bösen, schiefen Lächeln –, aber er kann die Augen nicht vom Gebäck abwenden, diese Kraft ist stärker als sein Wille, seine Scham und seine Angst.

Was eigentlich unterscheidet Kostja von mir?

Ich blicke wieder auf die Uhr: Viertel sieben. Mit einem Lächeln, wie ich es von Kostja kenne, ziehe ich mich eilig an, bespritze das Taschentuch mit Kölnischwasser und gehe. In der Droschke pfeife ich vor mich hin und denke: Warum nicht ein bißchen auf Hooligan machen? Was riskiere ich dabei? Wenigstens habe ich meinen Spaß. Vielleicht bittet sie sogar noch ihren Mann, mich zu empfangen? Ihr Mann wird unbedingt eine Rolle spielen.

Für einen Augenblick habe ich den Wunsch zurückzukehren.

Nein, bring wenigstens das zu Ende, du Schurke! denke ich mit unerwartet böser Rachsucht und freue mich sogar, daß ich gleich mein Fett abbekommen werde.

Als ich mich jedoch dem Haus nähere, an dem ich gestern den ganzen Tag zugebracht habe, und die unsagbar bekannten Pfosten, Bäume, den Fußweg, die Fenster, das Podest am Haupteingang sehe, werde ich wankelmütig, und ich schäme mich. Unsicher gehe ich durch den Haupteingang, die Treppen hinauf, suche Wohnung Nummer sechs. Vor der Tür, über der eine Emailletafel mit der Zahl sechs angebracht ist, bleibe ich stehen und wische mir den Schweiß aus dem Gesicht. An der Tür selbst sehe ich eine andere, seriöse Kupfertafel mit schwarzen, strengen Buchstaben: Semen Semenowytsch Schypun.

Was für ein Schypun? Weshalb Schypun? Ist das überhaupt die richtige Wohnung? Ja, Nummer sechs. Hat sie mich etwa belogen?

Entschlossen drücke ich den Klingelknopf und warte. Dabei denke ich schnell und listig, als müsse ich mich vor jemandem verbergen: Wenn sie mich belogen hat, gehe ich und suche nicht weiter.

Der Schlüssel klappert im Schloß. Ich richte mich auf, rücke den Hut zurecht und mache ein wichtiges, strenges Gesicht. Das Herz schlägt wie ein Hammer.

»Sagen Sie bitte, wohnt hier Hanna Pylypiwna Sabereshna?«

Das Stubenmächen macht die Tür weiter auf und sagt: »Ja. Bitte sehr!«

Ich glaube ein leichtes Lächeln auf ihren Lippen zu erkennen. Entschlossen trete ich ohne übermäßige Eile ein, lege ab und hüstele. Der Vorraum ist sehr groß, von ihm gehen einige Türen ab, durch eine geöffnete Tür sind ein Wandteppich, Sessel und ein Stehpult zu sehen.

Das Stubenmädchen geht zur rechten Tür, klopft leicht an und sagt: »Fräulein, Sie haben Besuch!«

Auch in ihrer Stimme klingt so etwas wie ein Lächeln mit, aber ich konzentriere meine Aufmerksamkeit nur auf das Wort »Fräulein«.

»Ich lasse bitten ...«, kommt von innen die leise Antwort.

Das Stubenmädchen öffnet die Tür und sagt übermäßig ernst: »Sie werden gebeten ...«

Durch die geöffnete Tür sehe ich einen blauen Wandschirm, den Rand von einem Marmorwaschbecken und einen breiten, warm schimmernden, gelben Sonnenstrahl an der Wand.

Ich trete ein, schließe die Tür hinter mir und bleibe an der Schwelle stehen, wobei ich schuldbewußt und ehrerbietig den Kopf neige. Neben einer ausgeklappten Liege, die mit einer grauen Seidendecke bedeckt ist, steht Weißkäppchen: Sie stützt sich mit der Hand auf ein rundes Tischchen. Auf dem Tischchen steht eine schmale, hohe Vase mit zwei Rosen: einer gelben und einer dunkelroten mit saftigen Blütenblättern, die wie geöffnete, glänzende Lippen aussehen. Für Einzelheiten habe ich wer weiß weshalb ein gutes Gedächtnis.

»Guten Tag!« sagt Weißkäppchen mit gleichmäßiger, kalter Stimme und gibt mir die Hand. Ich trete schnell an sie heran, drücke ehrerbietig ihre Hand und sage: »Ich konnte von Ihrer unfreiwillig gegebenen Erlaubnis unmöglich keinen Gebrauch machen.«

»Setzen Sie sich, bitte sehr!« sagt sie genauso kalt und zeigt auf einen Sessel neben der Liege.

Allmählich bekomme ich den Eindruck, daß ich mich in einer Zahnarztpraxis befinde. Gleich wird sie irgendwoher den Bohrer holen, mich den Mund öffnen lassen und fragen: »Wo tut es weh?«

Weißkäppchen geht ans Fenster und setzt sich auch in einen Sessel. Zwischen uns liegt ein blaugrauer Teppich. Weißkäppchens Kopf wird von rotgelben Sonnenstrahlen, die sich im flauschigen Haar verirrt haben, angeleuchtet. Auf dem Schreibtisch und dem Wandschirm liegen ebenfalls gelbe, fröhliche Sonnenstreifen. Überall hängen Porträts und Graphiken in Kunstrahmen.

Mir wird es peinlich. Ich weiß nicht, was ich sagen soll, wohl wissend, daß alles, was ich sage, dieselbe offizielle, teilnahmslose Aufnahme finden wird. Weißkäppchen sieht mich an, aber ich bemerke in ihrem Gesicht keine Ungeduld, keinen Zorn, keine Mißachtung. Nur die Augenbrauen sind leicht hochgezogen, wie bei einem Menschen, der sich große Mühe gibt, streng auf sich zu achten. Meine Lage wird mit jeder Minute des Schweigens immer törichter, und ich sage endlich: »Ich gebe zu, daß ich einen anderen Empfang erwartet habe und deshalb . . . ich bin etwas unvorbereitet.«

»So?« bemerkt Weißkäppchen gleichgültig.

»Ich hatte angenommen, daß Sie verheiratet sind und Ihren Mann bitten werden, mich zu empfangen.«

Weißkäppchen zieht die Brauen noch etwas höher, als wolle sie sich zurückhalten, und ihre Lippen pressen sich noch kälter zusammen.

»Ich bin nicht verheiratet . . .«, antwortet sie gleichmäßig.

»Ja, das weiß ich bereits. Das Stubenmädchen hat Sie ›Fräulein‹ genannt. Dann dachte ich, daß . . . Übrigens ist Ihr Empfang peinlicher, als ich vermutet hatte. Ich muß Ihnen recht geben. Sie haben einen sehr guten Ton gewählt. Ich werde gleich gehen. Aber gestatten Sie mir vorher, einige Worte zu sagen. Sie werden ohnehin keinerlei Eindruck auf Sie machen. Und trotzdem . . . Ja, ich bin frech, das ist wahr. Das kann ich natürlich nicht abstreiten. Aber ob Sie es mir nun glauben oder nicht – schon seit etwa zehn Jahren versuche ich nicht mehr, Frauen auf der Straße zu erobern. In dieser Zeit ist es das erste und wohl auch das letzte Mal. Und für mich ist das sehr . . . wichtig, daß ich es getan habe. Nicht weil ich Ihnen Unannehmlichkeiten zugefügt habe . . . Ich denke doch wohl, daß es keine große Unannehmlichkeit für Sie gewesen ist. Gleich gehe ich, Sie werden lachen, und damit ist diese Geschichte für Sie beendet. Und für mich? . . . Nun, Gott sei mit Ihnen, ich muß gehen, das ist das einzige, was ich tun kann.«

Ich lächele verlegen, stehe auf und bereite mich darauf vor, ihre Hand zu ergreifen, wenn sie sie mir entgegenstreckt. Weißkäppchen steht auch auf, wobei sie für keinen Augenblick ihren Gesichtsausdruck ändert, gibt mir die Hand und sagt: »Sie gehen schon? Leben Sie wohl!«

»Ja, ich gehe! Wissen Sie, ich habe die ganze Zeit über den Eindruck, beim Zahnarzt zu sitzen, und Sie werden mir zum Abschied gleich ein Rezept ausschreiben.«

Weißkäppchens Augenbrauen beginnen plötzlich zu zucken, die Lippen ziehen sich zusammen; sie versucht aus allen Kräften, sich zu beherrschen, hält es aber nicht aus und lächelt. Und plötzlich wird sie lebendig und warm und wirkt so nah, lieb und einfach.

»Herr im Himmel, wie sehr Sie das Lächeln verändert!« platzt es unwillkürlich und völlig ehrlich aus mir heraus. Und mein Gesicht nimmt in diesem Augenblick wohl einen besonderen Ausdruck an, vielleicht liegt es auch an etwas anderem, daß sich ihre Haut mit einem zärtlichen, kindlichen Rot überzieht, wenn sie auch die Brauen wieder hochnimmt.

»Entschuldigen Sie!« sage ich plötzlich flehend. »Darf ich mich noch etwas hinsetzen? Ich weiß, bei Gott, ich weiß selbst, daß es von meiner Seite unanständig ist, Ihr Lächeln auszunutzen und erneut frech zu werden ... Aber ... bei Gott, das ist keine Frechheit. Darf ich?«

»Sie haben Zeit bis acht ...«, sagt sie, aber schon nicht mehr gleichgültig und kalt, sondern streng. Aber zornig ist sie dabei wohl mehr auf sich selbst.

»Aber Sie wollen, daß ich sofort gehe? Ist es so?«

»Ja, natürlich. Das ist doch wohl seit langem klar.«

Schuldig verneige ich mich und gehe schweigend zur Schwelle.

»Warten Sie«, ruft sie zornig.

Ich drehe mich um und schaue sie abwartend an: Auf ihrem Gesicht liegt eine unzufriedene, abstoßende Grimasse, dieselbe, die sie vorgestern an der Straßenbahn gezogen hatte.

»Sie haben mich gezwungen, Ihnen gegenüber brutal zu sein. Deshalb möchte ich, daß Sie bleiben.«

»Also wollen Sie sich selbst für Ihr schlechtes Benehmen durch meine Anwesenheit bestrafen?«

»Ich habe Sie schon wieder beleidigt ...«, wirft sie abrupt, wie für sich selbst gesagt, hin. »Aber sagen Sie!« fragt sie plötzlich mit Unverständnis in der Stimme, sachlich und bereits irgendwie offen, »was wollen Sie eigentlich von mir?«

»Gar nichts. Ab und zu Sie sehen, Sie näher kennenlernen...«

»Aber warum?! Weshalb?!«

»Weil mir Ihr Gesicht schon seit langem gefällt. Ich weiß nicht weshalb, aber es gefällt mir unsagbar gut.«

Weißkäppchen zuckt immer noch mit demselben Unverständnis leicht mit einer Schulter – sie scheint zu überlegen.

»Nun gut: Setzen Sie sich auf Ihren Platz! Wir müssen vernünftig miteinander reden. Das alles ist albern. Setzen Sie sich! Dennoch ... Also dann! Denken Sie bloß nicht, daß sich meine Einstellung durch Ihre Worte geändert hat. Das kommt vielmehr daher, daß ich einen schwachen Charakter habe. Und jetzt ist mir alles gleich. Und ich möchte verstehen, worum es geht. Sie sind doch nachts nicht nach Hause schlafen gegangen?«

»Nein«, sage ich lächelnd.

Ich weiß nicht, worüber ich lächele: ob über ihre Frage oder ihren sachlichen, verlegenen, verständnislosen Ausdruck.

»Und haben nicht Mittag gegessen?«

»Nein.«

»Sie haben nur ein halbes Pfund Zuckerbrezeln gegessen und einige Flaschen Kwaß getrunken?«

»Ja! Sie haben also Informationen gesammelt ...«

»Gut! Und wäre ich gestern nicht zu Ihnen hinausgekommen, hätten Sie auch die zweite Nacht ausgeharrt?«

»Das hätte ich getan ...«

Der Sonnenstreifen auf Weißkäppchens Haaren wird röter und dichter, und unten auf ihrer Wange leuchtet Creme auf. Weißkäppchen sieht mich aufmerksam an, so, als betrachte sie eine interessante, ihr unverständliche Naturerscheinung.

»Gut! Und wenn ich Sie nun eine ganze Woche lang, zwei, einen Monat nicht beachtet hätte?«

Endlich muß ich lachen.

»Dann weiß ich nicht, was ich getan hätte. Ich hätte mich bemüht, möglichst schnell umzufallen, damit man mich nach Hause bringt.«

»Aha!«

Seltsam, sie ist jetzt ganz anders. Durch und durch ein Mädchen, verständig, launig, neugierig.

»Und wer sind Sie eigentlich?«

»Ich bin Advokat. Jakiw Wassyljowytsch Mychailjuk ist mein Name.«

»Mychailjuk? Habe ich nie gehört. Gut! Sie sind verheiratet?«

»Nein, Junggeselle!«

Wir lachen beide.

»Wunderbar! Und ich hatte irgendwie den Eindruck, Sie sind verheiratet, und ihre Frau ist eine kleine, rundliche Brünette mit harten Wangen, die an Tennisbälle erinnern. Und mit Sommersprossen.«

»Es ist äußerst angenehm, mit meiner Frau Bekanntschaft zu schließen. Aber Sie haben keine allzu hohe Meinung von meinem Geschmack. Dagegen hatte ich wohl die Gelegenheit, Ihnen zu beweisen, daß ich über gewissen Geschmack verfüge ...«

Weißkäppchen versteht die Anspielung nicht und fragt ernsthaft: »Womit haben Sie das bewiesen?«

»Zumindest schon damit, daß mir Ihr Gesicht gefällt . . .«

»Das ist aber doch . . .« Sie wird etwas verlegen und fügt plötzlich hinzu: »Wissen Sie was? Sie sind wohl in der Tat kein ganz so schlimmer Schurke. Soll ich Sie mit meiner Schwester bekanntmachen? Soll sie sich freuen! Sie hat mir nämlich versichert, dieses Abenteuer werde damit enden, daß ich wirklich mit Ihnen Bekanntschaft schließe. Sie ist auf Ihrer Seite. Regen Sie sich nicht auf! Sie haben allen hier die größten Ungelegenheiten bereitet. Wissen Sie das? Also, wollen Sie? Gehen wir!«

Und Weißkäppchen verzieht die Lippen zu einem komischen Lächeln und führt mich in den Vorraum, von dort in den Salon, wo sie stehenbleibt, mir ein Zeichen macht und zur Tür der Nachbarwohnung ruft: »Marussja! Semen Semenowytsch! Kommt doch mal her!«

Ich lasse mich von ihrem Lächeln anstecken und lächele auch. Weißkäppchen zieht gewollt streng die Augenbrauen zusammen und sieht mich nicht an. Auf der Wand und den Gardinen liegen die letzten Sonnenstrahlen.

In den Salon kommt eine füllige, üppige Dame mit ebenso riesigen Brüsten, die zweifellos Mutter Courage für eine ganze Kompanie Soldaten sein könnte. Aber ihr Kopf ist klein, sie hat ein angenehmes Gesicht mit festen, roten Wangen und kleinen, lebhaften, sehr schwarzen Augen. Das Haar ist spiegelglatt gekämmt, im Nacken ist es zu einem Dutt zusammengefaßt. Die Dame lächelt ihr gutes, freundliches Lächeln und treibt ihre Brust genau auf mich zu.

»Das ist er!« Weißkäppchen weist streng auf mich. »Da haben Sie ihn! Sie können sich bekanntmachen!«

Die Dame reicht mir ihre kleine grobe Hand und sagt lebhaft: »Sehr angenehm, Ihre Bekanntschaft zu machen. Ich stehe auf Ihrer Seite. Ihre Ausdauer ist einfach überwältigend ...«

Und sie lacht frei und offenherzig. Ich drücke ihr die Hand und lache auch fröhlich und leicht. Hinter ihr erscheint ein fast kahlköpfiger Wohltäter mit Bauch, dessen Augen wie bei einem Schaf aus ihren Höhlen hervortreten; er hat eine bucklige Nase und weiche, rote Lippen. Er drückt meine Hand mit beiden Händen und blickt von unten hoch, da er kleiner ist als ich. Dabei beugt er sich nach vorn – aus übermäßiger Höflichkeit oder mutwillig – und streckt dabei sein Hinterteil allzu sehr aus.

»Wollen Sie Tee? Kommen Sie, ich gebe Ihnen Tee mit roter Konfitüre! Essen Sie rote Konfitüre gern?« fragt die Dame etwas schrill. Sie hat den Mund die ganze Zeit über leicht geöffnet; vielleicht leidet sie an Asthma.

Wir gehen ins Speisezimmer. Der fast kahlköpfige Wohltäter, also Semen Semenowytsch Schypun, umarmt Weißkäppchen und flüstert ihr etwas zu, wobei er ihr sein Ziegengesicht nähert. Weißkäppchen schämt sich wohl, denn sie reißt sich los und spitzt die Lippen, wie es Kinder tun, bevor sie einen Kuß geben, sie kneift die Augen zusammen und neigt den Kopf von einer Seite auf die andere: »Ach, wie scharfsinnig Sie doch sind!«

Ich nehme an, daß sie von mir reden, Weißkäppchens schamhaftes Benehmen ist mir angenehm. Überhaupt fühle ich mich ausgesprochen leicht und ruhig mit ihnen.

Ein enges, hohes Zimmer; über dem Tisch hängt eine Lampe mit einem riesigen Seidenschirm; um den Tisch stehen Stühle mit gleichmäßig hohen Rückenlehnen, auf denen man wie beim Photographen sitzt; im Hintergrund gibt es Schränke, ein Tischchen, kleine Sofas. Alles sieht sehr familiär, seriös und bequem aus. Auf dem Tisch steht eine Unmenge von Schalen mit Gebäck, Konfitüre, getrockneten Früchten; offensichtlich ist alles selbst gemacht. Ich blicke auf die fettigen, sehr roten Lippen von Semen Semenowytsch und denke mir dabei, daß er sicherlich gut essen und trinken kann.

Er setzt sich zu mir und fragt halb ironisch, halb ehrlich mitfühlend: »Sagen Sie bitte, war es Ihnen dort bisweilen nicht ein wenig langweilig?«

An meiner Stelle antwortet Maria Pylypiwna: »Mein Lieber, geh nicht von dir aus! Langweilig ist es, wenn man kein Ziel hat.«

»Ja, aber ... Entschuldigen Sie, wie heißen Sie mit Vatersnamen?«

Ich nenne Vor- und Familiennamen.

»Vereidigter Vertrauensmann?« fragt Semen Semenowytsch lebhaft.

»Jawohl!«

Semen Semenowytsch erhebt sich eilig und drückt mir die Hand, wobei er wiederum sein Hinterteil ausstreckt.

»S-sehr, s-sehr angenehm! Ich hatte das Vergnügen, Sie selbst und auch über Sie zu hören. Natürlich! Marussja, erinnerst du dich an den Prozeß von Syhalow? Richtig, du warst damals nicht da! Äußerst angenehm! Aber stellen Sie sich vor, niemals hätte ich gedacht, daß wir unter so außerordentlichen Umständen miteinander bekannt werden. Nicht wahr?«

Und lachend faßt er mich mit den Fingerspitzen oberhalb der Ellbogen an.

Wie doch Weißkäppchen der Frau gleicht, die ich bis gestern gekannt habe! Niemals wäre ich auf die Idee gekommen, daß das Weißkäppchen von gestern so kindlich sorglos, vermischt mit Zornausbrüchen, die Lippen spitzen und sich hinter dem Samowar verstecken kann.

»Und jetzt, Halja, sing ein Lied ...«, sagt Maria Pylypiwna schrill.

Also singt Weißkäppchen?

»Bitte singen Sie, ich bitte Sie sehr, Hanna Pylypiwna! Sie haben es mir versprochen.«

Weißkäppchen blickt mich an, lächelt mit den Augen und geht leicht und fröhlich in den Salon.

Als sie jedoch am Klavier steht und die Arme frei am Körper hinabfallen läßt, verändert sich ihr Gesichtsausdruck auffallend; erneut wird er streng, um ihren Mund spielen Trauer und Verschlossenheit. Und beim Singen zieht sie, wie vor Schmerz, die Augenbrauen zusammen. Sie hat eine kräftige Stimme mit metallenem Klang, die im oberen Bereich schroff wirkt und in den niederen Tönen dumpf und schwach ist. Es ist dieselbe Stimme, die gestern die Arie aus »Pique Dame« gesungen hat. Sie ist das also?!

»Schauen Sie mir nicht auf den Mund!« Sie wirft mir diese kurzen Worte kalt und gebieterisch zu.

Vor Überraschung werde ich verlegen, und Semen Semenowytsch zwinkert mir stumm lächelnd zu, als wolle er sagen: Siehst du! Da hast du's, mein Lieber!

Maria Pylypiwna, die Halja auf dem Klavier begleitet, beißt sich lächelnd auf die Lippe und blickt aufmerksam, sogar mit Anspannung, in die Noten. Hier hat Weißkäppchen das Kommando!

»Ich will nicht mehr!« sagt sie plötzlich, legt die Noten zusammen und wirft sie aufs Klavier.

Weder Maria Pylypiwna noch Semen Semenowytsch bitten um eine Zugabe – das hat bei Weißkäppchen anscheinend keinen Sinn.

Als ich mich schließlich verabschiede, klingelt es, und zwei Gymnasiasten kommen herein. Einer hat eine bucklige Nase, weiche Lippen, ist rötlich und klein. Der andere ist etwas dick, brünett, seine Augen sind schwarz, rund und lebhaft. Man macht mich mit ihnen bekannt. Das sind die Söhne von Maria Pylypiwna und Semen Semenowytsch.

Ich ziehe mich an, und alle stehen im Vorraum um mich herum, Semen Semenowytsch macht einen Witz, der Weißkäppchen gefällt, und sie spitzt ihre Lippen und dreht ihren Kopf verwirrt hin und her. Dann strahlt sie plötzlich, wird zutraulich und offen. Und ich habe den Eindruck, Weißkäppchen breite die Arme weit aus, um selbst umarmt zu werden.

»Sie sind schon wieder gekommen?! Sie waren doch erst vorgestern hier!«

Das Stubenmädchen blickt nach unten und geht schnell aus dem Vorzimmer, um in Anwesenheit des Fräuleins nicht loszulachen.

»Ich bitte vielmals um Vergebung, Hanna Pylypiwna, aber ...«

»Gut! Kommen Sie zu mir, ich muß mit Ihnen ernsthaft reden.«

Es ist der Ton der Erzieherin, die ihrem Zögling einen Stoß versetzen muß.

»Setzen Sie sich! Nicht dort! Hier!«

Der Fenstervorhang hat sich wie ein Segel aufgebläht, und am Himmel hängt eine aschfarbene graublaue Wolke, die an eine riesige Weintraube erinnert. Irgendwo tief in ihrem Inneren grollt im Dreiklang der Donner. Die Bäume horchen wachsam und unbeweglich zu; von Zeit zu Zeit flüstern sie sich plötzlich verlegen und eilig etwas zu und erschauern.

Wir sitzen genauso wie bei meinem ersten Besuch. Mit dem einzigen Unterschied, daß jetzt kein Sonnenkranz auf Weißkäppchens Kopf liegt. Verlegen und finster dreinblickend, zieht sie die Augenbrauen zusammen, sie überlegt die ganze Zeit, wie sie beginnen soll. Sie trägt eine weite, rote Faltenbluse, und dadurch wirkt sie voller und einfacher. In ihr Gesicht fallen ebenso wie letztens viele kleine Haarsträhnen und einzelne Haare, die die Wangen kitzeln. Die Nase mit dem stolzen, eigensinnigen Huckel macht einen räuberischen Eindruck.

»Also dann! Sagen Sie, Sie wollen natürlich mit mir anbandeln? Ist es so?«

Die Frage kommt so unerwartet, daß ich antworte: »Ja, so ist es.«

»Da haben wir's! Hervorragend! Dann halte ich es für erforderlich, Sie ganz ernsthaft zu warnen und Ihnen zu sagen, daß daraus nichts wird. Ach – dieser dumme Vorhang wird mir immer lästiger!«

Weißkäppchen greift zornig nach dem aufgeblähten Vorhang, der ihr auf den Kopf drückt, sie dreht ihn zusammen und bindet ihn am Fenster fest. Schwere, stickige Luft weht mir entgegen. Ich schweige.

»Haben Sie gehört?« fragt Weißkäppchen, während sie sich wieder hinsetzt und mich streng ansieht.

»Ja, habe ich. Darf man fragen – weshalb?«

»Natürlich darf man das, das ist Ihr gutes Recht. Erstens deshalb, weil mir das überhaupt nicht gefällt. Zweitens habe ich dafür keine Zeit. Und drittens gefallen Sie mir ganz und gar nicht. So! Und deshalb wäre es von mir sehr unkorrekt, wenn ich Sie nicht warnen würde. Sie kommen hierher, denken sich etwas dabei, vertrödeln Ihre Zeit, und das alles umsonst. Und wenn ich das weiß, muß ich es Ihnen von Anfang an sagen. Ich hatte bereits genug Unannehmlichkeiten aus diesem Anlaß. Es reicht! Ich will in Zukunft keine Vorwürfe mehr hören!«

»Ich glaube nicht, daß ich irgendwann einmal . . .«

»Ach, die anderen haben auch nicht geglaubt! Und dann haben sie sich beinahe mit den Fäusten auf mich gestürzt. Schönsten Dank! Das habe ich satt. Warum ich mich mit ihnen abgegeben habe? Weiß ich denn, wie ich mich verhalten werde? Ich tue, was ich kann. Und damit es zwischen uns keinerlei Mißverständnisse gibt, sage ich Ihnen von vornherein, daß ich mich nicht beherrschen kann und daß es überhaupt nichts zu bedeuten hat, wie ich mich von Fall zu Fall benehme ...«

»Seien Sie sicher, Hanna Pylypiwna, daß ich mich nicht irre und zu unterscheiden weiß ...«

»Da haben wir's schon: ›zu unterscheiden weiß‹! Und ich sage Ihnen, daß man nichts zu unterscheiden braucht, weil es nichts zu unterscheiden gibt. Das sage ich Ihnen ein für allemal ganz kategorisch. Und wenn Sie damit rechnen ...«

»Woher wollen Sie wissen, daß es nichts geben wird?«

»Das weiß ich bereits, da können Sie ganz ruhig sein.«

Ich habe oft genug über alles mögliche mit Frauen geschwatzt, aber so ein Gespräch habe ich noch nie geführt. Angenehm und vielversprechend kann man es gewiß nicht nennen.

Die Wolke wird etwas dicker, sie füllt jetzt den Himmel im Fenster vollständig aus. Ihre schwarze, zottige Masse schiebt sich drohend über die Stadt. Die Akazien schaukeln mit den Zweigen, sie zittern, als wollten sie sich mit aller Kraft aus dem Boden losreißen und fliehen. Mit den Windstößen kommt Staub ins Zimmer, und die Staubkörnchen stechen ins Gesicht. Das zerzauste Ungeheuer schiebt sich näher, schaut ab und zu mit seinem blendenden, bläulichen Blick auf die Stadt, schließt dann die Augen und rumort zufrieden und bösartig.

»Fürchten Sie sich vor dem Gewitter? Soll ich das Fenster schließen?« fragt Weißkäppchen und dreht sich um.

»Ich fürchte mich vor überhaupt nichts, Hanna Pylypiwna!«

»Ach, wie langweilig! Ich rede ernsthaft mit Ihnen, und Sie überhören das einfach. Das habe ich davon, daß ich meinem Mitleid freien Lauf gelassen habe und damals zu Ihnen hinausgegangen bin ... Schweigen Sie!

Selbstverständlich kommt das davon. Da haben Sie dann den Entschluß gefaßt: Das ist eine, mit der kann man anbandeln. Nein, sagen Sie nichts, Sie sind unhöflich! Und ich erkläre Ihnen allen Ernstes, daß mir das nicht gefällt. Das kann mir ja gar nicht gefallen! Ich bereite mich auf eine Laufbahn als Sängerin vor. Ich bin sehr beschäftigt. Verstehen Sie? Und auch sonst liebe ich das nicht. Ich hatte einige von diesen Freiern, aber alle haben sich über mich geärgert, sie kommen nicht mal mehr zu Besuch. Ich bin nicht dagegen, wenn Sie zweimal in der Woche abends kommen. Mir gefällt es, wenn jemand beim Singen zuhört. Und wenn Sie wollen, kommen Sie. Aber nicht öfter. Reden können Sie mit Marussja: Sie ist klug und streitet sich sehr gerne. Aber ich weiß schon: Bald kommen Sie nicht mehr zu uns; so war es mit allen. Der Nutzen ist gleich Null.«

Im Zimmer wird es dunkel. Der Wind hat sich draußen irgendwo hinter dem Fenster versteckt. Wachsam und ohnmächtig stehen die Bäume da. Plötzlich lenkt das Ungeheuer seinen grünlich blitzenden, feurigen Blick auf uns, schließt schnell die Augen und brüllt nach kurzem Überlegen schaurig los. Auf dem Tisch klimpert etwas kläglich und angstvoll. Der Wind stürmt ins Zimmer, als hätte er bloß darauf gewartet, und bläht den angebundenen Vorhang auf; er wedelt Weißkäppchens Haare hoch, preßt mir seine elastische Brust ins Gesicht und rast wie toll im Zimmer umher.

»Wir müssen das Fenster doch zumachen! Haben Sie Gewitter gern?«

»Ja, sehr.«

Es wird leise, noch dunkler und stickig.

»Ich möchte singen. Gehen wir in den Salon! Aber denken Sie daran, was ich Ihnen gesagt habe! Überlegen Sie sich's und entscheiden Sie selbst! Ich habe Sie gewarnt ...«

Die gelblichen, vertrauten Wellen des Dnipro strömen dahin, sie brodeln und schlagen an die Schiffswände. Die kahlen, sandigen, spärlich mit grünen Sträuchern bewachsenen Ufer schieben sich weich zurück. Und die fernen Mühlen am Horizont, die an Popen mit zum Segnen erhobenen Armen, die in weiten Ärmeln stekken, erinnern, schwimmen mir entgegen. Und es hat den Anschein, als tanzten die Sträucher am Ufer, das Ufer selbst und der ferne Horizont mit den Mühlen und Wäldern, einander an den Händen fassend, einen feierlichen, schweigsamen Reigen.

Und zur selben Zeit läuft irgendwo am Meeresstrand der braungebrannte, von Moskitos zerstochene Kostja entlang. In einem stickigen, nach Arznei riechenden Zimmer liegt Klawdija. Sie liegt da und meditiert über Gott und die Welt. Die zerbissenen Lippen sind aufgeplatzt, Feuer hat das verwundete, schmerzende Herz mit schwerem Leid überzogen.

Und dort hinten, hinter dem kaum wahrnehmbaren Kreuz des Höhlenklosters, ist Weißkäppchen. Sowohl dort wie auch hier, in diesem dichten, säuerlichen, von den Sträuchern ausgehenden Himbeergeruch und in dieser mir unverständlichen Sehnsucht, einer ungekannten, warmen Güte, die – wie dieser Himbeergeruch von den Sträuchern – von allem ausgeht und alles durchdringt: Überall sehe ich sie – Weißkäppchen gnädig, Weißkäppchen launig, Weißkäppchen gleichgültig!

Eine naive, kleine, anrührend einsame Insel! Überall dieselben spärlichen Sträucher! Und auch da ist Weißkäppchen, auch von dort blicken ihre zornig verständigen, grauen Augen. Müssen sie denn unbedingt zärtlich aussehen? Muß man sie etwa dafür segnen, sich bedanken und beten? Wie kommt es zu so einer naiven Ungerechtigkeit – man fällt vor einer Mutter, die ihr Kind liebt, auf die Knie! Muß nicht die Mutter selbst dafür danken, daß ihr zu lieben beschieden ist, daß sie in sich so viel Güte tragen darf, so viel lebendige Unruhe, Stolz, Zärtlichkeit, so viel Fähigkeit, sich selbst zum Opfer zu bringen?

Der Motor hört aus irgendeinem Grunde zu stampfen auf, und es wird ganz leise. Kaum hörbar plätschern die Wellen. Die Passagiere unterhalten sich fast im Flüsterton. Einige schweigen, und in ihren unbeweglich in die blaue Ferne gerichteten Augen spiegelt sich warme, traurige Schwermut.

Ein Windstoß kommt, und es ist, als schlage ein riesiges, straff gespanntes Seidentuch angenehm gegen Gesicht und Beine. Dort ist ein sauberes, mit frischer Farbe blauweiß angestrichenes Wärterhäuschen. Diese Häuschen stehen so anheimelnd ruhig da, sie scheinen sich inmitten der grünen Weite der grenzenlosen Großen Wiese zu verlieren.

Wenn man sich mit Weißkäppchen in einem von ihnen niederlassen könnte! Die Flöße in Empfang nehmen, abends in einem kleinen, wackligen Kahn fahren, am Ufer Feuer anzünden. Die steinernen Städte und die Gerichte vergessen, die Gesetzessammlungen, die Straftaten der Verbrecher und ihrer Richter!

Was für eine erhabene, prähistorische, ursprüngliche Weisheit und Ruhe liegt in dieser grünen Weite, im ewigen Horizont, dessen genaue, runde, fehlerlos gezogene Linie auf Gesetze zurückgeht, die größer als die von den Menschen verfaßten sind. Weißkäppchen! Ich danke dir für diese Weisheit, für die Ruhe, für den Dnipro, für den Kopf jenes Wohltäters da drüben, der an den eines gebratenen Spanferkels erinnert. Für all das danke ich dir, Weißkäppchen!

Die Möwen kreischen wehmütig. So war es auch damals, als es noch keine Dampfschiffe, keine Menschen gab. Ein alter Mann taucht seine Ruder eilig in das stahlgraue Wasser, er kreuzt schnell mit seinem Kahn unseren Fahrweg und schwenkt seine weißen Ärmel im Takt, ähnlich wie die Möwen ihre Flügel. Wellenförmig flattert der rotweiße Wimpel an der Schiffsspitze. Vom Ufer her, von der Wiese riecht es nach Kräutern, was an Pfingsten erinnert, wenn die Dielenbretter mit scharf riechendem, etwas verwelktem Gras bestreut werden und in der Ecke grüne Zweige, die das Heiligenbild verdecken, und angezündete Lämpchen stehen.

Eine winzige Anlegestelle. Der Wind hat sich verkrochen. Warmer Himbeergeruch liegt in der Luft. Am Ufer steht ein Wagen mit einem Gaul. Der Kutscher hat einen Gummischuh abgestreift und wirft die Zügel über den Wagen. Eine Ziege mit kurzem Schwanz und traurigen, hervorquellenden Augen ist an einen Strauch gebunden. Sie staunt das Schiff an und schabt sich leicht mit dem Kopf, will den Strick abreißen. In dieser lieben, staunenden Ziege liegt etwas, was mich an Weißkäppchen erinnert.

Und wieder legt sich der Wind als straffgespannte Seide auf das Gesicht, die Brust; erneut tanzen Wälder und Windmühlen ernst und erhaben ihren Reigen; an der Schiffswand plätschert glucksend der Dnipro. Und in meinem Innersten sitzt Weißkäppchen; sie hat ihre Netze ausgelegt und fängt alles, was in sie hineingerät: den schwarzweiß gestreiften Mast am Ufer, und die drei Fräulein, die neben mir Schokolade essen - eins von ihnen hat sich den Zopf um die Hand gewickelt, damit ihm der Wind nichts anhaben kann -, und den sehr langen Kahn, und die wäßrige, schwarz gewordene Flüssigkeit in der Bucht. Ich nehme alles dankbar entgegen. Sogar den morgigen Auftritt im schmutzigen Saal des Bezirksgerichtes in der Angelegenheit des Diebstahls einer Ladung Holzschaufeln. Weißkäppchen – gepriesen seist du auch für diese Ladung Holzschaufeln!

Wie schwach und widerwillig sein Gang wirkt! So kommt kein Mensch von der Arbeit nach Hause, zu seiner Familie, die auf ihn wartet. Die roten, von den Hosen blankgewischten Absätze sind abgetreten. Das läßt ein sonderbares Mitleid für ihn bei mir aufkommen. Strähnen seines aschgrauen Haares liegen auf dem schmutzigen Kragen des alten Jacketts.

Mitunter macht er vor der Vitrine eines Geschäfts halt, unter der Markise, steht lange so da und betrachtet die Kragen, Krawatten und billigen Galanteriewaren. Offensichtlich kann er hier eine Stunde oder zwei verweilen oder auch überhaupt nicht stehenbleiben. Ich mache ebenfalls in einiger Entfernung halt und warte darauf, daß er weitergeht. Ziemlich lange braucht er für den Weg nach Hause. Dennoch möchte ich allzu gern sehen, wo er wohnt und, wenn möglich, auch wie. Irgendwann wird er doch dasein! Dort sind doch sein ›Frauchen und die Kinderchen‹.

Was ist es, das diesen Menschen mit den schiefen Absätzen, den hungrigen Augen und der stillen Beharrlichkeit am Leben hält? Ist es wirklich die Liebe zu seiner Jugend? Ist es etwas anderes? Sicher ist es etwas anderes! Jeder liebt seine Jugend, jeder empfindet süßen Schmerz, wenn er alles abwirft, was einst schmutzig gewesen ist, und nur das Erfreulichste und Erregendste zurückbehält. Aber nicht jeder kann sein ganzes Leben lang aus Achtung und Liebe zu seiner Jugend auf schiefen Absätzen laufen und den Gaunern dreihundert Karbowanzen ins Gesicht schleudern.

Netschyporenko geht ins Tor eines kleinen Hauses. Es ist ein altes, vom Wetter und von der Zeit zerfressenes Tor; daneben liegt Schmutz, und es stinkt. Ich beeile mich sehr, als ich aber durch die Pforte trete, ist Netschyporenko auf dem Hof schon nicht mehr zu sehen.

»He, du da! Bist du der Hausmeister?«

»Jawohl. Wen suchen Sie?«

»Wohnt bei euch Herr Netschyporenko?«

»Netschyporenko? Ja, zugegeben, der wohnt hier. In Nummer fünf.«

Ich stecke dem Hausmeister einen kleinen »Schlüssel« in die Hand, der ihm den Mund öffnet. Jetzt erzählt er mir alles, was ich wissen will, und auch das, was mich nicht interessiert. Herr Netschyporenko wohnt schon fast sechs Monate hier. Übel ist er nicht, ist sympathisch; nun, sie sind sehr arm. Sogar um die Wohnung muß man kämpfen, sie sollen ausziehen, weil sie schon drei Monate nicht bezahlt haben. Drei Kinder sind da, eins ist ganz klein.

Dann nehme ich mir eine Droschke und fahre nach Hause. Ich habe ja gewußt, daß sie »sehr arm sind«. Unterwegs komme ich auf die Idee, bei einem Kameraden vorbeizufahren. Einen dringenden Grund gibt es nicht, aber warum soll ich ihn nicht besuchen, wenn seine Wohnung am Weg liegt? Übrigens kann ich das Gespräch auf die Schulden bringen, die er mir gegenüber schon seit geraumer Zeit hat.

Der Kamerad empfängt mich etwas verlegen. Ja, ja, die Schulden, er wollte mir das Geld bereits bringen, aber dann ergab es sich, daß er es vergessen hat, und zur Zeit ist er nicht flüssig. Aber in den nächsten Tagen wird er mir alles auf jeden Fall bringen.

»Schon gut! Aber sagen Sie mir eins! Sie sind doch wohl juristischer Konsultant einer Kooperationsgenossenschaft? Ist es so?«

»Jawohl!«

»In diesem Falle habe ich eine kleine Bitte an Sie. Könnten Sie nicht vielleicht dort bei Ihrer Genossenschaft auf irgendeinem Posten einen Mann unterbringen? Er ist sehr ordentlich, ehrlich und gebildet, und er leidet große Not.«

»Hm ... Das müßte sich wohl machen lassen. Es ist wohl gerade ein Posten frei. Aber in jedem Falle werde ich mich bemühen, unbedingt etwas für Sie zu tun. Und wer ist es? Soll ich Sie benachrichtigen, wie machen wir das?«

»Nein, nein, ich bin hier überflüssig. Ich gebe Ihnen die Adresse, und Sie wenden sich selbst an ihn. Sagen Sie, er sei Ihnen von einem Bekannten empfohlen worden. Aber ich bitte Sie sehr, nicht zu sagen, daß ich mich für ihn eingesetzt habe. Hören Sie?«

»Gut, gut!«

Ich gebe ihm die Adresse, der Kamerad notiert sie sehr sorgfältig, er verspricht mir noch einmal, das Geld in den nächsten Tagen zu bringen, und sagt, ich solle mir um den »Mann« keine Sorgen machen. Das Geld werde ich, versteht sich, nicht zu sehen bekommen.

»Nein, mein Bester, nein, nein, mein Lieber, wir gehen. Widersprich nicht! Ich habe mich nur für zwei Tage losgeeist, verstehst du? Und speziell deshalb, um meine Wiedergeburt zu begießen. Speziell deshalb! Das hat auch Sonja gesagt: Geh deine Wiedergeburt mit Jascha begießen. Die Kanaille umarmen, ihn vollfüllen, damit er ›bis an die Knie‹ im Alkohol steht, wie man bei uns in den Provinzstädten sagt, und dann schnell zurück, nach Hause, ›in die Einöde, nach Saratow‹. Und du hast überhaupt kein Recht, nein zu sagen. Nun, mein Lieber, beeilen wir uns, es geht schon auf acht, essen möchte ich ›aus tiefstem Leibesgrunde‹, wie ein Publizist gesagt hat. Gehen wir, komm!«

Und Sosnyzky umfaßt meinen Körper, zieht mich vom Kanapee hoch und lacht. Weil er braun geworden ist, wirken seine Zähne sehr weiß. Er hat keine Mähne mehr, sein Kopf ist rasiert, er hat seltsame Knuppel und kleine Stellen ohne Haarwuchs, die auf frühere Wunden deuten. Das braune Gesicht, der rasierte Kopf, die milchweiße Stirn lassen ihn ganz anders erscheinen, er ist in der Tat wie neugeboren. Sein Gesicht ist schmaler; auch die früher weiße, welke und vorn überhängende Nase ist anscheinend dünner geworden, sie hat sich gekrümmt und hat braune Risse bekommen wie eine überreife, gelbe Gurke.

Eigentlich habe ich keinen Grund, mich über das unerwartete Erscheinen Sosnyzkys zu wundern – bei ihnen ist in der Tat offensichtlich alles ins Gleichgewicht gekommen, das klingt aus jedem seiner Worte heraus, jede Bewegung zeigt das.

Dennoch habe ich keine große Lust, mit ihm trinken zu gehen. Ich muß aber wohl nachgeben; hier geht es nicht einfach ums Trinken, sondern darum, Bilanz zu ziehen, eine Wende zu begehen, zu vergessen und etwas Neues zu beginnen. Eine Absage würde ihn sowohl beleidigen als auch etwas Wichtiges, Notwendiges unmöglich machen. Vielleicht muß er trinken, um mir alles zu sagen, was er auf dem Herzen hat.

Wir gehen in ein Restaurant »mit einem Garten und wundervollen, intimen Pavillons«, wie es Sosnyzky malerisch beschreibt. Unterwegs umarmt er mich die ganze Zeit über wie eine Dame. Sein Panamahut ist sauber, das Band ordentlich angenäht, er trägt einen hellen, neuen Anzug mit etwas provinziellem Schnitt. Das ist wohl alles Sonjas Werk. Er erzählt mir von Sonja, Andriko, von seinem verwitweten Vater, über seine Feldarbeit »nach Tolstois Methode«.

»Nein, Jakiw – einfache Arbeit, physische Arbeit, das ist die eigentliche Berufung des Menschen. Ich schreibe jetzt keine einzige Zeile, lese nichts. Die Mitarbeit an allen Ausgaben habe ich geschmissen. Weißt du? Zum Teufel damit! Ich habe vor, mich für immer auf dem Dorf niederzulassen. Für die Kinder ist das einfach die

Rettung. Andriko unterrichte ich zu Hause, und die Prüfungen wird er alljährlich extern ablegen. Und leben wird er auf dem Land.«

Jedesmal, wenn er diesen Namen ausspricht, pocht es unangenehm in mir, und auch Sosnyzkys Hand spüre ich unangenehm auf mir ruhen. Ich bin mit ihm nicht einverstanden – allein erzogen, werden Kinder schnell zu unentschlossenen Einzelgängern. Aber ich schweige. Er ist der Vater und nicht ich. Das ist seine Sache.

Der Pavillon ist wie alle anderen, aber Sosnyzky ist rundweg begeistert: vom dichten Efeu und dem kleinen Tisch, von den Kerzen unter Glas, um das sich Schmetterlinge chaotisch drängeln. Er zieht die Luft ein, die nach Restaurant riecht, und sein Gesicht zerfließt in reiner Rührung. Den Schoß der Natur, die physische Arbeit und die eigentliche Berufung des Menschen hat er wohl etwas satt, und er genießt die Stadt in vollen Zügen. Vielleicht stammt aber diese Rührung auch von demselben Gefühl der Wiedergeburt?

»He! Hallo! Tee brauchen wir! Bringst du das nicht, wie es üblich ist, mein Bester? Eis, Eis muß her! Aber schnell!«

Es macht ihm Spaß, laut zu rufen, für Aufregung zu sorgen, einzugießen. Die miserablen Klänge eines Streichorchesters, das hinter unserem Pavillon spielt, scheinen ihn irgendwie anzustacheln. Er stimmt in die Melodie ein, wiegt sich im Takt mit dem ganzen Körper, schlägt mit dem Messer an sein Glas. Und von Zeit zu Zeit umarmt er mich, nötigt mich, zu trinken, zu essen und wieder zu trinken. Ich komme gewissenhaft seinen Wünschen nach und trinke ein Glas nach dem anderen.

Mitunter gehen »Mädchen«, mit den Hüften wakkelnd und leise vor sich hinsingend, an der Tür unseres Pavillons vorbei. Einige blicken zu uns herein und bleiben mit erwartungsvollem und gewollt dreistem Lächeln stehen. Aber Sosnyzky winkt ab und schreit: »Weg da, weg! Geht zum Teufel! Wir haben keinen Bedarf! Nicht wahr, Jaschunja? Wir bleiben zu zweit! Heut brauchen wir niemanden. Trink mit!«

Ich trinke, aber er vergißt es in seiner Erregung und redet, redet, redet.

»Und weißt du, Jaschunja, du bist jetzt ganz anders!« Er sieht mich plötzlich lustig an. »Bei Gott! Weich und sanft, wie ein Lämmchen! Hast du irgendwann einmal ein kleines Lamm gesehen? Nein? Mein Vater hatte ganze Herden. So winzig sind sie bei der Geburt! Sie haben zärtliche kleine Mäuler, hervorstehende und ganz schlechte Augen. Und jetzt sieht es so aus, als ob du gleich ›mä-ä-h‹ machen würdest!«

Und er macht dieses klagende und verwunderte »Mä-ä-h« nach und lacht dabei.

»Nein, nein, setz bloß kein mephistophelisches Lächeln auf! Ich glaub es dir doch nicht. Und auch Sonja werde ich es erzählen. ›Hör zu, Sonitschka, unseren Mephisto gibt es nicht mehr – nur noch ein Lämmchen ist übriggeblieben.‹ Wer hat dich so verschandelt, mein Lieber, na? War es vielleicht die geheimnisvolle Dame, mit der du auf die Krim gefahren bist? Gestehe!«

Ob nun wegen des Weines oder aus einem anderen Grund – dieses Gespräch gefällt mir sehr und erregt mich, und Sosnyzky wirkt auf mich lieb, herzlich und witzig. Ich empfinde ihm gegenüber sogar so etwas wie Zärtlichkeit.

»Sie war es, natürlich!« Ich lache und umarme ihn. »Laß uns auf sie trinken!«

»Mit dem größten Vergnügen! Gieß ein! Wart mal! Ich will . . .! Halt das Glas! Ach, Jaschunja . . .! Weißt du was?« Er hat plötzlich eine Idee, und er hebt sogar die Flasche hoch. »Komm doch mit ihr zu uns nach Konopate! Na? Jaschunja, mein bester Mephisto! Na was! Kommst du? Kommst du?«

Flehend streckt er sich mir entgegen, wobei er sogar das Gesicht verzieht. Aus irgendeinem Grunde gefällt ihm diese Idee sehr gut, er hält sie für äußerst wichtig.

»Ich kann nicht, Dmytro. Ich kann nicht, mein Lieber!«

»Und warum? Warum? Weil ihr nicht getraut seid? Für wen hältst du uns, Jakiw? Und mein Vater freut sich, das kann ich dir versichern. Ach, wie dumm du bist, mein Lieber, nicht getraut . . .!«

»Nein, Dmytryk, nein! Es geht nicht! Es geht noch nicht. Trinken wir!«

»Schade! Und Sonja hätte sich so gefreut. Ich habe ihr von . . . deiner Dame erzählt. Und sie hat sich sehr für dich gefreut. ›Nun, Gott sei Dank‹, sagt sie, ›jetzt wird er zu sich selbst finden.‹ Dann also nicht! Besten Dank deiner Dame schon allein dafür. Trinken wir auf ihre Gesundheit. Nimm! Auf ex!«

Und wieder trinke ich, während er sein Glas auf den Tisch stellt, meine Schultern umfaßt, mir beinahe in den Mund starrt und sagt: »Ach, Jakiw! Du hast ein goldenes Herz. Du bist klug und schön. Ja, das stimmt. Ganz ehrlich, lach nicht! Wie dich die Frauen lieben, du Halunke du! Und sie haben recht. Recht haben sie! Du bist ein bemerkenswerter Redner, ein kluger Rechtsanwalt, ein Psychologe. Dir gelingt alles! Ehrenwort! Und Energie hast du! Glaubst du das etwa nicht? Ein wahrer Stier an Energie bist du! Und dein Sarkasmus? Na? Jaschunja, laß mich dich aus ganzem Herzen küssen! Jaschunja, vergiß alles, was gewesen ist! Das ist alles die Folge eines unglückseligen Mißverständnisses. Du bist der edelste Mensch, den ich je gekannt habe. Trinken wir auf dich, Jaschunja, ganz allein auf dich!«

Was für eine Bestie! Er glaubt doch selbst kein einziges

Wort davon; er weiß selbst, daß ich keine einzige von diesen Tugenden besitze, aber er lügt und schmeichelt sich schamlos bei mir ein. Und ich bin in doppelter Hinsicht eine Bestie: Ich weiß das, und es gefällt mir dennoch. Ich weiß, daß er sich einschmeichelt und irgendein Ziel dabei verfolgt, aber ich lache zufrieden.

Er gießt mir würdevoll und ernst nach, nimmt sein eigenes Glas und stößt an. Und wieder merke ich, daß er nicht trinkt, sondern mich beobachtet und sein Glas hinter die Flasche stellt. Ein seltsames Angstgefühl überkommt mich, aber ich lache trotzdem.

Plötzlich rückt Sosnyzky seinen Stuhl ganz dicht an mich heran, so daß er fast mit dem Rücken zum Tisch sitzt und mir sein Gesicht zuwendet. Mein Kopf brennt vom Wein, und Nägel scheinen sich mir durch den Schädel zu bohren. Ich lehne mich auf dem Stuhl weit zurück, stecke die Hände tief in die Taschen und strecke die Beine unter dem Tisch aus. Wollen wir mal sehen, was er vorhat!

Sosnyzky stützt sich mit den Ellbogen auf den Tisch und sitzt eine geraume Zeit schweigend da, ohne mich aus den Augen zu lassen – er scheint sich zu konzentrieren. Ich spüre, daß er gleich ein wichtiges Problem anschneiden wird, und ich amüsiere mich darüber. Ich schlage ihm mit der linken Hand aufs Knie und frage: »Warum reißt du die Augen so weit auf – na?«

Sosnyzky seufzt und bedeckt die Augen mit einer Handfläche. Dann sagt er leise, ohne seine Stellung zu verändern: »Jakiw, kannst du ganz offen zu mir sein?«

»Selbstverständlich, Dmytryk!«

Er läßt die Hand sinken und blickt mich an, als prüfe er, ob ich das ehrlich oder mit einem Hintergedanken sage. Ich muß unwillkürlich lächeln. Ich weiß, daß ich ihm frei in die Augen schauen müßte, ich habe das auch vor, kann es aber nicht – ich muß lächeln.

»Nein, Jakiw, ich bitte dich sehr ...«

»Frag doch nicht! Ich kann! Mein Wort darauf! Also?«

»Gut! Ich glaube dir! Ich stell dir eine Frage.«

Er reibt sich mit der Hand kräftig über die milchweiße Stirn und beginnt unmittelbar: »Nun gut! Also dann! Aber zuerst sollst du wissen, daß mit Sonja alles in bester Ordnung ist. Und du mußt wissen, daß sie mir alles erzählt hat. Verstehst du? *Alles*!«

Mit Nachdruck und ohne Widerspruch zu dulden, als wolle er mich hypnotisieren, bohren sich seine Augen in mich hinein.

»Ich verstehe. Also?«

»Nun ja ... Ich will, daß auch du mir alles erzählst. Kannst du das?«

Die Nägel im Schädel hindern mich daran, wie immer zu reagieren. Ich zucke die Schultern und antworte mit fröhlicher Verständnislosigkeit.

»Zum ersten, mein Bester, weiß ich nicht, was ›*alles*‹ dir Sonja erzählt hat. Nicht daß ich ihr nach dem Mund reden will – ich verstehe insgesamt nicht, worum es geht. Und dann ...«

Sosnyzky macht mit dem ganzen Körper eine ungeduldige Bewegung.

»Laß das, Jakiw, laß das! Das ist nicht nötig! Sag's, wenn du nicht sprechen willst! Aber *das* ist nicht nötig!«

Er wendet sich schroff ab, wedelt die Schmetterlinge vom Lampenschirm und stellt die Flasche auf einen anderen Fleck.

»Aber warum wirst du denn wütend, du seltsamer Mensch? Ich sag dir doch, daß ich nicht weiß, worüber ihr dort geredet habt. Sonja hat dir eine ganze Menge erzählen können.«

»Du weißt, wovon ich rede ...«

»Das ist es doch gerade! Bei Gott, ich weiß es nicht ...«

Sosnyzky dreht sich ruckartig mir zu und sieht mir direkt in die Augen. Ich lächele ihn ruhig, fest und klar an.

»Hast du sie vor mir besessen?« Er wirft mir diese Worte leise, ruhig, fast ausdruckslos entgegen.

Wie von selbst werden meine Augen langsam und staunend größer. Ich setze mich aufrecht hin und blicke Sosnyzky eine Zeitlang schweigend an.

»Bist du betrunken, Dmytro, oder ... Weißt du überhaupt, wovon du redest?«

Dmytro lacht plötzlich ironisch und abgehackt los, was wie Bellen klingt.

»Ach, die Unschuld in Person! War es nicht so? Nein? War sie nicht deine Geliebte? Nein?«

Ich schlage mit der Faust auf den Tisch und sage: »Sosnyzky! Bist du verrückt, oder was ist los?!«

Er beruhigt sich und blickt mich lange mit einer beleidigten, ironischen Grimasse an.

»Jetzt antworte du mir! Woher hast du diesen primitiven, dummen Unfug? Woher, du alberner, lächerlicher Kerl?«

»Von Sonja selbst! Genau von ihr! Verstehst du das, du kluger, verknöcherter Kerl?«

Er trommelt mit der Faust auf den Tisch; sein Gesicht läuft puterrot an, die Stirn verfärbt sich. Aber in seinen böse und zornig an mir klebenden Augen bleibt dennoch ein fragender Ausdruck.

»Sonja?! Sonja hat dir das erzählt?! Ich verstehe gar nichts mehr. Wenn du nicht lügst, verstehe ich nicht das geringste. Weshalb dir Sonja so einen offensichtlichen, primitiven Unfug erzählt haben könnte, will mir absolut nicht in den Kopf. Aber jetzt ist mir wenigstens dein seltsames Verhalten mir gegenüber in letzter Zeit klar.

Das ist es also! Zugegeben – ich habe geahnt, daß du eifersüchtig bist, eifersüchtig auf die Gegenwart.«

»Auch auf die Gegenwart. Ja, auch auf die Gegenwart!«

»Sooo? Hast du denn irgendeinen Anlaß dafür?«

»Jawohl! Sonjas Erklärung, daß sie ...«

Er hält unvermittelt inne und blickt mürrisch zur Seite. Dann steht er auf und läuft ziellos im Pavillon hin und her, wobei er gegen die Stühle stößt und mit den Blättern raschelt. Das Orchester spielt eine alte, zärtliche Romanze. Eine Frauenstimme beginnt mitzusingen. Die Schritte der Lakaien knirschen geschäftig über den Sand, der auf den Wegen liegt.

Sosnyzky bleibt an der Wand stehen, lehnt seine Stirn gegen einen Balken und verharrt so unbeweglich.

»Dmytro! Laß das! Komm her!«

Er bewegt sich nicht. Das Orchester spielt plötzlich ein lustiges Tanzlied, und der ganze Garten hallt vom Lärm der Trommel und der Pauken wider; die Flaschen auf dem Tisch scheinen schmerzhafte Grimassen zu ziehen.

Sosnyzky reißt sich vom Balken los, kommt rasch auf mich zu, setzt sich so, daß seine Knie gegen meine stoßen, faßt mich an beiden Armen oberhalb der Ellbogen und sagt mühevoll: »Jakiw! Verstehst du denn wirklich nicht? Verstehst du wirklich nicht?!«

Schmerzhaft drückt er meine Arme und schüttelt sie einige Male. Sein braungebranntes, ausgezehrtes Gesicht hat einen ratlos flehenden Ausdruck.

»Dmytro! Ich verstehe. Glaub mir, aber ...»

»Nein, du verstehst nicht.«

Er läßt meine Arme los und schüttelt schwerfällig den Kopf, wobei er tief aufseufzt.

»Du verstehst nicht, du kannst nicht verstehen! Eine wahre Folter ist das, es erdrückt mich fast ... Ich habe gelogen, als ich sagte, bei uns sei alles in Ordnung. Überhaupt nichts ist in Ordnung. Ich kann Sonja nichts vorwerfen, sie bemüht sich, daß alles gut geht, aber ... es führt zu nichts.«

Ich will etwas sagen, aber Sosnyzky greift wieder nach meinen Armen, beugt sich, ohne sie loszulassen, mit seinem ganzen schweren Körper zu mir herüber und sagt: »Nein, wart mal! Warte, Jakiw! Ich weiß alles, das stimmt. Vielleicht ist das alles überhaupt nicht so. Sonja schwört, es habe nichts gegeben und gebe auch nichts. Aber du mußt verstehen: *Ich weiß gar nichts.* Ich weiß nichts! Das ist es, was mich quält. Wenn sie sagen würde: Ja, so und so war es. Gut! Was gewesen ist, ist vorbei. Ich bin doch immerhin intelligent genug, ich kann verstehen. Aber sagen soll sie's, sagen! Sag alles! Lieber das Schlimmste, als überhaupt nichts wissen und alles nur vermuten. Das ist unerträglich!«

»Aber wie kann sie dir etwas sagen, wenn es nichts gegeben hat?«

»Das ist nicht wahr! Gerade das ist nicht wahr! Etwas hat es gegeben. Macht mit mir, was ihr wollt – etwas hat es gegeben. Mein Gefühl sagt mir das. Und deshalb bitte ich dich, flehe dich an: Sag mir – was ist gewesen? Sag's doch, Jascha! Was es auch immer war, ich geb dir mein Wort, ich werde mich zu nichts hinreißen lassen. Ich will nur die ewigen Zweifel, das Rätselraten, das Nachforschen und Ausspionieren loswerden. Ich bin am Ende meiner Kräfte! Jeden Tag, jede Nacht verbringe ich nur damit. Was ist das bloß?! Sagt, was ihr wollt, aber erlöst mich von dieser Qual! Jakiw, bitte, sag's mir!«

Sein großes, männliches Gesicht sieht mich kläglich, wie es ein Kind tut, und bittend an, daß ich für einen Augenblick den Wunsch verspüre, ihm alles zu sagen. Aber was eigentlich soll ich sagen? Daß ich Sonja einen Abend lang besessen habe und daß sie nicht weiß, wessen Sohn Andriko ist, und daß ich es selbst auch nicht weiß? Wird ihm das Erleichterung verschaffen?

»Gut, Dmytro, ich sag dir alles. Du hast recht. Lieber alles ehrlich klären.«

Ich sehe, wie sein Gesicht unter der Bräune sofort blaß wird, es wirkt grau wie Bonbonpapier. Die Augen vergrößern sich vor Angst. Er läßt meine Arme los und sagt heiser: »Also dann ... Gut!«

»Ja! Zwischen uns gab es etwas ...«

Sosnyzky scheint etwas hinunterzuschlucken, er blickt mich ängstlich, mit weit aufgerissenen Augen an.

»Das war vor deiner Zeit. Sonja hat mir sehr gefallen. Also, wenn ich ehrlich sein soll – ich war in sie verliebt. Aber sie nicht in mich. Das hat mich gequält und geärgert. Verstehst du? So war es. Ja. Und einmal, als sie in irgendeiner Angelegenheit zu mir kam, habe ich ... habe ich sie mit Gewalt geküßt.«

Sosnyzky hüstelt ein paarmal, aus irgendeinem Grund nimmt er den Flaschenkorken und preßt ihn zwischen den Fingern.

»Sie hat natürlich versucht, sich loszureißen, hat sich gesträubt, protestiert, aber ich hatte den Verstand verloren ... Dann hat sie mich ... kräftig ins Gesicht geschlagen. Ich ließ sie los und ... begann zu schluchzen. Da habe ich ihr wohl leid getan, sie begann mich zu trösten und hat mich ein paarmal geküßt. Dann ist sie gegangen. Kurz danach hat sie dich geheiratet. Wir haben über diesen Abend nie wieder gesprochen. Das ist alles!«

Sosnyzky blickt mich lange schweigend und zerstreut an.

»Und das ist alles?« fragt er ungläubig und enttäuscht zugleich.

»Das ist alles!«

Wieder blickt er mich lange fragend an, er scheint

schwermütig zu werden. Dann legt er den Flaschenkorken behutsam auf den Tisch, steht auf und beginnt im Pavillon hin und her zu laufen.

»Warum wollte Sonja mir das nicht sagen?« Verständnislos bleibt er vor mir stehen.

»Ich weiß nicht. Vielleicht habe ich ihr leid getan. Sie glaubte wohl nicht das Recht zu haben, ein fremdes Geheimnis preiszugeben. Denn das ist eher mein Geheimnis als ihrs.«

»Sagst du mir die Wahrheit, Mychailjuk?« fragt er plötzlich mit großem Ernst.

»Die reine Wahrheit, Dmytro.«

Und wieder geht er schwerfällig, langsam und nachdenklich im Pavillon umher. Und ich mache mir bereits besorgt Gedanken, wie ich Sonja warnen soll, wie ich ihr diese Variation unserer Vergangenheit erzähle, damit auch sie dasselbe sagt.

Sosnyzky bleibt wieder stehen, schweigt eine Weile, sieht mich aufmerksam an, als wolle er die kleinste Veränderung in meinem Gesicht auffangen, und fragt schließlich leise: »Und warum liebst du Andriko so sehr?«

Ich spüre, wie ich gegen meinen Willen rot werde. Sosnyzkys Augen beginnen sofort zu flackern, und sie weiten sich immer mehr. Ich zucke die Schultern und lächele.

»Was für eine komische Frage! Er ist ein lieber, hübscher Junge. Überhaupt habe ich Kinder sehr gern. Wassylko liebe ich auch.«

»Aber nicht so!« Er schüttelt verneinend und überzeugt den Kopf.

»Vielleicht weil Andriko Sonjas Kind ist ...«

»Wie das?! Wassylko ist doch auch von Sonja ...«

Ich spüre allmählich seltsame Schwermut und Reizbarkeit in mir aufsteigen.

»Jaja, selbstverständlich. Das war dumm von mir. Ich kann dir wirklich nicht sagen, weshalb es so ist. Wassylko ist noch in einem Alter, in dem man sich eher über das Kind freut, als daß man es liebt. Aber was willst du mit diesen Fragen erreichen? Sag's doch klipp und klar!«

Sosnyzky lächelt sauer, gießt sich Wein nach und trinkt gierig. Dann setzt er sich an den Tisch und stützt den Kopf auf eine Hand.

Lange schweigen wir. Ich rauche und höre der Musik zu, während ich Sosnyzky beobachte. Mit starren, traurigen Augen schaut er in den Garten. Die Ohren stehen vom rasierten Kopf ab. Der Schnurrbart ist von der Sonne gebleicht, er sieht weißgelb wie Steppengras im Spätsommer aus.

»Ich verstehe das alles nicht . . .« Er seufzt tief auf und legt den Kopf auf den Tisch.

»Was gibt es da zu verstehen, Dmytro? Man darf sich nur nicht selbst quälen.«

»Du kannst leicht ›man darf nicht‹ sagen!« Er richtet sich schnell auf. »Wenn du in meiner Haut wärst! ›Man darf nicht‹ . . .«

»Deine Haut ist so übel nicht, mein Bester!«

»So übel nicht? Hm! Ist es etwa auch nicht so übel, daß ich mir schon einige Male das Leben nehmen wollte?«

»Wie das?!«

»Alles aus demselben Grund. Woher weiß ich denn, von wem die Kinder sind? Von wem?!« Er blickt mir plötzlich herausfordernd direkt in die Augen. »Weil Sonja es beschwört? Weil sie mit mir leben will? Wo soll sie denn hin mit ihnen, wenn ich mich von ihnen und ihr lossage? Sie weiß, daß ich ihr nicht helfen kann, denn ich habe nichts. Und dieser schäbige Gutshof bringt bloß Schulden. Und aus welchem Grund sollte ich ihr helfen? Weshalb? Sollen die helfen, von denen sie die Kinder hat!

Aber diese Schurken verstecken sich lieber hinter dem Rücken des idiotischen Ehemanns! Selbstverständlich! Aber darum geht es gar nicht, darum nicht – ich hasse diese verfluchten Kinder! Verstehst du? Dabei kann ich weder hassen noch lieben. Ich kann überhaupt nichts. Ich weiß nicht, ob ich eine Familie habe oder nicht. Und gleichzeitig liebe ich sie so, wie ich niemals jemanden geliebt habe. Das mußt du verstehen! Und wie soll ich die Wahrheit erfahren, mich überzeugen? Eine Frau, eine Mutter versteht solche Qualen niemals. Sie weiß, daß es ihre Kinder sind. Und wir? Wir müssen uns mit angenehmem Selbstbetrug zufriedengeben.«

»Nein, Dmytro, du hast nicht ganz recht ...«

»Nicht ganz? Doch, ganz und gar!«

»Nein, du hast nicht ganz recht. Natürlich empfindest du mehr, wenn es dein Kind, dein Blut ist. Dagegen läßt sich nichts sagen. Aber es geht nicht nur ums Blut. Es geht auch um Liebe, um die geistige Vaterschaft. Man braucht nicht der leibliche Vater zu sein und kann trotzdem der einzige und richtige Vater in dieser gegenseitigen Liebe und ...«

»Ach, süßsaure Theorie! Ich will nicht Vater von irgendwelchen fremden Kindern sein! Was soll ich mit ihnen? Aus welchem Grund? Bin ich gefragt worden? Man hat mich betrogen, sie mir untergeschoben, meine Vaterliebe erzwungen ...«

»Wart mal, du redest dich in Hitze, du scheinst zu glauben, das alles wäre dir passiert. Aber du weißt doch selbst recht gut, daß das nicht wahr ist. Mehr als krankhafte Verdächtigungen hast du nicht.«

»Und wann werde ich etwas haben?«

»Was wirst du haben?«

»Was? Zum Beispiel Andrikos Ähnlichkeit mit dir ...«

Er lacht offen und zynisch. Ich bin seltsam erregt,

verziehe aber ärgerlich das Gesicht und sage: »Ach, Dmytro, jetzt wirkst du lächerlich. Was soll ich dir darauf antworten? Was? Du kannst behaupten, das Mädchen dort sei mir ähnlich. Was soll ich darauf sagen? Anscheinend hast du es wirklich nicht leicht, Dmytro, wenn es schon so weit mit dir gekommen ist. So kann man nicht leben! Man muß sich fest in die Hand nehmen. Und eine Entscheidung treffen: So oder so. Du glaubst mir und Sonja nicht? Dann laß dich scheiden! Zerreiß alle Bindungen, reiß alles aus dir heraus, schlag alles in Trümmer und trample drauf herum! Oder zerfetz die unnötigen Zweifel, die dir nur schaden, und quäl dich und andere nicht mehr! Sei ein Mann! Ich hab dir die volle Wahrheit gesagt. Hast du noch irgendwelche Verdächtigungen in bezug auf Sonja? Hast du in allen Jahren eurer Ehe etwas an ihr bemerkt?«

»Nein, bemerkt habe ich nichts, aber ...«

»Dann keinerlei ›aber‹! Keinerlei! Wenn man will, kann man sich sonstwas ausdenken. Die Nerven sind einfach mit dir durchgegangen, das ist alles. Ich und Sonja hätten dir natürlich von Anfang an alles erzählen sollen. Und obendrein hätten wir keine freundschaftlichen Beziehungen miteinander anknüpfen dürfen. Sonja ist doch alles in allem auch nur eine Frau. Vielleicht hat sie sich manchmal geärgert, daß ich nichts mehr für sie empfinde. Aber das hat sie nicht deshalb getan, weil sie mich geliebt hat, sondern einfach als Frau, aus weiblicher Eitelkeit. Vielleicht hast du selbst auch ein wenig Schuld. Vielleicht warst du nicht aufmerksam genug, nicht zärtlich ihr gegenüber. Manchmal hast du sie betrogen, erinnere dich! Vielleicht hat sie etwas erfahren. Und deshalb sind eure Beziehungen nicht die besten. Alles das darfst du nicht übersehen, mein Lieber ...«

»Meine Seitensprünge konnten zumindest keine Kinder in die Familie bringen ...«, sagt Sosnyzky düster und nimmt den Korken wieder in die Hand.

»Natürlich nicht! Aber ich rede nicht von Kindern, sondern davon, daß du deinen Verdacht nicht richtig begründest. Dir geht es nicht um die Wahrheit, du setzt die Schuld als erwiesen voraus. Ich glaube sogar, du empfindest etwas wie bittere, schmerzhafte Genugtuung ...«

Sosnyzky blickt mich so schnell und nicht einmal entrüstet an, daß ich verstumme und augenblicklich loslache.

»Was ist? Hab ich's erraten? Hast du dich selbst dabei ertappt?«

Er schleudert den Korken in die Ecke und steht ruckartig auf, ohne etwas zu sagen.

»Siehst du, Dmytro! Und wenn du sogar schon so einen offensichtlich sinnlosen Beweis wie Andrikos Ähnlichkeit mit mir anführst, dann ist ja klar, daß du überall nur Schmerzhaftes suchst, auch dort, wo es gar nichts gibt. Denk doch bloß selbst mal nach, erinnere dich! Worin besteht denn diese Ähnlichkeit? Er ist Sonja wie aus dem Gesicht geschnitten! Das sieht jeder. Und ganz besonders der obere Gesichtsteil. Der untere – die Lippen, das Kinn –: Das bist du! Und der Charakter? Ganz und gar deiner. Deine Angewohnheit, die Augen nach oben zu drehen, wenn du böse bist. Das stammt aus eurer Familie, stimmt's? Sonja hat mir's gesagt.«

»So was kann man auch nachmachen ...«

»Nun, mein Bester, alles läßt sich nicht nachmachen. Und die Art und Weise, wie er lacht? Wenn er die Mundwinkel ganz besonders hochzieht? Das ist eine physische Eigenart, so was läßt sich nicht nachmachen.«

Während ich rede, beginne ich meinen Worten selbst zu glauben, es schmerzt mich, und gleichzeitig ist mir leicht ums Herz, mit Sonja scheint in der Tat niemals etwas gewesen zu sein. Auch Sosnyzky rückt mir näher und wird sympathischer. Ich stehe auf und umfasse seine Schultern.

»Pfeif auf diese albernen Gedanken, Dmytryk! Bei Gott! Glaub mir! Warum sollte ich dich denn hintergehen? Hast du Angst, Andriko zu verlieren? Was denkst du dir eigentlich: Wenn er mein Sohn wäre, hätte ich ihn dann nicht schon längst freudig und begeistert zu mir genommen? Würde ich ihn dann nicht noch mehr lieben? Denk doch mal selbst darüber nach, du komischer Mensch!«

Sosnyzky steht da und blickt nach unten. Dann befreit er sich plötzlich aus meinen Armen, er wendet sich mir zu, schaut mir ins Gesicht und lächelt unerwartet, wobei er die Mundwinkel nach oben zieht. Und jetzt sehe ich selber ganz deutlich, daß Andriko ihm sehr ähnelt.

»Darauf trinken wir einen!« sagt er erregt und geht schnell zum Tisch.

Wir stoßen an.

»Auf Sonja, auf Andriko, auf Wassylko!« Ich erhebe mein Glas.

»Auf sie!« sagt er stoßweise und trinkt in einem Zug aus.

Danach reden wir übertrieben lebhaft von allen möglichen unwichtigen Dingen, lachen und sind fröhlich. Schließlich rufen wir den Lakaien, und ich will bezahlen.

»Nein, Jakiw, das laß nun wirklich sein ...«, sagt Dmytro fast vorwurfsvoll. Er nimmt noch ein Auto und bringt mich bis nach Hause. Als wir uns verabschieden, drückt er mir kräftig und lange die Hand und sagt: »Vielen Dank! Morgen früh fahre ich los.«

»Grüß Sonja! Und gib Andriko und Wassylko einen Kuß von mir!«

»Danke! Ich werd's tun.«

Während ich stehe und warte, daß man mir die Tür öffnet, hält das Auto, ein paar Schritte entfernt, noch einmal an, ich sehe Dmytros Silhouette und höre seine Stimme: »Jakiw! Entschuldige für alles! Ja?«

Und ich schreie ihm lachend hinterher: »Ja! Und du mir auch!«

»Danke! Leb wohl!«

Das Auto fährt wackelnd an und rollt schwankend die Straße hinunter, ich fühle halb Scham, halb Trauer und drücke zornig auf den Klingelknopf.

Ah, endlich!

»Entschuldige, daß ich so lange nichts von mir hören ließ – ich war sehr krank, fast wäre ich gestorben. Die Operation war erfolgreich, obwohl sie mich sehr viel Geld gekostet hat, ich bin bis jetzt noch nicht richtig zu mir gekommen. Nun kannst du beruhigt sein. In den nächsten Tagen fahre ich von hier weg, schreib mir nicht mehr! Wohin ich gehe und wo ich sein werde, interessiert dich sicher nicht. Leb wohl, ich wünsche dir Glück!«

Unterschrift und nichts weiter. Das ähnelt ihren andern Briefen überhaupt nicht. So kann nur ein sehr müder Mensch schreiben, dem alles gleichgültig ist.

Aber ich spüre weder Zweifel noch Mitleid, noch mache ich mir Gewissensbisse. Ich fühle nur Erleichterung, Befreiung, Dankbarkeit, eine grenzenlose Weite um mich herum und eine seltsame Erregung.

Und erst in diesem Augenblick verstehe ich, wie sehr mich das lange Schweigen von Klawdija Petriwna beängstigt und beunruhigt hat. Jetzt bin ich ruhig, in einem ähnlichen Zustand wie damals, als die Geschworenen ein Urteil zugunsten meines Klienten in einer Angelegenheit fällten, die ich unklug und schlecht verteidigt hatte. Und dennoch habe ich gewonnen! Weißkäppchen, ich habe gewonnen!

Mich hält es nicht in der Wohnung. Ich gehe hinaus.

Es ist Anfang August. Genau wie damals riecht es, als ich zum erstenmal nach Kiew kam, eine neue Studentenmütze auf dem Kopf. Ein warmer, süßlicher Geruch! Wonach, weiß ich nicht. Vielleicht nach Obst, das an jeder Straßenecke verkauft wird.

Hinter der Universität geht die riesige, glühende Sonne unter. Die Gehwegsteine brennen unter den Schuhsohlen, der Asphalt gibt nach, als wäre es Gummi; die Akazienblätter haben sich zu trockenen Spiralen zusammengerollt, die unter den Füßen wie Eierschalen knistern. Die Männer tragen ihre Hüte in den Händen, und die Damen haben sogar im Schatten die Schirme aufgespannt. Weißkäppchen, ich bin frei!

Die trockene Hitze ruft einen leichten, hautschonenden Schweiß hervor. Im Körper breitet sich wohlige Trägheit aus. Die Luft ist dick, hitzegesättigt. Es ist, als liefe man auf dem Grund eines warmen, durchsichtigen Meeres entlang. Wundervoll!

Auf dem Bibikow-Boulevard, der Universität gegenüber, setze ich mich hin. Hoch oben, in den Spitzen der Pappeln, lodert und siedet die Sonne. Dort ist die richtige Hölle, hier unten sind die Schatten lang, die vom Sprengen feuchte Straße und die erhitzten Steine atmen.

Neben einer Bude, in der Selterswasser, Zigaretten und Früchte verkauft werden, sitzt ein Junge von etwa fünfzehn Jahren auf einer blaugrauen Kiste, er hat die Füße hochgezogen und verspeist eine Melone. Es ist eine herrliche, blutrote Melone aus Astrachan, deren kleine, gelbe Kerne an Getreidekäfer erinnern – in ihren Höhlungen glitzert der Zucker wie Rauhreif. Die kleine Bestie ißt mit solch einem Appetit, daß ich den Melonengeschmack im Mund verspüre. Der Junge erinnert mich an einen Affen, den ich irgendwo gesehen habe. Der saß genauso da, die Beine auf dem Tisch, und aß einen Granatapfel, den er mit beiden Händen festhielt – dabei warf er aufmerksam ernste und schnelle Blicke auf das Publikum um ihn herum. Der Junge zerbricht ein großes Stück Melone über seinem Knie und beißt in das saftige, feuchte Fruchtfleisch, wobei er schmatzt und ebenfalls ernst und schnell die Jungen anblickt, die neidisch um ihn herumstehen. Morgen werde ich Weißkäppchen davon erzählen.

Neben meinen Füßen krabbelt ein winziges, kleines Mädchen in ausgetretenen Schuhen, mit nackten, weichen und von der Sonne geröteten Knien. Es schnauft und füllt mit einer winzigen Schippe Sand in einen Blechkrug. Beim Laufen verschüttet es den Sand, und das zieht die Angelegenheit in die Länge. Doch an dem verbissen gespitzten Mund zeigt sich seine Unerschütterlichkeit.

Ja, das ist gut, daß die Operation erfolgreich war ... Sehr gut! Ein wundervoller Abend!

Vorsichtig greife ich nach der seidenweichen Hand der Kleinen und lächele ihr zu. Sie läßt ihre schwarzen Äuglein verwundert in meine Richtung rollen und blickt mich einen Augenblick lang an, ohne so richtig zu verstehen, was Schippe und Krug mit dieser großen, behaarten Hand, die von oben herab aufgetaucht ist, gemeinsam haben. Dann befreit sie ihre Hand, nimmt Schippe und Krug auf den Arm, den sie an die Brust preßt, und läuft schwankend ans andere Ende der Bank. Dort lehnt sie sich mit dem Rücken an das Knie der Amme und schaut mich mit größter Aufmerksamkeit von fern her an – jetzt fühlt sie sich sicher.

Aber in diesem Moment sehe ich Oleksandra Mychailiwna neben der Bude. Sie kauft etwas und wühlt kurzsichtig in ihrem Geldtäschchen. Als sie in meine

Richtung sieht, hebe ich den Hut leicht an, und sie geht eilig, wie mir scheint, von der Bude weg. Hat sie mich nicht bemerkt, oder wollte sie es nicht?

Ich möchte von ihr etwas über Panas Pawlowytsch hören. Als ich mich jedoch erhebe, bemerke ich die schwarzäugige Kleine zu meinen Füßen. Sie streckt mir die Schippe hin und sagt: »Na!«

Die Kleine macht, wie auch vorhin, ein verwundertes Gesicht. Endlich hat sie erraten, was ich von ihr haben wollte!

»Meine Süße!«

Ich nehme sie an die Hand, sage der alten Amme, die uns lächelnd beobachtet, daß ich das Mädchen gleich wieder zurückbringe, und gehe mit ihm zur Bude. Dort kaufe ich ein paar Bonbons, schütte sie in den roten Krug, und wir kehren wieder zur Amme zurück.

»Sag danke zum Onkel, Njussja!« sagt die Amme.

Aber Njussja schüttet die Bonbons auf die Bank, nimmt eins und streckt es der Alten entgegen.

»Na!«

Die kleine Hand und das ernste liebe Gesicht wärmen mir das Herz – es ist, als habe ich auf frischem, seidenweichem Frühlingsgras gelegen.

Aber ich verliere Oleksandra Mychailiwna fast aus den Augen. Sie überquert die Straße und geht in Richtung Mykolajiw-Platz. Sie trägt einen einfachen, unmodischen Strohhut, an den Füßen hat sie Schuhe mit niedrigen Absätzen – sie läuft, als drücke sie mit den Füßen das Gras zur Seite –, in einer Hand hält sie ein Ledertäschchen, in der anderen zwei Päckchen, eins davon an einem Band.

Ich hole sie erst auf dem Platz ein und will gerade meine Schritte noch mehr beschleunigen, als ich sehe, wie ihr eine Kinderschar entgegeneilt. Die Kinder umringen sie, greifen nach ihren Händen, schauen sich die

Päckchen an, stoßen einander und hüpfen herum. Andere Kinder stehen in einiger Entfernung und trauen sich aus irgendeinem Grunde nicht näher zu kommen.

Oleksandra Mychailiwna geht mit den Kindern in eine kleine Seitenallee und setzt sich auf eine Bank. Aus der Art und Weise, wie sie sich einige Male umschaut, schlußfolgere ich, daß sie hier von niemandem erkannt werden möchte. Deshalb setze ich mich an der Straßenecke so hin, daß sie mich nicht sehen kann. Von Zeit zu Zeit blicke ich vorsichtig zu ihr, und dabei fällt mir auf, daß die Kinder wie Ameisen an einem Stückchen Zukker an ihr kleben, wie sie um sie herumtollen, die Bonbons auswickeln, sie sich gegenseitig zeigen und Oleksandra Mychailiwna die Hände entgegenstrecken. Sie nimmt nacheinander die Süßigkeiten aus dem Beutel und verteilt sie. Manchmal lacht sie wer weiß warum, nimmt einen Kinderkopf in beide Hände und küßt ihn heftig. Den Jungen streicht sie über den Kopf, den Mädchen zieht sie die Schleifen und die Kleider zurecht. Dabei erzählt sie ihnen etwas. Und ihr Gesicht wirkt genauso lebhaft und sorglos wie das der Kinder.

Das sind wohl alte Bekannte von ihr. Eine andere Kinderschar läuft um das Denkmal herum, hüpft, vergnügt sich im Sand und erfüllt, wie Vögel und Bienen im Garten, den ganzen Platz mit ihrem lustigen Gezwitscher, mit Klingen und Rascheln. Die kleinen Körper unterschiedlichen Alters haben den ganzen Platz bedeckt. Jetzt müssen sie nach Hause. Von der Universität her legt sich ein langer, vorabendlicher Schatten auf die ganze Straße. Die Ammen und Kindermädchen sammeln die Pausbäckigen und Dickbäuche ein, sie klopfen den Sand von ihren Kleidern und fangen die Widerspenstigen.

Ich stehe auf und gehe an eine andere Stelle, wo Oleksandra Mychailiwna mich nicht sehen kann, wenn sie aus der Straße heraustritt. Es dauert ziemlich lange, so daß ich schon denke, sie ist einen anderen Weg gegangen. Doch da kommt sie. Sie ist allein und hat kein einziges Päckchen mehr. An einer Biegung bleibt sie stehen und winkt jemandem zum Abschied mit der Hand. Lustige Kinderstimmen antworten ihr.

Als ich sie einhole, wundert sie sich ehrlich über unsere Begegnung, in ihrem Gesicht ist auch nicht die Spur von Verlegenheit. Also hat sie mich weder an der Bude noch auf dem Platz bemerkt.

Jetzt ist der lebhafte und sorglose Ausdruck aus ihrem Gesicht gewichen: Sie wirkt gleichgültig und müde, neben der Nase hat sie einen gelben Fleck, der wie angesengtes Papier aussieht, das zu dicht an einer Lampe gelegen hat, um ihre Augen breiten sich braunviolette Falten; trocken und langweilig erscheint sie. Sie trägt kein Korsett, was der etwas gebeugte und dennoch schöne Rücken und die allzu üppigen Hüften erkennen lassen.

Sie spricht sachlich und höflich mit mir, dabei antwortet sie präzise und kurz, aber sehr gleichgültig und farblos auf meine Fragen.

»Wie geht es Panas Pawlowytsch? Ist er zu Hause?«

Sie wundert sich leicht über diese Frage und sagt ruhig: »Das wissen Sie nicht? Er lebt jetzt mit seiner Frau zusammen.«

Vor Erstaunen und Überraschung bleibe ich stehen.

»Wieso mit seiner Frau? Mit Warwara Fedoriwna?«

»Natürlich! Schon seit etwa zwei Wochen.«

Sie sagt das so, als sei er in eine andere Wohnung gezogen, und nichts weiter.

Wir stehen mitten auf dem Gehweg und behindern die Passanten. Ich sehe Oleksandra Mychailiwna erschüttert an, und sie tritt einen Schritt zur Wand zurück, um jemandem den Weg freizugeben.

Als wir an ihr Haus kommen, habe ich mich immer noch nicht wieder gefaßt, und ich stelle ihr verschiedene Fragen. Sie antwortet mit gleichbleibender Höflichkeit.

»Kommen Sie herein?« fragt sie und bleibt an der Vortreppe stehen.

Ich nehme ihre Einladung an.

Dasselbe kleine, bescheidene Zimmer. Ich setze mich in einen niedrigen, runden Armsessel mit kurzer Rükkenlehne, der für ein Kind bestimmt zu sein scheint, und betrachte die bekannte, einfache Einrichtung. Und jetzt glaube ich alles zu verstehen. Ich ärgere mich und fühle mich gekränkt, als hätte mir selbst jemand Unrecht zugefügt.

»Ein charakterschwacher, erbärmlicher Mensch, und nichts weiter!« sage ich schroff.

»Nein, das stimmt nicht«, widerspricht Oleksandra Mychailiwna ruhig und bedacht, sie wischt mit einem langen Wedel sorgfältig den Staub aus den Fächern des Bücherregals. Ärgerlich beobachte ich sie und denke: Warum sind alte Junggesellen und Fräulein bloß so krankhaft säuberlich? Da hat sie nun der Geliebte verlassen, die letzte Hoffnung auf ein menschliches Leben ist zerstört, und sie hat, wenn sie nach Hause kommt, nichts Eiligeres zu tun, als Staub zu wischen und ein paar häßliche Statuen, die keiner braucht, zu bewedeln. Und sie tut das mit solch einem wichtigen Ausdruck im Gesicht und solch einer Konzentration, als sei das eine wer weiß wie bedeutsame Angelegenheit.

»Doch, das stimmt, Oleksandra Mychailiwna. Ein willenloser, schwacher Mensch.«

»Nein, Jakiw Wassyljowytsch, er hat als starker Mensch mutig gehandelt und sich selbst aufgeopfert.«

»Ach, lassen Sie mich in Frieden, bei Gott! Von welcher Selbstaufopferung kann hier die Rede sein? Doch wenn Sie so wollen, ist es vielleicht sogar ein Opfer: Er opfert sich, das Kind und Sie einem bösen, faulen und würdelosen Weib. Das ist in der Tat ein Opfer! Ja, dazu ist nicht jeder fähig, Sie haben recht. Und Sie, entschuldigen Sie, rechtfertigen ihn nur deshalb, weil Ihnen nichts anderes übrigbleibt.«

Oleksandra Mychailiwna dreht sich verwundert, mit dem Wedel in der Hand, zu mir um und sagt: »Pardon, Jakiw Wassyljowytsch, ich habe niemals sein Vorgehen gebilligt und war immer dafür, daß er zu seiner Familie zurückkehrt.«

»Und Sie können zufrieden mit sich sein: Sie haben ihn dazu gebracht.«

»Wenn Sie so wollen, bin ich zufrieden.«

Ich schaue sie an und betrachte liebevoll ihren Körper. Die violetten Falten lassen ihre Augen tiefer und strenger erscheinen. Die gelbliche Nase erinnert mich an alte Ikonen. Ihre feinen, regelmäßigen Linien erfreuen mich auf seltsame Weise, sie erregen mich und machen mich schwermütig. Könnte man den Ausdruck verknöcherter Jungfräulichkeit aus ihrem Gesicht vertreiben, in dieses wunderschöne Antlitz Farbe bringen und den noch jungen Körper in Bewegung versetzen – was wäre das für eine schöne Frau!

»Ach, Oleksandra Mychailiwna, Oleksandra Mychailiwna! Was tun Sie bloß?«

»Was denn?«

»Warum stürzen Sie sich ins Verderben? Weshalb? Wer braucht das?«

Sie wickelt ein Päckchen aus. Etwas Schinken ist darin, ein paar kleine Gurken und ein Brötchen. Oleksandra Mychailiwna legt den Schinken auf einen Teller, die Gurken auf einen anderen und das Brötchen in einen mit einer Serviette umwickelten kleinen Korb. Auf meine Worte hin dreht sie mir wieder ihr unbeweglich gleichgültiges Gesicht zu.

»Ich verstehe Sie nicht. Womit stürze ich mich ins Verderben?«

Wieder möchte ich gern diese erstarrte Unberührtheit erschüttern, ihr Selbstbewußtsein, das sie zu einer Heiligen macht, verunsichern, Unordnung in diese präzisen Bewegungen, in die Worte, Schüsselchen und kleinen Statuen bringen.

»Womit Sie sich ins Verderben stürzen? ... Mit Ihrer eigenen Person!«

»Sie drücken sich nicht sehr klar aus.«

»Gut! Lassen Sie mich deutlicher werden. Sie stürzen sich ins Verderben, indem Sie die Gesetze der Natur verletzen. Sie tun das, wenn ich es recht verstehe, im Namen des menschlichen Geistes, der Moralgebote und so weiter. Aber sehen Sie denn nicht, daß Sie die wirkliche Moral verletzen?«

Oleksandra Mychailiwna schiebt die Teller vorsichtig zur Seite, als bitte sie sie zu warten, solange sie sich mit mir unterhält, setzt sich und fragt: »Und wie sieht diese wirkliche Moral aus?«

»Es ist eine Moral, Oleksandra Mychailiwna, die weder Gebote noch menschliche Gesetze, keine Gefängnisse und Herren Advokaten braucht; sie bringt die Mutter dazu, ihre Kinder zu lieben, sie treibt den Mann zur Frau und umgekehrt; sie veranlaßt uns, in einer Gesellschaft zu leben und nicht als Einzelwesen und bringt den Revolutionär dazu, die Todesstrafe auf sich zu nehmen ... Gibt es etwa ein Gebot: Die Mutter soll ihr Kind lieben?! Oder: Du sollst nicht allein leben?! Solche Gebote braucht niemand, denn es gibt höhere, deren Verletzung weit besser durch das höhere Naturgesetz als durch menschliche Gebote geregelt ist. Da gibt es keine Urteilssprüche ›gnadenhalber‹. Schuldig, und Schluß!«

Ich spüre, daß meine Worte allzu hochtrabend wirken, und ändere deshalb meinen Stil.

»Mit anderen Worten, Oleksandra Mychailiwna, Sie selbst machen sich das Leben schwer, es wird farblos, eintönig und schadet Ihnen. Verzeihen Sie, aber ich möchte offen mit Ihnen sein. Darf ich?«

»Bitte sehr!« Sie antwortet höflich, aber immer noch verständnislos wie vorher und bedeckt die Teller mit einer Serviette gegen die Fliegen.

»Danke! Ich werde keine schönen Worte machen, dafür bitte ich von Anfang an um Vergebung.«

»Bitte, bitte!«

»Also gut!«

Ich spüre die bekannte Kälte in mir aufsteigen, die von der Erregung kommt – wie vor einer Rede. Ich habe sogar Lust, mich zu erheben und im Stehen zu sprechen.

»Also dann, Oleksandra Mychailiwna ... Zuerst erlauben Sie mir, Ihnen zu sagen, daß ich immer, wenn ich Sie sehe, ein mir unverständliches Gefühl empfinde – etwas wie traurige Freude oder Erregung und ... den Wunsch, Ihnen möglichst nahe zu sein. Ich weiß, daß ich Sie womöglich mit dem, was ich sage, kränke, aber Sie haben es mir selbst erlaubt. Es sind nicht Ihre geistigen Qualitäten, Oleksandra Mychailiwna, die dieses Gefühl in mir wachrufen ... Mich erregt Ihre Schönheit ...«

Oleksandra Mychailiwna macht eine Bewegung, als wollte sie aufstehen; ihr Gesicht nimmt einen Ausdruck an, als sei ich ihr auf den Fuß getreten.

»Ach, du lieber Gott!« Sie krümmt sich ärgerlich.

»Verzeihung, Oleksandra Mychailiwna, aber lassen Sie mich ausreden! Gedulden Sie sich!«

»Was soll das? Sie werden mir trotz allem nichts ...«

»Ich weiß, ich weiß! Aber lassen Sie mich trotzdem! Und sei es Panas Pawlowytsch zuliebe.«

»Was hat er damit zu tun?« Und sie streckt ihre hageren, blaugeäderten, abgearbeiteten Hände auf den Knien aus.

»Er hat damit zu tun, Oleksandra Mychailiwna, weil sein Leben jetzt verpfuscht ist. Ja, er ist ein schwacher Mensch, aber gerade deshalb hätte man ihn unterstützen und nicht wegstoßen sollen. Sie sind stolz darauf, daß er in seine Familie zurückgekehrt ist. Aber weshalb ist er in seine Familie zurückgekehrt? Weshalb ist er zurückgekehrt, Oleksandra Mychailiwna? Sie denken, Sie haben ihn überzeugt und mit Ihrer Moral angesteckt? Nein! Er ist müde geworden, er mußte zu einer bestimmten Zeit essen, schlafen, arbeiten, er mußte an etwas anderes denken als nur daran, daß man ihm Dima nicht wieder wegnimmt. Und schließlich, Oleksandra Mychailiwna, brauchte er eine *Familie.* Keine bestimmte, aber eine Familie. Immerhin hat er wie jeder Mann gewisse Bedürfnisse, und diese Bedürfnisse mußte er befriedigen ...«

Bei diesen Worten wird Oleksandra Mychailiwna merklich rot.

»Sie konnten und wollten ihm nichts dergleichen geben, und er ... er war gezwungen, sich wenigstens irgend etwas zu nehmen. Da ist er eben zurückgegangen. Aber was ihm selbst, Ihnen und Dima diese Rückkehr kosten wird, das ist eine andere Frage. Und nun möchte ich von Ihnen wissen: Weshalb all diese Leiden und Opfer, in wessen Namen? In wessen Namen leben Sie, eine so schöne, verständige, feinfühlende, junge Frau, so einsam und, verzeihen Sie, nutzlos vor sich hin? Das macht mir sogar Angst, bei Gott, Angst macht es mir, Oleksandra Mychailiwna! Was könnten Sie nicht alles anderen geben, wieviel schöne, warme, erregende Freude könnten Sie bereiten, wenn nicht diese verfluchte Sklavenmoral wäre. Stellen sie sich doch bloß mal einen Moment lang vor: Sie haben Ihren puritanischen Heiligenschein abgelegt, sind ein bißchen sündig, mit etwas Farbe im Gesicht und einem feuchten Glanz in diesen wundervollen Augen, Sie sind Ihrer Schönheit gemäß gekleidet, fröhlich und erregt – schon allein Ihr Anblick könnte jedem von uns tausendmal mehr geben als Ihre sturen, grausamen Moralpredigten. Was für reine Freude, Oleksandra Mychailiwna, was für reine, ästhetische und anrührende Freude könnte Ihre Erscheinung auslösen! Und erst Sie selbst! Allein das Wissen um Ihre Kraft, Ihren Wert und Ihre Schönheit würde Sie wachsen und als wunderschöne Blume erblühen lassen!«

Oleksandra Mychailiwna hört mir verständnislos lächelnd zu, wobei die Röte nicht aus ihrem Gesicht weicht.

»Und dann ... Mutterliebe zum Beispiel. Woher nehmen Sie das Recht, dieses große Lebensgesetz zu verletzen? Aus welchem Grunde? Sind die kleinen, dummen, zeitlich beschränkten und falschherzigen Gesetze der Menschen daran schuld? Bedenken Sie doch nur: Irgendwelche degenerierten Warwaras haben das Recht, Kinder in die Welt zu setzen, sie haben das Recht, der Menschheit böse und kleinliche Kretins zu bescheren; sie bringen sie millionenweise hervor, verunreinigen das Leben, und Sie dürfen keine Kinder zeugen, keine schönen, ehrlichen und standhaften Menschen hervorbringen? Ist das moralisch und gerecht, Oleksandra Mychailiwna? Stellen Sie sich die selten schönen Kinder vor, die Sie und Panas Pawlowytsch haben könnten, überlegen Sie nur, wie wunderbar Sie mit ihm harmonieren, wie Sie sich gegenseitig ergänzen! Na?«

Oleksandra Mychailiwna legt ihre Hände plötzlich auf den Tisch und läßt den Kopf darauf sinken. Ihre Augen glänzen in der Tat feucht, ihr Gesicht brennt. Als ich das merke, stehe ich auf und fahre fort, ohne ein gewisses Pathos zu fürchten: »Stellen Sie sich vor: Sie sind Mutter, Sie haben Kinder – Teile Ihres Wesens, die auf geheimnisvolle, sonderbare Weise Ihr Leben fortführen. Und nicht nur Ihr Leben, sondern das der gesamten

Menschheit. Denn das ist ein unerschütterliches, absolutes Naturgesetz! Sollen doch alle menschlichen Gesetze, alle Regeln und Gebote der Vernichtung anheimfallen; sollen doch Kultur, Wort und Gedanke untergehen – dieses Gesetz wird Bestand haben, solange noch ein Menschenpaar auf der Welt sein wird! Und hüten Sie sich davor, dieses Gesetz zu verletzen, Oleksandra Mychailiwna! Das Leben verzeiht vieles, aber das wird es niemals verzeihen. Und Sie müssen dieses Gesetz befolgen! Jawohl, Sie müssen, Oleksandra Mychailiwna! Sie müssen diese dummen Moralvorstellungen wegwerfen und zu sich selbst sagen: Ich will Mutter sein, ich will das Feuer, das ich aus einer Jahrtausende währenden Vergangenheit übernommen habe, an die Zukunft weiterreichen. Ich brauche einen Mann – ob gesetzlich legitimiert oder nicht, ob es der eigene ist oder ein fremder: Ich habe ihn in freier Entscheidung genommen, den Vater meiner Kinder, meinen alten, aus Urzeiten stammenden Freund und Kameraden. So müssen Sie sprechen! Und gerade Sie müssen das tun, denn Sie können wählen, Sie sind schön, verständig und unabhängig. Es kann doch nicht sein, daß Sie niemals daran gedacht haben, daß Sie diese weinerliche Sehnsucht nach Mutterliebe nicht kennen und diese winzigen Hände, diese Köpfchen und die Augen, die erstaunt in die Welt blicken, nicht mit solch einem wundervollen, unverständlichen und schönen Gefühl lieben. Sie sind doch kein Krüppel! Schauen Sie doch bloß, was die Menschen am engsten und festesten aneinander bindet! Ideen? Die Wissenschaft? Der Beruf? Mitnichten! Die Familie, die Kinder – da haben Sie diese unbegreifliche, mächtige Kraft, die häufig alle Gesetze unserer Logik, alle Vorstellungen von Ratio, Integrität und Schönheit zerbrechen läßt. Mein Gott, wie können Sie das nicht begreifen?!«

Ich bin ehrlich erregt. Oleksandra Mychailiwna sitzt

unbeweglich da. Unter den Armen heben sich ihre weichen, runden Brüste öfter und heftiger als gewöhnlich. Weint sie etwa? Das wäre nicht schlecht!

»Melo-o-onen, Melo-o-onen!« ruft eine kräftige Männerstimme auf der Straße. Solche Stimmen haben die Verwalter, die öffentlich Arbeitskräfte für ihre Landgüter werben.

»Was soll ich tun?« Plötzlich ertönt die dumpfe Stimme von Oleksandra Mychailiwna, und ich höre Tränen aus ihr heraus.

»Was? Panas Pawlowytsch herrufen, seine Frau werden und gemeinsam mit ihm leben.«

»Das ist jetzt unmöglich!«

»Warum?«

Oleksandra Mychailiwna sucht hinter dem Gürtel nach einem Taschentuch, ohne dabei den Kopf zu heben, sie wischt sich das Gesicht und setzt sich dann aufrecht hin. Ihre Augen sind rot, die Wimpern feucht. Sie sieht mich nicht an.

»Weil Warwara Dima nie hergeben wird. Und ohne Dima kann er nicht gehen.«

Ich stecke mir eine Zigarette an und werfe das Streichholz aus dem Fenster in den Heckenzaun, wo die Hühner scharren.

»Erstens kann man Dima noch einmal entführen. Aber zugegeben – das ist jetzt schwieriger und unangenehmer. Dann muß er eben ganz auf Dima verzichten und eine neue Familie gründen, mit neuen Dimas. Ja, das ist schwer, aber noch schwieriger ist es, alles beim alten zu lassen. Er muß nur wollen und seinen ganzen Mut aufbringen.«

»Nein, das kann er nicht ...« Ohne mit den Wimpern zu zucken, blickt sie aus dem Fenster und schüttelt leicht den Kopf.

»Doch, er kann, Oleksandra Mychailiwna. Er kann!

Sonst wird er sich selbst verachten und das nicht lange durchhalten. Sie müssen nur einen festen Entschluß fassen, und zwar so, wie Sie das ausgezeichnet können.«

Oleksandra Mychailiwna schweigt, dann bringt sie leise hervor: »Ich habe selbst schon daran gedacht.«

»Ja?! Oleksandra Mychailiwna, gestatten Sie mir in diesem Falle, Sie zu Ihrer ... zu Ihrer gesetzlich zwar nicht legitimierten, aber schönen und festen Ehe zu beglückwünschen! Suchen Sie sich eine Wohnung, bauen Sie sich ein Nest! Schon morgen wird Panas Pawlowytsch Warwara verlassen. Mit oder ohne Dima, aber kommen wird er, das verspreche ich Ihnen in die Hand, ich, Jakiw Wassyljowytsch Mychailjuk! Suchen Sie sich eine Wohnung! Wenn Sie Geld brauchen, dann kann ich ... Aber darüber rede ich lieber mit ihm. Teilen Sie den Wirtsleuten mit, daß Sie abreisen! Nein, ganz im Ernst.«

Oleksandra Mychailiwna sieht mich irgendwie auf neue Art, etwas verwirrt und sanft an, und dabei lacht sie. Offensichtlich ist sie froh und beschämt zugleich, sie ist erschrocken, daß sie sich selbst verraten hat, mir gegenüber ist sie verlegen, und Tausende von Emotionen erregen sie im Innersten. Aber zum Nachdenken lasse ich ihr keine Zeit – ich rede, scherze, plane, und die ganze Zeit über benehme ich mich so, als sei diese Frage endgültig geklärt, als könne es nicht die geringsten Zweifel mehr geben. Oleksandra Mychailiwna legt öfter – wie es auch Klawdija Petriwna zu tun pflegt – die Hände an ihre Wangen, die immer noch glühen; sie atmet schwer und seufzt tief auf, lächelt zerstreut und ist plötzlich so rührend schön, daß ich es schließlich nicht mehr aushalte: Ich nehme den Spiegel von der Kommode und strecke ihn ihr entgegen: »Sehen Sie sich selber an! Nein, schauen Sie doch hin! Sie sind göttlich schön! Und Panas Pawlowytsch wagt es noch zu zögern?! Sie brauchen bloß mit den Augen zu zwinkern, und schon werden Tausende Panas Pawlowytschs neben Ihnen stehen! Sie müssen nur wählen!«

Oleksandra Mychailiwna blickt verstohlen in den Spiegel, das wird ihr peinlich, und sie lacht mit vibrierender Bruststimme.

»Jetzt gleich gehe ich nach Hause, rufe Panas Pawlowytsch an und schicke ihn zu Ihnen. Nein, nein, keine Widerrede! Also dann – auf ein schnelles und fröhliches Wiedersehen! Ich danke Ihnen, Oleksandra Mychailiwna, vielen Dank!«

Ich verlasse sie in einem Zustand, in dem sie mit einem verständnislosen und dümmlichen, halb glücklichen, halb schmerzhaften Lächeln durchs Zimmer irrt, sich mit allem möglichen beschäftigt und gleich wieder vergißt, was sie eigentlich wollte; sie setzt sich hin, steht auf, wühlt wieder in allen Ecken herum, und ihre erstarrten Augen glänzen, auf dem Gesicht breiten sich rote Flekken aus; in ihrem Kopf dreht sich ein Karussell mit Leierkasten, Lampions und flimmernden Figuren.

»Mit wem spreche ich?«

»Und wen wollen Sie sprechen?«

»Ich brauche dringend Panas Pawlowytsch. Wer ist dort?«

»Halja! Und wer fragt nach ihm?«

»Jakiw Wassyljowytsch. Guten Tag, Halja! Ich bitte ihn unverzüglich ans Telefon zu holen. Es ist sehr wichtig.«

»Gut! Sofort!«

Ihre Stimme klingt kalt und feindselig – ich bin doch der böse Genius ihres Hauses, Mephisto, und nicht einmal der Schiefnäsige.

Panas Pawlowytsch wird es aus gutem Grund ein wenig peinlich sein, mit mir zu sprechen, sicherlich fällt es ihm schwer. Wie willensschwach ist er doch: Er hat sich verkrochen und glaubt, sich von mir losgerissen zu haben.

»Jakiw Wassyljowytsch?« Im Hörer ertönt eine Frauenstimme, die wie alle Stimmen im Telephon näselt: Es ist Warwara selbst.

»Ja, das bin ich, Warwara Fedoriwna. Ich muß Panas Pawlowytsch für einen Augenblick sprechen.«

»Panas Pawlowytsch bittet mich, Ihnen auszurichten, er sei sehr beschäftigt. Und ich meinerseits, sehr verehrter Herr Mychailjuk, möchte Sie bitten, Panas Pawlowytsch und unsere Familie in Ruhe zu lassen. Unsere Beziehungen müssen ein für allemal abgebrochen werden.«

»Ihrem Wunsch komme ich unbedingt nach, Warwara Fedoriwna. Und trotzdem bitte ich Panas Pawlowytsch, ans Telephon zu kommen, die Angelegenheit betrifft Ihre Familie und die gesamte Karriere Ihres Mannes, sehr verehrte Dame.«

Das Wort »Karriere« hinterläßt den entsprechenden Eindruck.

»Panas Pawlowytsch ist momentan beschäftigt. Kann ich ihm vielleicht etwas ausrichten?«

»Das erschwert die Angelegenheit. Es ist sehr eilig. Richten Sie ihm bitte aus, wenn das möglich ist, er möchte unverzüglich zu mir kommen. Unverzüglich.«

Ich amüsiere mich allmählich über die Rolle, die Warwara Fedoriwna zufällt. Und ich will, daß sie *selbst* ihn zu mir herschickt.

»Aber können Sie nicht wenigstens andeuten, worum es geht?«

»Warwara Fedoriwna, jede Minute ist Gold wert. Ich habe Ihnen doch gesagt, daß seine gesamte Karriere davon abhängt. Sie werden noch heute alles erfahren, hoffe ich. Und jetzt schicken Sie ihn zu mir!«

Einige Augenblicke ist es still.

»Gut! Warten Sie einen Moment!«

Die Hälfte ist geschafft! Ob ich ihm sage, worum es geht, oder locke ich auch ihn mit seiner Karriere?

»Ich höre!«

Das ist die ebenfalls kalte, aber etwas beunruhigte Stimme von Panas Pawlowytsch.

»Panas Pawlowytsch! Kommen Sie unverzüglich zu mir! Die Angelgenheit ist für Ihr weiteres Leben äußerst wichtig! Erklären kann ich Ihnen nichts . . . Verlieren Sie keine Zeit! Machen Sie schnell!«

»Erlauben Sie, Jakiw Wassyljowytsch . . .«

»Panas Pawlowytsch! Es geht um Sie und nicht um mich. Um mich geht es hier überhaupt nicht. Kommen Sie, oder kommen Sie nicht? Ich muß das sofort wissen. Antworten Sie!«

»Gut, ich komme, aber . . .«

»Hervorragend! Ich warte. Nehmen Sie ein Auto! Auf Wiedersehen!«

Ich lege auf. Selbstverständlich steht Warwara mit ihrem erhabenen, klugen und strengen Gesicht neben ihm. Die Karriere – das ist eine wichtige Angelegenheit, die auch sie jetzt unmittelbar betrifft. Dima – das Objekt ihres Sieges und ihrer Herrschaft – hält sie fest in ihren Händen. Die Widersacherin ist gebrochen und besiegt. Der »böse Genius« hat den Dummen gemacht. Also gibt es nichts zu fürchten. Und ich sehe direkt vor mir, wie sie mit einer intelligenten, würdevollen Geste die Hände auf Panas Pawlowytschs Schultern legt und zu ihm sagt: »Du bist völlig frei in deinen Entscheidungen, Panas. Laß dich um Gottes Willen nicht von Vorurteilen leiten! Dieser Mychailjuk ist zwar wirklich nicht nach meinem Geschmack, aber das hat nichts zu bedeuten. Wenn dich meine Meinung interessiert: Du mußt zu ihm fahren. Mychailjuk will zweifellos dein Bestes, wenn sein Benehmen auch nicht immer von gutem Ton zeugt.

Aber in diesem Falle, meine ich, solltest du herausfinden, worum es geht.«

Und sie hält ihm selbst den Hut und den Stock hin und öffnet die Tür. Sie selbst!

Fünfzehn bis zwanzig Minuten später betritt Panas Pawlowytsch mein Arbeitszimmer. Er kommt selbstsicher bis zum Schreibtisch, sieht mich durch seinen Kneifer an, wobei er den Kopf leicht nach oben reckt, lächelt sein gewöhnliches, jetzt etwas gekünstelt wirkendes ironisch-entschuldigendes Lächeln, wischt sich den Schweiß von der Stirn, begrüßt mich gelöst, fühlt sich dabei aber offensichtlich ziemlich schlecht.

»Nun, mein Bester, was hat sich Furchtbares ereignet? Aber Sie sind jünger geworden, Sie sehen wie ein junger Mann aus! Nun, mein Teurer? Wo lauert die Gefahr für mein Leben? Worin steckt mein Untergang? Na?«

Ich lächle nicht und sitze wie gewöhnlich am Schreibtisch, wenn ich meine Klienten empfange.

»Ich habe soeben Oleksandra Mychailiwna gesehen, Panas Pawlowytsch«, sage ich leise, mit Nachdruck in der Stimme.

»Ach ...?« Flüchtig äußert er seine Verwunderung, nicht ohne leicht verlegen zu werden, und nimmt den Streichholzständer vom Tisch. »Wie geht es ihr? Ich habe sie ziemlich lange nicht gesehen. Übrigens ist unser Plan nicht aufgegangen, mein Lieber. Wie Sie sehen, bin ich wieder in den Schoß der Familie zurückgekehrt.«

»Ja, Oleksandra Mychailiwna hat mir davon erzählt. Und wir haben uns aus diesem Grunde sehr ernsthaft unterhalten. Bei diesem Gespräch, Panas Pawlowytsch, hat sich ergeben, daß ...«

Ich mache eine strenge und kalte Pause.

» ... daß sie bereit ist, auch ohne Trauung Ihre Frau zu werden, und daß sie sich von ihren früheren diesbezüglichen Ansichten löst ...«

Panas Pawlowytsch stellt den Streichholzständer schweigend, schnell und verstört auf den Tisch.

»Das ist ein Scherz, Jakiw Wassyljowytsch!«

»Keinesfalls! Ich weiß sehr gut, wann und worüber man Scherze machen kann. Ob mit oder ohne Dima – sie erwartet Sie als Ihre Frau.«

Sein Gesicht wird fahl und bleich, und noch immer sieht er mich mit erschrockenen Augen an.

»Das kommt völlig unerwartet ...«, sagt er leise. »Weshalb? Wieso?«

Ich berichte ihm kurz über das Gespräch mit Oleksandra Mychailiwna, und er folgt gespannt meiner Darlegung, wobei er automatisch mit dem Kopf nickt. Dann steht er auf und geht aufgeregt trippelnd, mit gesenktem Kopf im Zimmer hin und her.

»Aber sie wird doch Dima nicht hergeben!« Ruckartig bleibt er vor mir stehen. »Also wieder entführen? Alles noch einmal von vorn? Aufpassen, zittern, an ihn gefesselt sein? Das ist schwer. Wissen Sie, das ist so unerträglich, so beschämend, widerlich, so nutzlos, daß ... ich weiß nicht ... Ich weiß nicht ... Jakiw Wassyljowytsch, Sie haben mein Innerstes durch diese Mitteilung völlig umgekrempelt, mir zittern die Knie ...«

Er setzt sich und beginnt die Gläser seines Kneifers, den er dicht vor die Augen hält, zu putzen. Dabei zittern seine Hände wie bei einem Alkoholiker.

»Nun ja ...«, sage ich zurückhaltend und nicht allzu laut. »Man könnte Dima Warwara Fedoriwna überlassen, auf ihn verzichten, eine neue Familie gründen ...«

Panas Pawlowytsch wirft mir einen schnellen Blick zu, ohne Kneifer; dann gibt er sich einen Ruck, setzt den Kneifer auf und starrt mich erschrocken an.

»Wie meinen Sie das – überlassen? Ganz und gar? Für immer?«

»Nein, warum denn für immer. Wenn Dima größer wird, kommt er zweifellos von selbst zu Ihnen . . .«

»Jetzt aber, was jetzt?«

»Jetzt natürlich ganz und gar. Ich weiß, wie schwer das ist. Aber vergessen Sie nicht, daß Sie mit Oleksandra Mychailiwna auch Kinder haben werden. Und daß . . .«

»Nein, das ist unmöglich, das ist unmöglich!«

»Warum?«

»Ich kann nicht. Das kann ich nicht. Ich kann das nicht! . . .«

Er schüttelt heftig den Kopf und wiederholt erschrokken, wie zur Beschwörung, sein »Ich kann nicht«.

Ich messe seiner Angst keine Bedeutung zu und beginne ihm zu beweisen, daß er mit Warwara brechen und mit Oleksandra Mychailiwna zusammenleben muß.

»So warten Sie doch, Jakiw Wassyljowytsch!« Er sträubt sich. »Warum verhält sie sich plötzlich so? Das ist mir einfach . . . Ich kann nicht glauben, daß sich ein Mensch nach einem einzigen Gespräch völlig verändern kann. Ihre Beredsamkeit in allen Ehren – das . . .«

»Sie haben völlig recht, Panas Pawlowytsch, völlig recht. Aber hier geht es nicht um meine Beredsamkeit, sondern darum, daß sich Oleksandra Mychailiwna offenbar schon lange verändert hat. Sie war bereits so weit, ich habe nur, nun . . . ich habe nur die Decke heruntergezogen, wie ein Diener, wenn die Skulptur eines Künstlers eingeweiht wird. Das Leben selbst hat sie verändert. Auch Sie hätten diese Decke herunterziehen können, aber, entschuldigen Sie, Sie sind unbeholfen und ängstlich und überhaupt kein Psychologe. Was weiter reicht als die eigene Nase, bemerken Sie nicht. Aber die Schönheit, in der sie jetzt erblüht ist, werden hoffentlich auch Sie sehen. Und wenn Sie auch nur einen Augenblick zögern, werde ich . . .«

»Gut! Erlauben Sie, Jakiw Wassyljowytsch . . .«

Und Panas Pawlowytsch geht, die Hände auf den Rücken gelegt, schwer und langsam im Arbeitszimmer auf und ab. Er erinnert mich an einen Lehrer, der seinen Schülern einen Text diktiert. Schließlich bleibt er stehen und sagt halb kläglich, halb lächerlich: »Und alle haben mir bereits zur Beilegung des Konflikts gratuliert. Sogar der Rektor hat mir einen Brief aus seinem Dorf geschrieben. Jetzt gibt es also wieder Gespräche und Klatsch, ich befinde mich erneut in einer mißlichen Lage ...«

»Sollen sie doch ein bißchen die Zungen wetzen!«

»Schon, aber ich riskiere Unannehmlichkeiten im Dienst. Nach der Versöhnung mit meiner Frau hat mir ein Kollege erzählt, daß mir etwas Ähnliches bereits gedroht hat. Und auch Schura kann man auf die Straße werfen! Das ist nicht einfach, und die kleben wie die Kletten ... Aber das ist natürlich dieser ... Hm! Auch ich selbst habe schon Arbeit investiert. Mit Warwara Fedoriwna habe ich eine Vereinbarung getroffen, und ich habe sozusagen bereits die Garantie, daß ... Ja, das alles, versteht sich ... Und nun wieder klärende Gespräche, dieses Schimpfen, Streiten, einander Kränken, das Geheul der Kinder – alles gäbe ich darum, um das zu verhindern. Und was für Sinn hat das alles: In zwanzig, dreißig Jahren verwesen wir ja doch alle in der Erde.«

Nach diesem unerwarteten Schluß winkt er mit der Hand ab und setzt sich in den Sessel, wobei er müde den Kopf auf die Brust sinken läßt.

»Nun, Panas Pawlowytsch, all diese Überlegungen bis hin zum gemeinsamen Verwesen haben sicherlich einen gewissen Wert, aber der ist wohl nicht so groß, daß man durch ihn das eigene Leben sowie das Leben von Oleksandra Mychailiwna, von Dima und auch von Warwara Fedoriwna selbst zerstören sollte.«

»Nein, Jakiw Wassyljowytsch, es reicht jetzt, über die

Liebe und alle möglichen Veränderungen nachzugrübeln! Und ohne Dima kann ich sowieso nicht leben.«

Was soll das – will er mich vor Oleksandra Mychailiwna in eine dumme, lächerliche Lage bringen?

»Wissen Sie, Panas Pawlowytsch, für einen sehr starken Menschen habe ich Sie nie gehalten, aber jetzt – entschuldigen Sie – schäme ich mich für Sie. ›Was in aller Welt sollen wir tun, wohin sollen wir gehen – wir verwesen ja doch allesamt!‹ Zum Teufel noch mal: Warum haben Sie dann dem Mädchen so viele Jahre lang den Kopf verdreht? ... Dann verwesen Sie doch auf Ihr eigenes Wohl! Und warum haben Sie ihr das Leben verpfuscht? Das Schlimmste aber ist – wenn Sie sie fast zu Tode gequält, alle ihre Anschauungen umgekrempelt, sie durch Mitleid für immer an sich gebunden haben: Dann treffen Sie für sich eine Vereinbarung? Alles, was recht ist! Aber Warwara Fedoriwna wird's Ihnen schon zeigen, sie wird Ihnen eine so abgebrühte Vereinbarung um die Ohren schlagen, sie wird Ihnen solche Garantien geben, daß in zwei Jahren nur noch die Stiefelknöpfe von Ihnen übrigbleiben! Es ist nicht zu glauben, daß eine richtige Schönheit, eine tiefe, ehrliche, wunderbare Frau solch einen Menschen liebt! Ihm schenkt man das Paradies, und er ...«

»Erlauben Sie, Jakiw Wassyljowytsch, schließlich haben Sie nicht das geringste Recht ...«

»Lassen Sie mich doch mit Ihren Rechten in Ruhe! Haben Sie etwa das Recht, dem Mädchen das Leben zu zerstören?«

»Wer zerstört hier? Wer zerstört?!« schreit Panas Pawlowytsch, der ruckartig aufgesprungen ist, mit durchdringender, fast kreischender Falsettstimme; er wird so rot, daß ihm sogar Tränen aus den Augen treten. »Wer zerstört? Wie können Sie es wagen, mir so etwas zu sagen? Wenn Sie, wenn ich ...«

»Beruhigen Sie sich, Panas Pawlowytsch!«

»Sie werden es nicht wagen! Nichts verstehen Sie! Ich bin vielleicht um Haaresbreite dem Tod entronnen! Ich kann nicht mehr! Verstehen Sie? ... Vielleicht bin ich hundertmal mehr zerstört, ich bin eine halbe Leiche, ich will nur noch Ruhe! Nur Ruhe! Ich brauche nichts! Bei Gott, überhaupt nichts! Machen Sie, was Sie wollen! ...«

Er setzt sich in den Sessel und schluchzt unerwartet auf, wobei er den Kopf auf die Armlehne legt und sich abwendet. Der Kneifer fällt ihm auf den Fußboden, und ich hebe ihn schnell auf. Das beruhigt ihn ein bißchen. Lange sitzt er so da, in den Sessel gekrümmt, schließlich richtet er sich auf. Ich gehe im Arbeitszimmer hin und her.

»Entschuldigen Sie, Jakiw Wassyljowytsch, ich bin in letzter Zeit furchtbar nervös. Ich werde darüber nachdenken ... Das ist ein zu entscheidender Schritt ... Das kann in der Tat mein ganzes Leben verändern ...«

»Hier gibt es überhaupt nichts nachzudenken«, antworte ich finster. »Ja oder nein, das ist alles! Alles ist bereits bedacht – es fehlt nur noch die Entscheidung. Wenn nein, dann eben nicht. Beruhigen Sie sich, Oleksandra Mychailiwna verliert dadurch nicht sehr viel! Vielleicht profitiert sie sogar davon. Mit ihrer Schönheit, ihrem Verstand und ihrem Charakter findet sie einen, der ihrer würdig ist. Darum brauchen Sie sich keine Sorgen zu machen! Hauptsache, Sie antworten klar und deutlich!«

Panas Pawlowytsch flattern vor Erstaunen die Augen.

»Hat sie selbst gesagt, daß sie ... einen anderen findet?«

»So etwas sagt man nicht, das tut man. Und Sie können sicher sein, daß ich mich als erster dafür einsetzen werde.«

Über Panas Pawlowytschs Lippen zieht ein säuerlich verlegenes Lächeln.

»Ich hab doch gar nicht gesagt, daß ich nicht will! Das muß man sich überlegen.«

»Und ich sage Ihnen, daß es nichts zu überlegen gibt. Ja oder nein? Mehr wird von Ihnen nicht verlangt. Vielleicht wollen Sie sich gar noch mit Warwara Chwedoriwna beraten?«

»Und kann ich mit Schura sprechen?«

»Bitte sehr! Aber gleich!«

Panas Pawlowytsch schaut auf die Uhr, dann blickt er besorgt zum Telephon, wieder auf die Uhr, und dann sagt er schnell und entschlossen: »Also gut, fahren wir!«

»Warum nicht gleich so!«

Ich bringe ihn bis ans Haus von Oleksandra Mychailiwna, verabschiede mich und gehe zu Fuß zurück. Ohne mich können sie alles besser bereden. Ich reibe mir die Hände und lache fröhlich, während ich mir die erhaben wirkende Warwarotschka vorstelle.

Der Abend ist dunkel, nachdenklich still und ermattet. Wie dunkelblaue Seide breitet sich der Himmel aus: Jemand hat lebendiges Silber, das in eine Unmenge von kleinen, zitternden Pünktchen zersprungen ist, auf ihm ausgeschüttet, und diese Pünktchen reflektieren blaues, grünes und gelbrotes Licht. Unter dieser dunklen Decke ist es ruhig und friedlich.

Je näher ich an Weißkäppchens Haus komme, desto wärmer und inniger fühle ich mich dem Himmel, den Gebäuden und den geöffneten Fenstern verbunden. Ich habe den Eindruck, ich könnte in jedes dieser Häuser hineingehen, mit den Menschen, die an den Fenstern vorbeihuschen, sprechen, und sie würden mir einfach, freundlich und etwas traurig antworten.

Da ist Weißkäppchens Haus. Ihr Fenster ist dunkel;

dunkel ist es auch im Salon – sie sitzen wohl alle im Speisezimmer. Da ist das rote Fenster, das mir in der »durchstandenen« Nacht so nah war, mich so erregt hat. Weißkäppchen darf ich heute nicht besuchen – in dieser Woche war ich schon meine zwei Mal bei ihr.

Ich setze mich auf die Bank am Tor eines Gebäudes. Der Bretterzaun bildet von zwei Seiten einen dunklen Korridor, über dem sich das grüne Dach der Bäume wölbt. Zehn Schritte von mir entfernt gehen Leute den beleuchteten Fußweg entlang; sie können mich nicht sehen, aber ich beobachte sie, bis sie hinter den Zaunlatten verschwunden sind. Das Pflaster glänzt im Lampenlicht. Irgendwo spielt jemand auf einer Baßgitarre, deren Klänge an die tiefe Altstimme einer Frau erinnern.

Ich denke an Schura, an Panas Pawlowytsch, an Warwara, aber ich empfinde bereits weder Schadenfreude noch Genugtuung, als sei ich für lange Zeit irgendwohin weit weggefahren.

Auf dem Fußweg klappern Schritte – Frauenschritte, dem Klang nach. Sie klappern ohne Eile und träge. Ein weißes Kleid taucht auf, dann eine bekannte Tasche und schließlich Weißkäppchen in persona mit einem weißen Spitzenhut. Ich stehe ruckartig auf und rufe unwillkürlich laut: »Hanna Pylypiwna!«

Weißkäppchen dreht sich um und bleibt stehen, wobei sie in meine Richtung blickt. Ich gehe ihr hastig entgegen.

»Ach, Sie sind das?« sagt sie langgezogen. »Irren Sie wieder umher?«

Ihre Stimme klingt ungewöhnlich müde und gewichtig, ganz anders als sonst.

»Haben Sie dort gesessen? Ich möchte mich auch hinsetzen.«

Und sie geht auf das Eingangstor zu.

»Setzen Sie sich und schweigen Sie! Ich will nicht reden.«

Ärgerliche, betrübte Töne; sie bewegt sich schwach und kraftlos wie eine Betrunkene. Die Tasche wirft sie auf die Bank, sie lehnt sich mit dem Rücken gegen die Wand. Unter ihrem Hut sehe ich im Finstern nur ein Stück Wange, den Mund und das Kinn. Die Lippen hat sie eingezogen, als ekele sie sich, sie wirken aufgedunsen. Ein warmer Milchgeruch geht von ihr aus, wie von Kindern. Rührung und Mitleid ergreifen mich, ich möchte sie bequemer hinsetzen, sie zudecken, ihre müde auf die Knie gelegten Hände streicheln und fragen: Was ist mit meinem Weißkäppchen? Was ist mit meinem kleinen Mädchen?

»Ich habe schlechte Stimmung!« sagt sie plötzlich wehleidig und ärgerlich. »Ich hätte nicht ins Konzert gehen sollen!«

Ich schweige und nehme ihre Tasche, die ich zärtlich an mich drücke, vorsichtig in die Hand. Das silbrige Geflecht gibt weich unter meinen Händen nach. Ich spüre etwas Festes, wohl einen Spiegel oder das Portemonnaie, und etwas Weiches, sicher ein Taschentuch.

»Warum schweigen Sie?«

»Sie haben mir zu reden verboten.«

»Seien Sie so lieb, machen Sie kein Dämchen aus mir! Ich habe verboten! Wie gehorsam und demütig Sie sind!«

Sie schweigt, ohne sich zu bewegen, dabei läßt sie die Hände wie leblos auf den Knien liegen.

»Ich habe verboten! Alle »Verehrer« geben sich furchtbar gern als demütige Sklaven aus. ›Ach, wenn du willst, springe ich kopfüber in den Abgrund!‹ Und er lügt, der Dummkopf, er springt nicht! Was würde ihm das nützen? Er erwartet doch eine Belohnung dafür. Und wie soll er die bekommen, wenn er sich umbringt? Er lügt!«

Seltsam, warum ich in Gegenwart dieses Mädchens immer so ängstlich werde, als trage ich etwas sehr Zerbrechliches in den Händen und fürchte jeden Moment, es fallenzulassen. Das bringt mir letztendlich nur Nachteile.

»Und die schöne Dame schmilzt dahin: Das ist Liebe! Kopfüber in den Abgrund! Aus irgendeinem Grunde stets mit dem Kopf nach unten. Wie ein Frosch vom hohen Ufer!«

Weißkäppchen lacht plötzlich selbst, sie stellt sich wohl den »Verehrer« deutlich als Frosch vor, der vom hohen Ufer hinunterspringt.

»Und später inszeniert ihr dieser Ritter große Auftritte, er kommt wegen einem zu scharf gebackenen Huhn in Rage, bleibt nächtelang weg und hält sich für ein unglückliches Opfer und einen Märtyrer. Warum schweigen Sie?«

»Ich höre zu.«

»Und kopfüber in den Abgrund wollen Sie nicht springen?«

Mit dem ganzen Körper wendet sie sich mir langsam zu. Dabei zeichnet sich in ihren Augen und auf den Lippen ein träges, spöttisches Lächeln ab.

»Warum haben Sie meine Tasche genommen?«

»Damit Sie sie nicht vergessen.«

»Wie fürsorglich! Und warum bringen Sie mir kein Konfekt in schönen Schächtelchen mit? Das ist doch seltsam, bei Gott! Ich hatte einmal einen ›Verehrer‹, der mit Semen Semenowytsch befreundet war – er arbeitet auch bei der Bank –, der brachte jedesmal unbedingt etwas mit. Der gehörte zu denen, die sich später den Zopf der Frau um die Hand wickeln und ihr mit den Schuhspitzen in den Leib treten. Ist es nicht so?«

»Warum sind das gerade die?«

»Mir scheint es jedenfalls so. Und warum sind Sie so still und gottergeben? Na?«

»Mache ich wirklich so einen Eindruck?«

Weißkäppchen sieht mich lange und seltsam an. Schließlich sagt sie bedächtig: »Ich habe einmal in der Zeitung von einem Gerichtsprozeß gelesen, bei dem es um einen offensichtlichen Schurken ging, und habe mich immer wieder verwundert gefragt: Was sind das bloß für Advokaten, die ihn verteidigen? Wie kann man einen Schurken verteidigen, dessen Schuld allen klar ist? Nun?«

Hm! Was soll diese unerwartete Attacke?

»Das ist eine komplizierte Frage, Hanna Pylypiwna. Zunächst einmal kann man nicht immer sagen, daß er ein Schurke ist.«

»Und wenn man es sagen kann? Wenn alles so klar ist wie zwei mal zwei?«

»Sogar wenn es eindeutig ist: Der Advokat ist kein Richter, er richtet nicht – er verteidigt, er mildert die Strafe; mit allen Kräften, die ihm zur Verfügung stehen, gleicht er die Unzulänglichkeit unserer sozialen Beziehungen aus. Wie Sie wissen, erreicht die Strafe ihr Ziel nie; es ist besser für alle, wenn sie gering ausfällt. Aus diesem Grund kann man auch den größten Schurken verteidigen.«

»Und kann man ihn so verteidigen, daß er den Prozeß zum Schaden eines anderen, eines Unschuldigen gewinnt?«

»Das ist wieder eine andere Frage.«

»Auf die sich ebenfalls eine Antwort findet. Wissen Sie, als ich von solchen Prozessen gelesen habe, stellte ich mir die Advokaten, die Diebe verteidigen, als Unmenschen vor – als moralische Unmenschen natürlich, die grausam und abgestumpft sind. Wo liegt denn der Unterschied zwischen einem ganz gewöhnlichen Räuber, einem Betrüger und einem Advokaten, der den Prozeß zuungunsten des Geschädigten gewinnen will? Der Advokat weiß doch, daß er seinen Gegner, einen ehrlichen und rechtschaffenen Menschen, bestiehlt, wenn sein Klient den Prozeß gewinnt. Ist es so? Er weiß es! Und dennoch verteidigt er, hilft er beim Stehlen. Und wenn er beim Stehlen hilft, dann kann er doch bald dasselbe tun, wenn sich ein guter Anlaß findet. Nicht wahr? Natürlich ist es wahr!«

Das ist kein einfaches Gespräch. Ich fühle mich wie jemand, der weiß, daß mit seiner Kleidung etwas nicht in Ordnung ist, und der den Eindruck hat, daß alle es sehen.

»Nun, wissen Sie«, sage ich lächelnd, »das ist ein sehr konstruierter Fall. Zuallererst ...«

»Na sehen Sie, ich hab's doch gewußt! Sagen Sie, verteidigen Sie eine gewisse Kubeschka?«

Ich fühle, daß ich augenblicklich rot werde, und ein starkes Schamgefühl breitet sich in mir aus.

»Ja, ich ...«

»Aber das ist doch eine Erpresserin!«

Ich schweige und bemühe mich, nachsichtig und ironisch zu lächeln.

»Na, antworten Sie!«

»Woher beziehen Sie Ihre Kenntnisse?«

»Das ist nicht Ihre Sache. Antworten Sie!«

»Ja, sie ist eine Erpresserin!« sage ich brutal, mit fester Stimme. Urplötzlich vergeht meine Scham, an ihrer Stelle ergreift mich seltsame Bosheit.

»Und Sie wissen das?«

»Ja, ich weiß es! Aber Subotowytsch, den sie betrügt, ist ganz offen ein ›Schurke und Räuber‹, wie Sie zu sagen belieben. Gegen ihn ist die Kubeschka nicht mehr als ein kleiner, bösartiger Hund gegenüber einem Wolf. Bevor man verurteilt, Hanna Pylypiwna ...«

»Ich verurteile nicht, ich frage. Fangen Sie nicht mit Schimpfen an! Ich habe Sie selbst verteidigt und wollte das alles nicht glauben. Aber zu diesem Subotowytsch unterhielten Sie früher gute Beziehungen! Sie haben häufig Karten miteinander gespielt. Sie haben miteinander verkehrt. Nicht wahr?«

»Was ist das, Hanna Pylypiwna – eine Vernehmung?«

»Warum Vernehmung? Gibt es hier etwa irgendein Geheimnis? Für mich ist es einfach interessant, die Fakten zu klären. Wenn er ein Räuber und Schurke ist, warum waren Sie dann mit ihm befreundet? Wie kann man mit so einem befreundet sein? Und stimmt es, daß diese Frau hunderttausend von ihm haben will?«

»Ja, das stimmt!«

»Und Sie bekommen ein hohes Honorar dafür?«

»Ein sehr hohes.«

Weißkäppchen sieht mich aufmerksam an, dann nimmt sie mir schweigend das Täschchen aus den Händen und sagt leise, fast schuldbewußt: »Nun, ich muß jetzt gehen.«

Wie fremd und kalt diese stille und schüchterne Stimme klingt!

»Ist jetzt alles zu Ende, Hanna Pylypiwna? Also bin auch ich ein Erpresser? Ein Räuber?«

Sie steht auf und antwortet verlegen: »Wir werden nicht mehr darüber reden. Leben Sie wohl! Ich habe es eilig.«

Sie gibt mir nicht einmal die Hand, nickt lediglich mit dem Kopf und geht. Ich möchte aufspringen, ihr hinterherrennen, sie an den Schultern packen und mit festen Händen zu mir umdrehen. Wie kannst du so gehen?! Wie kannst du es wagen?!

Aber ich rühre mich nicht und blicke ihr, schief lächelnd, hinterher.

Was ist das – das Ende? So unerwartet, sinnlos und unmöglich? Noch vor einer halben Stunde bin ich doch an ihrem Haus vorbeigegangen und habe daran gedacht, daß ich morgen zu ihr gehen und in ihrem Zimmer sitzen werde; ich sehe dann, wie sie ihre Augenbrauen in die Höhe zieht, wie sie die Augen zusammenkneift und die Lippen spitzt, wenn sie verlegen und ärgerlich wird! Also wird sie nie mehr über mich schimpfen und mir beim Singen knappe Befehle zuwerfen? Erpresser und Schurke!

Mit voller Wucht schlage ich mit dem Stock auf die Bank, stehe auf und gehe schnell weg.

»Ku-u-tscher!«

Mein Schrei hallt durch die Straße, sicherlich wird manch einer zusammenzucken. Mit Getöse, einander überholend, kommen die Droschken die Straße heruntergefahren.

»Schnell ins ›Chateau‹! So schnell es geht! Einen Karbowanzen Trinkgeld!«

Diese dumme, beschränkte, saubere Moralistin! Ein kleines Mädchen will Sachen beurteilen, die es nicht versteht! Ich spuck auf sie, wenn das so ist! Eine feine Dame! Denk mal an – Moral!

Im »Chateau« treffe ich auf den faden und schweigsamen Kryha-Saljotny in Begleitung von zwei Chansonetten. Mein Erscheinen wirkt auf ihn wie das Wasser des Lebens im Märchen auf den toten Königssohn.

»Kryha! Wir müssen uns anständig betrinken! Hörst du!«

»Betrinken? Machen wir! Was sein muß, muß sein!«

Und wir »machen es«.

Der Hinterkopf schmerzt, die Zunge ist rauh, als wäre sie behobelt und geschmirgelt worden. Ich fühle mich wie nach einem Gelage: Meinen Körper spüre ich nicht. Eine schwere, graue Substanz scheint mich von den Fersen bis zum Hals zu bedecken. Nur der Kopf lebt, das Zentralhirn: Es ist kalt, rein und leicht. Alle Emotionen und Gefühle sind abgestumpft oder ganz und gar verdrängt. Mein langer Körper mit den behaarten Beinen wirkt wie fremd und ruft bloß Abscheu hervor.

Sonntag – ich kann also den ganzen Tag im Bett liegenbleiben. Im Zimmer gibt es keine gelben Lichtreflexe von der Straße: Der Himmel scheint bedeckt zu sein. Es ist zwölf Uhr mittags.

Ich schiebe die Handfläche unter den Kopf und denke nach.

Also ist alles zu Ende. Gut! Weshalb? Weil ich unmoralisch bin. Was ist Moral? Moral ist ein rosaroter Puder auf den Gesetzen der Natur. Weißkäppchen hält es für unmoralisch, die Kubeschka zu verteidigen. Aber die Gesetze der Starken und Herrschenden verteidigen – das ist normal und moralisch, weil es durch eine tausendjährige Puderschicht sanktioniert wird, durch die herrschende Moral. Den Mann ihrer Schwester, der in einer Bank arbeitet, wo verschiedene betrügerische Operationen ablaufen, der von diesen Operationen lebt und möglicherweise selbst an ihnen beteiligt ist – den umarmt und küßt sie. Hunderten von Menschen, die betrügen, schmarotzen und rauben, weil sie die Puderschicht des Gesetzes schützt, gibt sie die Hand. Aber einen einzelnen läßt sie ihren Ekel, ihre Mißachtung spüren.

Aus diesem Grunde verwahren die Gepuderten so eifrig ihr Puder, das ihnen hilft, die Dummköpfe fest in den Händen zu halten.

Moral – das ist die Wand, die die Gepuderten zwischen den Grundgesetzen des Lebens und seiner höchsten Erscheinungsform – dem Verstand – errichtet haben. Der ganze Fortschritt der Menschheit besteht darin, daß sich die Menschen bemühen, diese selbst errichtete Wand Steinchen für Steinchen abzutragen. Aber die Gepuderten beschützen sie von ihrer Seite her sorgfältig, wobei ihnen die Dummköpfe, dic sich von ihnen melken lassen, beflissentlich helfen. Moralisch gesehen, bedeutet Sozialismus den Abriß der Wand, er verschafft dem Menschen eine höhere, natürlichere Integrität und vereint die Naturgesetze mit dem Verstand. Mit welch komischem und tragischem Engagement stützen jedoch viele von den heutigen Sozialisten die Wand der Gepuderten!

Mir beginnt die Hand zu kribbeln. Ich lege mich anders hin, stecke mir eine Zigarette an und meditiere weiter. Das Gehirn arbeitet angenehm leicht, und von den gestrigen schweren Eindrücken ist auch nicht die geringste Spur übriggeblieben.

Jemand klopft an die Tür.

»Jakiw Wassyljowytsch! Ein Fräulein ist gekommen. Sie möchte empfangen werden.«

»Komm rein, Mykola! Was für ein Fräulein?«

»Ich soll sagen: Hanna Pylypiwna. Sie will Sie unbedingt sprechen.«

»Aha, gut! Sag ihr, ich bin gleich soweit. Ich ziehe mich an . . .«

Befriedigt stelle ich fest, daß mich Weißkäppchens Name überhaupt nicht beeindruckt. Nur – aus irgendeinem Grunde wird der Schmerz im Hinterkopf stärker. Aber das kann auch daher kommen, daß ich den Kopf gehoben habe.

Ich ziehe mich gemächlich an und versuche zu begreifen, warum sie gekommen ist und was sie will. Mir fällt ein, was mir gestern im »Chateau« durch den Kopf ging. Wenn sie sich so stark für mich interessiert, mich vor jemandem verteidigt hat, wenn sie mich so heftig verurteilt, dann bedeutet das, daß ich ihr nicht gleichgültig bin. Aber heute empfinde ich bereits weder Ärger noch Schmerz, und ich möchte diese Gedanken um jeden Preis überprüfen, sogar um den Preis der Selbsterniedrigung. Wäre sie gestern gekommen, hätte ich womöglich Dummheiten gemacht.

Der Hinterkopf schmerzt immer mehr. Beine und Arme wirken wie fremd. Der Kopf brennt so, daß ich im Spiegel wohl einen Heiligenschein über dem eigenen Kopf sehen könnte, wenn es im Zimmer dunkel wäre. Aber die Gedanken sind klar, wie auch zuvor, das Gehirn arbeitet leicht und schnell.

Ich bemühe mich, keine ruckartigen Bewegungen zu machen und den Kopf gerade zu halten, und gehe ins Arbeitszimmer. Weißkäppchen steht am Fenster und blickt auf die Straße hinaus. Sie ist ganz in Weiß, mit Hut und Täschchen. Langsam dreht sie sich um; indem sie mich etwas von der Seite her ansieht, sagt sie: »Ich bin gekommen, um Ihnen zu sagen, daß ... daß Sie sich mein gestriges Benehmen nicht zu Herzen nehmen sollen ...«

Und sie blickt mich teils interessiert, teils besorgt an und fügt hinzu: »Wie blaß Sie aussehen! Fehlt Ihnen etwas?«

»Es ist nichts weiter, Hanna Pylypiwna! Setzen Sie sich bitte!«

Ich gebe ihr nicht die Hand und setze mich an den Tisch, und sie nimmt an der anderen Tischseite im Sessel Platz, ohne die Augen von mir abzuwenden.

»Sie haben ein sehr gutes Herz, Hanna Pylypiwna, aber ich versichere Ihnen, daß ich nun ganz ruhig bin.«

Und ich sehe sie kalt und direkt an. Jetzt bemerke ich, daß ihre Backenknochen leicht vorstehen, sie hat hagere Wangen, und ihre Lippen könnten etwas frischer sein. Insgesamt wirkt sie jetzt kleiner, gewöhnlicher und alltäglicher. Ja, sie hat große, graue Augen, an denen jedoch nichts Besonderes ist. Im Brustausschnitt zeichnen sich rötliche Flecken ab. Offensichtlich ist sie ins Schwitzen gekommen. Das ist unangenehm.

»Eigentlich hat mich meine Schwester Marussja zu Ihnen geschickt«, sagt sie unerwartet und wird dabei rot.

»Wenn das so ist, nehme ich meine Bemerkung über Ihre Güte zurück und stelle fest, daß Sie sehr gehorsam sind.«

»Und Sie sind nicht besonders großmütig. Wenn Sie mir nicht leid tun würden, wäre ich nicht gekommen.«

»Ich muß erneut meine Meinung über Sie ändern: Sie sind mitfühlend und gleichzeitig dazu inkonsequent.«

Weißkäppchen sieht mich leicht erstaunt an.

»Worin bin ich inkonsequent?«

»Wenn Sie mich für einen Schurken halten . . .«

Weißkäppchen kraust ärgerlich die Nase, aber ich fahre fort: ». . . und für einen solchen müssen Sie mich halten, denn alles ist richtig. Dann verdiene ich Ihr Mitleid nicht.«

»Also halten Sie sich selbst für einen Schurken?«

»Für wen ich mich selbst halte, ist eine andere Frage. Aber für Sie bin ich zweifellos ein Schurke.«

»Habe ich irgendwelche besonderen Ansichten?«

»Nein, ganz gewöhnliche, wie sie jeder hat. Außerdem . . . Gestatten Sie auch mir, Ihnen einige Fragen zu stellen.«

»Bitte!«

»Denken Sie bloß nicht, daß ich Ihnen die Fragen stelle, weil ich böse Absichten gegen Sie hege. Ich hege überhaupt keine Absichten. Ich will Ihnen nur Ihre Inkonsequenz deutlich machen. Sagen Sie – von was für Mitteln leben Sie?«

»Von meinen eigenen.«

»Haben Sie sie selbst erarbeitet?«

»Nein, sie sind mir als Erbschaft von meinem Vater zugefallen.«

»War Ihr Vater Gutsbesitzer?«

»Ja.«

»Sehen Sie!«

»Ich sehe gar nichts. Was muß ich sehen?«

Der Schmerz beginnt sich im Hinterkopf auszubreiten, wie eine Zange preßt er die Schläfen zusammen. Ich möchte mich hinlegen und die Augen schließen. Langsam und gleichgültig sage ich: »Wenn ich etwas nicht selbst erarbeitet habe, so heißt das, ich habe es entweder gestohlen oder ergaunert oder legal, auf gesetzlicher Grundlage, genommen. Aber das alles ist seinem Wesen nach ein und dasselbe.«

»Ja, das weiß ich. Aber ich werde es dem Volk, von dem ich es habe, zurückerstatten.«

Ich lächele unwillkürlich.

»Wann werden Sie es zurückerstatten? Wenn Sie eine bekannte Sängerin sind? Dann denkt man nicht mehr an das Volk. Bis Sie Ihr Ziel erreicht haben, sind Ihre guten Absichten vergessen. Das ist Zukunft. Vielleicht will auch ich in der Zukunft dem Volk das ganze Geld zurückgeben, das ich nicht durch eigener Hände Arbeit verdient habe? Woher wissen Sie das?«

Weißkäppchen wird allmählich rot und sieht sehr schön aus mit ihren zusammengezogenen Augenbrauen.

»Aber es gibt einen gewissen Unterschied zwischen ehrlichen und unehrlichen Menschen.« Sie macht einen unlogischen Gedankensprung.

»Und was ist das – ›Ehrbarkeit‹, ›Ehrlosigkeit‹? Das sind bloß Früchte menschlicher Dummheit, die Resultate von Heuchelei und schlechter Sozialordnung, Hanna Pylypiwna. Lebensgesetze – ja, das ist etwas anderes ... Aber entschuldigen Sie mich, ich muß mich hinlegen, der Kopf tut mir sehr weh.«

Ich erhebe mich vorsichtig und gehe zum Kanapee. Weißkäppchen steht auch auf und will mich anscheinend sogar stützen. Nachdem ich mich hingelegt habe, verabschiedet sie sich sofort und geht, um mich nicht zu stören.

Ich halte sie nicht zurück. Alles ist mir gleichgültig.

Der Kopf brennt, er scheint vor Schmerzen zu platzen. Das Denken fällt mir schwer. Ich liege auf dem Rücken, ohne mich zu bewegen. Fade, müde und abgerissene Gedanken ziehen mir durch den Kopf. Alles ist Unsinn: Sowohl die Moral wie auch die Liebe und das Leben, es gibt nur eins – den Schmerz. Und womöglich noch den Tod. Weißkäppchen und auch ich, Millionen von ehrlichen und unehrlichen, klugen und dummen Menschen, Sklaven und Herren – alle werden wir in einigen Jahrzehnten in der Erde liegen und verwesen. Ist es so ein kurzer Augenblick überhaupt wert, daß man sich aufregt, sich schämt und rechtfertigt? Rette sich, wer kann! Das ist das einzige gerechte Gesetz! Was sollen mir irgendwelche Weißkäppchen mit ihrer Ehrlichkeit? Wozu soll Harmonie gut sein? Denn nicht jeder ist in der Lage, als Schurke mit kräftigen Krallen aufzutreten. Doch zum Teufel damit, das ist auch nicht wichtig. Wenn nur dieser Schmerz nicht wäre! Ich könnte mich sogar entschließen, moralisch zu werden, wenn nur diese Qual aufhört. Warum also zu Gott beten und auf all diese Gepuderten hören?

Der Schmerz wird unerträglich. Ich schicke Mykola in die Apotheke nach Brom, Migränin und allem, was er nur auftreiben kann. Ich nehme zwei Löffel Brom und eine doppelte Dosis Phenazetin, und der Schmerz läßt etwas nach. Ohne es zu merken, schlafe ich ein.

Ich erwache ... Auf dem Zimmerfußboden liegen Sonnenflecken. Der Schmerz ist weg. Ich bin wie in Schweiß gebadet, mein Körper ist angenehm schwach, und Wärme breitet sich aus. Ich schließe die Augen, lege mich wieder hin und ergehe mich in Gedanken: Heute war doch Weißkäppchen bei mir!

Süße Kühle durchdringt mich. Unerwartete Zärtlichkeit wärmt mein Herz. Und sogleich ergreifen Scham, Trauer und Schmerz von mir Besitz. Hektisch und erschrocken erinnere ich mich, was ich gestern im »Chateau« angerichtet, was ich dort erzählt habe. Gott im Himmel, ich habe wohl vor Kryha sogar geweint! Dann dämmert es allmählich: Ich habe mit den Fäusten auf den Tisch geschlagen und jemanden mit Flaschen beschmissen; dann hat man mir die Hände gebunden und mich nach Hause gebracht. Wie dumm und erbärmlich all diese Schablonen sind: Wenn die geliebte Frau den Mann beleidigt, fängt er zu trinken an und macht Skandale; wenn die Frau beleidigt ist, beeilt sie sich sofort, ihn mit einem anderen Mann zu betrügen.

Und heute ist sie selbst zu mir gekommen, sie selbst, die sonst so von sich eingenommen und schüchtern ist, und ich mache ihr alberne Vorhaltungen und jage sie beinahe weg. Und alles nur deshalb, weil der Kopf ein wenig weh tat. Und ich habe die Gelegenheit nicht wahrgenommen, ich hätte vertraulicher als sonst mit ihr sprechen können, um ihr näherzukommen.

Ich seufze und drehe ärgerlich den Kopf hin und her, wie ein richtiger Säufer. Und plötzlich höre ich eine leise Frauenstimme: »Möchten Sie vielleicht etwas haben, Jakiw Wassyljowytsch?«

Erschrocken öffne ich die Augen und richte mich schnell auf. Neben dem Kanapee sitzt Weißkäppchen mit einem Buch auf den Knien und ohne Hut, wie bei sich zu Hause.

In aller Eile streiche ich mir mit der Hand über den Kopf, bringe den Schnurrbart und meinen zerzausten Bart in Ordnung und stehe auf.

»Sind Sie schon lange hier?« frage ich heiser.

»So an die zwei Stunden.«

Sie lächelt schüchtern und weiß nicht, wie sie mit mir umgehen soll – wie mit einem Gesunden oder einem Genesenden. Ich setze mich wieder aufs Kanapee, lege den Kopf in die Hände und bleibe gebeugt sitzen. Ganz bin ich noch nicht zu mir gekommen, und ich habe meine Erregung nicht unter Kontrolle. Was soll ich ihr sagen, wenn sie fragt, was los war? Betrunken war ich, und zwar gewaltig! Und das ist meine ganze Krankheit, wegen der sie mich zum zweitenmal besucht. Wie eine barmherzige Schwester saß sie hier neben einem kleinen, erbärmlichen Menschen, der einen gewöhnlichen Kater hat.

»Tut es wieder weh?« Leise ertönt die mitfühlende und etwas harte Stimme von Weißkäppchen.

Ich schüttele mit dem Kopf und richte mich dann auf.

»Ich schäme mich einfach. Ich schäme mich sehr.«

»Wofür?« Weißkäppchen versteht mich ehrlich nicht.

»Für alles, Hanna Pylypiwna. Für vieles. Vor lauter Scham kann ich mich nicht einmal richtig freuen, daß Sie hier bei mir sind.«

Weißkäppchen sieht mich an und sagt schließlich: »Sie sind irgendwie seltsam. Jetzt sind Sie wieder ein völlig anderer Mensch. Na gut, ich muß nach Hause. Man wartet und sorgt sich um mich. Seit früh war ich nicht zu Hause. Und jetzt ist es fast fünf.«

Ich wage nicht, sie zurückzuhalten, danke ihr verlegen und fühle mich dabei lächerlich und albern; unerwartet für mich selbst, platzt es aus mir heraus: »Und die Sache der Kubeschka werde ich übrigens niederlegen, Hanna Pylypiwna. Ich bin fest entschlossen und sehr froh, daß ... daß Sie mir ... alles in allem ... Mit einem Wort: Auch dafür danke ich Ihnen!«

Weißkäppchen hört mir verständnislos zu, schlägt die Augen nieder und sagt streng: »Sehr seltsam.«

Dann geht sie ins Vorzimmer. Dort setzt sie konzentriert den Hut auf, nimmt ihr Täschchen und sagt betont lässig: »Kommen Sie heute abend, wenn Sie wollen! ... Leben Sie wohl!«

»Danke! Unbedingt! Unbedingt!«

Dann gehe ich lange im Arbeitszimmer auf und ab.

Woher kommt plötzlich dieser Entschluß, was die Kubeschka betrifft? Aber ich bin weder unzufrieden, noch bereue ich etwas; ich spüre sogar eine seltsame Genugtuung: Es ist, als hätte ich bewußt, nach langen Überlegungen eine Frage gelöst.

Das Telephon unterbricht mich.

»Ich höre!«

»Sind Sie das, Jakiw Wassyljowytsch?«

»Ich persönlich!«

»Hier Oleksandra Mychailiwna.«

»A-ah, guten Tag, Oleksandra Mychailiwna!«

Sie schweigt ein Weilchen, als wolle sie etwas sehr Wichtiges sagen, und fragt schließlich: »Wie geht es Ihnen?«

»Danke für die Nachfrage! Und was gibt es bei Ihnen Erfreuliches?«

»Erfreuliches gibt es wenig!«

»Wie das? ... Ist wirklich nichts dabei herausgekommen?«

»Nichts!«

»Das darf doch nicht wahr sein! ... Was sagt er denn?«

»Ja, wissen Sie ... Er hat recht: Jetzt ist es zu spät. Er war sehr erregt, bat um Verzeihung und hat sogar geweint.«

»Was für ein Waschlappen!«

Wir schweigen. Man hört Oleksandra Mychailiwna atmen. Sie ist bestimmt sehr erregt.

Aber ich bin dieser Geschichte bereits überdrüssig, ich verspüre nicht den geringsten Wunsch, sie erneut aufzubauen. Alles, was ich konnte, habe ich getan, sollen sie sich jetzt selber helfen, so gut sie können.

Und sie will wohl, daß ich diesem Trottel erneut Beine mache.

»Er hat gesagt, daß er noch einmal mit Ihnen reden will.«

»Aha! Mit Vergnügen, sehr gern.«

Sicher ist ihm so etwas überhaupt nicht in den Kopf gekommen, aber sie will es.

Erneut eine Pause. Das Atmen wird lauter.

»Ich nehme an, daß er nicht mehr zögern würde, wenn Sie noch einmal mit ihm reden. Ich konnte nicht deutlich genug . . .«

»Jaja, ich verstehe. Ihnen ist es natürlich unangenehm. Ja, ich werde unbedingt mit ihm reden.«

»Ich bitte Sie sehr, Jakiw Wassyljowytsch! Und so schnell wie möglich, bevor . . .«

»Jaja, ich spreche heute mit ihm. Gleich sogar.«

»Entschuldigen Sie, Jakiw Wassyljowytsch, daß ich Sie behellige. Aber es muß endlich Klarheit herrschen. Ich brauche das einfach . . .«

»Unbedingt, unbedingt.«

»Rufen Sie mich bis sieben in der Bibliothek unter der Nummer 25-74 an.«

»Gut, ich schreib's mir auf . . . 25-74. Hervorragend!«

Sie bedankt sich und verabschiedet sich.

Ich schimpfe auf mich selbst. Was soll ich diesem Trottel sagen? Und was geht mich das eigentlich an? Bin ich etwa ihr Mädchen für alles?

»Mykola! Ein Bad! Aber schnell!«

Es ist schon sechs – ich muß mich beeilen. Ich rasiere mich, nehme ein Bad, denke an Weißkäppchen, an die Sache mit der Kubeschka, an viele andere Dinge und vergesse dabei Oleksandra Mychailiwna völlig.

Weißkäppchen empfängt mich genau wie früher. Nur Maria Pylypiwna schiebt mir die Kekse und die rosarote Konfitüre liebenswürdiger und herzlicher als sonst zu.

»Was für ein unerwarteter Gast!«

»Woher kommst du denn? Nimm doch wenigstens den Hut ab, du seltsame Frau!«

»Nein, nein, ich habe nur zehn Minuten Zeit, nicht mehr. Es geht nicht. Ach, ist das heiß – ich bin die Treppen hoch gerannt. Sag mir ganz schnell, was du damals Dmytro erzählt hast. Das ist nicht schön von dir. Du hättest mir wenigstens schreiben sollen, was du ihm eigentlich gesagt hast ...«

Sonja wickelt ein Tuch um ihr glühendes, gebräuntes Gesicht, schaut sich interessiert im Zimmer um und streift mich von Zeit zu Zeit mit ihrem ironisch-liebevollen Blick.

Ich berichte. Es ist mir peinlich, und ich ärgere mich. Sonja hört mir streng und aufmerksam zu. Ihre Nase schält sich, und das Haar scheint weißer geworden und geblichen zu sein.

»Aha! Gut! Schade, daß du nicht geschrieben hast. Ich habe geschwiegen, weil ich nicht wußte, was genau du ihm erzählt hast. Zuerst war er sehr lieb und zufrieden, und dann wollte er, daß *ich* ihm alles erzähle. Und ich habe nicht gewußt, was ... Viel habe ich deshalb durchgemacht ... Jetzt photographiert er mich, Andriko und sich selbst. Er legt die Photos aufeinander, grübelt und vergleicht. Immer ein und dieselbe schlechte Stimmung! Na gut! Ich hab's eilig. Ich bin mit seiner Schwester hergekommen. Allein wollte er mich nicht weglassen, er hat Angst, daß ich mich mit dir treffe. Alle Briefe an mich fängt er ab. Der Schwester hat er sicher den Auftrag gegeben, keinen Schritt von mir zu weichen. Jetzt ist sie bei der Korsettschneiderin, hier im Nachbarhaus. Und ich habe gesagt, daß ich ins Geschäft gehe. Wie geht es dir? Du brichst Herzen, fühlst dich wie im Paradies? Wohnt sie bei dir?«

»Wer?«

»Na, wer wohl? Deine Dame!«

Ich lache. Sonja lächelt auch ironisch und angespannt.

»Ich hab überhaupt keine Dame, Sonja.«

»Erzähl mir nichts! Und schäm dich nicht! Ich werde schon dein ... Familienglück nicht zerstören.«

»Aber ich versichere dir: Es gibt überhaupt keine Dame. Das war einfach ein kleines Mißverständnis, so was wie ein Heilpflaster; ich wollte einfach ... von euch loskommen. Das alles habe ich schon längst vergessen.«

»Ist das wahr?«

»Ehrenwort! Dmytro habe ich belogen, um ihn zu beruhigen.«

»Ich muß los! Aber du bist irgendwie jünger geworden«, fügt sie unerwartet mit einem liebenswürdigen Lächeln hinzu und steht ruckartig auf, ohne mich anzusehen – sie meidet sogar meinen Blick.

»Und ... wirst du uns besuchen?« fragt sie plötzlich. »Wir kommen wohl wieder in die Stadt zurück.«

»Was du nicht sagst! ... Und die körperliche Arbeit?«

»Ach, das ist alles Geschwätz. Was denn für eine Arbeit, zum Teufel noch mal! Er will einfach vor sich selbst davonlaufen. Das ist kein Leben, das ist ... die reinste Folter. Ich weiß nicht, wie das alles enden soll. Zum Teufel auch, mir ist das gleich. Ich bin verblödet, habe den Verstand verloren, bin vom Lügen, Schwindeln, von Mitleid, Wut und Scham auf den Hund gekommen. Mit ist das alles gleich!«

»Ihr solltet euch trennen, Sonja.«

»Danke für den Ratschlag! Und was fange ich mit zwei Kindern an? Zur Trennung kommt es nur, wenn er beschließt, daß es nicht seine Kinder sind. Und wenn es so kommt, dann wird er nicht sein Letztes hergeben. Du hast leicht reden! Das ist alles furchtbar und ... lächerlich! Nun, mach's gut! Kommst du? Hab keine Angst, es wird nichts dergleichen geben. Du mußt sogar ab und zu kommen. Das wird ihn mehr beruhigen. Wo ist hier in der Nähe ein Photoladen? Ich weiß, ja, ich hab's gerade gesehen. Nun, leb wohl! Ich fürchte, meine Aufseherin sucht mich bereits. Hättest du mir sofort geschrieben, wäre vieles ... Das ist jetzt ganz egal! Übrigens – spielst du, wie früher?«

»Ja, ein bißchen.«

»Also dann!«

Sonja streckt mir die Hand hin und sieht mir halb ironisch, halb wehmütig in die Augen. Ich drücke ihr die Hand und streichele sie mit der anderen. Sonja preßt plötzlich mit einer heftigen Bewegung ihr Gesicht an meine Schulter, reißt sich gleich wieder los und geht eilig aus dem Zimmer, ohne mich anzusehen.

Wie gleichmäßig, sonderbar und ruhig mein Leben abläuft! Akkurat zweimal in der Woche gehe ich zu Weißkäppchen. Dort hat man sich an mich gewöhnt, wie an einen fernen Verwandten. Ich flaniere durch alle Zimmer und gieße mir selbst Tee ein; sie streiten sich sogar in meiner Gegenwart.

Die Abende werden länger. Die Bäume stehen im goldenen Herbstlaub; sie rauschen nicht weich und üppig unter den Fenstern wie im Sommer, sondern pfeifen und zischen kalt, als wären sie erfroren.

Im Speisezimmer hängt eine Lampe mit einem großen Schirm. Stjopa und Mychalko liegen auf dem Kanapee, baumeln mit den Beinen in der Luft und lernen Griechisch. Maria Pylypiwna geht mit dem Bandmaß, das sich vom Hals wie eine Schlange um ihren mächtigen Körper windet, aufgeregt und beschäftigt um den Tisch herum. Ihr Mund steht halb offen; häufig zieht sie die Luft wie ein Asthmatiker ein. Auf dem Tisch liegt Stoff mit seltsamen Ecken und halbrunden Ausschnitten, deren Gesetze ich nicht begreife. Daneben gibt es Muster und einen kleinen Teller mit Nadeln. Auf dem Boden spielt der Kater Mursa, Weißkäppchens Liebling, mit einem Muster. Weißkäppchen selbst sitzt etwas seitlich, sie hat eine Stecknadel zwischen die Lippen gepreßt und folgt mit düsterem Gesicht aufmerksam den Manipulationen von Maria Pylypiwna.

»Jakiw Wassyljowytsch, wie lautet auf griechisch der Aorist vom Tätigkeitswort ›ahnen‹?« stichelt Mychalko listig. Er ähnelt dem Vater nicht nur durch seine bucklige Nase und die weichen Lippen, sondern auch im Charakter.

»Mychas, sei nicht so aufdringlich!« bemerkt Maria Pylypiwna unaufmerksam und ganz automatisch. Dann nimmt sie die Schere und schneidet mit dem Ausdruck eines Menschen, der seine Zweifel soeben besiegt hat, entschlossen ein winzig kleines Stück Stoff ab.

»Nun, Jakiw Wassyljowytsch, wie lautet der Aorist?«

»Ich weiß es nicht, Mychas!«

»Wissen Sie überhaupt etwas?« wirft Weißkäppchen ein, die Maria Pylypiwna mit den Augen folgt.

In der Tat, ich bin schrecklich unwissend. Die elementarsten physikalischen Erscheinungen kann ich nicht erklären; mir fällt kein einziges historisches Datum ein; ich kann fast kein Gedicht auswendig; irgendein Binom von Newton ist für mich genauso schleierhaft wie die Kalkulation der Köchin Motrja für Mursa. Müßte ich Prüfungen ablegen, würde ich es wohl nicht einmal bis in die erste Klasse schaffen. Deshalb lachen mich Stjopa und Mychalko aus. Meine Unwissenheit macht sie größer, sie fühlen sich mir überlegen. Bei Weißkäppchen haben sie dieses Gefühl nicht, denn sie weiß alles, wonach sie auch immer fragen. Wohl nur Latein und Griechisch kann sie nicht, und auch das nur deshalb, weil man mit ihr diese Sprachen »nicht durchgenommen« hat.

Ich versäume selten meinen Tag. Wenn ich tags darauf im Gericht zu tun habe, nehme ich meine Akten mit und arbeite in ihrem Zimmer, dort, wo das Spanischwörterbuch steht. Sie lernt Spanisch. Weshalb tut sie das? Das weiß keiner. Wenn es wenigstens Italienisch oder Französisch wäre (diese Sprachen beherrscht sie), das gäbe einen Sinn – sie ist doch Sängerin! Aber warum Spanisch?

»Das muß sein!« antwortet Weißkäppchen kurz, wenn man sie danach fragt.

Die Fenster sind jetzt geschlossen. Im grünen Schatten, den der Lampenschirm wirft, schaut Beethoven energisch und von sich selbst überzeugt von der Wand herab. Auf Weißkäppchens Stirn und auf ihren Backenknochen breitet sich, wie Moos auf Baumstümpfen, grünlicher Schatten aus. Ihr Kinn jedoch und die zärtlich gerundeten Wangen liegen im grellen Licht. Lautlos und ernsthaft bewegen sich die Lippen, sie prägt sich in Gedanken spanische Vokabeln ein.

Ich kann nicht gerade behaupten, daß ich die Akten, die ich zu Weißkäppchen mitnehme, besonders aufmerksam durcharbeite. Es ist allzu ruhig und warm hier, ich fühle mich geborgen und blicke oft in ihr liebes, schönes Antlitz.

Manchmal dreht sich Weißkäppchen unvermittelt zu mir um und fragt streng und verwundert: »Hören Sie! Sie sind hier wohl schon zum Bräutigam avanciert? Aber von dieser Sorte sind Sie ja nicht! Bald werden Sie noch ganz und gar hierher umziehen. Warum bringen Sie nicht Ihre Pantoffeln mit? Haben Sie einen Morgenmantel?«

Ja, sie ist meine Verlobte, aber eine Verlobte, die im Gefängnis sitzt, in einer kleinen, weißen, einsamen Zelle. Ich kann sie weder berühren noch länger mit ihr sprechen.

Aber eins beruhigt mich: Sie ist von Wänden umgeben, und niemand kann sie mir wegnehmen. Wann sie von selbst in die Freiheit ausbricht, weiß ich nicht, aber ich bin sicher, daß sie es eines Tages tun wird und dann zu mir kommt: verschämt, liebevoll und zornig zugleich, vor Liebe und Freude verhalten strahlend.

Semen Semenowytsch ist selten zu Hause. Er hat abends zu tun, bald ist er im Klub, bald spielt er bei Freunden Karten. Wenn er zu Hause ist, singt er häufig mit schöner Stimme im Salon und begleitet sich selbst dabei, oder er liest aus irgendeinem Grunde Kataloge, in denen landwirtschaftliche Geräte angeboten werden, mit Bildern von Getreidegebläsen, von Sämaschinen, Pflügen usw. Mir gegenüber benimmt er sich, als wäre ich der Bräutigam, und oft leiht er sich vor dem »Zwanzigsten« mehr oder weniger beträchtliche Summen. Dabei zwinkert er in Richtung jenes Zimmers, in dem sich gerade Maria Pylypiwna aufhält, und drückt mir übertrieben höflich die Hand, wobei er das Hinterteil weit ausstreckt. Und sein sinnliches Ziegenbocksgesicht lächelt listig und zufrieden.

Es kommt auch vor, daß ich unaufmerksam und mit düsteren Gesichtern begrüßt werde, wenn ich komme. Die Kinder »büffeln« bei sich im Zimmer. Stjopas Augen sind verweint. Maria Pylypiwna hat ein feuchtes Tuch um den Kopf gewickelt; sie riecht ohne Unterlaß an einem Fläschchen mit einem Glasstöpsel; ihre Augen sind rot.

Dann führt mich Weißkäppchen in ihr Zimmer, drückt mir irgendein Buch in die Hand und beschäftigt sich selbst mit Spanisch oder mit Anatomie. (Sie studiert auch Anatomie, und das ebenfalls aus einem unbekannten Grund. Wie die Medizinstudenten, besitzt sie Atlanten, Karten und Anatomiehandbücher.)

Ich weiß bereits: Maria Pylypiwna hat sich mit Semen Semenowytsch gestritten. Und jedesmal kommen mir

Weißkäppchens Worte über die »Verehrer« ins Gedächtnis, die den Zopf um die Hand wickeln und mit den Schuhspitzen in den Bauch stoßen.

Ich nutze solche Gelegenheiten und setze meine Taktik behutsam um.

Eines Tages kommt es zu folgendem Gespräch: »Wie seltsam«, sage ich in einem Ton, als hätte ich soeben lange darüber gegrübelt, was ich sagen soll. »Verständige, intelligente Menschen nehmen doch alles im Leben bewußt wahr. Und ist diese Intelligenz, dieses Bewußtsein überhaupt nichts wert?«

Weißkäppchen schaut mich abwartend mit schrägem Blick an. Sie ist übrigens sehr wortkarg, immer soll ich so kurz wie möglich reden, nicht wie ein Advokat, sondern ganz einfach als Mensch. Ich stecke mir eine Zigarette an und fahre fort: »Weshalb benutzen intelligente Menschen ihren Verstand nur für Prinzipienstreitigkeiten und für nackte Theorien? Nehmen Sie zum Beispiel so eine Angelegenheit wie die Ehe. Wie viele Schablonen, Dummheiten und andere ganz fürchterliche Dinge gibt es im Familienleben von Intellektuellen! Wenn das meinetwegen Bauern, Arbeiter, Kaufleute oder unsere Urgroßväter so gemacht hätten – dann könnte man das noch verstehen! Angst vor der Tradition, fehlendes Kritik- und Analysevermögen, andere Aufgaben der Ehe!«

»Zum Wesentlichen bitte!« Weißkäppchen macht ein finsteres Gesicht.

»Ich rede davon, Hanna Pylypiwna, daß wir Intelligenzler nur theoretisieren können, aber wir wollen und können unsere Theorien nicht mit Leben erfüllen. Wir wissen und sehen, daß die Eheschließung auf Art unserer Großväter veraltet ist, daß wir über sie hinausgewachsen sind, sie ist schädlich, bedrückt und verstümmelt uns, ist wie eine Flasche, in der jemand einen Kürbis züchten möchte ...«

»Niemand züchtet Kürbisse in Flaschen. Ein schlechtes Beispiel!«

»Einverstanden! Wir wissen das also, haben sogar Theorien, wie man etwas verbessern kann; aber wenn es ernst wird, ziehen wir uns auf das Alte, die Schablone, auf Großmutter und Großvater zurück. Wir verlieben uns, heiraten, verstricken uns also in den Gesetzen, dann bringen wir Kinder zur Welt, und die schmieden uns unlösbar aneinander. Und erst danach schauen wir genauer hin, mit wem uns das Schicksal eigentlich zusammengeführt hat. Und in den meisten Fällen ist die Bekanntschaft dann verständlicherweise nicht besonders angenehm. Mitunter ergibt sich eine glückliche Kombination, aber meistens sind Ehepaare wie Zuchthäusler, die mit Ketten an eine Karre geschmiedet sind. Gehen Sie doch bloß einmal in Gedanken bewußt alle Ihre Bekannten durch, ob viele glückliche Familien darunter sind.«

Weißkäppchen unterbricht mich nicht, blickt mich aber seltsam interessiert an.

»Und wo liegt Ihrer Meinung nach der Grund dafür?« Unaufmerksam und düster wirft sie mir diese Worte zu.

Mich bringt ihr seltsamer Blick etwas in Verlegenheit. Er paßt nicht zu dem Bild, das ich mir in meinem Märchen von ihr gemacht habe. Nicht auf diese Art sollte sie mir zuhören!

»Man muß eine Ehe erschaffen, Hanna Pylypiwna. Das ist alles. Erschaffen muß man auch die Liebe. Verliebtsein ist nicht Liebe. Man liebt, was man kennt, was man begehrt, wovon man träumt. Und Liebe beginnt da, wo Verliebtsein aufhört. Und sie kommt nicht von allein, sie kommt durch uns, durch unser Wollen, unsere Beharrlichkeit und unseren Stolz. Sie sind zum Beispiel in irgend jemanden verliebt. Es zieht Sie zu diesem

Menschen hin, Ihr Körper befindet sich mit seinem im Einklang. Ist das aber ein Grund, eine Ehe zu schließen, neue Menschen in die Welt zu setzen? Nein, entdecken Sie zunächst den Menschen in diesem Körper, lernen Sie ihn lieben! Erforschen Sie ihn bis in alle Einzelheiten, studieren Sie seine Gewohnheiten, verbinden Sie sich untrennbar mit ihm. Und erst dann, wenn das geschehen ist, haben Sie ein kleines Recht, zu sagen, daß Sie etwas für eine echte Eheschließung, die der Würde eines Menschen von heute entspricht, getan haben.«

»Und Sie, haben Sie solche ... Experimente schon durchgeführt?« fragt Weißkäppchen seltsam, wobei sie mich von der Seite ansieht, sich gegen den Wandschirm lehnt und die Arme auf dem Rücken verschränkt.

»Tja-a! ... Eigentlich doch! Aber nicht richtig, nein! Ich war mitunter verliebt, unterhielt intime Beziehungen, aber gemeinsam leben, sich im Alltag kennenlernen, das Leben erschaffen – das gab es für mich noch nie.«

»Versteht sich! Aber eine Theorie haben Sie? Warum haben Sie sie nicht mit Leben erfüllt?«

»Das ist nicht immer möglich. Und auch nicht mit allen.«

»Aha, nicht mit allen! Mit einigen geht es anders ... Man kann sie zum Beispiel um den Verstand bringen, mit ihnen spielen und sie dann sitzenlassen. Ist es so?«

Ihre Augen glänzen sonderbar, sie scheint zu schielen; ein gebrochenes, feines und unschönes Lächeln breitet sich auf ihren Lippen aus. Zwischen uns liegt etwas Unsicheres. Ich rede nicht so, wie ich müßte, sie versteht meine Worte nicht richtig. Es ist mir bereits unangenehm, dieses Thema angeschnitten zu haben. Unangenehm und kränkend, es tut mir um etwas Gutes, Reines leid.

»Warum nehmen Sie meine Worte so feindselig auf, Hanna Pylypiwna? Was sage ich Schlimmes?«

»Warum? Also gut! Ich habe mir geschworen, mich nicht in Ihr Leben einzumischen. Sie kommen zu uns, bitte schön, in Gottes Namen, mir ist das gleichgültig. Aber ich möchte nicht, daß Sie mir schöne Worte machen, während Sie zur selben Zeit ... Sagen Sie, waren Sie diesen Frühling auf der Krim?«

»Ja, ich war dort!«

»Sie sind rot geworden. Das ist gut so! Mit einem Wort ... lassen Sie mich erzählen! Sie waren dort mit einer ... Frau, mit der Gattin eines Architekten. Sie haben sie um den Verstand gebracht, sie samt Kind ihrem Mann weggenommen, sind mit ihr verreist, und als sie Ihnen langweilig wurde, haben Sie sie gleich dort, ohne die geringsten Mittel, krank und mit einem Kind von Ihnen sitzengelassen. Sie wollte sich das Leben nehmen, aber Sie haben nicht einmal geruht, Telegramme zu beantworten, die Ihnen ihre Schwester geschickt hat. Ist es so?«

Vielleicht wirkt die Verwunderung auf meinem Gesicht wirklich echt – Weißkäppchen hält zumindest inne und fügt in einem etwas anderen Ton hinzu: »Sagen Sie, ist das etwa nicht wahr?«

Ich wühle vor Freude in meinen Haaren, massiere die Gesichtshaut und lache schließlich laut und erleichtert.

»Also nein, dieser Volksmund gefällt mir außerordentlich! Darum geht es also! Gut! Lassen Sie mich bitte erzählen, wie sich das alles in der prosaischen Wirklichkeit abgespielt hat. Ich will nicht gerade sagen, daß ich richtig gehandelt habe, aber ... Urteilen Sie selbst!«

Weißkäppchen hört sich meinen Bericht mit strengem Gesicht an, ohne mich zu unterbrechen, aber sie glaubt anscheinend alles, was ich sage.

Als ich zu reden aufhöre, schweigt sie lange und nachdenklich.

»Ja, das klingt ein bißchen anders! Aber schön ist es

trotzdem nicht. Genug damit! Wir reden ein andermal weiter!«

Dann unterhalten wir uns lange und friedlich über andere Dinge. Weißkäppchen ist weder böse noch gereizt; in ihrer Stimme klingen Müdigkeit und Trauer mit.

»Ich möchte singen ...«, sagt sie und geht in den Salon.

Und an diesem Abend singt sie aus dem Repertoire von Semen Semenowytsch alte ukrainische Volkslieder, die an Serenaden erinnern. Ich lasse mich von der Trauer in ihrer Stimme und der schönen, sanften Schwermut der einfachen, das Gefühl ansprechenden Melodie anstecken. Draußen, hinter dem Fenster, rauschen die Baumwipfel; das Pedal unter Weißkäppchens Fuß knarrt; unten auf dem Teppich wälzt sich Kater Mursa und hascht mit den Pfoten nach seiner Troddel. Weißkäppchen blickt nach oben, als bete sie, sie hat die Lippen leicht geöffnet und den Unterkiefer nach vorn gereckt. Ihre Stimme wirkt heute weich und matt; früher schien es, als ob ein Messer gegen Metall schlage, jetzt scheint das Messer umwickelt zu sein.

Plötzlich macht Kater Mursa einen Buckel, er verdreht den Schwanz zu einem Haken und rennt mit seltsam linkischen Sprüngen auf Weißkäppchen zu. Er springt ihr auf die Knie, klettert behend auf die Schulter und macht es sich dort bequem. Weißkäppchen singt ihren Satz zu Ende, packt Kater Mursa stürmisch mit den Händen und küßt ihn so leidenschaftlich, daß das arme kleine Wesen kläglich zu miauen beginnt.

An diesem Abend kehre ich mit zwiespältigen Gefühlen, zwischen Trauer und Freude schwankend, nach Hause zurück.

»Das Fräulein bittet Sie um Verzeihung; sie ist heute leicht erkrankt.«

Ich schweige eine Weile und frage dann: »Ist das Fräulein ernsthaft krank?«

»Nein, es geht ... Sie hat wohl Kopfschmerzen.«

Danach irre ich lange durch die Straßen. Geht es ihr wirklich nicht gut, oder will sie mich einfach nicht empfangen?

Das trockene Laub auf den Gehwegen knirscht angenehm unter den Füßen, ich trete absichtlich auf die Blätter. Der Abend ist frisch und klar, die Luft herbstlich durchsichtig. Grell funkeln die Sterne. Die Fassaden der Häuser sind kahl geworden, und durch das spärliche Laub, das sie im Sommer dicht bedeckt hatte, blicken die herbstlich beleuchteten Fenster. Es gibt kein heimliches Geflüster mehr an den Pfahlzäunen, keine leisen Aufschreie – die Balalaikas und Mandolinen sind verstummt.

Vor mir geht ein Pärchen: Die Dame trägt einen Herbstmantel und einen großen, modischen Hut, der junge Herr ist in Uniform. An den angenehmen und höflichen Bewegungen des jungen Herrn, der etwas seitlich geht und einen Fuß nachzieht, erkenne ich, daß sie nicht Mann und Frau sind. Ab und zu ertönt das verhalten tiefe Lachen der Frau, und jedesmal glaube ich etwas Bekanntes in ihm zu hören. Ich beschleunige meine Schritte und bemühe mich, der Frau ins Gesicht zu sehen, während ich hinter den beiden laufe. Jetzt gerade dreht sie mir ihr Profil zu. Herr im Himmel! Das ist ja Oleksandra Mychailiwna!

Ich bin so verdutzt, daß ich erschrocken stehenbleibe und ihnen in einiger Entfernung langsam folge. Und erst jetzt erinnere ich mich mit aller Deutlichkeit, daß ich nicht mit Panas Pawlowytsch gesprochen und sie damals, als sie mich darum bat, nicht angerufen habe. Tags darauf im Gericht ist es mir wieder eingefallen, dann habe ich es aber erneut vergessen, und als ich irgendwann noch einmal daran dachte, habe ich nur geflucht und abgewinkt – sollen sie sich doch selbst helfen!

Und nun hat sie sich offensichtlich selbst geholfen. Ein modischer Hut, das ungewöhnliche Lachen, der neue Gang, Schuhe mit hohen Absätzen ... Ich möchte gern zu ihnen aufschließen und ihr Gespräch belauschen, aber ich habe Angst, daß sie sich umdreht und mich erkennt.

Statt dessen bemühe ich mich, aus ihren Bewegungen und dem Klang ihrer Stimmen auf ihre Beziehungen zu schließen und festzustellen, wie intim sie miteinander sind.

Der junge Herr benimmt sich sehr steif, er ist nervös und übermäßig zuvorkommend. Er macht also gerade die ersten Vorstöße. Sie gehen langsam – seine Bemühungen sind der Dame demnach nicht unangenehm. Von Zeit zu Zeit lacht sie – sie langweilt sich nicht. Zwischen ihren Ellbogen klafft ständig ein gewisser Abstand – er hat noch nicht einmal den Mut, sie zufällig zu berühren. Sie trägt ein Korsett, ihr Rücken ist nicht so krumm wie früher, und ihre Hüften wirken stramm und fest.

Allmählich fühle ich, daß sich etwas in mir regt, etwas wie Neid auf diesen jungen Herrn. Und ich möchte unsagbar gern Oleksandra Mychailiwna sehen und ihr zuhören.

Aber wie schnell und klug sie meinen Rat befolgt hat! Wie gut sie aussieht, was für Manieren sie zeigt! Das ist die Grazie und die Sicherheit einer gut gekleideten Frau! Die Rechtschaffenheit in Person!

Sie läßt etwas fallen. Der junge Herr springt fast in die Höhe, als hätte er sich verbrannt; dann stürzt er sich auf den Gegenstand und hebt ihn auf. Und sie steht würdevoll und herrschaftsgewohnt da und nimmt ihn gnädig entgegen.

»Und dann wickelt er ihren Zopf um die Hand und stößt sie mit den Schuhspitzen in den Bauch«, fallen mir Weißkäppchens Worte ein. Weißkäppchen hat wohl recht: Gerade die, die sich kopfüber hinunter stürzen, sind dazu fähig.

Als wir uns ihrem Haus nähern, mache ich etwa zehn Schritte vor der Eingangstreppe, neben der sie stehen, halt und folge aufmerksam jeder ihrer Bewegungen. Sie können mich nicht sehen: Ich stehe im Schatten der Bäume und stütze mich auf den Holzzaun. Dafür aber sehe ich sie bis zur Gürtellinie, hauptsächlich Oleksandra Mychailiwna, die von der Laterne angestrahlt wird.

Sie stehen ziemlich lange so da. Ihre Stimmen sind schlecht zu verstehen. Oleksandra Mychailiwnas Gesicht bewegt sich als blasser Fleck unter dem Hut.

Plötzlich bemerke ich im Vorgarten eine dunkle Gestalt, die sich an der Wand entlangschleicht. Die Sträucher und Baumstämme hindern mich daran, sie genauer zu betrachten, aber ich erkenne gut, daß sich die Gestalt bemüht, unbemerkt dichter an das Pärchen heranzukommen. Es ist ein Mann in einem Mantel und mit einem weichen Hut auf dem Kopf. Gibt es etwa noch einen Anwärter, der eifersüchtig ist und ihr hier auflauert? Sollte ich, was Gott verhüten möge, noch zum Zeugen eines »erschütternden Dramas« werden?

Der geheimnisvolle Unbekannte verschwindet hinter den Sträuchern. Das Pärchen hat davon keine Ahnung und steht weiter so da, ohne dem Anschein nach an ein baldiges Abschiednehmen zu denken. Diese Abschiedsszenen, die mitunter bis zur Morgendämmerung dauern, kenne ich gut. Werde ich etwa auch bis zum Morgen hier ausharren? Besten Dank! Aber sie haben wohl das entsprechende Stadium noch nicht erreicht, und der Unbekannte, der sich heranschleicht, kommt mir gerade zupaß – er wird auf keinen Fall die Geduld aufbringen, dort hinter den Sträuchern bis zum Morgen zu stehen.

Ich stecke mir eine Zigarette an und stelle mich bequemer, wie ein Theaterbesucher auf den Stehplätzen. Aber gerade in diesem Augenblick beginnt sich das Pärchen zu verabschieden ... Oleksandra Mychailiwna schüttelt ein paarmal den Kopf und geht ins Haus, wobei sie sich noch einmal umschaut. Der junge Herr verneigt sich die ganze Zeit über mit unbedecktem Kopf, dann setzt er seine Mütze auf, die er mit beiden Händen zurechtschiebt, und tritt freudigen, munteren Schrittes zurück. Im Vorgarten ist es still. Ob er dort eingeschlafen ist, zum Teufel noch mal, dieser grimmige Othello? Oder ist das ein ganz gewöhnlicher Dieb?

Ich gehe dem Gecken langsam entgegen. Sein Gesicht wirkt ziemlich frech, er trägt eine Espagnole und einen schwarzen Schnurrbart. Der Mann sieht so zufrieden und von sich selbst überzeugt aus, daß ich ihn am liebsten vom Fußweg stoßen würde. Vor sich hin pfeifend, geht er an mir vorbei, ohne mich zu bemerken. Und ich laufe geradeaus, auf den Haupteingang zu – trotz allem möchte ich gern wissen, wer sich dort im Vorgarten versteckt hat und ob diese Figur in irgendeiner Beziehung zu dem Pärchen steht.

Als ich mich dem Eingang nähere, von dem der Weg ins Haus abgeht, erscheint die geheimnisvolle Gestalt in der Pforte – sie geht vorsichtig zur Paradetreppe. Und wieder eine Überraschung: Es ist Panas Pawlowytsch!

Ich trete hastig ein paar Schritte zurück. Er nimmt den Hut ab und klopft ihn mit dem Ärmel sauber; möglicherweise ist er in ein Spinnengewebe geraten. Langsam und träge tut er das. Dann steht er lange, in Gedanken versunken, am Eingang. Jetzt steigt er ein paar Treppen hinauf, als habe er vor, ins Haus zu gehen. Aber er bleibt stehen, verhält eine Weile kummervoll und kommt langsam wieder zurück. In der Hand trägt er anstelle eines Revolvers oder Dolches ... einen Regenschirm. Armer Othello!

Ich gehe auf die andere Straßenseite. Manchmal bleibt er stehen, klopft mit dem Schirmende gegen die Zaunlatten und denkt lange über etwas nach. Die Gläser seines Kneifers reflektieren das Licht der Straßenlampen, an einer Schulter ist irgend etwas hängengeblieben, wohl ein trockenes Blatt.

Schließlich nimmt er an der Ecke eine Droschke und fährt weg.

Die Jungen lieben jene Stunden über alles, in denen der Vater nicht zu Hause ist. Dann plazieren sie mich auf dem Kanapee, machen es sich selbst zu meiner Rechten und meiner Linken bequem und ziehen verschiedene Gefängnisgeschichten aus mir heraus. Vor der Mutter haben sie keine Angst, obwohl sie solche Gespräche nicht gutheißt.

»Ach, Mama, verstell dich doch nicht, du bist doch selbst ganz Feuer und Flamme. Wir kennen dich.«

Maria Pylypiwna klatscht erschrocken in ihre kleinen Hände und verlangt, daß sie sich sofort an ihre Hausaufgaben setzen. Aber dann läuft Stjopa, das Muttersöhnchen, zu ihr hin und wendet seine übliche Methode an: Er schmiegt sich mit seiner Wange an die ihre, und das beruhigt sie augenblicklich.

»Man sollte den Kindern so etwas nicht erzählen«, erklärt sie mir mit weicher Stimme.

Und Weißkäppchen spielt mit Mursa und scheint nichts zu hören.

Ich erzähle von Verhaftungen, wenn dunkle Gestalten nachts in der Finsternis ein Haus umzingeln und sich dabei im Flüsterton unterhalten: Auf den Treppen klirren die Sporen unheilverkündend und laut in der tiefen

Stille. Dann das Klingelzeichen, vorsichtig, listig und irgendwie naiv. Totenstille herrscht in der Wohnung, die Augen in den blassen Gesichtern sind weit geöffnet.

Die Jungen halten den Atem an und schauen mir mit weit geöffneten Augen auf den Mund, Weißkäppchen krault Mursa vorsichtig mit einem Finger hinter dem Ohr, damit er still bleibt und sie nicht beim Zuhören stört. Maria Pylypiwna hat grauen Stoff über einen siebartigen runden Rahmen gespannt und stickt mit einer großen Nadel ein Sofakissen. Allmählich komme ich selbst in Fahrt und erzähle bereits, ohne darum gebeten zu werden.

Stjopa hört mit glühenden Wangen zu und flüstert, ganz unbewußt: »Oh, diese Kanaillen!« Oder er springt auf und droht jemandem mit der Faust, wobei er eine kämpferische Pose einnimmt. Pummelig und mit vollen Brüsten wie bei einem Mädchen, wirkt seine weibische Gestalt etwas lächerlich. Mychalko platzt fast vor Lachen, wenn er ihn anschaut. Er reagiert anders: Zuerst macht er sich Gedanken, ob man nicht fliehen und »die da« zum Narren halten könnte. Und erst, wenn er einsieht, daß kein Ausweg bleibt, kneift er die Augen zusammen, wird stumm und verfällt ins Grübeln.

»Jakiw Wassyljowytsch! Machen Sie auch jetzt Revolution?« fragt Stjopa und wird verlegen.

Mychalko gebietet ihm streng und mißbilligend Einhalt: »Eine dumme und überhaupt nicht konspirative Frage, Stjopa!«

Aber ich merke, daß Weißkäppchen auf meine Antwort wartet, und sage: »Nein, Stjopa, ich habe es satt, als Nachtfalter zu leben.«

»Weshalb ›Falter‹?«

»Deshalb, Stepuntschyk, weil die Revolutionäre Nachtfaltern gleichen. Habt ihr gesehen, wie an manchem Sommerabend ein Falter beharrlich zum Lampenlicht flattert? Man fängt ihn und wirft ihn ins Dunkle. Etwas später kommt er erneut geflogen. Man fängt ihn wieder und schleudert ihn noch weiter weg. Er erholt sich und flattert abermals mit letzten Kräften heran, obwohl ihn die brutale Hand ziemlich zerdrückt hat. Manchmal erschlägt man ihn dann schließlich mit dem Messerschaft oder fängt ihn, bricht ihm die Flügel und schleudert ihn so in die Finsternis, daß er nicht mehr zurückkommen kann. So geht es auch den Revolutionären, Stepunez! Viele von ihnen liegen mit zerdrückten und gebrochenen Flügeln irgendwo im Dunkeln und streben kraftlos zum Licht.«

Ich lächele, und Stjopa schaut im Ernst auf meine Schultern, als wolle er meine gebrochenen Flügel sehen.

»Und hat man Sie oft ... weggeschleudert?« fragt Mychalko.

»Mir hat es zumindest gereicht.«

»Und sind Sie irgendwann einmal geflohen?«

»Oh, erzählen Sie uns von Ihrer Flucht!« Stjopa ergreift meine Hand.

Ich berichte von Fluchtversuchen, von dunklen Karzern, von Hungerstreiks und schließlich – vom »lustigen Onkel Matwi«. Von Onkel Matwi hören alle gern, sogar Maria Pylypiwna. Auch ich denke gern an diese plumpe Gestalt mit dem großen, kahlen, klugen Kopf und den lustigen Äuglein, die sogar auf Polizeirevieren, inmitten von Ratten, Polizisten, Latrinen und dergleichen so herzlich lachen konnten.

»Und ich würde trotzdem zum Licht fliegen«, erklärt Stjopa unerwartet. »Sollen sie doch mit dem Messerschaft zuschlagen!«

»Ich werd dir das Fliegen schon beibringen!« sagt Maria Pylypiwna. »Dazu wirst du es bringen! Es schadet nur, den Kindern solche Geschichten zu erzählen. Marsch ins Bett!«

»Immer dasselbe – ins Bett! Jakiw Wassyljowytsch! Gibt es jetzt etwa keine Revolutionäre mehr?«

Weißkäppchen blickt mich schief an und beugt sich über Mursa. Und ich antworte ihm: »Doch, Stepantschyk, es gibt sie auch jetzt. Revolutionäre gab es immer, es gibt sie heute und auch in Zukunft. Jeder junge, gesunde und lebensfrohe Mensch ist ein Revolutionär. Ihr werdet älter und nehmt dann unseren Platz ein. Man wird euch die Flügel zerdrücken, ihr werdet schwächer, und dann kommen Jüngere und Stärkere, die euch folgen.«

»Schluß, Kinder! Zeit zum Schlafen! Los, los!«

»Mama, bitte, wart doch mit deinem Schlafengehen!«

»Jakiw Wassyljowytsch, es reicht! Das alles brauchen sie noch nicht zu wissen. Soll erst mal die Milch an ihren Lippen trocken werden!«

»Die ist schon längst trocken, mach dir bloß keine Sorgen! Ich bekomme bereits einen Schnurrbart!«

Weißkäppchen lacht, mit Mursa auf dem Arm läuft sie zu Stjopa und umfaßt ihn mit einem Arm.

»Komm, zeig doch mal!«

Stjopa pustet die Wangen auf und kneift sich in die Oberlippe.

»Mama, er schmiert sich Kerosin unter die Nase, damit der Bart schneller wächst!« berichtet Mychalko.

»Er sollte sich dort lieber mit dem Taschentuch ordentlich abwischen.« Maria Pylypiwna lächelt.

Wir lachen, und Stjopa, rot geworden und verschämt, legt sich mit dem Gesicht nach unten auf das Kanapee. Weißkäppchen schreit plötzlich auf und hebt den verstörten Mursa hoch über ihren Kopf. Dann küßt sie ihn und beißt ihn räuberisch in den Hals. Die Jungs lachen laut und kreischen ebenfalls los.

»Jetzt sind sie verrückt geworden!« Maria Pylypiwna lacht. »Nimm diesen Schmutz doch nicht in den Mund, du spätes Mädchen! Sie benimmt sich wie eine alte Jungfer, schleppt kleine Katzen, Hunde und Ferkel heran.«

»Das stimmt nicht, keine Ferkel!« Weißkäppchen zeigt ihr die Zunge und läuft mit Mursa in die Küche, um das Hündchen Baida zu holen.

Baida ist ein kleines Wesen mit einem runden Kopf, dicken Pfoten, glänzendem Fell und verschlafen gutmütigen Augen. Es hat, wie Stjopa sagt, »samtweiche« Ohren und einen weißen Fleck auf der runden Stirn, sein Schnäuzchen nimmt bald einen gewichtigen, bald einen sanften Ausdruck an. Mursa versteht sich gut mit ihm, aber weil Baida häufig schläft und sich in den Zimmern nicht gesittet benehmen kann, sehen sie sich nur in der Küche beim Fressen.

»Schauen Sie bloß, was das für ein großartiger Kerl ist!« Weißkäppchen hält mir Baida direkt unter die Nase. »Ich möchte ihn furchtbar gerne beißen. Er ist so weich und warm. Uch, du, du!«

Wenn man Baida beißt, küßt oder kneift, schließt er nur seine philosophisch gutmütig dreinschauenden Augen. Und wenn man ihn auf den Boden läßt, setzt er sich auf die Hinterpfoten und blickt alle der Reihe nach an.

»Heiraten mußt du endlich, das ist es!« sagt Maria Pylypiwna unerwartet. »Stjopa, trag Baida in die Küche, er ist schon wieder unter das Kanapee gekrochen.«

Der Ratschlag der Schwester läßt Weißkäppchen wie ein Kind rot anlaufen, sie kraust ärgerlich die Nase und geht in den Salon. Und Maria Pylypiwna lächelt und schaut mich dabei an.

»Lieber Jakiw! Ich schreibe Dir, weil es sich am Telephon nicht gut reden läßt. Wir sind schon länger als einen Monat in der Stadt. Wundere Dich nicht: Ich mußte Dmytro versprechen, daß ich Dir nicht die kleinste Nachricht zukommen lasse. Jetzt breche ich mein Wort, weil mir die Geduld reißt.

Allem Anschein nach hat Dmytro die Absicht, sich mit Dir zu treffen und Dich überhaupt über alles zu informieren. Was er davon hat, verstehe ich nicht. Aber Du bist jetzt nirgends aufzutreiben. Man sagt, daß Du derzeit absolut nirgendwo hingehst, nicht einmal in Deinen geliebten Club; du seist so wohltätig geworden, daß über Deinem Kopf bisweilen ein Heiligenschein sichtbar wird, und säßest die ganze Zeit über bei Deiner Dame. Das ist sehr rührend, aber vielleicht könntest Du Dich trotzdem einen Abend von ihr losreißen und zu uns kommen. Wir wohnen in unserer früheren Wohnung.

Wenn Du kommst, dann tu bitte so, als hättest Du zufällig von irgend jemandem erfahren, daß wir in der Stadt sind, und kämst, um schnell mal guten Tag zu sagen. Ich hoffe, daß Dein Besuch die Atmosphäre bei uns etwas auflockert.

Er nimmt wohl an, daß wir beide uns heimlich treffen. Zwar sagt er nichts, aber ich errate jeden Gedanken von ihm. Jetzt arbeitet er in einer Kooperative. Wenn er mit Dir Streit suchen sollte, dann lach nicht über ihn und über die Kooperative, sondern denk daran, daß sie für ihn (und auch für mich) so etwas wie Erholung ist.

Oft kommt uns Netschyporenko besuchen. Du kennst ihn wohl. Ich bin ihm für die Kooperative dankbar und auch dafür, daß Dmytro nicht trinkt und nicht spielt, zumindest jetzt.

Komm gleich an dem Tag zu uns, an dem Du diesen Brief bekommst! Und bei Deiner Dame entschuldige Dich in meinem Namen und sag ihr, daß für sie keinerlei Gefahr besteht! Ansonsten bemühe Dich selbst, sie zu beruhigen.

Andriko hat große Sehnsucht nach Dir, er ist sogar beleidigt, daß ›Onkel Jascha‹ bis heute noch nicht gekommen ist. Es ist seltsam, wie er Dmytro Tag für Tag ähnlicher wird.

Kommst Du? Es *muß* sein, daß Du manchmal zu uns kommst, wenn Du Dich auch langweilst, ich weiß. Ich warte also auf Dich. Sonja.«

Nach diesem Brief gehe ich manchmal zu den Sosnyzkys. Sie haben immer noch gebräunte Gesichter, und deshalb machen sie den Eindruck von Provinzlern.

Andriko verzieh mir gleich am ersten Abend und saß lange auf meinen Knien. Er wird Dmytro wirklich außerordentlich ähnlich. Ein sympathischer und aufgeweckter Junge. In diesem Sommer ist er gewachsen und kräftiger geworden, er hat sich dörfliche Sitten und Ausdrücke angewöhnt. Jetzt ist er »erster Kraftmensch in der Klasse«, er führt die »Bande der Rothautindianer« an. Für diese Funktion hat er sich eine eigene Sprache geschaffen, in der er sich mit seinen Vertrauten verständigt. Ein bedeutender Teil seines Wortschatzes ist auf einem großen Blatt Papier niedergelegt. Andriko zeigt es mir. Dieses Wörterverzeichnis ist äußerst sauber und sorgfältig zusammengestellt, es umfaßt einzelne Paragraphen und wurde auf der Schreibmaschine des Vaters abgeschrieben; die Überschrift lautet: Die Sprache von Andri Sosnyzky und seinen Rekruten. Und dann folgt in zwei langen Spalten die eigentliche Sprache. Die Wörter sind sehr kurz und komprimiert, in zwei, drei Silben finden die kompliziertesten Handlungen Platz. Zum Beispiel: »Le-pro!« Das bedeutet: »Möchtest du ein paar in die Fresse haben?« »Si ram-pa« heißt: »Ich werde mich darum bemühen, Euer Hochwohlgeboren!« Wenn zu sagen war: »Kriech in die Höhle oder in die Festung«, dann riefen Andri Sosnyzky und seine Rekruten lediglich: »Ar-scha!« Das reichte völlig zum Verständnis aus.

Ein lieber Junge! Aber wie ähnlich er Dmytro wird, wenn er lacht!

Zum erstenmal sehe ich, wie Weißkäppchens Wangen *glühen*! Traurig wird mir dabei ums Herz, und es schmerzt mich.

Sie durchstöbert die Wohnung, sucht irgend etwas mit hastigen Bewegungen, raschelt mit dem schwarzen Seidenkleid, das sie neu, fremdartig schön erscheinen läßt, und bemerkt mich fast nicht. Weißkäppchen fährt ins Konzert, das die Kooperationsgenossenschaft veranstaltet. Sie fährt nicht als Zuhörerin, sondern als Sängerin. Ich selbst habe ihren ersten Auftritt arrangiert. Persönlich habe ich sie mit Netschyporenko und den Sosnyzkys bekannt gemacht, habe sie gemeinsam mit ihnen zum Auftritt überredet, habe alle möglichen Beweise bis hin zum »öffentlichen Nutzen für das Volk« ins Feld geführt – und jetzt bin ich traurig.

Auch Netschyporenko in seinem verschlissenen Jakkett sitzt hier; die Beine unter den Stuhl gezogen, liest er irgendein Buch. Er soll Weißkäppchen ins Konzert bringen. Ich habe auf diese Ehre verzichtet. Eifersüchtig auf Netschyporenko bin ich nicht – das wäre wohl doch ziemlich komisch –, aber wenn sich Weißkäppchen mit ihm und den Sosnyzkys ungezwungener fühlt und ihnen näher ist, dann sollen sie sie auch begleiten, ihr wird es angenehmer sein.

Aus irgendeinem Grunde ist Netschyporenkos Zorn verflogen, er verhält sich jetzt mir gegenüber aufmerksam und freundlich, was mitunter komisch wirkt; manchmal nennt er mich nach seiner alten Gewohnheit sogar »Genosse Anton«. Ich glaube nicht, daß das davon kommt, daß ich mich für ein miserables Honorar bereit erklärt habe, die Interessen ihrer Genossenschaft zu vertreten. Und wer weiß warum – er lobt mich vor Weißkäppchen über den grünen Klee. Und Weißkäppchen wundert sich über dieses Lob; während sie mir alles erzählt, fragt sie mich, was das zu bedeuten hat. Doch woher soll ich das wissen?

Als wir schließlich auf die Straße treten, setzen sich Weißkäppchen und Netschyporenko in eine Droschke, und ich gehe zu Fuß in die andere Richtung.

»Und Sie werden wirklich nicht ins Konzert kommen?!« wundert sich Netschyporenko wohl schon zum zehntenmal. »Und Sie wollen Hanna Pylypiwna nicht hören?«

»Zu meinem allergrößten Bedauern geht es nicht: Ich habe eine sehr wichtige Angelegenheit zu erledigen.«

Weißkäppchen schweigt, sie glaubt nicht an meine wichtige Angelegenheit. Aber sie muß auch gar nicht daran glauben.

Sie fahren bergauf, während ich langsam zur Straßenbahn hinunter gehe und mich vor Kälte tief in meinen Mantel vergrabe. Auf den Straßen ist es ruhig. Wie mit Nadeln gespickt, glitzern Schneehaufen auf beiden Seiten der Fußwege. Gestern ist viel Schnee gefallen, und die Bäume sind dick verschneit. Es ist, als hätte man sie in Sahne getunkt und zum Trocknen aufgestellt. Man hört keine Kutscher rufen, nur irgendwo in der Dunkelheit klappern ihre Wagen. Die Passanten bewegen sich lautlos wie Diebe. Sterne sind nicht zu sehen, über den Köpfen hängt schwere, vom Lichtschein der Stadt nur spärlich beleuchtete Finsternis. Ab und zu fallen verspätete Schneeflocken, sie kitzeln auf der Nase. Die Häuser tragen weiße, über die Stirn gezogene Kappen, auch die Maste sind mit zierlichen Käppchen bedeckt, die Drähte wirken wie in Watte gewickelt.

Ich weiß nicht, wohin ich gehen soll: nach Hause oder zu Sonja. Ich möchte gern zu Sonja: Dann wird Weißkäppchen ganz sicher wissen, daß ich an diesem Abend überhaupt nichts vorgehabt habe. Aber Sonja wird wieder grob und hämisch lachen, auf Weißkäppchen anspielen oder mir berichten, daß sich Dmytro erneut etwas ausgedacht hat.

Panas Pawlowytsch treffe ich, den Ingenieur Kutscherenko und Trubatschewsky. Panas Pawlowytsch wird den ganzen Abend mit Trubatschewsky Schach spielen, und Kutscherenko unterhält sich zurückhaltend und höflich lächelnd mit Oleksandra Mychailiwna. Alle drei sind fast jeden Abend bei ihr und scheinen Busenfreunde geworden zu sein, denn man sieht Oleksandra Mychailiwna niemals mit einem von ihnen, ohne daß nicht auch die übrigen anwesend wären.

Aber bereits der Gedanke an Panas Pawlowytsch regt mich auf, und ich beschließe, nach Hause zu gehen. Ich überwinde mich, stelle mir mein Arbeitszimmer mit der dunklen Decke und dem hell beleuchteten Tisch, die Ruhe und das gerade erst begonnene Buch vor, und ich spüre Behaglichkeit und Wärme aufkommen, so daß ich so schnell wie möglich nach Hause möchte.

Ich nehme einen Kutscher, wickele mich fester in meinen Pelz und mache es mir in dem kleinen Schlitten bequem. Dabei fällt mir ein, wie ich vorgestern mit Weißkäppchen einen Ausflug im Pferdewagen, vor den ein Rappe gespannt war, in die Umgebung unternommen habe; dabei machte sie die ganze Zeit über ein seltsam ernsthaftes Gesicht, war schweigsam, und erst bei der Rückkehr wurde sie munter und blühte auf, als wir im Salon Sosnyzky und Netschyporenko antrafen. Sosnyzky war bewunderungswürdig lieb und fröhlich, scherzte geistreich und klopfte mir die ganze Zeit über mit der Hand auf die Schulter. Sie redeten über die Kooperative, über Marxismus und über Literatur; Weißkäppchens Augen glänzten, und sie wendete sich fast kein einziges Mal an mich.

Der Schlitten kommt an den Kurven leicht ins Schleudern und stößt an die Prellsteine. Ich wickele mich noch fester in den Pelz, ziehe die Mütze zurecht und verfalle bei dem Hufgeklapper erneut ins Meditieren. Und je länger ich nachdenke, desto deutlicher erkenne ich, daß ich es bislang noch nicht fertiggebracht habe und es wohl auch nie schaffen werde, bei Weißkäppchen Interesse für meine Person zu wecken – solch ein Interesse, das, wie heute, die Augen blitzen und das Gesicht glühen läßt. Anscheinend ist es ihr mitunter langweilig mit mir. Und ich bin in der Tat ein Langweiler geworden. Vor kurzem hat Weißkäppchen mit verborgenem Unverständnis und unerwartet (wie nur sie das kann) gefragt: »Hören Sie, und warum nennt man Sie Mephisto?«

Sie versteht das nicht. Und soll ich ihr sagen, daß ich der *Schiefnäsige* Mephisto bin? Sosnyzky hat ihr das selbstverständlich mit Genuß und rachsüchtiger Schadenfreude erzählt. Das läßt er sich nicht entgehen! Und sie wollte vermutlich fragen, warum ich Schiefnäsiger Mephisto genannt werde. Aber das ist eine ganz andere Frage!

Ich lausche in mich hinein und lächele, als ich bohrende Reue und Ärger wahrnehme: Warum habe ich sie zusammengebracht? Wozu war das nötig? Theoretisch war der Gedanke richtig – so, wie es in vielen Theorien zu sein pflegt: Man muß Platz für alle möglichen Einflüsse schaffen und Weißkäppchen im freien Kampf mit ihnen erobern. Aber in Wirklichkeit . . .

Hm! Und was ist in Wirklichkeit? Was? Zum Teufel noch mal! Ich trete Weißkäppchen an irgend jemanden ab, mein Weißkäppchen, mein Märchen, mein neues Leben?! Den möchte ich sehen, der mich dazu bringt! Das wäre ja noch schöner!

»Kutscher, beweg dich, der Teufel soll dich holen! Du transportierst doch keine Milch!«

Wir kreuzen noch die Klingen, Weißkäppchen, sowohl mit Sosnyzky wie auch mit dir und mit mir selbst und wem auch immer sonst noch!

Wieder kommt der Schlitten ins Schleudern, ich halte mich am Rand fest und beuge mich zur anderen Seite. Bis zu meinem Haus ist es nicht mehr weit. Mit Vergnügen betrachte ich den Schnee, der durch das elektrische Licht violett strahlt, den Schlitten, der mir entgegenfliegt und an mir vorbeihuscht, und die gemächlich laufenden Passanten auf dem Fußweg.

Während ich mit dem Kutscher abrechne, bemerke ich neben meinem Eingang eine Dame im schwarzen Pelz, die eine kleine Mütze auf dem Kopf trägt. Sie bewegt sich durch die Reihen der Passanten und nähert sich mir langsam. Und plötzlich erkenne ich Klawdija Petriwna! Hinter einem dichten Schleier trägt sie ihr Pincenez; eine kleine Kappe macht sie größer und schlanker. Sie sieht mich an und lächelt verstört und erregt. Jemand schubst sie, sie merkt das gar nicht und betritt das Pflaster, geht zum Pferd meines Kutschers.

»Klawdija Petriwna! Wo kommen Sie her? Was wollen Sie?«

Vor Erregung spricht sie so leise, daß ich überhaupt nichts verstehe. Und ihr Gesicht kann ich durch den Schleier hindurch nicht deutlich sehen, nur die Haltung des Kopfes und der Glanz ihres Pincenez' kommen mir bekannt vor.

Endlich bekomme ich aus ihr heraus, daß sie schon etwa einen Monat lang in Kiew ist und mich jetzt ganz und gar zufällig trifft. Die Arme hat Angst, ich könne glauben, sie verfolge mich.

»Aber warum stehen wir denn hier auf der Straße? Kommen Sie herein! Wir trinken Tee und unterhalten uns ein bißchen . . .«

Aus irgendeinem Grunde erschrickt Klawdija Petriwna.

»Nein-nein, ich kann nicht! Ich muß gehen. Und überhaupt, in Gottes Namen, denken Sie nicht . . .!«

»Aber Klawdija Petriwna! Ich denke gar nichts, Gott bewahre! Ich freue mich einfach, Sie zu sehen. Und . . . daß Sie mir vergeben haben. Sie haben mir doch vergeben? Ja?«

Klawdija Petriwna sieht mir nicht in die Augen und verabschiedet sich eilig.

»Ich muß wirklich gehen. Ich werde erwartet. Leben Sie wohl!«

»Ah, erwartet . . . Nun, das ist etwas anderes. Ist ›er‹ wirklich schon so eifersüchtig? Na?«

Sie sieht mich an, schlägt die Augen nieder und geht auf den Fußweg. Dort dreht sie sich zu mir um, nickt mit dem Kopf und taucht in der Menge unter, hin und wieder erkenne ich inmitten der vielen Köpfe noch ihr Käppchen.

Seltsam! Ich muß gestehen, daß ich zunächst vermutet hatte, Klawdija Petriwna sei mir doch nicht ganz zufällig hier über den Weg gelaufen, aber jetzt sehe ich, daß ich mich geirrt habe – allein schon diese Begegnung war ihr unangenehm.

Interessieren würde mich trotzdem, was sie jetzt tut und wie sie lebt. Vielleicht hätte ich sie herzlicher begrüßen, sie inständiger ins Haus bitten sollen?

Und den ganzen Abend über finde ich keine Ruhe – immer wieder taucht der unangenehme Gedanke auf, ich hätte mich schuldig gemacht ihr gegenüber; ob das eine alte oder eine neue Schuld ist, bemühe ich mich gar nicht erst herauszufinden: Ohnehin werde ich sie nie mehr treffen . . .

Nach dem Mittagessen schalte ich die Lampe ein und setze mich an die Arbeit. Beim Durchblättern der Post finde ich unter den vielen Geschäftsbriefen ein graues Kuvert mit einer bekannten Handschrift – es ist Klawdija

Petriwnas. Das gestrige (und heute bereits vergessene) Verlegenheitsgefühl ihr gegenüber beginnt erneut in mir zu rumoren. Schnell reiße ich den Umschlag auf und lese: »Ich weiß nicht, ob ich ›Sie‹ oder ›Du‹ schreiben soll. Das ›Du‹ ist wohl dennoch besser. Es klingt aufrichtiger. Das Schicksal selbst will es wohl, daß unsere Beziehungen nicht abreißen. Ich bin sehr aufgeregt und schreibe sicherlich wirres Zeug. Ich weiß, daß dieser Brief ein furchtbarer Schlag für Dich sein wird. Als ich Dich gestern getroffen habe, bin ich vor Aufregung fast gestürzt. Aber es nützt nichts, ich muß Dir schreiben ...«

Die Worte »ein furchtbarer Schlag für Dich« versetzen mich in Erstaunen und machen mir Angst, obwohl ich mir keine Vorstellung davon mache, was sie mir Furchtbares sagen kann.

»... Vielleicht hätte ich Dir niemals geschrieben, wenn ich Dir nicht gestern begegnet wäre und Du nicht so freundlich und liebenswürdig, wie nur in wenigen Augenblicken unseres kurzen Lebens, zu mir gewesen wärst. Das zwingt mich, Dir zu schreiben. Ich fühle, daß ich nicht das Recht habe, länger zu schweigen. Und wenn Du Dich auch von mir abwendest, mich verfluchst und mich mit gerechtem Zorn und Empörung überschüttest ...«

Zum Teufel, wie lange sie drum herumredet!

»... aber ich halte es für meine Pflicht, Dir alles zu sagen. Hör zu: Ich habe Dich belogen, ich habe nicht abtreiben lassen und ein Kind zur Welt gebracht ...«

»Wa-as?!« Ich schreie laut auf. Einen Augenblick sitze ich wie versteinert da, dann will ich aufstehen, aber ich spüre, daß meine Füße wie Blei sind, daß in ihnen eine dicke, zähflüssige Masse ganz langsam nach unten fließt, etwa so, wie sich breiiges Wasser durch Kanalisationsrohre zwängt.

». . . ich habe nicht abtreiben lassen und ein Kind zur Welt gebracht. Ich konnte nicht anders handeln, denn das hätte den Tod für mich bedeuten können. Und ich konnte Dir auch nicht schreiben, weil ich wußte, wie Du zu dieser Angelegenheit stehst. Ich habe damals beschlossen, mich vor Dir zu verstecken, für immer irgendwohin weit weg zu fahren und Dir niemals mehr zu begegnen. Ich schwöre Dir beim Leben unseres Sohnes . . .«

»Unseres Sohnes!« Herr im Himmel! Unseres Sohnes! . . .

Ich springe auf, will irgendwohin laufen, etwas retten, »Hilfe« rufen. Und dann stürze ich mich wieder auf den Brief: Vielleicht ist das nicht wahr, vielleicht hat sich später etwas verändert, und alles ist geblieben, wie es war.

». . . schwöre Dir beim Leben unseres Sohnes, daß ich alles in meiner Kraft Stehende tun wollte. Aber wir haben den Termin verpaßt, und dann war es schon zu spät. In Gottes Namen, im Namen unseres Sohnes – verzeih mir! Ich fordere gar nichts von Dir, ich beanspruche keinerlei Rechte, ich will nichts von Dir, leb weiter so, wie Du es bisher getan hast, und wenn Du willst, vergiß uns! Wenn Du irgendwann einmal Deinen Sohn sehen willst, dann kannst Du das jederzeit tun.«

»Ich bin nach Kiew gekommen, weil mir auf der Krim die Mittel ausgegangen sind – ich habe die Krim zu keiner Zeit verlassen. Mein Mann hat erfahren, daß ich ein zweites Kind habe, und seit dieser Zeit schickt er mir kein Geld mehr. Ohne eine einzige Kopeke stand ich da. Die Karaitin hat alle meine Kleider und die gesamte Wäsche genommen, um die Schulden zu begleichen. Wäre meine Schwester nicht gewesen, dann hätte ich Selbstmord begangen. Sie ist zu mir gekommen, hat mir bei der Entbindung geholfen und mich dann hierher mitgenommen, denn sie besucht hier einen Lehrgang. Ich hatte keinerlei Zuflucht, und so mußte ich hierherkommen. Mit den Kindern wohne ich jetzt bei ihr, aber wir sind alle hungrig, und bald wird man uns aus der Wohnung jagen, weil wir kein Geld mehr haben; wir leben alle von Einnahmen, die sich die Schwester durch Unterrichtsstunden verschafft. Mir tut es weder um mich selbst noch um Kostja leid, aber mein Herz blutet, wenn ich an den Kleinen denke. Nicht einmal eine Badewanne können wir für ihn kaufen, wir müssen ihn im Toilettenbecken baden. Er ist außerordentlich ruhig, schwächlich und Dir sehr ähnlich: Er hat dichtes, schwarzes Haar und eine hohe Stirn. Er weint sehr selten und hat kluge Äuglein, und dabei ist er doch erst einen Monat alt! Wir wohnen in einer kleinen Wohnung aus zwei Zimmern und einer Küche und können uns nicht einmal ein Hausmädchen leisten. Aber irgendwie kommen wir schon durch! Du brauchst Dich nicht zu sorgen, ich werde arbeiten und gute Bedingungen für unser Kind schaffen. Verzeih mir seinetwegen und klage mich nicht an! Ich konnte nicht anders, es hat sich so ergeben! Wenn Du schreiben willst, dann an folgende Adresse . . .«

Ich stehe auf und wanke mit schweren Füßen zum Kanapee. Dort lege ich mich bäuchlings hin und bleibe kraftlos so liegen. Ich fühle mich wie nach einem plötzlichen Polizeiüberfall und nach anschließender Verhaftung, wenn man kraftlos, zerquetscht und vernichtet in einer stinkenden, schmutzigen und widerwärtigen Zelle des Polizeireviers liegt. Alles ist zu Ende! Zwischen Deinem früheren und dem heutigen Leben ist eine schwere Eisenwand heruntergelassen worden, die sofort alle Nervenstränge, die Dich mit der Welt des Vergangenen verbanden, brutal durchtrennt hat. Wie begehrenswert und auf rührende Weise wertvoll erscheinen alle vergangenen Leiden und Sorgen, und welch unermeßliche Schmerzen fügen die Freuden zu, die dort, in der Freiheit, zurückgeblieben sind – sie schmerzen so stark, daß die Kraft zur Erinnerung nicht ausreicht.

Ich schäume vor Wut, an der ich beinahe ersticke. Ich ziehe mit ganzer Kraft an meinen Haaren, zerwühle sie und reiße einzelne Strähnen heraus, ich stoße mit dem Kopf gegen die Lehne des Kanapees, beiße mir die Hände wund, brülle und heule so laut, daß ich selbst vor Schreck erstarre. Aber von diesem Schrecken, vom Schmerz im Kopf und in den zerbissenen Händen wird die Wut nur größer. Ich spüre meine Augen brennen, fühle, wie sie blind werden. Schlagen, zerstören, alles zertrümmern möchte ich. Ich ergreife ein kleines, schwarzes Tischchen und schlage es mit tollwütiger Besessenheit aus voller Kraft auf den Fußboden. Das Splittern der Tischbeine und der Lärm in der ganzen Wohnung versetzen mich in einen Rausch. Mit den ganz gebliebenen Teilen des Tischchens schlage ich auf die Stühle, die Tische, die Schreibmaschine und die Wände ein, kleine Holzstückchen schmeiße ich nach dem Bücherschrank, ich zerfetze meinen Kragen und den Schlips. Meine Hände sind blutbefleckt. Der Fußboden ist auch voller Blut.

Im Arbeitszimmer tauchen irgendwelche Leute mit bleichen und schreckverzerrten Gesichtern auf, sie reden auf mich ein. Ich schreie sie an, und sie fliehen aus irgendeinem Grund. In den Ohren lärmt und dröhnt es, das Herz schlägt schmerzhaft, die Beine zittern und beginnen einzuknicken.

Erneut falle ich aufs Kanapee und liege bewegungslos, schwer atmend, schweißüberströmt und kraftlos da. Von Zeit zu Zeit wandern meine Augen träge durch das Zimmer. Umgestoßene Stühle, weiße Splitter vom Tischchen, durcheinandergeworfene Papiere, Glasscherben von zerschlagenen Bilderrahmen, abgefetzte Tapeten an den Wänden und Spuren von den Schlägen mit dem Tischchen.

Völlige Gedankenleere, grenzenlose Schwäche, Stumpfsinn rundum sowie der Schmerz von den Bissen und den Kopfstößen gegen die Lehne des Kanapees. Vermutlich ist die Stirn völlig aufgeschlagen, denn die ganze Zeit über rinnt mir etwas Feuchtes über die rechte Wange.

Ich weiß nicht, wie lange ich so liege. Jetzt höre ich im Vorzimmer lautes Flüstern und Stimmengewirr. Die Türen werden vorsichtig, ohne anzuklopfen, geöffnet, und Weißkäppchen in ihrem schwarzen Samtpelz mit dem weißen Kragen, mit ihrer weißen Kappe und einem weißen Muff tritt ins Zimmer. Ihre Augen sind weit aufgerissen.

Aha, man hat sie gerufen, und sie kam, um mich zu retten!

Ich freue mich sogar, wie sich ein bespuckter und am Boden vernichteter Mensch freuen kann, wenn jemand aus dem hellen und leichten Leben, das er nun schon nicht mehr sehen wird, an sein Sterbelager kommt.

»Jakiw Wassyljowytsch!« ruft Weißkäppchen leise und blickt bald mich an, bald schaut sie auf das Chaos im Zimmer. Sie hat nicht einmal den Mut, näher zu kommen, und bleibt neben der zerschlagenen Schranktür stehen.

»Was möchten Sie, Hanna Pylypiwna?« antworte ich gleichgültig, ohne mich dabei zu bewegen.

»Was ist mit Ihnen?«

»Überhaupt nichts. Was sagen Sie?«

Sie wendet ihre runden Augen nicht von mir ab, und ich merke, daß etwas auf meiner Stirn ihre Aufmerksamkeit besonders in Anspruch nimmt.

»Was ist passiert, Jakiw Wassyljowytsch?!«

»Und warum interessiert Sie das eigentlich?« sage ich brutal im Zorn und erhebe mich.

Weißkäppchen schweigt betroffen. Auf ihrem Kragen und dem Muff spielen die getauten Schneeflocken ein lustiges Spiel.

»Ich bin betrunken. Das ist alles! Wollen Sie noch mehr wissen?«

Sie schweigt. Glaubt mir nicht. Schließlich sagt sie ungewöhnlich schüchtern: »Wenn Ihnen meine Anwesenheit unangenehm ist, gehe ich lieber. Soll ich gehen?«

Ihr Ton und ihre Worte machen mich unsagbar traurig. Ich fasse mit beiden Händen nach meinem Kopf und will mich mit den Ellbogen auf die Knie stützen, aber ich berühre mit den Fingern eine wunde Stelle, und ein stechender Schmerz veranlaßt mich, die Hände schnell sinken zu lassen. Da kommt Weißkäppchen zu mir, wirft ihren Muff auf das Kanapee, nimmt ihr Taschentuch heraus und sagt besorgt, wobei ein strenger Ton in ihrer leicht vibrierenden Stimme mitschwingt: »Bleiben Sie sitzen! Das muß ausgewaschen werden. Da ist eine kleine Wunde. Haben Sie Kölnischwasser oder Wasserstoffsuperoxyd? Bleiben Sie sitzen, ich mach das allein!«

Sie geht eilig ins Vorzimmer hinaus. Und sofort beginnt sich die Wohnung mit Geräuschen zu füllen, Füße trappeln hin und her.

Nach einer Weile erscheint Weißkäppchen mit Handtüchern, Kölnischwasser und Watte. Sie hält meinen Kopf vorsichtig fest und wäscht mit zärtlichen Fingern die Wunde aus, wischt das Blut aus dem Gesicht und macht mir einen Kopfverband. Häufig berührt ihr samtweicher Pelz mein Gesicht, und ihr lieber, bekannter und kindlich frischer Duft läßt mich schmerzhafte Zärtlichkeit empfinden. Ich möchte losheulen, ihre Knie umarmen und mich ihr anvertrauen, sie um Hilfe bitten.

»Na bitte! Jetzt ist es gut! Die Wunde ist ganz unbedeutend. Lassen Sie englisches Pflaster besorgen. Es gibt welches speziell für Schnittwunden. Vielleicht wollen Sie sich hinlegen?«

Ich sehe meinen Schlips auf der Brust baumeln und suche mit den Händen am Hals nach dem Kragen.

»Bleiben Sie ruhig! Da ist kein Kragen. Und Sie brauchen auch keinen. Legen Sie sich hin! Wenn Sie wollen, bleibe ich bei Ihnen sitzen, wenn nicht – dann gehe ich. Soll ich gehen oder bleiben?«

Ich schweige und stütze mich mit den Ellbogen auf die Knie, wobei ich erneut mit den Händen nach dem verbundenen Kopf greife. Plötzlich spüre ich, wie Weißkäppchens Hand ganz vorsichtig und zärtlich meinen Kopf berührt und ihn langsam streichelt. Mein Innerstes erbebt, und ich möchte vor Verzweiflung aufheulen. Ich richte mich so ruckartig auf, daß Weißkäppchen heftig erschrickt, und gehe zum Tisch. Ich finde Klawdijas Brief und schleudere ihn Weißkäppchen vor die Füße. Selbst setze ich mich in den Sessel und lege den Kopf nach hinten.

Weißkäppchen hebt den Brief auf und beginnt im Stehen zu lesen. Und ich beobachte sie mit gierigen Augen, als säße ich im Gefängnis hinter Gittern.

Plötzlich fliegt der Brief in ihren Händen nach oben, und in meiner Brust beginnt sich etwas Kaltes hin und her zu wälzen. Weißkäppchen wirft mir einen schnellen Blick zu und setzt sich auf das Kanapee. Sie liest in einem Zuge und bleibt, als sie damit fertig ist, reglos und gebeugt sitzen, wobei sie am Brief vorbei auf den Fußboden starrt. Ich bewege mich auch nicht und sehe sie an. Lange sitzen wir so da inmitten von umgeworfenen Stühlen, Holzsplittern und verstreuten Papieren. In der Wohnung herrscht wachsame Stille. Dumpf dringt von der Straße von Zeit zu Zeit das Klingeln der Straßenbahnen herein.

Weißkäppchen springt plötzlich auf, schmeißt den Brief angewidert auf den Boden und fragt mit greller Stimme, ohne mich dabei anzusehen: »Was werden Sie jetzt tun?«

Ich schweige. Was kann ich ihr sagen?

»Nun, was beabsichtigen Sie zu tun? Antworten Sie!«

»Ich weiß nicht! Ich bin noch zu keinem Entschluß gekommen.«

Weißkäppchen macht einige Schritte durch die Wohnung, schließt die Türen des Bücherschrankes, hebt einen Stuhl auf und setzt sich. Dann steht sie ruckartig auf, kommt auf mich zu, aber schon am Tisch wendet sie sich zur Seite, zur Wand. Sie legt eine Hand auf die Wand und stützt sich mit der Stirn dagegen.

Erstaunt beobachte ich sie. Ich wage den Vermutungen nicht zu glauben, die in mir aufblitzen.

»Hanna Pylypiwna!«

Sie reißt sich abrupt von der Wand los, geht zum Kanapee und fragt zornig: »Na, was ist?«

Jetzt kann ich das, was ich ihr gesagt hätte, als sie dort in einiger Entfernung stand, schon nicht mehr sagen. Meine Erregung vergeht allmählich, und von neuem umgeben ohnmächtige Schwäche und Stumpfsinn mein Gehirn mit einem schmutzigen, dicken Spinngewebe.

Weißkäppchen nimmt ihren Muff, schiebt ihn über einen Arm und kommt zu mir heran.

»Nun, was ist? Haben Sie verspielt?« fragt sie leise und boshaft ironisch. »Sehen Sie das ein?«

Ihre unerwartete Boshaftigkeit, die ihr sonst so fremd ist, verwundert mich nicht einmal.

»Ja, ich habe verspielt!« sage ich automatisch.

Ich möchte mich gern hinlegen – das Sitzen fällt mir schwer. Ich gehe zum Kanapee und lege mich lang, wobei ich sogar vergesse, mich dafür zu entschuldigen. Von hieraus sehe ich, wie mir Weißkäppchen lange Zeit mit gesenktem Kopf und am Körper herabhängenden Armen den Rücken zuwendet. Ich schließe die Augen und tauche glückselig und willenlos in warme Ermattung ein.

Als ich aufwache, ist Weißkäppchen nicht mehr im Zimmer. Papierfetzen, Glas und Überreste vom Tischchen liegen noch genauso auf dem Fußboden herum. Auf dem Tisch brennt die Lampe, sie strömt Behaglichkeit und Licht aus. Ich setze mich aufrecht, und sofort fällt mir alles wieder ein.

Wut und Apathie sind bereits verflogen – ich fühle mich erneut wie im Gefängnis, aber bereits nach der Verurteilung: Kalte, demütige, hoffnungslose Trauer und das Bewußtsein, von der Vergangenheit völlig losgelöst zu sein, hüllen mich ein.

Ich schaue auf die Uhr: dreiviertel acht. Das erstaunt mich – also sind erst ungefähr drei Stunden seit dem Moment vergangen, als ich den Brief erhalten habe.

Aber dafür reicht die Zeit aus, um heute noch zu Klawdija zu gehen.

Ich finde ihren Brief auf dem Fußboden, lese die Adresse, dann versuche ich mich angestrengt zu erinnern, was ich jetzt zu tun habe. Das Gefühl läßt mich nicht los, ich hätte darüber schon nachgedacht, wäre zu einem Entschluß gekommen und hätte ihn dann wieder vergessen. Ach ja – Geld!

Als ich es nicht mehr weit bis zu Klawdija Petriwnas Haus habe, zucke ich plötzlich erschrocken in meinem Innersten zusammen: Jetzt gleich werde ich *meinen Sohn* sehen! Als hätte ich auch daran bereits gedacht, stelle ich mir sofort einen nackten, orangefarbenen, kleinen Körper mit violetten, eingeknickten Fingerchen vor. Aus irgendeinem Grunde liegt er gekrümmt da, als wolle er sich losreißen. Mein Schreck geht in gespannte Verstörung über, die bis zur Schwelle von Klawdijas Wohnung nicht mehr weicht.

Da ist sie also endlich! Die Tür ist mit abgeschabtem, schwarzem Wachstuch und einer Filzschicht verkleidet. Im Treppenhaus steht der salzig-bittere Geruch von Gas, Feuchtigkeit und Armut. Der Klingeldraht hängt an einem mit Papier umwickelten Brettchen. Auf einem selbstgefertigten, mit Druckknöpfen am Wachstuch festgemachten Türschild steht handschriftlich: »Olha Petriwna Ljubtschenko«. Erstaunt stelle ich fest, daß auch Klawdija Petriwna einst Ljubtschenko hieß.

Vorsichtig drücke ich die Klingel. Als der Glockenton, der dem hellen, dahinfließenden Gejaule eines winzigen Hündchens ähnelt, erschallt, kommt mir plötzlich der Gedanke: Und was sage ich ihnen, wie verhalte ich mich ihnen gegenüber?

Das Schloß schnappt, und die Tür wird geöffnet. Abgestandene, warme und schwüle Luft schlägt mir wie aus einer Waschküche entgegen. Im Halbdunkel des winzigen Vorzimmers steht Klawdija Petriwna, sie richtet die Gläser ihres Pincenez' gerade und erschrocken auf mich. Hinter ihrem Rücken hängt eine kleine Wandleuchte, von der diese Luft auszugehen scheint.

Ohne etwas zu sagen und ohne zu grüßen, betrete ich das Vorzimmer und setze dabei eine Miene auf, als sei ich bloß für ein Stündchen weggewesen. Das ist kein Vorzimmer, sondern ein enger, langer Korridor, von dem einige Türen abgehen. Aus einem Zimmer fällt ein rechteckiger Lichtstreifen auf den halbdunklen Fußboden und die Wand. Sicher ist Klawdija Petriwna aus diesem Zimmer herausgekommen. Ich lege ab, wobei mich die Ruhe im Zimmer wundert. Ich hatte etwas anderes erwartet.

»Hierher!« flüstert Klawdija Petriwna und zeigt auf die erste Tür.

Schweigend öffne ich sie und trete ein. Hier ist es dunkel, nur aus dem Korridor und dem Nachbarzimmer fällt ein blasser Lichtstreifen. Aber die Türen werden in diesem Moment von jemandem fest verschlossen.

Klawdija Petriwna sucht erregt nach den Streichhölzern auf dem Tisch, wobei sie überall anstößt und mit den Armen wie eine Blinde fuchtelt. Schweigend zünde ich ein eigenes Streichholz an und gebe es ihr. Sie nimmt es, immer noch überall aneckend, murmelt etwas vor sich hin und sucht nach der Lampe, die auf der Kommode steht.

Das Zimmerchen ist klein und ärmlich, an den Wänden kleben bläulich-graue Tapeten mit rosaroten, üppigen Blumen. Die Ausstattung besteht aus einfachen und wackligen Möbeln. Alles ist mit Decken zugedeckt: der Tisch wie auch das Kanapee, die Wand, der Fußboden vor dem Kanapee und unter dem Tisch. Hier riecht es noch stärker nach Waschküche.

Klawdija Petriwnas Wangen glänzen in dem für sie üblichen Ziegelrot. Wie gewohnt, ist sie ganz in Schwarz gekleidet; sie ist schlank und geschmeidig; sie hat sich kein bißchen verändert, es ist, als ob wir uns nie getrennt hätten. Um den Hals trägt sie ein langes Kettchen mit schwarzen Perlen, was an einen Rosenkranz erinnert.

»Setzen Sie sich bitte!« sagt sie genauso flüsternd und geht zum Tisch.

Ich setze mich aufs Kanapee, das quietscht und mich gleich mit etwas Spitzem durchbohrt. Klawdija Petriwna steht da, als wage sie nicht, sich in meiner Gegenwart zu setzen, und drückt die Hände fest zusammen.

Aus dem Nachbarzimmer vernehme ich angeregtes Flüstern. Also sind dort noch andere Leute. Vielleicht gibt es überhaupt kein Kind?

»Schläft er?« frage ich laut. Und meine Stimme klingt seltsam inmitten der raschelnden und flüsternden Stille.

Klawdija Petriwna erschrickt und sagt im selben Moment schnell und schuldbewußt: »Ja, er schläft! . . . Aber wenn Sie wollen . . .«

»Nein, später! Wer ist dort?« Ich zeige mit dem Kopf auf die Tür, die ins Nachbarzimmer führt.

»Niemand! Meine Schwester und Kostja. Sie können in die Küche gehen.«

»Nein, warten Sie!«

Aber in diesem Moment hört man im anderen Zimmer leise Schritte, die sich vorbeizuschleichen scheinen, und dann ertönt vom Korridor her vorsichtig eine knarrende Stimme: »Klawa! Wir sind in der Küche!«

Genauso vorsichtig und ängstlich quietscht die Küchentür, und dann herrscht völlige Ruhe. Klawdija Petriwna legt automatisch die Hände an die Wangen und macht offensichtlich Anstrengungen, etwas zu sagen.

»Ich . . . ich bin . . . nicht schuld!« flüstert sie endlich und lächelt kläglich und zerstreut. »Ich schwöre beim Leben unseres Kindes, ich wollte die ganze Zeit . . .«

»Ich beschuldige Sie nicht, lassen Sie das! Da hilft alles nicht!«

Jetzt geht es nicht um ihre Schuld. Ich habe Angst vor dem Zimmer, in das ich jetzt gehen muß. In dem Augenblick, wo ich seine Schwelle überschreite, kann etwas passieren, was ich mit aller Kraft vermeiden muß.

Und da treibt mich auch schon etwas vom Kanapee hoch.

»Ich will ihn sehen!« sage ich in brutalem Befehlston.

Klawdija Petriwna stürzt ins Nachbarzimmer, macht die Tür vorsichtig und geräuschlos auf und sieht sich nach mir um. Wir sehen wohl wie Diebe aus, die sich heimlich in eine fremde Wohnung schleichen. Durch die halbgeöffnete Tür sehe ich eine Ecke vom Kinderbettchen.

Rosarote, zärtliche Dämmerung, Stille, diebische

Schritte, die nonnenhafte Bewegungen von Klawdija Petriwna, die rätselhafte Reglosigkeit der weiß verhüllten Wiege ...

Unwillkürlich gehe auch ich auf Zehenspitzen. Mein Gang und vielleicht noch etwas anderes in meiner Erscheinung oder auf meinem Gesicht geben jetzt den Bewegungen von Klawdija Petriwna mehr Sicherheit und Strenge. Sie macht mir ein Zeichen, näher heranzukommen, und hebt dann die Decke über dem Bettchen etwas an.

Ich trete näher und schaue. Inmitten von etwas Weißem liegt ein kleiner, rosaroter Fleck von der Größe einer Handfläche. Auf diesem Fleck zeichnen sich undeutlich Mund und Nasenlöcher ab. Weiter gar nichts. Die Augen und die Brauen sind nicht zu erkennen. Der Fleck liegt ganz reglos und ruhig da. Ich sehe ihn mir lange an, und Spannung wie auch Euphorie schwinden merklich, worüber ich mich sehr wundere. Hier ist nichts Geheimnisvolles, Besonderes, Erregendes – ein ganz gewöhnliches Gesicht eines ganz gewöhnlichen Menschen. Ich setze mich auf einen Stuhl, der an der Wand steht. Klawdija Petriwna legt die Decke wieder drüber und setzt sich ebenfalls.

Jetzt sehe ich, daß das rosarote Licht von einer Lampe kommt, die mit durchsichtigem, rosarotem Papier umwickelt ist. Aber das Licht ist zu schwach, um die Armseligkeiten des Zimmers zu verschönern. An den Wänden sind rosarote Tapeten mit blauen Blumen. An manchen Stellen hat sich das Papier gelöst und bildet Blasen, wie auf dem Körper nach Verbrennungen. In der Ecke sind verdächtige, schwarze Flecken zu sehen – wahrscheinlich von der Feuchtigkeit. Die Luft ist zu warm, feucht und dick. Die ganze Zeit über riecht es aufdringlich nach Wäsche, Seife und noch irgend etwas anderem, etwas Süßlichem und Unangenehmem.

Ich stehe auf – mir bleibt nichts weiter hier zu tun. Klawdija Petriwna erhebt sich auch, sie richtet die Gläser des Pincenez' auf mich und fragt ängstlich: »Sie gehen?«

»Ja, es muß sein! Klawdija Petriwna, da haben Sie vorerst etwas für die ersten Ausgaben ... Sie brauchen eine andere Wohnung, und überhaupt ...«

Ich lege ein Kuvert mit Geld auf den Tisch und begebe mich ins erste Zimmer. Jetzt gehe ich nicht mehr auf Zehenspitzen. Klawdija Petriwna folgt mir und schließt genauso vorsichtig und geräuschlos die Tür. Sie bleibt neben der Schwelle stehen, lehnt sich mit dem Kopf gegen den Türrahmen und beginnt leise zu weinen.

»Lassen Sie das, das ist überflüssig!« sage ich ärgerlich. »Leben Sie wohl, Klawdija Petriwna, ich habe keine Zeit!«

Sie sieht meine ausgestreckte Hand nicht und weint noch stärker.

»Worum geht es? Weshalb weinen Sie? Sie hätten früher weinen müssen. Na dann, auf Wiedersehen, ich muß ...«

Ihr Weinen geht bereits in leises Schluchzen über. Auf jede Bemerkung von mir hin wird es stärker. Klawdija Petriwna nimmt ein Taschentuch, das sie irgendwo hinter dem Kragen trägt, und drückt es ans Gesicht, während ihre Schultern und ihr Kopf ununterbrochen beben.

»Das ist unverständlich und langweilig, Klawdija Petriwna! Sagen Sie mir wenigstens, worum es geht!«

Sie bricht erneut in Schluchzen aus und bringt nur »O-oh! ...« hervor.

»Ich gehe jetzt!«

Ich drehe mich um und gehe entschlossen zur Tür.

»Warte!« sagt Klawdija Petriwna, naß von Tränen und unter Schluchzen flüsternd, und wischt sich schnell mit beiden Händen das Gesicht ab, wie Kinder es zu tun pflegen.

»Nur ohne Tränen bitte und ohne geheimnisvolles Schweigen. Wenn Sie etwas sagen wollen, dann bedienen Sie sich der menschlichen Sprache. Ich höre.«

Klawdija Petriwna schüttelt ihren Kopf eine ganze Weile lang leicht hin und her, ohne dabei ein Wort fallen zu lassen. Dann sagt sie mit tränenfeuchter Stimme: »Warum so grausam? Wofür?«

»Wieso ›grausam‹?«

Sie schüttelt erneut den Kopf. Diese Bewegung ist mir neu an ihr, und deshalb reizt sie mich besonders.

»Wieso denn ›grausam‹? Sagen Sie endlich wieso?«

»Woher ... woher bloß dieses Gefühl von Feindschaft, Haß und Abscheu? Wenn es meinetwegen wäre. Aber was hat er damit zu tun?«

»Abscheu? Haß? Wie kommen Sie darauf? Ich empfinde keinerlei Haß, ich verstehe nicht, warum Sie sich so etwas ausdenken!«

»Ich denke mir etwas aus! Ich!« Sie lächelt bitter.

»Klawdija Petriwna! Sie haben mir geschrieben, daß Sie nichts von mir wollen, daß Sie nichts fordern. Weshalb jetzt diese Ansprüche?«

Klawdija macht ein verwundertes Gesicht.

»Ansprüche? ... Ich und Ansprüche? ... Ich wage es, irgendwelche Ansprüche zu stellen? Welche denn? Wenn ... Ich und Ansprüche? Eine zufällige Geliebte, die Laune eines Augenblicks, weggeschmissen wie ein Putzlappen! Ich und Ansprüche?!«

»Weshalb dann die Tränen?«

»Ach, die haben überhaupt keinen Grund! Nur so! Vor Freude, vor Glück! Was brauche ich? Man hat mir Geld gegeben, hat sich gnädig umgeschaut. Was brauche ich mehr?«

»Und worauf haben Sie gehofft?« Ich fühle plötzlich

brennende Wut in mir ausbrechen, ich mache ein paar Schritte auf sie zu. »Worauf? Daß ich vor Entzücken darüber, daß Sie mich betrogen haben, aufjauchze? Ja-a?!«

»Ich habe Sie betrogen?« Sie wirft sich erschrocken und theatralisch, wie mir scheint, gegen die Wand.

»Ja, Sie haben mich betrogen, jetzt erkenne ich das ganz deutlich! Ganz deutlich, zum Teufel noch mal! Wer hat dir das Recht gegeben, ein Kind in die Welt zu setzen, wo du gewußt hast, daß ich mit dir keine Kinder haben will? Wer? Dein Vergnügen wolltest du haben? ... Dann trag jetzt auch die Verantwortung dafür!«

»Ich habe das nicht absichtlich, ich ...«

»Das ist mir ganz gleich! Wer kennt sich in dir aus! Du hast versprochen ... Du warst verpflichtet, alles zu unternehmen. Alles!«

»Sogar sterben?«

»Ach, laß mich in Ruhe! Neunzig Prozent der Frauen machen das, ohne dabei zu sterben, aber du wärst gestorben. Du wolltest einfach nichts tun, du hast sowohl dich selbst wie auch mich betrogen! Du hast gehofft, mich durch dieses Kind an dich zu binden. Ja, ja! Entschuldige bitte, aber das wird dir nicht gelingen! Das sind nämlich deine Ansprüche! Verstehst du? Deshalb weinst du! Weil ich dir nicht in die Arme gefallen bin und nicht gelobt habe, dich jetzt nie mehr zu verlassen. Nein, da hast du dich getäuscht. Dieses Kind gehört dir allein, ich trage keine Schuld an seiner Existenz. Ich habe es nicht gewollt. Ich bin betrogen, bestohlen, vergewaltigt worden, und ich will nicht, hörst du: ich will diese Gewalt nicht anerkennen! Und daß ich dir Geld gegeben habe, ist bereits ein Zeichen von Willensschwäche. Sogar das ...«

»A-ah!« Klawdija schreit wie besessen auf; sie rauscht mit ihrem schwarzen Rock an mir vorbei, eilt wie ein Wirbelwind zur Tür, reißt sie auf, stürmt ins Schlafzimmer und kehrt augenblicklich von dort mit dem

Kuvert in der Hand zurück. Auf der Türschwelle nimmt sie ungeschickt Anlauf und schleudert es mir mit aller Macht entgegen. Das Kuvert trifft mich an der Brust und fällt mir vor die Füße. Ich drehe mich um, gehe in den Korridor hinaus, nehme Pelz und Mütze vom Haken und trete ins Treppenhaus. Hinter mir höre ich Lärm, Schluchzen, Fußgetrappel in der Küche und einen kaum vernehmbaren, kläglichen und zarten Laut, der mein Herz höher schlagen läßt.

Ich ziehe mich im Treppenhaus an und gehe nach unten. Die Überschuhe habe ich vergessen.

Im Arbeitszimmer ist aufgeräumt. Die Lampe brennt. Im Sessel sitzt Weißkäppchen – ohne Pelz, in einem dunklen Kleid und akkurat gekämmt, so daß ihr nicht einmal die Haarsträhnen ins Gesicht fallen. Ich weiß bereits von Mykola, daß Weißkäppchen da ist; als ich eintrete, erhebt sie sich langsam, um mir entgegenzukommen, und blickt mich aufmerksam von der Seite her an. Ich gehe festen Schrittes auf sie zu, nehme zunächst eine und dann ihre andere Hand, drücke sie beide und sage: »Na also!«

Weißkäppchen versteht nicht, was ich von ihr will, und lächelt unentschlossen und scheu. Die gleichmäßige, graue Blässe des Gesichts läßt ihre Augen groß und dunkel erscheinen. Sie blicken bereits nicht mehr kindlich und schräg, sind erregt und in ängstlicher Erwartung weit geöffnet.

»Was ist?« fragt sie mit leichtem Unverständnis.

»Sie wissen nicht, was ist? Nein? Muß ich es Ihnen sagen und erklären? Ja?«

Irgendwo in meinem Inneren wundere ich mich selbst, wie ich jetzt so herrschsüchtig und selbstsicher mit ihr spreche. Wie kommt das?

Weißkäppchen wundert sich wohl auch, aber sie fügt

sich dieser Gewalt, sie zieht ihre Hände nicht zurück, hat die Augen zu mir aufgerichtet und sieht mich offen, ängstlich und bittend an. Ihre Hände sind kalt und willenlos, sie geben meinem Druck nach. Ich lege sie mir auf die Schultern und beuge mein Gesicht zu Weißkäppchen hinunter.

»Muß ich es erklären? Na?« flüstere ich drohend.

Weißkäppchen schweigt. Ihre Augen sind ganz dicht bei meinen. Ich sehe ihre grünlich graue Iris mit den Pünktchen und kleinen Dreiecken und die feuchte Aderhaut; darunter die leicht hervortretenden rührenden, bläulichen Backenknochen mit ein paar Sommersprossen – all das ist mir so bekannt und vertraut, es erregt mich.

»Mein Weißkäppchen!«

Und diese Worte platzen mit so zärtlichen und schmerzhaften Untertönen aus mir heraus, daß ich selbst vor ihnen zusammenzucke. Ihre Augen flackern verwundert – sie weiß ja nichts von diesem Namen, der für mich das Teuerste darstellt.

»Was für ein Weißkäppchen?« fragt sie kaum hörbar, und ihre Augen beginnen zu verstehen, sie werden dabei leicht trübe, denn sie lesen bereits in meinem Gesicht. Mich fröstelt; ich umschlinge ihren Rücken mit meinen Armen und ziehe sie leicht an mich. Für einen Augenblick ruhen ihre erschrockenen Augen auf mir, und dann fühle ich ihre rauhen, heißen und weich nachgebenden Lippen an meinen Lippen. Diese rauhen Lippen lassen mir das Blut tosend zu Kopf steigen. Unsere Zähne berühren einander.

Ich reiße mich von ihr los, spüre ein leichtes Drehen im Kopf und gehe zum Kanapee. Auf der Brust fühle ich noch die Berührung ihrer Arme, die wie leblos von meinen Schultern herabgeglitten sind, und auf den Lippen die rauhe Wärme ihrer Lippen.

Weißkäppchen steht nach wie vor noch an derselben Stelle, wie eine Verurteilte – mit herabhängenden Armen, ihrer schlichten Frisur, unbeweglich und starr. Dann wendet sie sich mir langsam zu und geht in meine Richtung, wobei sie kaum ihre Füße bewegt. Die Augen hält sie gesenkt, wie ein Mädchen, das der Vater gleich ausschimpfen wird. Direkt vor mir bleibt sie stehen und hebt die Augen, wobei sie den Kopf leicht zur Seite neigt. Was für ein lieber, vertrauter und kindlicher Blick! Sie schaut mich an und wartet auf etwas. Unbändig drängt es mich, sie zu umfassen und ganz kräftig, wie ein Kind, an meine Brust zu ziehen.

Plötzlich fällt sie vor mir auf die Knie, faßt mit beiden Händen nach meiner Hand und drückt diese unterhalb des Halses an ihre Brust. Sie schüttelt schweigend den Kopf, als ich sie hochheben will, und sieht mich aufmerksam an. Ihr Gesicht liegt im Schatten; nur in den nach oben gerichteten Augen glänzt das im Dunkel reflektierte Licht der Lampe.

»Erzählen Sie!« sagt sie kurz, abgerissen und kaum hörbar. Sie weiß, wo ich gewesen bin.

Ich berichte ruhig, ohne mich dabei aufzuregen. An einigen Stellen der Erzählung drückt sie meine Hand, und deshalb vergesse ich, wovon ich rede, ich bemerke nur ihre Hände auf meiner Brust und auf ihrer eigenen, die sich gleichmäßig hebt und senkt; erneut fühle ich ihre rauhe Wärme, und meine Gedanken drehen sich nur noch um Weißkäppchen, das vor mir kniet und mir ganz nahe und vertraut ist. Weißkäppchen ist bereits in mein Leben eingetreten und teilt es mit mir.

Und beim weiteren Erzählen empfinde ich weder Zorn gegen Klawdija Petriwna, noch bin ich verstimmt. Sie tut mir leid, ihr Schicksal schmerzt mich, und ich möchte alles tun, damit es ihr besser geht. Diese wie Federn aufgequollenen Tapeten, die warme, feuchte Luft in den winzig kleinen Zimmerchen, die naiven, weißen Tücher, die Ansichtskarten an den Wänden! Und sie ist einsam mit zwei Kindern, hilflos und weltfremd, sie hängt ihrer Schwester, die genauso ein Sonderling wie Klawdija ist, am Hals und hat keinerlei Hoffnungen und Zukunftsperspektiven! Kein Wunder, daß sie mich womöglich gegen ihren Willen durch dieses Kind halten wollte!

Weißkäppchen drückt meine Hand fester an ihre Brust, als wolle sie damit zeigen, daß sie mich nicht hergibt. Und gleich darauf senkt sie die Augen und sagt: »Und . . . was ist mit ihm?«

»Wie ich gesagt habe. Natürlich werde ich materiell helfen. Aber nicht, weil ich mich dazu verpflichtet fühle. Wenn ich das als meine Pflicht ansehen würde, wäre alles ganz anders. Ich mache es einfach aus einem persönlichen Gefühl heraus, aus Mitgefühl ihr gegenüber. Das ist der sicherste Weg, um diese Frage zu lösen.«

Weißkäppchen schweigt und heftet ihre Augen auf meine Knie. Ich merke, daß sie noch eine Frage auf der Zunge hat.

»Und Sie . . . Werden Sie dazu wirklich in der Lage sein?«

»Wozu?«

»Ihn ihr ganz und gar . . .«

»Und was soll ich tun? Eigentlich könnte ich ihr noch vorschlagen, daß sie ihn mir überläßt.«

Plötzlich merke ich, daß wir beide die ganze Zeit über die Worte »Kind« und »Sohn« vermeiden. Das berührt mich unangenehm.

»Aber ich weiß doch, daß sie den Sohn um keinen Preis hergibt. Ihr wegnehmen kann ich ihn nicht, nach dem Gesetz bin ich nicht der Vater, man wird ihn mir entziehen und mich noch für den Diebstahl eines fremden Kindes verurteilen. Was kann ich also tun? Sie zu meiner Frau nehmen?«

Ich lächele. So würde ich lächeln, wenn man mir vorschlüge, mir den Kopf abhacken zu lassen und dann in solch einem Zustand weiterzuleben.

»Und zumal jetzt ...«, sage ich und beuge mich zu ihrem Kopf hinunter. Weißkäppchen drückt meine Hand lange und kräftig und schmiegt ihre Wange an sie.

Ich will sie an mich heranziehen, aber Weißkäppchen kneift die Augen zusammen und schüttelt den Kopf.

»Nein!« sagt sie leise und steht auf. »Das muß nicht sein!«

»Weshalb?«

»Deshalb ...«

Ich lasse ihre Hände nicht los, blicke nach oben, in das leicht zu mir herabgeneigte, ernste, stille und gleichsam erschrockene Gesicht, und ein neues, besorgniserregendes Gefühl schleicht sich in mein Herz.

»Weißkäppchen, und wann ... wann beginnen wir unser Leben?«

Als habe sie diese Frage erwartet, sagt Weißkäppchen ruhig: »Wenn Sie mit ... dieser da alles arrangiert und geklärt haben.«

»Was gibt es da zu arrangieren und zu klären? Alles ist geklärt.«

»Ich meine endgültig und vollständig.«

»Gut! Das ist eine Frage von wenigen Tagen. Beginnen wir dann? Ja?«

»Ja!« antwortet Weißkäppchen sehr ernst und kaum hörbar, während sie langsam meine Hand freigibt. »Aber jetzt gehe ich nach Hause. Sie werden mich nicht begleiten! Ich möchte allein sein. Gut?«

Ich begleite sie nur bis zur Haustür. Auf meinen langen Händedruck reagiert sie fast gar nicht, sie lächelt und geht den Berg hinunter.

Ich stehe noch lange da und schaue zu, wie mein weißes, liebes und mir jetzt so nahes Weißkäppchen immer mehr entschwindet.

Direkt vom Gericht aus gehe ich zu Klawdija Petriwna.

Die Bäume stehen in mattsilbernem Rauhreifflaum. Der Tag ist etwas neblig, aber die Sonne scheint, und deshalb hängt ein riesiges, gelbes Rad am Himmel – dort, wo sonst immer die Sonne ist. Der Frost ist nicht allzu stark, aber eine bösartige, feuchte Kälte dringt durch alle Sachen. Ich friere im Pelz, und trotzdem gefällt mir dieses Wetter. Brandgeruch liegt in der Luft, hinter einer Straßenecke wärmt man sich auf. Dumpf und melancholisch bimmeln die Schellen an den Pferden der Droschkenkutscher; die Gestalten und die Silhouetten der Häuser lösen sich im Nebel auf.

Und bei Weißkäppchen im Zimmer ist es warm und behaglich. Sie sitzt da und lernt Spanisch, bisweilen lauscht sie ins Vorzimmer hinaus, ob es nicht klingelt.

Weißkäppchen, du mein Mädchen!

Zwei kleine Jungen laufen Schlittschuh auf dem Fußweg und fuchteln dabei mit den Händen, sie sehen sich ängstlich nach den Passanten um und haben Angst, ihnen gegen den Bauch zu fahren. Ich sollte mit Weißkäppchen auf die Eisbahn gehen, jetzt ist das möglich. Jetzt ist alles möglich!

Die weißen und schlanken Pappeln erinnern an Eisblumen auf den Fensterscheiben, in der Ferne verschmelzen sie mit dem Nebel. Jetzt ist es zwei Uhr, gegen Abend löst sich der Nebel, und der Himmel wird rot wie eine Melone. Mittag essen werde ich nicht; von Klawdija aus gehe ich gleich zu Weißkäppchen, und dort wird mir Maria Pylypiwna etwas anbieten.

Hauptsache, ich einige mich gütlich mit Klawdija. Überhaupt ist jetzt alles gut! Ich kann es schon nicht mehr verstehen – was habe ich an allem nur so furchtbar gefunden? Das ist doch eine ganz gewöhnliche Geschichte!

Das Treppenhaus erscheint mir heute nicht mehr ganz so fürchterlich. Es riecht zwar ziemlich schlecht, aber das erinnert mich an die Studentenzeit. Und auch die Wohnung ist eine echte Studentenbude – etwas feucht, schmutzig und anspruchslos.

Ein Fräulein mit sehr breiten, roten Lippen und wie mit der Rasierklinge geschnittenen schmalen, schwarzen Augen öffnet mir. Sie trägt eine Pelzjacke.

»Sie ist zu Hause, jawohl, bitte sehr! Kla-awa, für dich! Legen Sie bitte ab! Sie haben gestern Ihre Überschuhe vergessen, nicht wahr? Ich bin die Schwester von Klawdija Petriwna. Es freut mich sehr, Sie kennenzulernen. Hierher bitte! . . . Klawa!«

Auf der Schwelle des ersten Zimmers erscheint Klawa mit einem zerstreuten und verstörten Lächeln, das mich an die Zeit erinnert, als ich sie noch vor unserer Annäherung besucht habe. Sie war damals genauso zerstreut, obwohl sie von früh an auf mich gewartet hatte.

Auch jetzt hat sie offensichtlich gewartet, nicht allein, sondern gemeinsam mit der Schwester, die sich aufgeregt in meiner Nähe zu schaffen macht, komisch herumpoltert und mich aus ihren naiv aufmerksamen Augenschlitzen anschaut. Sie hat lange Arme und Beine wie ein Mann und eine grobe Stimme und sieht leicht bräunlich aus, wie eine Zigeunerin. Ihre breiten gewölbten Lippen erinnern wohl eher an eine Negerin. Wenn sie durch diese Lippen einen Ring gezogen hätte, würde ihr das sehr gut zu Gesicht stehen.

»Na denn, setzt euch ohne mich hin, ich muß zur Vorlesung . . .«, erklärt sie plötzlich und reicht mir die Hand. Ich drücke ihre Hand und sehe, wie außergewöhnlich schön, lieb und strahlend sie lächelt.

»Eine liebe Schwester haben Sie ...«, sage ich, als Klawdija die Tür geschlossen hat und zu mir zurückkommt.

»Wirklich?« sagt sie freudig und erstaunt, aber immer noch ebenso verstört; dann ändert sie sofort den Ton, ihre Stimme wird trocken, und sie beginnt: »Jakiw Wassyljowytsch, ich bin schuld an dem, was gestern passiert ist. Ich hätte nicht ...«

»Aber nicht doch, das muß nicht sein!« Ich stehe eilig auf, gehe zu ihr und fasse sie freundschaftlich an die Schultern. »Nicht Sie sind schuld, ich bin es. Das zum ersten. Und zum zweiten – vergessen wir, was gewesen ist. Sprechen wir darüber, was ist und was sein wird! Ich bin sehr froh, daß Sie nicht zornig auf mich sind, deshalb lassen Sie uns friedlich und ruhig miteinander reden. Einverstanden?«

Klawdija Petriwna sieht mich aufmerksam an; irgend etwas auf meinem Gesicht bringt sie aus dem Gleichgewicht.

»Da ist Ihr Geld ...« Schuldig und verlegen reicht sie mir den Umschlag hin, den sie vom Tisch nimmt.

»Gut, geben Sie her! Diese Frage müssen wir sowieso gründlicher besprechen. Also dann! ...«

Im Nachbarzimmer beginnt das Kind leise zu wimmern. Klawdija Petriwna macht ein erschrockenes Gesicht und stürzt in dieses Zimmer.

»Kostja! Was machst du da?«

Durch die geöffnete Tür sehe ich Kostja neben der weißen Wiege stehen. Er blickt ebenfalls erschrocken und schuldig mit runden Augen zur Mutter auf und sagt schnell, sich rechtfertigend: »Ich mach überhaupt nichts, Mama. Ich steh bloß so da und gucke. Mika selbst ist mit der Hand am Bettuch hängengeblieben. Er war es selbst, Mama, bei Gott!«

Ein seltsames, banges Interesse zieht mich in dieses

Zimmer. Ich frage laut: »Darf ich zu Ihnen kommen, Klawdija Petriwna?«

»Natürlich, ja!« schreit Kostja, der mich begeistert empfängt.

Klawdija kommt mir von der Wiege entgegen und sagt leise, mit einem ängstlichen Vorwurf in der Stimme: »Was soll das? Natürlich dürfen Sie!«

Und von neuem fallen mir die ersten Tage unserer Bekanntschaft ein, als ich mich an dieses »Was soll das«, das sie bei den unterschiedlichsten Gelegenheiten benutzt, überhaupt nicht gewöhnen konnte.

»Guten Tag, Jakiw Wassyljowytsch!« sagt Kostja mit einem Gesichtsausdruck, als wisse er etwas; er ist einen Schritt zurückgetreten und hat den Kopf zur Seite geneigt.

»Grüß dich, Kostja! Wie groß du bist! Du bist ja ein junger Mann geworden!«

Kostja lächelt verschämt mit seinen schlechten Zähnen, und ich gehe ganz ohne Eile ans Bettchen, über das sich Klawdija beugt. Kostja läuft um die Wiege herum, hält sich an deren Rand fest und schaut hinein, wobei er lacht und mir listig zublinzelt.

»Kostja, geh ins Zimmer!« sagt Klawdija Petriwna streng.

»Ich will nicht!«

»Kostja!«

Es ist der bekannte, drohend kategorische Gesichtsausdruck, vor dem Kostja niemals Angst gehabt hat.

»Lassen Sie doch, jagen Sie ihn nicht weg!« sage ich mit weicher Stimme.

»Jakiw Wassyljowytsch ist einverstanden. Also?« Kostja wackelt wie ein Sieger mit dem Kopf. »Er ist doch der Vater! Wenn mein Vater hier wäre . . .«

»Kostja! Ich geb dir mein Ehrenwort . . .«

Kostja macht ein saures Gesicht, tut so, als fürchte er

sich, und verbirgt sich hinter der Wiege. In meinem Inneren hallt das Wort »Vater« unruhig und ängstlich wider. Ich trete an die Wiege heran und blicke hinein. Tief drinnen liegt wie in einem viereckigen Nest ein winziger, bräunlich rosafarbener Körper im kurzen Hemdchen. Die nackten, runden Füßchen, die noch kaum Muskeln haben, bewegen sich, sie strampeln ziellos hin und her. Die Händchen mit den krummen, roten Fingern greifen durch die Luft, bisweilen fassen sie nach der Decke und ziehen sie heftig weg. Und sein kleines Gesicht wirkt gleichgültig, ruhig, schweigsam, die Augen stehen weit auseinander und irren in der Gegend umher.

»Nicht wahr, Jakiw Wassyljowytsch, er ist Ihnen sehr ähnlich?« fragt Kostja mit lauter Stimme und lacht; er ist auf einen Stuhl geklettert und blickt von oben hinunter ins Bett.

»Kostja! Wenn du nicht aufhörst ... Komm vom Stuhl herunter! Du fällst noch auf Mika!«

Ist er mir wirklich ähnlich? denke ich und vertiefe mich in das winzig kleine Gesicht. Ja, er hat dichtes, schwarzes Haar und eine hohe Stirn.

Und ich habe den Eindruck, daß sich dieses Gesicht jeden Augenblick bewußt zu mir umdrehen wird, die Augen erkennen mich, und es wird lächeln und mir irgend etwas sagen. Seltsam nur, daß es so unregelmäßig und gleichgültig ist. Unwillkürlich schnipse ich mit den Fingern und versuche, es anzulächeln.

»Er lacht noch nicht«, bemerkt Klawdija Petriwna leise.

»Ach, noch nicht? So ist das also! ... Ja, ja, das kommt später.«

Trotzdem möchte ich gern, daß er mich wenigstens anschaut und auf mich aufmerksam wird. Erneut schnipse ich mit den Fingern, aber das macht nicht den geringsten Eindruck auf ihn.

Als verstünde sie meinen Wunsch, beugt sich Klawdija Petriwna zu dem Kind hinunter, wickelt die Füßchen in eine Decke und nimmt es aus der Wiege. Beim Hochheben wirkt sein Gesicht rot vor Anstrengung, es glänzt in einem inneren, weichen und verhalten stolzen Licht. Sein rosaroter Körper schwankt, und ich befürchte, daß er jeden Moment in die Wiege zurückfallen wird. Jetzt, vom Tageslicht erhellt, wirkt das Gesicht sehr unschön, faltig, es hat wenig menschliche Züge. Die Augen sind trüb und verständnislos, sie schweifen blicklos umher.

»Mika! Schau Papa an!« schreit Kostja.

»Mika – soll das Mychailo sein?«

»Ja, Mychailo!« antwortet Klawdija und sieht dabei nicht mich, sondern Mika an.

Und in diesem Augenblick scheint sie größer zu werden, sie wirkt nachsichtig, ruhig und sogar achtunggebietend. Vorsichtig greife ich nach einem Händchen und stelle erstaunt fest, wie sich die winzigen, kalten Fingerchen festklammern. Aber das kleine Gesicht bleibt gleichgültig, und die Augen irren leblos im Zimmer umher. Ich will die Hand heben, aber die Fingerchen lassen mich nicht los. Ich weiß, daß das rein instinktiv geschieht, es ist ein Überbleibsel der Fähigkeit unserer Vorfahren, auf die Bäume zu klettern und sich an die Äste zu klammern, aber ich habe das Gefühl, daß mich dieses Händchen bewußt festhält.

Das ist doch mein Kind, das bin ich selbst! Allerdings spüre ich weder Schmerz noch Zärtlichkeit und seelische Schwäche wie einst, als ich mir dasselbe beim Anblick Andrikos gesagt habe. Jetzt ist das eher ein erregendes und undeutliches Gefühl, das auf mir lastet, es ist kläglich und sogar abstoßend. Was soll ich denn mit ihm tun?

Mit dem Finger der anderen Hand berühre ich ganz

leicht Mikas Wange. Durch die rötliche Farbe und die Flecken war sie mir hart erschienen, jetzt bin ich von ihrer samtenen Geschmeidigkeit angenehm überrascht. Mika wackelt teilnahmslos mit dem Köpfchen, ohne dabei meinen Finger zu bemerken. Aber plötzlich erstarrt er, er dreht sich zur Mutter um und reißt die Augen nicht von ihr los.

»Was hat er?«

»Das Pincenez ...«, lächelt Klawdija. »Es glänzt ... Das Pincenez war das erste, was er an mir erkannt hat.«

Kostja springt vom Stuhl und läuft in eine Ecke. Ich spüre, wie sich die Fingerchen öffnen und meine Hand freigeben. Kostja kommt mit einer Spiegelscherbe aus der Ecke zurück und versucht, Sonnenkringel an die Wand zu werfen. Aber draußen ist es trübe, im Zimmer reicht das Licht für die Kringel nicht aus. Mika jedoch bemerkt den Spiegel, er starrt ihn schweigend und ernst mit seinen trüben Augen an.

»Darf man im anderen Zimmer rauchen?«

»Was soll das? Natürlich darf man!«

Ich gehe hinaus und stecke mir eine Zigarette an. Bei Tag machen die Zimmerchen und alles andere einen noch miserableren Eindruck. Heute ist der Wäschegeruch nicht ganz so stark, vielleicht deshalb, weil weniger geheizt ist als gestern. Der Stuhl, auf dem ich mich niederlasse, wackelt, und ich setze mich aufs Kanapee. Auf ihm schläft wohl Klawdijas Schwester, denn im anderen Zimmer gibt es nur ein großes Bett.

Klawdija Petriwna kommt mit Mika heraus und setzt sich an den Tisch. Mika und eine von ihren Brüsten sind mit einem blauen Tuch bedeckt, durch das ich ein Stück nackte Haut und das Gesicht von Mika sehe, das sich an Klawdija festgesaugt hat.

»Um diese Zeit bekommt er sein Mittag«, sagt Klawdija Petriwna gleichsam entschuldigend und deckt die

Brüste zu. Ihr Gesicht wirkt etwas gelb und müde, es ist merklich gealtert.

»Ist er ruhig?« frage ich, um irgend etwas zu sagen.

Sogleich verändert sich Klawdijas Gesicht, es überzieht sich mit einem frohen, klaren Lachen.

»O ja! Erstaunlich still und geduldig ist er. So ruhig und sanft. Meine Schwester hat sogar Angst, weil er nicht schreit und nicht weint. Kinder müssen schreien. Aber warum soll er schreien, wenn er gesund ist und wenn es ihm gut geht? Nicht wahr? Das ist wohl sein Charakter. Kostja hat immer geschrien, bei Tag und bei Nacht.«

»Na, was kann denn ein Kind mit einem Monat für einen Charakter haben?«

»Was soll das? Natürlich hat es den. Hast du etwa ... Haben Sie etwa ...«

Dieser Fehler läßt sie verlegen werden, und sie schweigt, da sie vergessen hat, was sie sagen wollte. Mikas Schmatzen ist zu hören. Manchmal stößt er mit dem Köpfchen gegen die Brust, so wie es saugende Kälbchen bei der Kuh tun.

»Du, du!« sagt Klawdija, wobei sie zärtlich die Stirn in Falten zieht, und berührt ganz sacht sein Köpfchen.

»Er beißt ...«, erklärt sie verschämt mit stiller Freude.

Nein, niemals! Gar nicht daran zu denken, daß sie ihn weggeben könnte!

Wir schweigen. Ich will nicht gehen – es ist so angenehm, zuzusehen, wie sich das Tuch über dem kleinen Kopf rhythmisch bewegt, wie sich Säfte aus einem Wesen in ein anderes Wesen ergießen. Und dieses andere Wesen ist ein Teil von dir selbst. Klawdija gegenüber hege ich ein unbestimmtes Dankbarkeitsgefühl. Unbedingt muß ich für sie so schnell wie möglich eine andere Wohnung finden und ein Dienstmädchen nehmen, damit es ihnen besser geht.

Ich warte, bis sie mit dem Stillen fertig ist, um Einzelheiten mit ihr zu besprechen.

»Er schläft ein!« flüstert Klawdija. Aber der stillgewordene Mika beginnt von neuem zu saugen, weil sich die Mutter beim Flüstern bewegt hat. Wir beobachten ihn schweigend. Jetzt, wo sein Gesicht bedeckt ist und ich nur die schwarzen Haare sehe, spüre ich weder Beklemmung noch Abscheu, und seltsame Trauer und Unruhe ergreifen von mir Besitz. Wenn das Köpfchen ab und zu gegen die Brust stößt, möchte ich es gerührt streicheln oder küssen – früher hatte ich so einen Wunsch nie verspürt.

Endlich bewegt sich das Tuch überhaupt nicht mehr. Klawdija Petriwna zuckt absichtlich, aber Mika schläft fest. Sie nimmt ihn vorsichtig von der Brust, schließt die Knöpfe und legt das Tuch zur Seite. Die Augen sind ruhig geschlossen, Brauen hat er so gut wie keine, die Lippen sind streng und ernst zusammengepreßt. Jetzt scheint in diesen winzigen, rührend unschönen und reinen Zügen sowohl Ausdruck wie auch Bewußtsein zu liegen.

»Sehen Sie sich das Kinn an!« flüstert Klawdija.

Ich schaue hin und erkenne mich sofort. Etwas Banges und Unfaßbares durchdringt mich für einen Augenblick, als hätte ich mich geteilt und könnte mich sehen, wie ich auf den Armen dieser Frau liege.

»Ja, das scheint an mein Kinn zu erinnern . . .«, sage ich mit erzwungenem Lächeln.

Das Kinn ist langgezogen, es hat eine Vertiefung an der Spitze, wie auch mein Kinn.

»Und da . . . Schauen Sie!«

Und Klawdija Petriwna zieht vorsichtig die Decke von Mikas Brust und zeigt mir ein kleines Muttermal etwas oberhalb des Bauchnabels, das die Größe einer Erbse hat. Erneut kommt dieses bange Gefühl in mir auf, das von einer übernatürlichen Erscheinung herzurühren scheint. Dieses Muttermal gleicht meinem aufs Haar, und genau wie bei mir erinnert es an einen Käfer – bei mir allerdings an einen riesigen Maikäfer, bei ihm an ein winziges Marienkäferchen.

Mika macht mit den Lippen eine Bewegung, als schnappe er nach irgend etwas; Klawdija Petriwna erschrickt, deckt ihn schnell zu und trägt ihn ins Schlafzimmer. Und ich zünde mir eilig eine Zigarette an und gehe seltsam erregt im Zimmer hin und her, immer drei Schritte nach vorn und dann wieder zurück. Wie seltsam und wie ... unschön das alles ist!

Als Klawdija zurückkommt, setzt sie sich seitlich zum Tisch und wartet schweigend. Ich weiß nicht, wie ich anfangen soll, und frage: »Ist Ihre Schwester das erste Jahr in Kiew?«

»Ja. Sie wollte Volksschullehrerin werden. Sie hatte etwas Geld gespart und einen Lehrgang begonnen. Allerdings hat sie die Prüfung nicht bestanden ...«, fügt Klawdija leiser hinzu.

Ich verstehe, wie es zu diesem Mißerfolg gekommen ist.

»Na, das macht nichts! Das läßt sich beheben. Also dann, Klawdija Petriwna, lassen Sie uns freundschaftlich und im guten einige Fragen besprechen. Ja?«

Klawdija Petriwna wirft mir einen kurzen Blick zu und antwortet leise, aufgeregt und etwas stumpfsinnig: »Wollen Sie mit mir jetzt etwa freundschaftlich reden?«

»Und was sonst? Was können Sie mir vorwerfen?«

Sie schweigt eine Weile, als kämpfe sie mit sich selbst, und stößt schließlich hervor: »Warum siezen Sie mich?«

Und gleich darauf, ohne mich zu Wort kommen zu lassen, fährt sie hitzig fort: »Ist das etwa ehrlich? Freundschaftlich? Sie haben Angst, daß ich es nicht richtig verstehe. Doch da irren Sie sich, Sie wissen, daß ich ...

ich verstehe es so, wie es sein muß. Aber Sie wollen einfach nicht! Ich bin Ihnen fremd! Wie kann man da freundschaftlich reden? Warum das alles?«

»Hm! Aber Sie selbst siezen mich doch die ganze Zeit über!«

»Was soll das? ... Ich muß so reden, wenn es Ihnen anders nicht genehm ist. Aber ich ... Mir ist es unangenehm, ich schäme mich, Sie zu Ihnen zu sagen.«

»Also gut, sagen wir du zueinander!«

»Nein, mit Zwang geht das nicht!«

»Warum denn mit Zwang? Ich will nur ... Wie soll ich es dir sagen? Ich habe bloß gedacht, daß es so besser ist. Aber ich bin einverstanden, das war nicht richtig. Und wenn du es wissen willst – auch mir selbst ist es unangenehm. Schluß damit! So! Gib deine Hand!«

Ich lächele und strecke ihr die Hand hin. Klawdija Petriwna bewegt sich nicht und sieht nach unten, dann gibt sie mir langsam und verschämt ihre Hand.

»Wunderbar! Und jetzt reden wir! Zuallererst braucht ihr eine neue Wohnung. Dann nehmt ihr euch ein Dienstmädchen, Möbel müssen gekauft werden, und ihr verpflegt euch anständig. Führt deine Schwester den Haushalt?«

»Ja. Nur ...«

»Also werde ich mit ihr eure Ausgaben überschlagen. Das wäre das erste.«

»Ja, wir haben aber gestern die Wohnung bezahlt. Und Olja sagt, daß man Geld nicht wegschmeißen darf, wir müssen so lange bleiben ...«

»Unsinn! Die Gesundheit ist wichtiger als Geld. Darüber werde ich mit ihr reden. So! Jetzt also weiter ... Willst du in Kiew bleiben?«

»Ja, bis ...«

»Hervorragend! Um so besser! Heißt das auch, daß ich euch besuchen darf?«

Klawdija Petriwna schweigt.

»Darf ich, Klawdija Petriwna?«

»Was soll das?« fragt sie fast flüsternd. »Du weißt doch selbst, daß ... Was soll die Frage?«

»Na also! Gut!«

Ich überlege, was man noch verabreden müßte, aber mir fällt nichts ein. Aus irgendeinem Grunde bin ich verlegen.

In diesem Moment beginnt Mika im Schlafzimmer plötzlich laut zu weinen. Wie von der Tarantel gestochen, springt Klawdija Petriwna auf und läuft hin. Auch ich folge ihr aufgeregt.

Auf einem dicht an die Wiege herangerückten Stuhl steht Kostja und schaut Klawdija erneut mit schuldbewußten, runden Augen an.

»Was hast du mit ihm gemacht?! Was hast du getan?« schreit Klawdija Petriwna erschrocken.

Kostja erschrickt noch mehr und stottert: »Ich hab nichts gemacht. Ich wollte nur die Decke glattziehen ...«

»Du lügst, du schlimmer Junge! Sag, was du getan hast! Sag's, sonst werd ich dich ...«

Kostja bedeckt den Kopf mit seinen Händen, als befürchte er Schläge, und setzt sich auf den Stuhl. Klawdija Petriwna stürzt zu Mika, der übrigens schon wieder schläft.

Sie steht noch eine Weile über ihn gebeugt, dann hüllt sie die Wiege in einen weißen Vorhang, geht zurück zu Kostja, der auf seinem Stuhl krumm dasitzt, und flüstert ihm drohend zu: »Wenn du es wagst, dich ihm irgendwann noch einmal bloß zu nähern, bloß zu nähern ... ich weiß nicht, was ich dann tue. Scher dich in die Küche, setz dich dort hin! Hau ab!«

Wie ein sattes Tierjunges wirft Kostja einen schiefen und düsteren kurzen Blick auf die Mutter, rutscht von seinem Stuhl und geht langsam zur Tür. An der Schwelle bricht er in lautes Schluchzen aus; böse und mit voller Wucht die Tür hinter sich zuschlagend, läuft er weg. Sein Schluchzen erweckt mein Mitleid, aber das Türklappen reizt und erregt mich. Wer weiß, was dieser Junge für Mika empfindet? Sicherlich ist er eifersüchtig und haßt ihn, weil er ihm die Mutterliebe genommen hat. Und Klawdija versteht es nicht, ihm im guten alles zu erklären und seine Gefühle zu lenken – sie kann nur auf ihn einschreien oder ihn sinnlos küssen.

Mein Ärger richtet sich nicht mehr gegen Kostja, er überträgt sich auf Klawdija, und ich errege mich immer mehr.

»So ein garstiger Junge! Was ist das für ein fürchterliches Kind! Wie oft hab ich ihm gesagt: Wag es nicht, an die Wiege zu gehen! Einfach dreinschlagen möchte man . . .«

Ich halte mich zurück, um nicht grob zu werden.

Wir gehen wieder ins erste Zimmer und schweigen eine Weile. Klawdija hat anscheinend diesen kleinen Zwischenfall schon vergessen, sie denkt an etwas anderes, wobei sie sich abermals aufregt. Aber diese ihre Erregung und ihr sanfter, ängstlicher und beinahe unterwürfiger Ausdruck sind mir widerwärtig. Sie hat sich beruhigt, sie denkt nur noch an sich selbst. Immer und überall sieht sie nur sich selbst, alles erregt, erzürnt und erfreut sie in dem Maße, in dem es sie selbst betrifft. Sobald nur der Grund beseitigt ist, der sie selbst unmittelbar berührt, denkt sie bereits nicht mehr daran. Voraussicht, Analyse, die Fähigkeit, Schlußfolgerungen zu ziehen – dazu ist sie nicht im geringsten in der Lage.

Es ist doch ganz klar, daß sich zwischen den Kindern schwierige, unnormale und bedrohliche Beziehungen anbahnen werden. Klar, daß man sich jetzt schon, ohne auch nur einen Moment zu zögern, aufmerksam und klug damit befassen muß; man muß etwas tun, und das systematisch, mit Liebe und Ruhe, und man darf es keinen Augenblick außer acht lassen und sich zufriedengeben. Und sie hat Kostja in die Küche gejagt, damit Mika nicht weint und ihr blindes, stürmisches Muttergefühl nicht durcheinanderbringt, und das ist alles. Was zum Teufel sollte dieser Schreck? Was ist hier eigentlich Furchtbares passiert?

»Darf ich dir eine Frage stellen, Jakiw?« fragt Klawdija plötzlich ängstlich und erregt.

Diese Angewohnheit, weit auszuholen und nicht einfach aufs Ziel zuzusteuern, sondern unentschlossen im Schneckentempo zum Ziel zu kommen, reizt mich ebenfalls.

»Bitte sehr, frage!«

Ich bemühe mich aus ganzer Kraft, ruhig zu bleiben.

Sie schweigt. Sie schweigt und wird noch lange schweigen, dann kriecht sie ein bißchen näher heran und schweigt von neuem.

»Wirst du mir nicht böse sein? Hast du nichts dagegen?«

»Du bist seltsam, Klawdija. Woher soll ich wissen, wonach du mich fragen wirst? Frag doch!«

»Aber denk nicht, daß ich ... Jetzt bist du schon böse.«

»Ich denke nicht daran! Ich kann dir ja mein Wort geben, daß ich nicht böse werde. Frag, was du willst! Nur schneller!«

Sie erregt sich lange, ohne etwas zu sagen, und fragt schließlich leise und niedergeschlagen: »Liebst du jemanden?«

Hab ich's doch gewußt, daß sie danach fragen wird. Das nennt sich also Freundschaft. Sie hat wohl überhaupt keine Hoffnung mehr.

Einen Moment lang tut sie mir jedoch leid: Sie

macht ein so angespanntes und gleichzeitig sanftmütiges Gesicht, sie scheint auf alles vorbereitet zu sein und dennoch gewisse Hoffnungen zu hegen. Aber der Augenblick ist sehr geeignet, um von Anfang an unsere Beziehungen zu klären. Eigentlich hätte ich das bei der Absprache der »Bedingungen« sagen müssen. Und ich antworte ernsthaft und fest: »Ja, ich bin verliebt.«

Klawdija zeigt keine Regung, und ihr Ausdruck ändert sich kein bißchen. Ihr Schweigen und die Reglosigkeit halten allerdings ein bißchen zu lange an.

»Ist sie ein Fräulein?« flüstert sie heiser von oben herab.

»Ja.«

Wieder eine große Pause.

»Wirst du sie heiraten?«

»Ja.«

Sie beißt sich auf die Unterlippe, lange Zeit und nachdenklich; den Kopf neigt sie leicht nach unten, als wolle sie ihr Gesicht vor mir verbergen.

»Bald?« fragt sie flüsternd.

An dieser Stelle bringe ich es nicht fertig, mit »in dieser Woche« zu antworten, und ich sage gewohnheitsgemäß so leicht dahin, ohne besonders konkret zu sein: »In etwa zwei Monaten.«

Klawdija steht schwerfällig auf und geht, ohne ein Wort zu sagen, ins Schlafzimmer, wobei sie ihr Gesicht abwendet.

Ich beginne zu rauchen, hüstele, um ein drückendes und ärgerliches Gefühl loszuwerden, und gehe im Zimmer auf und ab, hin und wieder gegen einen Stuhl stoßend. Hinter dem Fenster steht unbeweglich, wie grauer Rauch, der Nebel, in dem sich die Umrisse der Häuser und Fenster undeutlich abzeichnen.

Länger halte ich es in diesen schwermütigen und

ärmlichen Zimmerchen, die mir wie Gefängniszellen vorkommen, nicht aus.

»Klawdija Petriwna! ... Ich gehe. Morgen komme ich um sechs, um mich mit Ihrer Schwester zu unterhalten. Auf Wiedersehen!«

Hinter der Tür bleibt es still. Ich öffne sie und sehe Klawdija: Sie sitzt auf dem Stuhl, auf dem Kostja stand, und hat den Kopf auf den Wiegenrand gelegt.

»Auf Wiedersehen, Klawa! Ich muß gehen. Morgen komme ich um sechs.«

Sie bewegt sich nicht. Ich bleibe eine Weile stehen und gehe dann zu meinem Pelz, wobei ich mich bemühe, nicht laut aufzutreten.

Langsam gehe ich zu Fuß durch die Straßen. Dort, in diesen Zimmerchen, hatte ich angenommen, daß ich mich sofort leicht und ruhig fühlen werde, wenn ich nur dieses Haus verlassen habe. Aber dieses unruhige und drückende Gefühl klebt fest in mir, so wie der Nebel an der Straße. Und ich kann nicht begreifen, was in ihm eigentlich überwiegt: Unzufriedenheit mit mir selbst, mit Klawdija, oder Reue, irgendein Schuldgefühl, die Sorge um Mika ...

Ich nehme eine Droschke und fahre zu Weißkäppchen. Aber auch sie ist, wie die Sonne, vom Nebel eingehüllt, und ich zucke fröstelnd mit den Schultern.

Nach diesen Zimmerchen, nach dem quietschenden Kanapee und den vor Feuchtigkeit aufgequollenen Kleinbürgertapeten erscheint mir Weißkäppchens Zimmer prächtig und über alle Maßen bequem.

Weißkäppchen schmollt mit mir, wobei sie sich bemüht, die Verwirrung und Erregung über mein spätes Kommen und andere Gefühle zu verbergen, und sagt abgehackt: »Setzen Sie sich doch! Sind Sie durchgefroren? Ihre Hände fassen sich wie Eiszapfen an. Wollen Sie Tee?«

Und sie schaut mich scharf und fragend an, stellt etwas von einem Fleck auf einen anderen und erweckt den Eindruck, sie sei sehr beschäftigt.

Als sie an mir vorbeigeht, greife ich nach ihrer Hand und drücke sie an mein Gesicht. Und davon werde ich sofort besänftigt, meine Seele beruhigt sich. Ihre warme Hand liegt auf meiner Wange.

»Mein Weißkäppchen!«

»Was ist?« antwortet sie zärtlich, während sie über mir steht und mir mit einem langen, verstehenden Blick direkt in die Augen sieht. Dann schiebt sie mit der anderen Hand eine Haarsträhne zurück, die auf mein Gesicht gefallen war, und streicht sie vorsichtig glatt. Das erregt mich.

»Ich war bei Klawdija Petriwna. Jetzt komme ich direkt von ihr.«

Die Hand auf meiner Wange macht eine Bewegung, als wolle sie mich streicheln.

»Schwer ist das alles, Weißkäppchen. Und nicht schön. Schlimm.«

Jetzt möchte ich mich beklagen und jemandem die Schuld zuschieben.

»Warum?«

»Ich weiß es nicht ... Irgendwie ...«

Ich berichte von meinem heutigen Besuch, und Weißkäppchen steht wie versteinert da und hört zu. Aus irgendeinem Grunde habe ich keine Lust, ausführlich von Mika und von meinen Gefühlen zu erzählen, und ich erinnere nur kurz und beiläufig daran.

»Die Ärmste!« sagt Weißkäppchen düster, befreit ihre Hand und macht einen Schritt von mir weg. An der Stelle, auf der ihre Hand lag, wird es kalt. Weißkäppchen setzt sich in den Sessel und kneift die Augen zusammen.

Plötzlich spüre ich Empörung in mir aufsteigen, und ich werde zornig. Ich stehe auf und laufe schnell im

Zimmer auf und ab, wobei ich mir Mühe gebe, die Kontrolle über mich nicht zu verlieren. Aber Reizbarkeit und Zorn werden größer. Mir scheint, Klawdija hat sich an mir festgesaugt, und ich möchte sie abschütteln, sie angewidert wegschmeißen.

»Aus welchem Grund?« sage ich verständnislos und bleibe vor Weißkäppchen stehen. »Aus welchem Grund?«

»Was heißt das – ›aus welchem Grund‹?«

Ich befürchte, etwas Unnötiges zu sagen, und gehe erneut auf und ab, ohne zu antworten. Aber das führt nur dazu, daß sich meine Reizbarkeit mit noch größerer Kraft Luft verschafft: »Aus welchem Grunde muß ich mir Gedanken machen und mich um etwas dort kümmern, aus welchem Grunde muß ich mich verpflichtet fühlen? Soll sie doch selbst für das, was sie verschuldet hat, die Verantwortung tragen!«

Weißkäppchen schweigt und denkt angestrengt nach.

»Und Sie wollen für die Ihren nicht die Verantwortung tragen?« fragt sie plötzlich leise.

»Doch! Ich bin dazu bereit! Aber doch nicht für die, die man mir aufgezwungen hat, die durch Betrug zur Welt gekommen sind!«

»Und wenn es gar keinen Betrug gibt und sie zufällig selbst zum Opfer geworden ist? Weshalb mußte sie denn dieses Opfer auf sich nehmen?«

In meinem tiefsten Inneren erkenne ich dieses Argument an. Aber dadurch, daß ich es anerkenne, wird das Gefühl der Bindung an Klawdija stärker, und ich will mich doch gerade von ihm befreien. Und deshalb sage ich: »Sie hat die Verantwortung auf sich genommen.«

»Eigentlich verstehe ich gar nicht, worüber Sie sich so aufregen. Sie verlangt doch nichts von Ihnen!«

Auch ich selbst weiß nicht, worum es geht. Ich weiß nur, daß mich irgend etwas beunruhigt.

»Ja, sie verlangt nichts. Aber ich werde zornig, und wenn es nur deshalb ist, weil ich sie belügen muß. Und ich will nicht lügen ...«

»Dann tun Sie's doch nicht!«

»Das hieße, ohne Notwendigkeit grausam zu sein. Ich habe aus Mitleid gelogen. Und ich will das nicht. Ich will nicht, daß das meine Beziehungen zu Ihnen trübt und zerstört.«

Weißkäppchen hebt verwundert die Augenbrauen.

»Was kann unsere Beziehungen zerstören? Habe ich Ihnen vielleicht auch nur den geringsten Anlaß dafür gegeben? Oder bemerken Sie in sich selbst irgendeine Veränderung?«

»Sie werden schon allein dadurch beeinträchtigt, daß wir unser gemeinsames Leben so lange zurückstellen müssen, bis alles mit ihr geregelt ist. Ich verstehe, daß das sein muß. Aber es bringt mich in Wut.«

Als ich das sage, spüre ich, daß ich lüge, daß es nicht daran liegt, aber woran es liegt, verstehe ich selbst nicht.

»Na gut ...«, sagt Weißkäppchen etwas unentschlossen und macht große Augen, wie es Kinder zu tun pflegen. »Wenn Ihnen das schwerfällt, dann bin ich auch so bereit.«

»Nein nein, ich will nicht! Das ist nicht das Richtige. Zuerst muß ich alles zum Abschluß bringen. Ich kann so nicht ... Verzeihen Sie, Halja, das sind alles Dummheiten! Es gibt eigentlich überhaupt nichts Schlimmes, ich bin einfach etwas nervös und ... hungrig. Seit früh habe ich nichts gegessen. Der Grund ist sehr einfach und banal.«

»Ist das wahr? Sie haben nichts gegessen?« Weißkäppchen fährt besorgt in die Höhe. »Kommen Sie! Ich werde Ihnen etwas zurechtmachen.«

»Gleich! Messen Sie meinen Worten bloß keine Bedeutung bei! Einverstanden? Und sagen Sie mir, aber bitte offen und ehrlich: Hat diese Geschichte Ihr Verhältnis zu mir nicht beeinträchtigt? Sagen Sie es jetzt, gleich am Anfang, sich selbst und mir.«

Weißkäppchen sieht nach unten und schweigt.

Ich warte erregt.

»Es hat mir weh getan ...«, sagt Weißkäppchen schließlich leise und gleichmäßig.

»Was besonders?«

»Ich weiß es nicht. Alles zusammen. Das zieht alles in den Schmutz ... Und noch irgendwie ... Ich weiß nicht. Aber jetzt ist es schon besser. Ich habe viel nachgedacht und ...«

Sie hält ein.

»Und?«

»Und jetzt ist es leichter. Aber da muß alles genau geklärt werden«, fügt sie plötzlich zornig hinzu und sieht mir in die Augen.

»Was muß geklärt werden, Weißkäppchen?«

»Ich weiß nicht, aber so kann es nicht bleiben. Na, gehen wir! Ich mache Ihnen was zurecht.«

Im Speisezimmer ist niemand. Alle sind weg. Weißkäppchen selbst bringt mir aus der Küche etwas zu essen, sie versorgt mich mit rührendem kindlichem Ernst und wird dabei ohne ersichtlichen Grund häufig rot. Ich errate, weshalb: Sie stellt sich wohl, ebenso wie auch ich, vor, sie sei schon meine Frau, sie lebe bereits mit mir zusammen.

Wir sind lustig. Und wir geben uns dieser Stimmung nur zu gern hin. Als Weißkäppchen mir nur die Hand entgegenstreckt, um mir den Teller abzunehmen, fordere ich gleich ein Tauschgeschäft: Ich küsse diese Hand, und dann flüstere ich ganz leise: »Gehörst du mir? Mir?«

Weißkäppchen spitzt die Lippen und kneift die Augen zusammen.

Einmal klopft Maria Pylypiwna, dann die Jungen, aber wir gehen nicht zu ihnen hinaus.

»Und noch etwas«, sagt Weißkäppchen unerwartet, wobei sie sofort das Thema wechselt: »Setzen Sie Klawdija Petriwna nicht unter Druck! Und lügen Sie nicht! Sagen Sie, daß Sie in . . . na, wann?«

Ich errate, wovon sie redet, aber ich frage dennoch: »Was heißt ›wann‹?«

»Na, ab wann wir zusammen leben werden.«

»Ich habe ihr gesagt, in zwei Monaten. Aber das ist unmöglich. Ich werde ihr in . . . zwei Wochen sagen. Das reicht! Ja?«

»Gut! Aber lügen Sie bloß nicht!«

»Nein, Weißkäppchen, ich lüge nicht. Ich werde brav sein. Helfen Sie mir dabei! Ja?«

Weißkäppchen streichelt nachdenklich meine Hand.

In dieser Nacht liege ich lange im Bett, ohne Schlaf zu finden, und denke nach. Schließlich versinke ich in einen leichten Schlummer, der wie Klawdijas blaues Tuch mein Gehirn umhüllt. Und unerwartet riecht es, wie in der Kindheit, ganz stark nach altem Spreu, das zwischen den Heuschobern liegt und von der Sonne erwärmt wird. Ich möchte dieses Gefühl greifen und es festhalten, aber statt dessen gleite ich langsam irgendwohin und kann nicht zum Stehen kommen. Und plötzlich sehe ich einen rosaroten kleinen Körper, einen streng zusammengepreßten Mund und eine winzige Unterlippe, die sich unter der Oberlippe versteckt. Heiße, dankbare Zärtlichkeit lodert auf, und dann verlöscht alles im Dunkel.

Weißkäppchen kommt fast jeden Tag zu mir. Mein gütiges und zorniges Mädchen mit den neckischen Lippen! Jetzt ist sie zuweilen ernst und schweigsam.

Von Klawdija aus gehe ich direkt nach Hause. Dort

sitzt bereits Weißkäppchen mit ihrem Spanischlehrbuch im Sessel. Armes Spanischlehrbuch! Sie fragt mich nicht aus, aber ich selbst erzähle ihr von Klawdija, ihrer Schwester, von Kostja und ein bißchen von Mika. Am allerwenigsten von Mika. Was kann man über ihn erzählen? Sein Köpfchen mit den dunklen Haaren wackelt hin und her, wenn er auf den Arm genommen wird, und in der Wiege strampelt er mit den Beinchen und Ärmchen nach allen Seiten. Klawdija und Olha behaupten, er lache bereits, aber ich habe das noch kein einziges Mal gesehen.

Ich möchte Weißkäppchen nicht erzählen, daß Kostja nach wie vor dem Kleinen eine große und übersteigert zärtliche Aufmerksamkeit entgegenbringt und daß ich mich darüber ärgere. Das ist ein kleinliches Gefühl, und ich möchte in Weißkäppchens Augen nicht lächerlich erscheinen. Und außerdem ist das Klawdijas Angelegenheit und nicht meine! Sollen sie erst einmal in eine andere Wohnung ziehen. Kostja und Olha werden ihr Zimmer haben, und er wird nicht tagelang bei Mika sitzen.

Olha Petriwna gefällt Weißkäppchen. Besonders sympathisch findet sie es, daß Olha den Kleinen so sehr liebt und ihn fast als ihren eigenen Sohn betrachtet. Auch mir gefällt das, aber bisweilen ärgere ich mich genauso, wie ich mich über Kostjas Zärtlichkeit ärgere.

Ich weiß nicht, warum, aber jedesmal komme ich von ihnen in einer unausgeglichenen, unzufriedenen und verdrossenen Stimmung zurück. Sie machen mir keinerlei Szenen mehr, und ich sitze bei ihnen nicht länger als eine Stunde, und wenn ich wieder zu Hause bin, spüre ich seltsame Müdigkeit, Ärger und rastlose Leere. Habe ich denn irgendwo etwas vergessen, habe ich jemandem etwas Schlimmes angetan, oder hat mich jemand hereingelegt?

Und nur, wenn ich mit Weißkäppchen zusammen bin,

vergeht diese Stimmung, aber ich möchte mich oft über irgend etwas beklagen. Und ich beklage mich, daß uns die dumme Sparsamkeit von Olha zwingt, Weißkäppchens Umzug zu mir zu verschieben – Olha möchte um keinen Preis die bezahlte Miete einbüßen und hat sich erst nach großen Bemühungen überreden lassen, auf eine Woche zu verzichten. Ich möchte mich sogar über Weißkäppchens Mitleid beklagen. Was ist das denn für eine Sentimentalität?! Weshalb muß man zuerst irgendeine Klawdija dort versorgen und soll erst danach an sich selbst denken? Und weshalb muß ich Klawdija Rechenschaft darüber ablegen, wie ich lebe: ob allein oder mit jemandem zusammen?

Und da findet auch noch Panas Pawlowytsch Gefallen daran, mich hin und wieder zu besuchen. Zu Hause kann er nicht arbeiten, denn Warwara Fedoriwna hört nicht damit auf, die »Beziehungen zu klären«. Zunächst konnte er abends bei Schura arbeiten. Aber das Verhältnis zwischen ihm und Schura ist jetzt angespannt, unklar und wohl auch ziemlich schmerzhaft. Konkretes erzählt er mir nicht, aber aus einigen seiner ironisch-schwermütigen Bemerkungen schlußfolgere ich, daß Schura die eingeschlagene Richtung mit Konsequenz verfolgt. Wenn es mich auch wundert, warum sie sich so lange mit ihren Verehrern abgibt und sich nicht endlich für einen entscheidet.

Noch zwei Wochen sind es bis zum Umzug von Klawdija. Die Wohnung haben wir fast schon gemietet. Olha fährt jeden Tag nach Podil und kauft dort gebrauchte Möbel, die die neue Wohnung verschönern sollen. Die gekauften Sachen läßt sie bei den Händlern, um dann alles an einem Tag an Ort und Stelle schaffen zu lassen.

Diese Afrikanerin ist so rührend empfindsam und ehrlich, daß ich mitunter gereizt reagiere. Für sie ist es unmöglich, mehr von mir zu nehmen, als ihrer Meinung nach für Klawdija und für Mika notwendig ist. Ihrer Meinung nach . . .

Eigentlich nimmt diese Negerin für Klawdija und das Kind meinen Platz ein, den Platz des Familienoberhauptes. Ich selbst komme mir wie ein dummes und überflüssiges Anhängsel vor, das in ihrem Leben überhaupt kein Stimmrecht hat.

Weißkäppchen versteht anscheinend meine Lage und beginnt sich für mich zu quälen. Bisweilen scheint sie mich fragen zu wollen: Warum gehst du dorthin? Ist das denn nötig? Und sie fragt nur aus dem Grund nicht, um Klawdija nicht zu beleidigen und mich nicht unter Druck zu setzen. Aber auch wenn sie fragen würde, wüßte ich nicht, was ich ihr antworten sollte. Warum gehe ich dahin? Doch nicht etwa deshalb, weil ich mich dazu verpflichtet fühle! Und auch nicht Klawdijas wegen!

Endlich fragt Weißkäppchen: »Ermüden Sie diese Besuche?«

»Ein bißchen schon . . . Sie ermüden mich weniger, als daß sie mich bedrücken. Wenn doch alles möglichst schnell vorbei wäre.«

»Tragen Ihre Besuche etwa dazu bei?«

»Ich habe zumindest diesen Eindruck. Und dann will ich endlich klären, wie unsere gegenseitigen Beziehungen aussehen werden. Mir gefällt überhaupt nicht, daß sie schweigen . . . Übrigens weiß ich gar nichts. Was geht es mich an? Ich weiß nur, daß das Kind nicht glücklich sein wird, das ist alles. Sie sind gute Frauen, aber sie machen aus dem Kind irgendeinen selbstsüchtigen und niederträchtigen Taugenichts.«

»Warum?«

»Weil sie außer geradezu animalischen Gefühlen nichts anderes kennen. Sie sorgen sich um das Kind, lecken es, mühen sich den ganzen Tag ab, aber in der Tat mühen sie sich für sich selbst und nicht für das Kind ab. Genauso hat sie sich für Kostja abgerackert, aber jetzt wird er wie ein Paria vernachlässigt. Wenn noch ein Kind zur Welt kommt, wird sie ihr jetziges sich selbst überlassen und sich für das neue abrackern. Und die ganze Zeit über nur abrackern, lecken, beriechen, stöhnen, brüllen, der Teufel soll sie holen! Ein Muttertier, und weiter nichts! Und dann noch diese Negerin. Da hilft alles nichts – sie wird noch eine Woche etwa in dieser Wohnung zubringen.«

Der Ärger beginnt mir stärker zuzusetzen. Ich merke, daß in meinen Worten etwas nicht stimmt, aber das ärgert mich nur noch mehr, und ich sage dasselbe noch einmal, um mich selbst zu überzeugen.

»Zum Beispiel Kostja. Gestern komme ich zu ihnen: Weinen, Schreien, Stöhnen, Schreck auf den Gesichtern; das Kind verschluckt sich vor Tränen; Kostja sitzt in der Ecke hinter einem Stuhl und funkelt böse mit den Augen. Was ist passiert? Es stellt sich heraus, Kostja hat das Photo seines Vaters genommen und es Mika vors Gesicht gehalten. Irgendwie hat er ihn mit dem Bilderrahmen gekratzt. Schrecken, Zornesausbrüche, Empörung, versteht sich. ›Weg mit dir, du garstiger Junge! Ich geb dir mein Ehrenwort . . .‹ usw. Aber warum er dem Kind das Photo vors Gesicht gehalten hat – dafür interessieren sie sich nicht. ›Ein dummer Streich, das Balg, der verdorbene, garstige Junge.‹ Das ist die traditionelle, leichteste und beruhigende Erklärung. Und erst, als ich darauf bestand, kam heraus, daß Mika Kostjas Papa küssen sollte. Und wieder keinerlei Analyse, kein Verständnis und nicht einmal der Wunsch zu verstehen. Aha, küssen – Dummheit! Und sie hat sich beruhigt. Aber hier haben wir es doch vielleicht mit der ganzen Tragödie einer Kinderseele zu tun? Vielleicht wollte Kostja, als er ihm dieses Photo zum Küssen hinhielt, sich mit der Existenz Mikas abfinden, vielleicht wollte er sich mit ihm verbinden; vielleicht hatte er einen langen Kampf mit sich selbst geführt, wollte Großherzigkeit beweisen und etwas verstehen und lösen? Und plötzlich prügelt man ihn dafür, man schimpft, stößt ihn in die Ecke, stöhnt und ächzt. Was soll dann Kostja für Mika empfinden? Was wohl?«

Weißkäppchen schweigt und sieht mich von unten her streng und rätselhaft an. Und ich kann mich bereits nicht mehr zurückhalten, ich will reden, reden – das erleichtert mich ein klein bißchen.

»Oder eine andere Sache. Kostja beschäftigt sich jetzt sehr mit der Frage, wer sein Vater ist. Immer wieder küßt er dessen Photo, stellt die verschiedensten Fragen – er bemüht sich offensichtlich, eine Position in der Welt einzunehmen und sich selbst zu finden. Und wie reagiert Klawdija darauf? Sie schimpft über seinen Vater in Kostjas Gegenwart, ärgert sich über Kostjas Hartnäckigkeit, sie weint, beklagt sich über seinen Vater und kümmert sich nur darum, alles das, was sie belästigt, schnell von sich wegzuschieben. Sie drückt ihm Schokolade oder einen Fünfer in die Hand und beruhigt sich. Aber wird sich Kostja etwa durch Schokolade beruhigen lassen? Er will wissen, wo sein Vater ist, warum alle einen Vater haben, sogar der kleine Mika, er aber nicht. Weshalb schimpft Mama auf seinen Vater? Wie kann man auf einen Menschen schimpfen, den er so anbetet? All diese Fragen quälen ihn. Und woher kommt irgend so ein Mika? Warum dreht sich alles um Mika, und um ihn kümmert sich niemand? Und wenn Mika größer wird, beginnt dieselbe Geschichte wieder. Der wird dann genauso fragen, und anstelle einer Antwort werden er und sein Vater und alles, was ihm lieb und teuer ist, beleidigt. Und ihr ist das gleichgültig. Wie ein Baum, der Blätter hervorbringt und dann nichts mehr von diesen Blättern wissen will.«

Weißkäppchen sitzt immer noch mit demselben Gesichtsausdruck da. Dann, als ich bereits mit Reden am Ende bin, steht sie auf, sieht mich aufmerksam an, legt dann die Hände im Nacken zusammen und sagt: »Tja-a-a!«

Und den ganzen Abend über bleiben ihre Augen nachdenklich.

Und am nächsten Tag gibt es wieder eine Szene mit Kostja. Irgendwo (bei einem Mädchen aus der Nachbarschaft, wie er sagt) hat er ein kleines Kupferkreuz aufgetrieben, das er die ganze Zeit über küßt, er bekreuzigt sich vor ihm und flüstert etwas.

Klawdija sieht mich beeindruckt mit großen Augen an und erzählt mir das alles ganz schnell, wobei sie von einem Gedanken zum anderen springt.

In der Wiege liegt Mika mit angezogenen Beinchen, mit den Händen macht er ruckartige Bewegungen. Kostja lacht und behauptet, daß er das Kreuz nur aus Spaß geküßt hat.

»Herr im Himmel! Ich habe ihm doch gar nicht beigebracht, wie man betet!« erschrickt Klawdija, als wolle sie sich vor mir rechtfertigen.

Und unwillkürlich tun sie mir alle leid. Und am meisten bedaure ich diesen winzigen Körper in der Wiege, der noch nichts hört und nichts versteht.

Klawdija nimmt schließlich Kostja an die Hand und führt ihn in die Küche, um ihm Mund und Gesicht zu waschen – das Band, an dem das Kreuz hing, war voller Nissen. Ich bleibe mit Mika allein. Er liegt still da und fuchtelt eifrig mit den Händchen, als führe er eine bestimmte Arbeit aus. Ich habe das törichte Gefühl, daß er jetzt, wo wir allein sind, mich aufmerksam anschauen und erkennen wird. Aber Mika läßt seine Augen rollen, ohne mich zu bemerken. Seine Bewegungen sind hilflos - in ihnen ist weder Wille noch Geist; es ist, als schwanken Blätter am Baum im Wind.

Und plötzlich fühle ich, daß ich es niemals fertigbringen werde, ihn zu verlassen, daß er bis zur Minute meines Todes mir gehört, er wird ständig bei mir sein, wo auch immer ich bin und mit wem ich lebe. Und Klawdija wird mir gehören, wie auch Kostja und Olha und deren ganzes Leben. Ob ich das will oder nicht, sie werden mir niemals mehr fremd und gleichgültig sein.

Von dieser plötzlichen Erkenntnis wird mir bange, Angst überkommt mich wie einen Menschen, der Wahnsinn simuliert und dabei das Gefühl hat, daß er in der Tat wahnsinnig wird, daß man ihn nie wieder aus dem Krankenhaus fortläßt.

Ich verabschiede mich schnell und gehe eilig hinaus.

Auf der Straße friert es. Der Schnee glitzert in grünen Kristallfünkchen. Trocken knarren und quietschen die Schlitten. Die Straßenlampen strahlen grell.

Ich sehne mich nach Bewegung, schneller Fahrt, möchte mir den Wind um die Ohren pfeifen lassen. Ich nehme mir einen verwegenen Schlittenfahrer und verlange, so schnell wie möglich in Richtung Höhlenkloster gebracht zu werden. Die Ohren brennen, Frost und Wind schneiden wie mit Rasierklingen in die Wangen, die entgegenkommenden Schlitten huschen in Sekundenschnelle vorbei. Aber das bange und bedrückende Gefühl vergeht nicht. Und mir ist, als stünde es hinter mir im Schlitten und atme mir kalt in den Nacken.

»Fuhrmann, kehr um! Auf den Chrestschatyk! Schneller! So schnell es geht!«

Inmitten des Lichtes, der bimmelnden Straßenbahnen, der schwarzen, sich hin und her wälzenden Masse von Körpern auf den Gehsteigen wird mir leichter.

Schließlich ist das alles Unsinn. Was habe ich mir vorzuwerfen? Mein Gewissen ist rein. Ich habe alles in meinen Kräften Stehende getan. Nicht einmal Weißkäppchen hat Grund, mich zu verurteilen. Der anspruchsvollste Moralist kann nicht mehr von mir verlangen. Was habe ich also zu befürchten?

Aber immer, wenn ich wieder daran denke, spüre ich sofort aus einem mir unbekannten Grund neue Angst und Verzweiflung. Und je mehr ich nachdenke, je mehr Argumente ich zu meiner Rechtfertigung zusammentrage, desto deutlicher fühle ich, daß ich mir etwas vorlüge und daß ich nicht recht habe. Das betrifft weder die Logik noch mein Gewissen, sondern etwas anderes, das offensichtlich weder der Logik noch des Gewissens oder meines Willens bedarf. Und ich weiß, daß ich ungeachtet all dieser Reinheit, ungeachtet der Logik und des Gewissens für dieses kleine, unschuldige Wesen mit den zappelnden Händchen niemals ein Fremder sein werde. Und wenn es so ist, dann ist bereits eine andere Logik, die sich in mir selbst herausbildet, im Entstehen; diese ist unabwendbar und gegeben, so gegeben wie der Umstand, daß das Wasser von einer höheren Stelle nach unten fließen muß. Und aus diesem Grunde wird mir Klawdija niemals fremd sein; bis zu meinem Tode bin ich mit ihr verbunden. So wird es sein!

Und sie selbst spürt das anscheinend, sie spürt das auf eine Art, die sich von gewöhnlichen Gefühlen unterscheidet. Daher rührt auch diese animalische, gedämpfte, listige Unterwürfigkeit, dieses unbestimmte Warten; deshalb badet sie Mika in meiner Gegenwart, wundert sich überhaupt nicht über meine Besuche, mit denen ich kein Ziel verfolge. Das ist das wahre Verstehen! Oh, sie weiß genau, was auf sie zukommt!

Allmählich kommen regelrechte Zornesblasen in mir hoch, so wie im Wasser, das zu sieden beginnt. He,

Klawdija, nimm dich in acht! Du spielst ein schlimmes Spiel!

»Fuhrmann! Zum Bahnhof!«

Wir jagen den Bibikow-Boulevard hinauf.

Das breite, faltige Hinterteil des Fuhrmanns sitzt fest und sicher auf der Bank. Aus irgendeinem Grunde betrachte ich es mit Genugtuung.

Aber was soll das alles? frage ich plötzlich mich selbst verständnislos. Das will ich doch nicht! Ich bin nicht einverstanden, ich unterwerfe mich nicht! Ich unterwerfe mich nicht, und damit basta!

»Fuhrmann! Zurück! Jaja, zurück!«

Bei mir zu Hause sitzt sicher Weißkäppchen. Sie sitzt da und wartet. Sie errät wohl einiges. Sie versteht ebenfalls. Nein, blinden Kräften werde ich mich nicht unterwerfen! Das ist jetzt klar. Jetzt gibt es keinen Grund mehr, dorthin zu gehen. Ich bin frei, ich bin rein.

Weißkäppchen ist bei mir. Ich gehe auf sie zu, umarme sie und küsse sie fest und fröhlich. Nach unserem ersten Kuß hatte ich das niemals wiederholt. Weißkäppchen ist ganz rot geworden, sie beantwortet meine Freude, indem sie selbst entflammt – sie protestiert nicht, verweigert sich mir nicht, aber sie antwortet auch nicht mit Gleichem. Sie will nur den Grund für meine Freude schnell herausfinden und verstehen.

Ich erkläre ihr alles, so gut ich kann. Ihr und auch mir selbst. Sie hört aufmerksam zu, wobei sie naiv die Augen aufreißt. Wenn sie etwas besonders fesselt, erscheint bisweilen dieser naive Ausdruck auf ihrem Gesicht. Was für ein lieber, schöner Ausdruck!

»So ist es, Weißkäppchen: Das ist des Rätsels Lösung! Es war bloß notwendig, alles ›auf einen gemeinsamen Nenner‹ zu bringen, wie Panas Pawlowytsch zu sagen pflegt ...«

Weißkäppchen kommt nicht dazu, mir irgend etwas zu antworten, weil Panas Pawlowytsch selbst ins Zimmer tritt, in einem Pelz, mit Mütze, Ohrenschützern und Überschuhen. Er geht aufs Kanapee zu, setzt sich und spricht mit einer erfrorenen, dünnen Stimme.

»Ich habe meine Frau getötet ...«

Er nimmt seinen beschlagenen Kneifer ab und beginnt ihn aufmerksam zu betrachten, wobei er ihn mit zitternden Fingern hin und her dreht. Weißkäppchen faßt mich kräftig an der Hand und drückt sie so, daß es mir weh tut; mit weit geöffneten Augen, wie man sie gewöhnlich auf den Bildern von Filmdivas sieht, schaut sie Panas Pawlowytsch an.

»Welche Frau? Was ist mit Ihnen, Panas Pawlowytsch?«

»Ich habe meine Frau getötet ...«

Er wiederholt wohl immer wieder diesen Satz für sich selbst und kann im Augenblick nichts anderes sagen. Dann steht er auf und geht ins Vorzimmer. Weißkäppchen holt ihn ein, bringt ihn zurück und will ihn aufs Kanapee setzen.

»Bleiben Sie, Panas Pawlowytsch! Setzen Sie sich hierher!«

»Und wie ist das passiert?« frage ich, wobei ich aus irgendeinem Grund flüstere.

»Nein, lassen Sie mich los!« schreit er kläglich, fast wie ein Wahnsinniger, und reißt sich wieder los, um zur Tür zu laufen. Wir halten ihn erschrocken fest.

Aus Panas Pawlowytsch etwas herauszuholen erweist sich als unmöglich; er hört nicht, versteht keine Fragen und versucht die ganze Zeit über, irgendwohin auszubrechen. Sein Gesicht ist feucht, es sieht kläglich aus; über der blassen Nasenwurzel zeichnet sich ein violetter Streifen ab, den der Kneifer hinterlassen hat; seine Augen irren umher und sind verweint.

»Fahren Sie hin!« flüstert mir Weißkäppchen zu. »Keine Angst, fahren Sie! Ich lasse ihn nicht weg. Sagen Sie Mykola, er soll die Wohnungstür hinter Ihnen abschließen!«

Ungefähr zwanzig Minuten später fahre ich am Haus von Panas Pawlowytsch vor. Weder einen Menschenauflauf noch Polizisten gibt es hier. Also hat sich das schon vor langer Zeit ereignet, und er hat etwas verwechselt. Im Treppenflur ist auch niemand. Auf mein Klingeln hin wird die Tür augenblicklich geöffnet, als habe jemand im Flur gestanden und auf mich gewartet.

Vor mir steht Halja. Sie schaut verwundert zu mir auf. Wir schweigen beide.

»Zu wem möchten Sie?« fragt sie schließlich.

»Ist hier . . . irgend etwas passiert?«

In diesem Moment erscheint Warwara Fedoriwna, hochaufgerichtet, mit langem, erhabenem Gesicht. Verständnislos reiße ich die Augen auf und vergesse dabei sogar zu grüßen.

»Was ist hier los, Halja?« Sie wendet sich mit ihrer gleichmäßigen, leisen Stimme an die Tochter und tut, als bemerke sie mich nicht.

»Ich weiß nicht . . .«, sagt Halja verstört.

»Verzeihen Sie, Warwara Fedoriwna! Hier liegt offensichtlich ein Mißverständnis vor. Ich fürchte, Panas Pawlowytsch ist krank. Er ist soeben zu mir gekommen und hat erklärt, er hätte . . .«

Ich wage nicht, in Anwesenheit von Halja weiterzusprechen. Aber Warwara Fedoriwna sagt ruhig und mit für sie ungewöhnlich matter Stimme: »Ja, er hat auf mich geschossen. Er nahm wohl an, daß er mich getötet hat, denn ich bin über einen Stuhl gestolpert und hingefallen, als ich zur Seite sprang. Ist er bei Ihnen?«

»Ja.«

»Sagen Sie ihm, daß ich nicht einmal verletzt bin.

Außerdem, wenn Sie so nett sein würden, bitten Sie ihn, nach Hause zu kommen, denn ich muß mit ihm reden. Sagen Sie ihm, daß ich mir Mühe gebe, ihn durch dieses Gespräch nicht aufzuregen, und daß es das letzte sein wird. Ist er schon lange bei Ihnen?«

»Nein, gerade eben ...«

»War er bei der Polizei?«

»Ich glaube nicht. Selbstverständlich war er nicht dort. Sonst hätte man ihn doch dort festgehalten. Ist das erst vor kurzem passiert?«

»Das war ungefähr um zwölf. Werden Sie es ihm sagen?«

»Unbedingt! Unbedingt sage ich es ihm!«

Warwara Fedoriwna blickt mich so an, daß ich mich tief und ehrerbietig verneige und gehe.

Als Panas Pawlowytsch endlich versteht, daß Weißkäppchen und ich uns bemühen, ihm die Situation zu erklären, wird er über und über rot und läuft ins Vorzimmer, ohne uns weiter zuzuhören. Er schämt sich so, daß ich nichts mehr sage, die Tür aufschließe und ihn hinauslasse.

»So eine dumme und merkwürdige Geschichte!« sage ich, als ich ins Arbeitszimmer zurückkomme.

»Mir ist wie nach einem Alptraum«, sagt Weißkäppchen aufgebracht. »Aber er wollte sie trotz allem töten, Jakiw?«

»Es scheint so ...«

»Wie dumm er ist: Er freut sich nicht, daß es so glimpflich abgelaufen ist, sondern schämt sich.«

»Jetzt freut er sich vielleicht schon.«

»Ein Alptraum, bei Gott. Es war wie im Traum, und jetzt ist es bereits vorbei. Jetzt merke ich, wie mir die Füße zittern. Was es nicht alles gibt!«

Sie setzt sich ermattet hin, dann legt sie sich aufs Kanapee und schließt die Augen.

Und ich gehe im Zimmer auf und ab, bemühe mich, nur auf den Teppich zu treten, und will die freudige Stimmung zurückholen, die Panas Pawlowytsch so abrupt unterbrochen hat. Aber es kommt keine Freude auf. Ich mache den Anschein, die Geschichte mit Panas Pawlowytsch habe mich sehr erregt, und Weißkäppchen wundert sich nicht über mein Schweigen.

Am nächsten Morgen bittet mich Warwara Fedoriwna telephonisch, sie um vier Uhr nachmittags in einer sehr wichtigen Angelegenheit, die Panas Pawlowytsch, sie und ihre Kinder betreffe, zu besuchen. Aus ihrer Stimme höre ich dieselbe Müdigkeit und die gleiche seltsame Ruhe wie auch gestern heraus. Ich verspreche zu kommen.

Offensichtlich geht es um eine Erklärung in Gegenwart von Zeugen, um die Annahme einer neuen Vereinbarung. Ich werde der Zeuge ihres Mannes sein, und von ihrer Seite ist einer ihrer Freunde zugegen.

In der Absicht, offiziell und präzise zu sein, betrete ich genau um vier ihr Vorzimmer. Warwara Fedoriwna empfängt mich auf der Schwelle des Gästezimmers. Sie trägt ein schwarzes, gedämpft wirkendes Kleid und ein langes, goldenes Kettchen auf der Brust. Als ich sie begrüße, fällt mir auf, daß ihre Lippen heute nicht geschminkt sind und ihr Gesicht eine ungesunde Farbe aufweist, es ist voller gelblicher Flecken. Sie hält sich jedoch noch genauso gerade und erhaben, und ihre großen, etwas vorstehenden Augen blicken mich ruhig und kalt an.

Zu meiner größten Verwunderung treffe ich im Gästezimmer auf Oleksandra Mychailiwna. Sie steht am Flügel und versucht den Eindruck zu erwecken, sie betrachte aufmerksam ein Photo – sie hält es mit beiden Händen nahe ans Gesicht. Wie überhaupt in letzter Zeit, trägt sie eine moderne Frisur. Ungeachtet der außergewöhnlichen Situation nehme ich diesen Umstand zur Kenntnis. Bemerkenswert (besonders nach einem Vergleich mit Warwara Fedoriwna) ist auch ihre edle und strenge Schönheit.

Da ist auch Panas Pawlowytsch, ernst und innerlich erregt, er trägt einen Gehrock, hat die Haare glatt gekämmt und wieder zärtliche, rote Farbe auf den sauber rasierten Wangen. Er drückt mir schweigend und feierlich die Hand, ohne mir dabei in die Augen zu sehen. Genauso streng begrüßt mich Oleksandra Mychailiwna. Unwillkürlich geht ihre Stimmung auf mich über, und ich werde sogar verlegen, weil ich keinen Gehrock angelegt habe. Es ist, als hätten wir uns bei der Eröffnung eines Testaments versammelt.

Sie alle wissen anscheinend, was sich hier abspielen soll. Warwara Fedoriwna bittet, Platz zu nehmen, und setzt sich als erste in einen Sessel am runden Tisch. Daraus schließe ich, daß sie niemanden weiter erwartet.

Nach einem ziemlich schwer lastenden Schweigen beginnt Warwara Fedoriwna mit leidenschaftsloser und leiser Stimme: »Ich möchte Sie bitten, meine Herrschaften, diese Zusammenkunft nicht als Komödie zu betrachten. Ich gebe zu, daß man das alles einfacher hätte bewerkstelligen können. Meiner Meinung nach aber ist die Ehe ein so wichtiger Fakt im Leben der Menschen, daß eine Eheschließung oder Ehescheidung der vollsten Ernsthaftigkeit bedarf.«

Sie greift nach dem Kettchen, das sie um den Hals trägt, und zieht es langsam herunter. Wir schweigen. Warwara Fedoriwna schließt die Augen, dann öffnet sie sie wieder und fährt im gleichen Tonfall fort: »Ihnen allen ist bekannt, was gestern zwischen mir und meinem . . . Mann, Panas Pawlowytsch, vorgefallen ist. Ich nehme an, daß seine Tat nicht auf eine durchdachte Absicht zurückzuführen ist; sie wurde im Stadium höchster Erregung begangen. Und dennoch zwingt mich das, einige Sachen unter einem Aspekt zu betrachten, den ich früher nicht wahrgenommen habe. Und das hat mich gezwungen ... und ich habe gesehen, daß wir unsere Ehe lösen müssen. Ich habe Sie hierher gebeten, um die Bedingungen festzulegen, oder aber um gemeinsam die Bedingungen auszuarbeiten, unter denen wir ... uns trennen können, so wie es ordentlichen Menschen geziemt. Wenn Sie gestatten, werde ich meine Wünsche äußern.«

Panas Pawlowytsch murmelt etwas und bewegt sich unruhig. Oleksandra Mychailiwna sitzt gerade, mit trüben Augen da, sie zupft mit den Fingern an den Enden ihres Tuches.

»Zuallererst möchte ich, daß dieselbe Macht, die uns einst verbunden hat, jetzt auch unsere Trennung sanktioniert. Das heißt, ich möchte eine formelle, legale Scheidung. Wenn ich damit einverstanden bin, unseren Sohn Dmytri dem Vater zu überlassen, so verlange ich, daß er in einer durch Gesetz legitimierten Familie lebt. Das heißt, ich will, daß mein ehemaliger Mann, Panas Pawlowytsch, mit niemandem in eine illegale Lebensgemeinschaft eintritt.«

Panas Pawlowytsch und Oleksandra Mychailiwna geben durch keine Geste ihre Gefühle zu erkennen. Also ist ihnen auch das bekannt.

»Weiter. Die Schuld für die Scheidung muß Panas Pawlowytsch auf sich nehmen, er muß auch alle gesetzlich vorgesehenen Folgen tragen. Ich beanspruche das Recht, meinen Sohn zu jeder beliebigen Zeit sehen und ihn für drei Monate im Jahr zu mir nehmen zu dürfen. Und schließlich, was die materielle Seite betrifft, muß die verlassene Familie die Hälfte der Mittel erhalten, die dem ehemaligen Familienoberhaupt zur Verfügung stehen. Das sind meine Wünsche ...«

Sie verstummt und schaut vor sich auf den Boden.

Oleksandra Mychailiwna hört damit auf, an ihrem Tuch herumzufingern, und sitzt völlig reglos da, ohne die Augen zu heben. Ich schaue auf Panas Pawlowytsch. Er macht sofort Anstalten zu reden, weil er wohl annimmt, daß er jetzt das Wort hat, und murmelt eilig: »Ich nehme alle Bedingungen an. Das heißt, ich bin völlig einverstanden und schließe mich ... gern an ... Und ich denke, daß ... Wenn jemand etwas klären möchte, dann ... Was mich betrifft, so nehme ich alle ... Wünsche an und verspreche, sie zu erfüllen.«

Danach erhebt sich Warwara Fedoriwna und sagt im Stehen: »Mit dieser Minute betrachte ich unsere Ehe als gelöst, und ich bitte alle, das ebenso zu sehen. Panas Pawlowytsch, seien Sie so gütig, mir so schnell wie möglich Ihre nächsten Absichten mitzuteilen. Ob persönlich oder durch eine bevollmächtigte Person – das ist mir gleichgültig.«

Sie verbeugt sich schweigend vor allen und geht ohne Eile, mit gleichmäßigem Gang und streng aus dem Zimmer.

Panas Pawlowytschs Gesicht brennt, seine Augen zucken wie gewöhnlich. Oleksandra Mychailiwna hält sich im Stehen an der Lehne ihres Stuhles fest, sie blickt nach wie vor nach unten.

»Jakiw Wassyljowytsch!« Panas Pawlowytsch wendet sich genauso offiziell an mich. »Ich hoffe, Sie werden mir nicht abschlagen, diese Sache zu übernehmen?«

»Ich stehe zu Ihren Diensten, Panas Pawlowytsch!« antworte ich im gleichen Tonfall.

Dann verabschiede ich mich sofort und gehe, weil ich fühle, daß ich aus Rücksicht auf Warwara Fedoriwna die gehobene Stimmung nicht durch ein Privatgespräch oder ein Lächeln stören sollte.

Und ich bin in solch einem Maße von dieser Szene

hypnotisiert, daß ich sogar noch in der Droschke eine Zeitlang den strengen, feierlichen Ernst nicht abstreifen kann. Und erst zwei Quartale weiter stelle ich mir selbst die Frage: Was war das – eine Komödie, der Wunsch, diese schwierige Lage ehrenvoll zu meistern, oder noch etwas anderes? Es wird wohl sowohl das eine wie auch das andere oder alles zusammen gewesen sein. Aber auf jeden Fall ist für Panas Pawlowytsch alles gut verlaufen. Unerwartet gut. Alles was recht ist – diese Frau hat viel Kraft, Verstand und eine gewisse edle Gesinnung. Vor allem Verstand. Endlich hat sie verstanden, daß es in dieser Richtung nicht weitergehen kann. Also ist es möglich, sich sogar mit so einer Frau unter gewissen Bedingungen zu einigen.

Hoppla, und warum sollte nicht auch ich versuchen, mit Klawdija auf solch eine Art ins reine zu kommen? Wenn man ihr genauso gut die Lage zu verstehen gibt, muß auch sie sich einverstanden erklären. Sie muß begreifen, daß ich mein Kind nicht bei ihr lassen kann. Und ich kann auch nicht etwas aus mir herausreißen, was größer ist als ich, was sich keinerlei Verstandes- und Willenskräften unterordnet. Als ihr Mann mit ihr zusammenleben kann ich ebenfalls nicht – das übersteigt auch meine Kräfte. Wenn ich mir solch eine Gewalt antue, wird das uns allen das Leben zerstören.

Ja, sie wird zustimmen!

Aber je näher ich Klawdijas Haus komme, um so schwächer wird meine Sicherheit, meine Argumente erscheinen mir nicht überzeugend genug und blaß.

Als ich in ihrem winzig kleinen Korridor ablege und mir der Geruch des Petroleumlämpchens, von Seife und von heißer Feuchtigkeit entgegenschlägt; als ich auf die glühenden Wangen von Klawdija blicke, die mit aufgekrempelten Ärmeln und dem bekannten, feuchten

Glanz ihrer Augen unter dem Pincenez neben mir steht – da fühle ich, daß es überhaupt keine Hoffnung gibt und Klawdija nicht Warwara ist.

»Wir haben nicht erwartet, daß du so früh kommst, und baden gerade Mika«, sagt sie mit schüchtern erfreuter Stimme, mit der sie immer dann spricht, wenn sie Mika badet.

»Ich bleibe nicht lange. Ich werde nicht stören ...«

»Was soll das? Du störst uns nicht.«

Mich verletzt heute ihr »Du«, und die glühenden Wangen rufen leichten Widerwillen in mir hervor.

»Olja! Jakiw Wassyljowytsch ist da!« teilt sie aus irgendeinem Grunde mit, als ob Olha mich nicht selbst gehört hätte.

»Willst du beim Baden zusehen? Das tust du doch gern! Aber wärm dich erst auf, du kommst aus der Kälte! Olja, ich habe den Kessel auf die Platte gestellt. Ich zünde hier gleich die Lampe an. Mein Gott, niemals sind die Streichhölzer an Ort und Stelle! Nur weg von hier, so schnell wie möglich, ich habe furchtbare Sehnsucht nach elektrischem Strom. Willst du sofort Tee oder später?«

»Danke, ich möchte keinen Tee.«

»Was soll das? Du trinkst doch gern nach dem Essen.«

Ich antworte nicht. Über alle Maßen reizt mich dieses »Was soll das?« und der ständige Verweis darauf, was ich gern habe, und auch über ihre Freude und ihre Lebhaftigkeit bei meinen Besuchen ärgere ich mich.

»Klawa, schnell!« ertönt Olhas Stimme.

»Gehen wir: Du hast dich schon aufgewärmt!«

Mitten im Zimmer steht auf zwei Stühlen eine kleine, graue Blechwanne. Rundherum auf dem Fußboden sind Kasserollen, Töpfe mit Wasser und eine Seifendose verstreut. Auf den Stühlen und den Betten liegen Windeln, Waschlappen, Schwämme. Es riecht wie im Badehaus, und dabei ist es so schwül und stickig, daß ich am liebsten gleich die Jacke ausziehen möchte.

Auf einem Bett hockt Kostja im Türkensitz. Olha Petriwna hat einen Arm unter den Rücken des orangefarbenen Körpers mit der weichen, runden Brust gelegt, mit der anderen taucht sie den Schwamm ins Wasser und drückt ihn über Mika aus. Er schließt die Augen, wenn sie ihm Wasser über den Kopf laufen läßt, und macht sie dann gleichgültig wieder auf. Sein kleines Gesicht ist ganz rot angelaufen, Flecke zeichnen sich auf ihm ab, und es blickt teilnahmslos auf all das, was um ihn herum passiert. Dagegen spricht aus dem bräunlichen, guten Gesicht von Olha Petriwna solch ein Gefühl von Wonne, als sitze sie selbst in der Wanne. Ihre Nase und das Kinn sind mit Wassertropfen bedeckt; die dicken, roten Lippen verziehen sich ständig zu einem Lächeln, und ihre Augen sind überhaupt nicht zu sehen, an ihrer Stelle liegen zwei Streifen, die mit Tusche gezogen zu sein scheinen.

»Schau doch, Jascha, wie gern er badet! Nie weint er. Weißt du, er versteht alles! Schau nur, wie er die Augen zukneift! Oljussja, gib ihn mir, hol das Handtuch! Laß gut sein! Laß sein!«

»Ach, du bist wohl eifersüchtig? Bist du eifersüchtig?« fragt Olha Petriwna lachend und drückt den Schwamm aus. Dann legt sie vorsichtig den im Wasser baumelnden Körper auf Klawdijas ausgebreitete Arme und kommt zu mir.

»Guten Tag, Jakiw Wassyljowytsch! Entschuldigen Sie, ich habe nasse Hände, ich werde Sie nicht begrüßen! Ist es sehr kalt draußen? Gleich trinken wir Tee. Klawa, es ist Zeit, ihn herauszunehmen, es wird sonst zuviel.«

Aber Klawdija hört nicht. Sie scheint sich mit ihren Händen, ihren Augen und all ihren Gefühlen an diesem kleinen Körper festgesaugt zu haben, und von der Außenwelt dringt bereits nichts mehr zu ihr. Ihre Lippen flüstern etwas, ähnlich wie die von Olha Petriwna; die Wangen glühen. Beide sind sie, was Mika betrifft, aufeinander eifersüchtig.

Ich gehe leise ins Nachbarzimmer, rauche und warte, daß sie mit dem Baden fertig werden. Aus irgendeinem Grund fällt mir einer meiner Verwandten ein, der seine Kinder selbst gebadet hat. Immer wieder hat mich der irgendwie sinnliche und räuberische Ausdruck auf seinem frohen Gesicht beeindruckt.

Ich weiß jetzt schon, daß bei meinem Gespräch nichts herauskommen wird. Und dennoch bitte ich Klawdija, als sie endlich zu mir kommt, die Tür zum Schlafzimmer fest zu schließen und mir einige Minuten Zeit für eine ernsthafte und wichtige Unterhaltung zu schenken. Klawdija erschrickt sofort und wird hellhörig.

Ich lege ihr zuerst die bloßen Argumente dar, wobei ich mich bemühe, meinen Worten einen herzlichen Klang zu verleihen – ich möchte sie nicht gleich durch eine Forderung erschrecken. Soll sie selbst die notwendigen Schlußfolgerungen ziehen. Als ich ihr jedoch sage, daß ich meinen Sohn nicht bei ihr lassen kann, und ihr die Gründe dafür darlege, richtet sie sich sofort auf, als bereite sie sich auf ihre Verteidigung vor. Und ich sehe, daß sie mir schon nicht mehr mit Verstand und Logik zuhört, sondern einzig mit ihren Gefühlen, und alle ihre Reaktionen werden nur noch gefühlsmäßig gelenkt. Sie ahnt bereits, daß man ihr diesen kleinen Körper, der ihr soeben noch eine animalische Wonne bereitet hat, wegnehmen will. Und sie hört schon nicht mehr zu und bleibt jeglichen Argumenten verschlossen.

»Was soll das?« flüstert sie erschrocken. »Was willst du damit sagen?«

»Wart, Klawa, hör doch erst mal zu! Bis zum Schluß, ganz objektiv und ruhig!«

»Herr im Himmel! Du bist verrückt geworden!«

»So warte doch, um Gottes willen! Hör dir erst alles an, versuch zu verstehen, versetz dich in meine Lage, und dann ...«

»Nein, das ... das ... Du willst also, daß ich dir Mika herausgebe? Ist es so?«

»Ich will, daß du zunächst verstehst, was ich dir sage ...«

»Oh, ich verstehe ausgezeichnet! Ausgezeichnet. O-oh! Du willst keine Kinder mit mir haben, weil ich deiner nicht würdig bin; du kannst dein Kind nicht in meinen Händen lassen, weil ich deiner nicht würdig bin. Oh, ich verstehe das seit langem sehr gut! Aber du willst mir auch noch das Kind wegnehmen? Ja? Da mußt du mich zuerst totschlagen. Also dann, schlag doch zu, schlag zu, du Verfluchter! Schlag zu!«

Sie springt auf, stellt sich gerade hin, als bereite sie sich darauf vor, daß ich ihr das Messer in die Brust stoße. Niemals hatte ich vermutet, solchen Zorn und so einen Haß in ihren Augen aufblitzen zu sehen. Das wundert mich und ruft eine entsprechende Reaktion bei mir hervor.

»Reg dich nicht auf, Klawdija, und schrei nicht! Ich rede freundschaftlich mit dir, und du ...«

»O ja, freundschaftlich! Oh, du bist ein Freund! Das sehe ich. Du willst der Mutter das Kind wegnehmen und deiner Liebsten irgendein ...«

»Klawdija! ...«

Ich springe ebenfalls auf und trete dicht an sie heran. Ich spüre meine Augen brennen, und die Muskeln in den Armen zucken krampfartig.

Im Schlafzimmer ertönt Kostjas durchdringendes Weinen und das Zischeln von Olha Petriwna. Klawdija scheint dieses Weinen noch mehr anzustacheln, sie bricht in Schluchzen aus, läuft zur Wand und beginnt mit dem

Kopf gegen sie zu stoßen. Olha stürzt herein und zieht sie von der Wand weg. Hinter Olha rennt Kostja, der sich mit Geschrei auf mich wirft. Er faßt mich an den Beinen, beißt mich, krächzt und kreischt. Ich versuche, ihn mit den Händen wegzustoßen, und arbeite mich durch das Zimmer. Klawdija schreit etwas durch ihr Stöhnen hindurch und wirft sich auf uns – unklar, ob sie mir oder Kostja helfen will. Mit verzerrtem, braungrauem Gesicht hastet Olha zwischen uns herum.

Endlich gelingt es mir, Kostja abzuschütteln, ihn in die Ecke zu stoßen und den Korridor zu erreichen. Ich höre einen hysterischen Schrei von Klawdija, Kostjas Weinen und das Gepolter von fallenden Stühlen hinter mir.

Lange kann ich nicht zu mir kommen, die ganze Zeit über presse ich die Fäuste mit solcher Kraft zusammen, daß die Fingerspitzen weh tun. Als ich mich meinem Haus nähere, spüre ich Schmerzen oberhalb der Knie. Ich befühle mein Bein und finde einen durchgebissenen, vom Speichel feuchten Fleck auf der Hose an der Stelle, wo es schmerzt.

Weißkäppchen erschrickt, als sie mich sieht. Ich gebe so recht und schlecht die ganze Szene wider. Und erneut spüre ich, wie mir eine heiße Welle von Haß krampfartig die Kehle zudrückt. Ich gehe ins Badezimmer und halte den Kopf unter kaltes Wasser. Weißkäppchen steht mit einem Handtuch daneben und hilft mir, den Kopf abzutrocknen.

Dann sitzen wir im Speisezimmer und tun, als ob wir Mittag essen. Weißkäppchen sieht mich aufmerksam und besorgt an. Nach dem Essen lege ich mich aufs Kanapee im Arbeitszimmer, und Weißkäppchen setzt sich mit einem Buch neben mich in den Sessel. Wir reden nicht miteinander. Sie gibt sich den Anschein, als ob sie liest, und ich liege da und denke die ganze Zeit über an dasselbe, ohne mich dabei zu verstellen.

Schließlich hält es Weißkäppchen nicht aus und sagt gnädig und streng: »Jetzt reicht es, weiter nachzugrübeln. Sie will und kann ihr Kind nicht weggeben. Das ist ganz natürlich und verständlich. Damit muß man sich abfinden, man sollte sie in Ruhe lassen.«

»Ich kann nicht! Ich kann mich damit nicht abfinden!«

»Aber was können Sie denn tun? Was?«

»Ich weiß nicht. Aber ich muß irgend etwas tun! Ich muß! Sie sagen, ich soll sie in Ruhe lassen? Aber sie ... Sie ... Sie fängt an, ihre Macht zu gebrauchen, sie fängt an, mir Bedingungen zu stellen und Szenen zu machen. Sie zerstört unser Leben. Ich muß ihre Macht brechen. Am besten wäre es natürlich, ich würde mich dem Kind nicht mehr verbunden fühlen. Es existiert für mich nicht, mach mit ihm, was du willst, mir ist das egal. Dann kann von Macht nicht mehr die Rede sein. Aber was soll ich tun, wo ich doch ein Idiot, ein Waschlappen, ein weibischer, schäbiger Kerl bin! Eine Woche halte ich es aus, und dann laufe ich aus irgendeinem Anlaß zu ihnen. Und was wird weiter? Ihnen werde ich etwas vorlügen, ich werde mich vor Ihnen schämen, und Sie haben es dadurch schwer. Und aus welchem Grund sollen Sie sich schließlich all das aufladen? Sie, Weißkäppchen, hatten etwas ganz anderes im Auge, als Sie sich mit unserer Verbindung einverstanden erklärt haben. Und in einem Jahr, in einem halben Jahr werden Sie mich verlassen!«

Weißkäppchen zuckt ungeduldig und ärgerlich die Schultern.

»Lassen Sie die Dummheiten!«

»Nein, das sind keine Dummheiten, das sind Tatsachen ... Sie werden es überdrüssig, dieses Hin und Her weiter mitzumachen. Ihnen wird es lästig, daß ich mich nicht losreißen kann, ein Doppelleben führe. Jetzt tue ich Ihnen leid, und Sie verstehen mich, aber Sie werden anders fühlen. Sie werden sehen, Weißkäppchen!«

Ich setze mich auf und nehme ihre Hand, die ich an mein Gesicht lege.

»Sie steht mir ... verwandtschaftlich näher als Sie.«

Weißkäppchen zieht unwillkürlich ihre Hand mit einer heftigen Bewegung zurück und macht große Augen.

»Sie?«

»Ja, sie! Sie ist mir widerwärtig, ich hasse sie, aber sie steht mir verwandtschaftlich näher.«

»Das verstehe ich nicht.«

»Auch ich versteh das nicht. Aber ich empfinde so. Sie ist meine richtige Frau, so ist es. Verstehen Sie? Sie kann mir niemals fremd werden, solange mein Sohn bei ihr ist. Vielleicht ist das eine Psychose, irgend etwas Krankhaftes, aber die ganze Zeit über ist das meine tiefste Überzeugung. Und das ist es, was mich zornig macht. Ich könnte sie einfach erschlagen!«

Ich stehe auf und laufe im Zimmer hin und her.

»Auch wenn Sie sie erschlagen, bleiben Sie der Vater dieses Kindes«, sagt Weißkäppchen matt mit düsterer Stimme.

Ich bleibe auf der Stelle stehen und schaudere vor Schreck.

»Was wollen Sie damit sagen?«

Weißkäppchen wird blaß.

»Nichts Besonderes. Ich will sagen, daß Sie dadurch die Frage nicht lösen werden.«

Weißkäppchen spricht weiter, aber ich höre schon nicht mehr zu. Ja, trotzdem bleibe ich der Vater dieses Kindes. Das ist das Wesentliche. Das heißt: Erst, wenn ich kein Vater mehr bin, wird sich alles lösen.

Ich fühle, daß in diesem Augenblick eine Idee in mir geboren ist, die schon in mir lebt; ich kenne sie sogar, aber sie ist so furchtbar und absurd, daß ich sie nicht sehen und nicht bemerken will, ich fühle nur, daß durch ihre Geburt in mir alles seltsam ruhig geworden ist. Eine plötzliche, wachsame Stille ist eingetreten, da ist weder Zorn noch Empörung noch Haß; alles hat sich zerstreut, sich verborgen, und auf der leeren Stelle macht sich allmählich etwas Dunkles, Undeutliches und Beängstigendes breit.

Ich gehe schnell zu Weißkäppchen, ergreife ihre Hände, setze sie aufs Kanapee und nehme selbst neben ihr Platz.

»Na, Schluß damit! Gott mit ihm! Es wird schon irgendwie werden. Ich habe natürlich Dummheiten gesagt. Soll ruhig alles so bleiben, wie es ist! Wir sind stärker. Stimmt's? Das wird uns nicht auseinanderbringen. Das nicht!«

»Ich weiß nicht!« antwortet Weißkäppchen schroff und verabschiedet sich. »Ich möchte nicht begleitet werden. Ich möchte nicht, sage ich!«

Aha, das ist es also! Natürlich! So muß es sein!

›Trotzdem bleiben Sie der Vater dieses Kindes.‹

Erschrocken springe ich auf, ziehe mich eilig an und gehe aus dem Haus. Ich muß mich so schnell wie möglich zerstreuen und beruhigen, muß an irgend etwas anderes denken.

Ich überlege, wohin ich gehen könnte. Zu den Sosnyzkys? O nein! Zu Panas Pawlowytsch? Bestimmt nicht!

Überall lauern diese Andrikos, diese Dimas, diese sichtbaren und geheimen Ketten. Ich gehe die Straße entlang, blicke in die Fenster und stelle mir mit Widerwillen Ehepaare dahinter vor, die durch ihre Kinder aneinandergekettet sind, die sich gegenseitig schlagen, sich bedrohen, vergewaltigen, stöhnen, sich gegenseitig ins Gesicht spucken und die Augen auskratzen. Und je länger diese Kette ist, desto größer sind Apathie und Hoffnungslosigkeit, desto mehr werden diese Kränkungen und Beleidigungen zur Gewohnheit, desto gleichgültiger werden sie hingenommen.

Ja, so wäre es natürlich am allerbesten: Klawdija muß unverzüglich weg aus dieser Stadt! Sie bekommt Geld, wird fürs weitere sichergestellt, und die Frage ist gelöst. Wenn das Kind heranwächst, kann ich seine Erziehung von fern verfolgen und es sogar für einige Zeit zu mir nehmen. Aber sie müssen unverzüglich weg von hier!

Etwas früher als gewöhnlich gehe ich zu Klawdija. Ich werde düster, wachsam und feindselig empfangen. Als sich jedoch herausstellt, daß ich meine gestrigen Absichten aufgegeben habe, tauen die Gesichter auf, wenn ich auch auf den Vorschlag, in eine andere Stadt überzusiedeln, keine Antwort erhalte. Und was wird mit Olja? Ohne Olja ist das unmöglich.

»Olha Petriwna kann sich versetzen lassen ...«

»Ja, aber das macht große Mühe ...«

Olha Petriwna muß zur Vorlesung, und wir bleiben zu zweit zurück. Klawdija schweigt. Kostja steht angezogen neben ihr und plärrt: Tante Olja hat versprochen, vor der Vorlesung mit ihm einen Spaziergang zu unternehmen, aber ich habe sie gestört, und jetzt ist der Spaziergang futsch. Mit dem ganzen Körper stützt er sich träge auf Klawdijas Knie und wiederholt in einem fort: »Ma-a-ma!«

Klawdija stößt ihn automatisch zurück und denkt nach, wobei sie zur Seite blickt.

»Nun, Klawdija, ich warte auf deine Entscheidung. Das ist die einzige Bedingung, die ich stelle. Mir scheint, sie ist erfüllbar ...«

»Weder der eine noch der andere hat einen Vater ...«, flüstert Klawdija bitter und schüttelt traurig den Kopf.

»Ma-a-ma! Ich will spazieren ge-e-hn!«

»Darüber wollen wir jetzt lieber nicht sprechen, Klawdija. Irgendwann einmal wirst du selbst sehen, daß ... Aber das ist alles gleich. Also, was ist? Na?«

»Ohne Olja kann ich nichts entscheiden.«

Kostja zerrt an ihrem Ärmel, schluchzt auf und stampft mit den Füßen.

»Mama, hörst du? ...«

»Ach, laß mich in Ruhe, in Gottes Namen! Was willst du noch? Was? ...«

»Ich will spazieren ge-e-hn!«

»Morgen gehst du. Tante Olja ist zur Vorlesung.«

»Führ du mich aus!«

»Ich werd dich gleich ausführen! Und wer bleibt bei Mika?«

Kostja blickt düster in meine Richtung und schweigt.

»Warum habt ihr noch kein Hausmädchen angestellt?«

»Olja sagt, das sei noch nicht nötig.«

Wieder diese Olja! Olja sagt, Olja will nicht, Olja läßt sich etwas einfallen!«

»Wie kann man mit einem Kind ohne Hausmädchen leben? Sparsamkeit ist gut, aber sie muß ihre Grenzen haben. Kostja kommt sicher niemals auf die Straße.«

»Ziemlich selten ...«

»Ma-a-ma!«

»Wirst du mich heute in Ruhe lassen?«

»Ich will spazieren ge-e-hn!«

»Ich kann ein halbes Stündchen hier sitzen bleiben. Mach einen Spaziergang mit ihm!« sage ich, um dieses »Mama« nicht mehr hören zu müssen.

Kostja lächelt verschämt und stürzt sich auf Klawdija, die er rüttelt und vom Stuhl zu ziehen versucht. Sie wird böse. Kostja beginnt zu plärren, und sie gibt nach.

»Wir gehen nicht weit. Wenn etwas ist, kommst du bloß an die Haustür! Er schläft.«

Sie zieht sich an, nimmt Kostja, der fröhlich umherspringt, an die Hand und geht mit ihm hinaus.

Ich bleibe allein. Bereits als sie sich angezogen hat, begann mein Herz heftiger zu schlagen. Als ihre Schritte verhallt sind und ich ins Zimmer trete, wird meine Erregung so groß, daß mir die Zunge im Mund festklebt und die Beine einzuknicken drohen. Aus irgendeinem Grund lausche ich wachsam, aber das Blut, das mir in den Kopf geschossen ist, macht in den Ohren solch einen Lärm, als kehre im Nachbarzimmer jemand den Fußboden rhythmisch mit einem Eisenbesen.

Was ist mit mir los? denke ich verwundert, gehe aber gleichzeitig auf Zehenspitzen an die halb geöffnete Tür des Schlafzimmers und lausche. Dort ist es still. Man hört, wie irgendwo im Zimmer eine Taschenuhr eilig mit feinem Klang tickt. Mehr nicht. Der Rand der weiß eingehüllten Wiege ist zu sehen. Hier liegt auch Kostjas Pferdchen mit der grauen Mähne herum, das keine Ohren mehr hat.

Meine Erregung wächst. Ich lausche an der Wohnungstür; dann schleiche ich mich ins Schlafzimmer. Und in dem Moment, in dem ich dort eintrete, scheint mich jemand von hinten in den Rücken zu stoßen, ich gehe eilig zum Fenster, rüttele am Griff und öffne erst eine, dann die andere Lüftungsklappe. Das erschöpft mich so, daß ich mich aufs Fensterbrett setze und einige Zeit, schwer atmend, so sitzen bleibe.

Durchs Fenster sehe ich die neblig gelben Vierecke des Nachbarhauses und den trüben Glanz der Stadt. Augenblicklich strömt eine dichte Welle kalter Luft dampfend ins Zimmer und bewegt den Rand des Tuches, mit dem die Wiege bedeckt ist. Meine Haare bewegen sich, und Wind bläst mir ins Gesicht.

Sofort hustet und niest es in der Wiege. Ich zucke zusammen und erstarre, dann hebe ich den Kopf und ziehe mich mit ganzer Kraft am Fenstergriff hoch. Mein Herz klopft mit unverminderter Stärke, es schlägt häufig, schnell und deutlich.

Wieder leichtes Husten oder Weinen. Ich höre nichts, denn in den Ohren ist ein fürchterliches Sausen. Auf Zehenspitzen gehe ich ans Bettchen. Jetzt ist es auch hier bereits kalt. Eine graue, breite Frostwelle wälzt sich unmittelbar auf mich zu. Ich hebe die Decke an und lausche. Es ist still. Ich habe bereits den Eindruck, er sei gestorben, ich beuge mich erschrocken über ihn und berühre mit der Hand den dunklen Fleck des kleinen Gesichts. Es ist warm, nur die Nase ist kalt und frostig. Und gleich beginnt winselndes Geschrei.

Genug!

Ich laufe zum Fenster und schließe die Lüftungsklappen. Im Zimmer ist es kalt. Mit zitternden Fingern ziehe ich die Decke zurecht und schaue mich um, ob ich auch nichts vergessen und keine Spuren meiner Anwesenheit hinterlassen habe, und gehe dann ins erste Zimmer.

Hier erst fällt mir auf, daß ich schon die ganze Zeit meine Kiefer so fest zusammenpresse, daß es weh tut. Dann lege ich mich aufs Kanapee und atme schwer.

Als es klingelt, gehe ich ohne Eile in den Korridor und öffne die Tür.

»Hat er geweint?«

»Nein!«

Mein Mund ist trocken und klebrig, die Beine zittern. Ich befürchte, Klawdija könnte im Zimmer drin etwas auf meinem Gesicht bemerken, und verabschiede mich aus diesem Grund sofort. Sie dankt mir, daß ich geblieben bin, und Kostja tut das ebenfalls, weil sie es ihm wohl vorher beigebracht hat.

»Und unser Gespräch werden wir morgen fortführcn . . .«

»Gut!« antwortet Klawdija leise.

Die Treppen hinunter und dann nach Hause gehe ich halb in Trance. Ich habe weder Angst noch Mitleid – keinerlei Gefühlsregungen, ich fühle und sehe alles wie durch einen Nebelschleier. Vor meinem Haus fällt mir ein, daß Weißkäppchen jetzt bei mir sein kann.

Ich kehre um und gehe ziellos durch die Straßen. Auf dem Chrestschatyk schlägt mich das grelle, blendende Licht des Kinematographen in seinen Bann. Mit vielen anderen gehe ich hinein, kaufe mir eine Karte und sitze lange im Saal. Die stummen, flimmernden Bilder auf der Leinwand, die lautlosen Dramen eines absurden, erfundenen Lebens gefallen mir. Den Inhalt verstehe ich nicht, aber ich verfolge interessiert, wie sich die Figuren schweigend die Arme brechen, wie sie fürchterliche Augen machen und sich gegenseitig etwas zuflüstern. Und währenddessen spielt eine melancholisch kalte und seelenlose Musik, die ebenfalls stumm zu sein scheint.

Dann gehe ich bereits mit Netschyporenko den Chrestschatyk entlang. Er erzählt mir etwas, und ich antworte ihm. Wir brechen einen Streit über Kooperativgenossenschaften und über Marxismus vom Zaum. Netschyporenko ereifert sich und scheint sich zu rechtfertigen. Ich rede ruhig, sicher und verhalte mich ihm gegenüber nachsichtig. Und das gefällt mir. Vor meinem inneren Auge stehen, wie die Spielkarten nach einem langen Spiel, die ganze Zeit über das Fenster mit der geöffneten Lüftungsklappe, die wirre, graue Frostwelle, die weiße Wiege. Ununterbrochen, in wechselnder Reihenfolge schwimmt bald das eine, bald das andere Bild in den Vordergrund, um dann wieder zu verschwinden und erneut aufzutauchen.

Und da sitze ich schon in Netschyporenkos Zimmer. An den Wänden kleben viele Postkarten mit den Porträts von Schriftstellern und Staatsmännern. Darunter hängt ein Rechenbrett. An Stelle des Schreibtischs steht ein Spieltischchen. Wie bei Klawdija ist alles mit Tüchern ausgeschmückt, sowohl unten wie auch an den Wänden. Ein sauberes, sorgfältig und liebevoll aufgeräumtes Zimmerchen. Hier, bei sich zu Hause, ist Netschyporenko einfacher, selbstsicherer und irgendwie sympathischer.

Wir streiten uns die ganze Zeit über. Hinter der Tür raschelt und flüstert es, leises Kinderlachen ist zu hören. Dann kommen dort zwei Mädchen heraus – mit blauen Augen, blauen Schleifchen in den flachsblonden Zöpfen und blauen Kleidchen. Ihr Lachen ist klar und etwas verschämt; sich gegenseitig an den Händen haltend, gehen sie zu ihrem Vater und schauen mich dabei von der Seite her an.

»Meine Töchter«, sagt Netschyporenko, und in seiner Stimme klingen neue Töne an, die ich noch nie bei ihm gehört habe, weder auf Versammlungen noch bei Streitgesprächen, und seine Augen bekommen einen guten, ja fast schönen Ausdruck.

Und wieder bin ich auf der Straße. Vor Augen stehen mir das Pferdchen mit den abgebissenen Ohren und die Frostwelle. Um nicht ins Grübeln zu kommen und schneller einzuschlafen, gehe ich in die Apotheke und bitte um irgendein Schlafpulver. Gleich auf der Straße neben der Apotheke schlucke ich eine trockene Kapsel, die mir in der Kehle kratzt, und nehme mir eine Droschke. Als ich meine Wohnung betrete, schwanke ich bereits vor Müdigkeit, und einige Minuten später schlafe ich wie betrunken ein.

Den ganzen Morgen über warte ich angespannt auf etwas. Nach jedem Klingeln erstarre ich und schaue Mykola, der mir die Besucher meldet, wohl ziemlich seltsam an, denn der beginnt mich erstaunt zu mustern.

Nach dem Schlafpulver habe ich einen schweren Kopf,

und die ganze Zeit lang ist mir ein bißchen übel. Jeden Moment stört mich etwas anderes, mich auf die Arbeit zu konzentrieren. Im Gericht habe ich heute nichts zu tun, aber ich gehe dennoch hin, irre die Korridore entlang, wobei ich mich in Gespräche der Kollegen einmische, und gehe sogar in einen Saal hinein, in dem gerade eine Verhandlung stattfindet. Aber überall langweile ich mich nach kurzer Zeit, es ist, als hätte mir jemand mit der Schere das Interesse abgeschnitten.

Es schlägt drei. Schnell ziehe ich mich an und renne fast auf die Straße hinaus. Die Treppen in Klawdijas Haus haste ich hoch, wobei ich auf jedem Absatz haltmache und tief durchatme. Es riecht nach Petroleum, nach Katern und nach Feuchtigkeit, die Treppen sind vollgespuckt, und mir wird davon fast übel, und das Atmen fällt schwer.

Vor der zerkratzten Tür bleibe ich lange stehen, mir fehlt die Kraft zu klingeln. Ich stelle mir nichts Bestimmtes vor, ich weiß nicht, was drinnen passiert ist, ich weiß nur, daß sich jetzt alles entscheiden wird.

Entschlossen und kräftig ziehe ich am Klingelgriff. Im selben Moment höre ich schnelle, leichte Schritte. Der Schlüssel dreht sich lange im Schloß. Die Tür geht auf. Ich trete ein, wobei ich mich bemühe, Klawdija nicht anzusehen, und lege umständlich ab. Als mir einfällt, daß ich nicht gegrüßt habe, sage ich gegen die Wand: »Guten Tag! Ich komme direkt vom Gericht.«

Klawdija antwortet nicht, und ihr Schweigen bringt mich zum Erstarren. Trotz allem kann ich ihr Gesicht nicht sehen, und ich frage ruhig, während ich ins Zimmer trete: »Ist Olha Petriwna zu Hause?«

»Nein. Sie hat noch Unterricht. Wir dachten, du kämst später . . .«

In der Wohnung ist es still wie immer. Im vorderen Zimmer baut Kostja auf dem Fußboden aus Bausteinen ein Tor. Es riecht spürbar nach Medikamenten. Olha ist im Unterricht. Kostja spielt. Ich blicke Klawdija an. Mit düsterem, ruhigem Gesicht fragt sie mich leise: »Trinkst du Tee?«

»Ja sicher, ich trinke ein Glas.«

Kostja kommt artig zu mir, begrüßt mich und fragt, den Kopf auf die linke Schulter geneigt, vorsorglich lächelnd: »Werden Sie auch heute bei Mika bleiben?«

«Kostja, geh uns nicht auf die Nerven!«

»Ich gehe niemandem auf die Nerven, Mama, ich frage bloß.«

»Warum nicht, ich kann auch heute bei ihm sitzen bleiben . . .«, sage ich lächelnd.

Kostja stößt einen leichten Schrei aus und läuft auf die Wand zu – es sieht so aus, als wolle er an ihr hochspringen.

»Es ist gut, Kostja, du wirst Mika wecken! Kostja, du gehst nicht spazieren! Geh spielen!«

Kostja geht leise, gebeugt und nach wie vor mit demselben Lächeln zu seinen Bausteinen, wobei er mich anblickt, mit übersteigertem Eifer stellt er die Steine hin und her, murmelt etwas und sieht mich dabei immer noch an.

Ermattet lasse ich mich gegen die Rückenlehne des Kanapees fallen und schließe die Augen. Jetzt brauche ich mich nicht mehr in der Gewalt zu haben.

»Hast du Kopfschmerzen? Soll ich dir Phenazetin geben?« fragt Klawdija ebenso düster.

Ich schüttele den Kopf.

»Ich bin etwas müde.«

»Ich bring dir gleich Tee.«

Klawdija geht in die Küche und kommt unmittelbar darauf mit einem Tablett zurück, auf dem der bekannte Teekessel, eine Tasse und ein Glas stehen.

Ich fühle mich lächerlich betrogen. Für den gestrigen

Abend, für das Schlafpulver und den inneren, stillen Schrecken, der sich in mir festgesetzt hat und den ich erst jetzt bemerke, schäme ich mich.

Aber gleichzeitig fühle ich mich leicht und frei, es ist, als habe man eine Blase geöffnet, ich kann denken, mich bewegen und sprechen. Das Zimmer beginnt mir allmählich lieb zu werden. Der bekannte Teekessel streckt seine blaue, glänzende Tülle so lustig und herausfordernd in die Höhe! Und den gestrigen Abend hat es wohl überhaupt nicht gegeben, ich habe mir alles nur ausgedacht, so daß es nicht einmal Grund zum Schämen gibt, und wenn wirklich einer da ist, so ist das auch nicht schlimm.

»Na, was meint Olha Petriwna zu einem Umzug nach außerhalb?« frage ich laut und halte dabei das Glas in der Hand.

Klawdija Petriwna sieht mich etwas verwundert an und antwortet zurückhaltend.

»Sie will selbst mit dir darüber sprechen.«

»Und wann gewährt sie mir diese Audienz?«

»Sie ist um acht zu Hause.«

»Oho! Da muß ich ziemlich lange warten. Aber im Prinzip ist sie damit einverstanden?«

Klawdija rührt mit dem Löffel im Teeglas, schweigt und fragt schließlich aufgeregt: »Weshalb stellst du diese Bedingung? Widert dich unsere Anwesenheit an?«

Sobald ich ihre Aufregung spüre, verzieht sich das Gefühl von Leichtigkeit und Freiheit in mir wie Zigarettenrauch, den man mit der Hand wegwedelt.

»Deshalb, weil es für dich, für das Kind und für mich besser sein wird«, sage ich mit Nachdruck.

Und dieser Nachdruck, der auf etwas Schweres und Drohendes hindeutet, erschreckt mich selbst. Klawdija richtet verständnislos die Gläser ihres Pincenez' auf mich.

»Was soll das?« flüstert sie.

»Es soll genau das, was ich sage. Und ich sage es im Ernst, Klawdija. Erklären werde ich nichts; irgendwann einmal erzähle ich dir's vielleicht. Aber jetzt bitte ich dich, gebe dir den guten Rat: Fahr lieber so schnell wie möglich.«

Verwirrt läßt sie ihre Augen verständnislos über mich gleiten, als suche sie die Stelle, an der die Lösung meiner Worte verborgen ist.

»Was kann passieren?«

»Passieren kann nichts Besonderes, aber wir dürfen uns nicht mehr sehen, das könnte unsere Beziehungen erschweren.«

Klawdija lächelt bitter, sie beginnt schweigend ihren Tee zu schlürfen, wobei sie sich über die Tasse beugt.

»Ich kann mein Leben nicht von deinen Stimmungen abhängig machen!« sagt sie plötzlich abgehackt, wobei sie sich wieder aufregt. Deutlich steigt Röte in ihre Wangen, die wie aufgetragen wirkt.

»Hier geht es nicht um Stimmungen, Klawdija, sondern ...«

»Nein, das ist eine Stimmung! Heute willst du oder irgend jemand anders dort, daß wir von hier wegfahren, und morgen sollen wir wieder herkommen. Ich kann nicht im Winter mit einem so kleinen Kind sonstwohin fahren, in Hotels wohnen und mich auf Bahnhöfen herumtreiben.«

»Wir brauchen überhaupt keine Hotels! Olha Petriwna kann vorausfahren, alles vorbereiten, und du kommst dann in die fertige Wohnung.«

»Ach, das sagst du nur so!«

»Nun, du mußt es ja wissen!«

So ist das also! Nun gut! Du glaubst nicht, daß es so besser sein wird? Hervorragend! Du wirst dich schon davon überzeugen. Du möchtest dich festsaugen, hast

Angst, daß dir das aus der Ferne nicht gelingt. Na, dann wirst du eben hier dein blaues Wunder erleben!

Ich schweige und trinke langsam meinen Tee. Die gestrige Erregung kehrt erneut zurück. Sie widert mich an, aber ich widersetze mich ihr nicht und will sogar, daß sie möglichst bald wieder ganz Besitz von mir ergreift – es ist, als ob alle meine Gedanken und Gefühle allmählich im Dunst verschwimmen.

»Na denn, ich bestehe nicht nachdrücklich darauf«, sage ich, und dabei kommt es mir so vor, als klinge meine Stimme sehr dumpf, wie durch einen Mantel hindurch. Klawdija starrt noch genauso in ihre Tasse.

»Und du hast vielleicht sogar recht, das Kind kann sich erkälten. Ich befürchte, daß es sich auch in dieser Wohnung erkälten wird, hier ist es zu feucht.«

Klawdija betrachtet die Blasen an den Tapeten, die Zimmerecken, und sie nickt besorgt mit dem Kopf.

»Die Wohnung ist furchtbar feucht. Für ein Kind ist das sehr schädlich. Möchtest du noch Tee?«

»Danke, nein!«

»Was soll das? Du trinkst doch gerne Tee. Ich bring dir starken.«

»Nein, danke. Ja, ihr müßt die Wohnung unverzüglich wechseln. Nun, ich habe wohl lange genug gewartet. Ich muß gehen.«

Da springt Kostja, der mit seinen Bausteinen sehr beschäftigt zu sein schien, hastig auf und schaut die Mutter flehend an.

»Ma-a-ma! Und spazierenge-e-hn?«

»Du gehst dann mit Tante Olja.«

»Schö-ön! Und sie wird sagen, sie ist müde ...«

»Ich kann auch heute bleiben, wenn du willst. Eine halbe Stunde habe ich noch Zeit.«

»Aber vielleicht hast du es eilig?«

»Nein nein, Mama, Jakiw Wassyljowytsch hat es nicht

eilig! Ich werde keine Eiszapfen in den Mund nehmen, Mama, ich gebe dir mein großes Versprechen; zieh dich nur schnell an.«

In freudiger Erregung spricht er ganz schnell, er greift nach seinen Gamaschen und den Handschuhen, drückt sie Klawdija in die Hände und zappelt ungeduldig mit den Füßen.

Aber Klawdija zögert, sie wagt es noch nicht und zieht Kostja langsam und träge an, während sie mich anschaut. Ich fühle, daß ich noch einmal entschlossen meinen Wunsch, bei Mika zu bleiben, betonen muß. Aber ich bin dazu nicht in der Lage, und ich warte darauf, daß sie gleich sagen wird: Nein, Jakiw Wassyljowytsch hat es eilig, wir gehen ein andermal, wenn Tante Olja kommt. Dann werde ich aufstehen und meiner Wege gehen.

Und hier nun sage ich mir deutlich: Das ist der Augenblick, in dem du selbst ein Urteil über dich fällst – so oder so. Wähle!«

Und ich möchte gern, daß sie so schnell wie möglich gehen.

Plötzlich hört Klawdija auf, die Gamaschen zuzuknöpfen, sie steht auf und sagt zu Kostja: »Kostja, ich hab etwas vergessen: Ich muß schnell Mika stillen.«

»E-e-e!« Kostja bricht in Weinen aus und setzt sich auf den Fußboden, wobei er mit den Beinen strampelt.

»Wenn du brüllst, Kostja, sperr ich dich in die Küche!«

Ich sitze seltsam willenlos und erstarrt da.

»Kostja, du wirst Mika wecken! Schluß, sage ich dir.«

»Mika! Mika! Immer nur Mika! Du hast es mir versprochen! E-e!«

Ich fasse einen Entschluß.

»Mußt du ihn denn gleich jetzt stillen? Eine halbe Stunde wird das doch Zeit haben. Und Kostja braucht ein bißchen frische Luft.«

Kostja beruhigt sich und sieht die Mutter wachsam,, noch mit Tränen in den Augen an.

Klawdija sagt schüchtern: »Aber dir ist es vielleicht unangenehm, mit dem Kind allein zu bleiben?«

»Warum denn? Im Gegenteil. Ich setze mich und lese etwas.«

»Na gut!«

Sowohl Kostja wie auch sie selbst verändern sich sofort, sie ziehen sich schnell und fröhlich weiter an. Sie hat sich davon überzeugt, daß ich gern bei Mika bleibe.

»Wenn du willst, kannst du dich dorthin, neben ihn setzen, da ist es wärmer . . .«, schlägt sie mir naiv vor. »Er hat einen festen Schlaf, er wacht nicht auf, hab keine Angst!«

»Ja, ich setze mich dorthin.«

Erneut schließe ich hinter ihnen die Tür und höre, wie sie munter plaudernd die Treppe hinuntergehen. Heute bin ich nicht vor Erregung schwach. Alles in mir scheint die Zähne zusammengepreßt zu haben.

Ich gehe festen Schrittes ins Schlafzimmer und lausche dort noch einmal. Still. Irgendwo wird mit einer Tür geschlagen; jemand geht nach oben; schwach klingt das Gebimmel der Straßenbahnen herein, als ob Mükken surren. Wieder tickt die Uhr schnell und geschäftig. Winterliche Abenddämmerung schaut durchs Fenster.

Ich beuge mich über die Wiege und nehme vorsichtig die Decke hoch. In der Wiege liegt ein winzig kleines Gesicht, das sich dunkel vom weißen Bettzeug abhebt, unbeweglich und friedlich da.

In mir zuckt etwas zusammen, wovon ich sofort schwach werde. Unsagbar ekele ich mich vor dem, was ich tun muß, und dieses Gefühl steigt in meinem Inneren empor und paralysiert meine Hände. Ich kann sie nicht anheben und bleibe so über dem Kind stehen. Dann setze ich mich kraftlos auf einen Stuhl und atme tief durch.

Oben fällt etwas um, und Fußgetrappel ist zu hören. Ich stehe auf, presse die Zähne zusammen, beuge mich über die Wiege und beginne schnell und entschlossen, ihn auszuwickeln. Er ist so eingepackt, daß ich überhaupt kein Ende finden kann. Das Gesichtchen liegt unbeweglich da. Meine Hände fangen zu zittern an; ich mühe mich immer verbissener ab.

Jetzt ist eine Schale entfernt. Ich spüre die Wärme der Windeln und einen süßlich scharfen Geruch; dann fühle ich etwas Feuchtes, und der Geruch wird stärker. Angestrengt versuche ich mir zu merken, wie die Windeln zusammengelegt waren, damit ich sie dann wieder genauso legen kann. Ich schaue Mika an und ... begegne zwei geöffneten Äuglein. Im Dämmerlicht erscheinen sie mir groß und verständig, als würden sie mich fragend und mißtrauisch beobachten, als wollten sie sagen: Was machst du denn hier?

Ich wickele noch hastiger, meine Besessenheit nimmt zu. Im Kopf lärmt und rauscht es. Ich richte mich auf, lausche und laufe zur Lüftungsklappe. Zusammen mit einem Kälteknäuel dringt entfernter Stadtlärm und der einsame Glockenschlag von irgendeiner Kirche ins Zimmer.

In der Wiege beginnt es zu schnaufen und gellend zu schreien. Ich laufe wieder zu dem Kind und nehme den warmen und von unten feuchten Körper, der einen scharfen und süßen Geruch verbreitet, vorsichtig auf meine Arme. Er windet sich in meinen Händen, und ich habe Angst, daß das Köpfchen an den Wiegenrand stößt. Das Schnaufen und Schreien hört auf – Mika scheint sich zu wundern oder darauf zu warten, daß man ihn gleich an die Brust legen wird. Ich drücke ihn an mich und gehe mit ihm zur Lüftungsklappe direkt unter die eisige Strömung, die jäh ins Zimmer eindringt. Die Kälte schneidet in mein Gesicht, der Körper zuckt in meinen Händen, und mit diesem Zucken wirbeln Schmerz und Abscheu in mich hinein.

Aber meine Besessenheit geht bereits in trunkene Quälerei über, und ich hebe das Kind nach oben, unmittelbar an die Lüftungsklappe. Einen Moment lang wird es ruhig, dann krümmt es sich und beginnt durchdringend zu schreien. Mit den Zähnen hebe ich das Hemdchen auf der kleinen Brust hoch und bemühe mich, die Brust in den Luftstrom zu halten.

Ich weiß nicht, wie lang ich so dastehe. Mir werden die Hände kalt. Der kleine Körper ermattet. Das Geschrei bricht öfter ab. Ich stehe mit geschlossenen Augen und wild zusammengepreßten Kiefern da.

Schließlich fällt mir ein, daß ich ihn in die Wiege zurücklegen muß. Ich gehe wie ein Betrunkener, schwanke und lege ihn hin. Der kleine Körper zittert ganz leicht, und ich sehe die Augen, die mit echt menschlichem Schreck auf mich gerichtet sind.

Ich nehme die Windeln, verwirre und zerknittere sie, reiße sie wieder auseinander und weiß nicht, wie ich sie zusammenlegen soll. Entsetzen ergreift mich und solch eine Abscheu, daß ich einen Moment lang bereit bin, auf die Straße hinauszulaufen, mich hinzuschmeißen und zu brüllen: Schlagt mich, trampelt auf mir herum, spuckt mich an!

Ich greife nach den erstarrten, ergeben daliegenden Händchen, hauche sie an, reibe und küsse sie, dann mache ich mich wieder über die Windeln her, die jetzt vollends ineinander verwickelt sind, und der kleine Körper zittert ganz zart und wimmert bang. Da nehme ich ihn heraus, lege ihn aufs Bett und beschäftige mich erneut mit den Windeln.

Und durch die Lüftungsklappe wälzt sich die ganze

Zeit über in grauen Schwaden die Kälte. Ich bemerke das nicht. Die Dämmerung ist dichter geworden, und ich wühle im Finstern fieberhaft in den Windeln herum. Endlich habe ich sie irgendwie ausgebreitet, und ich lege Mika darauf. Er wimmert bereits nicht mehr, er zittert nur und stöhnt leise. Und in seinen Augen liegt immer noch derselbe Schreck. Ich wickele ihn in die kalten und feuchten Windeln, dann beginne ich sein kaltes Gesicht, die Händchen und das Köpfchen zu küssen. Nachdem ich das Tuch um ihn geschlagen habe, schaue ich mich um; ich sehe die geöffnete Lüftungsklappe und stürze wie toll zu ihr. Ich weiß: Wenn jetzt Klawdija kommt, werde ich ihr alles erzählen, ich habe keinen anderen Ausweg, ich will sogar, daß sie so schnell wie möglich kommt.

An die Wiege fürchte ich mich heranzutreten, und ich lehne mich stehend mit dem Rücken gegen die Wand. Ich habe Angst, Mika bewegt sich kaum hörbar, und er röchelt häufig.

Plötzlich ertönt laut und durchdringend die Klingel. Ich bewege mich nicht, aber ich habe das Gefühl zu laufen. Das Schweigen zieht sich entsetzlich lange hin. Und wieder klingelt es. Ich gehe langsam in den Korridor und öffne. Klawdija Petriwna tritt schnell ein, blickt mich an und fragt ängstlich: »Was ist passiert?«

Ich antworte gleichmäßig und leise, worüber ich mich selbst wundere: »Nichts! Mika hat zu weinen angefangen, ich wollte die Windeln wechseln, habe sie aber durcheinandergebracht. Er ist ganz und gar feucht.«

»Um Himmels willen! Er kann sich erkälten!« schreit sie erschrocken auf und reißt den Mantel herunter. Dann läuft sie zum Ofen und wärmt ihre Hände und sich selbst.

»In Gottes Namen, mach die Lampe an! Wie hast du das bloß im Dunklen getan?«

Ich zünde die Lampe an. Klawdija stürzt ins Schlafzimmer, und ich höre, wie sie aufschreit. Ich eile zu ihr.

»Er ist ja ganz kalt, wie Eis! Du hast ihm die Füßchen nicht zugedeckt! Hier ist es verdreht. Oh, Herr im Himmel! Mein Mika! Mein Kindchen, du meine Liebe! Was hat das zu bedeuten? Warum hast du ihn angerührt?«

»Er hat geweint.«

»Du hättest mich rufen sollen ... Er röchelt und hustet. Oh, Herr im Himmel! Herr im Himmel! Was hat das alles zu bedeuten? Und er zittert ja am ganzen Körper!«

Ich kann nicht mehr stehen und setze mich auf einen Stuhl. Klawdija nimmt Mika aus der Wiege, befreit ihn von den feuchten Windeln und wickelt ihn in das Tuch ein.

»Gib deinen Pelz her, in Gottes Namen! Schneller!«

Ich laufe in den Korridor und bringe den Pelz.

»Leg ihn aufs Bett! Breite ihn aus!«

Wir wickeln das Kind in den Pelz und kommen dabei beide ins Keuchen. Klawdija legt ihre Lippen jeden Moment an Mikas Gesicht und sagt: »Ganz kalt! Er hat sich erkältet.«

Ich schweige die ganze Zeit über. Ich möchte aufheulen, vor diesem sanften, stillen, kalten Gesicht auf die Knie fallen und es gierig, unter Schluchzen küssen. Aber ich habe nicht einmal den Mut, es anzusehen, um nicht seinen Augen zu begegnen.

»Wie kann man so etwas tun! Du hättest wenigstens trockene Windeln nehmen müssen! Aber du hast ihn ausgewickelt und ihn wieder in die feuchten gelegt.«

Ihre Stimme klingt schon nicht mehr so ängstlich und unruhig.

»Ich muß ihn schnell stillen, das wird ihn aufwärmen. Hilf mir, ihn auf meine Knie zu legen!«

Ich helfe. Klawdija knöpft ihr Kleid auf, ohne sich dabei zu schämen, und nimmt eine Brust heraus. Sofort beginnt er gierig und schnell zu saugen.

Ich gehe ins erste Zimmer. In einem Lichtstreifen auf dem Fußboden sitzt der noch angezogene Kostja mit einem großen Bonbon zwischen den Zähnen – er baut etwas aus seinen Steinen. Ich setze mich hin und stütze mich mit dem Ellbogen auf den Tisch. Von Zeit zu Zeit höre ich aus dem Schlafzimmer Mikas Niesen und seinen leichten Husten.

»Ja, er hat sich erkältet!« sagt Klawdija jedes Mal. Und mit jedem Niesen wächst die Besorgnis in ihrer Stimme.

Dann höre ich, wie sie hin und her geht und die Windeln am Ofen warm macht, wie sie Mika wickelt und sich dabei immer wieder durch Küsse, Seufzer und durch besorgte, zärtliche Ausrufe unterbricht. Und ich denke stumpf und apathisch daran, was morgen sein wird, was sie morgen sagen und tun wird.

Mika schläft ein, und Klawdija kommt mit meinem Pelz und der Lampe zu uns heraus. Mein Aussehen ruft wohl Mitgefühl bei ihr hervor.

»Es ist alles gut, er ist eingeschlafen ...«, sagt sie beruhigend. »Wir brauchen uns nicht übermäßig zu beunruhigen. Irgendwie wird es schon werden! Die Erkältung vergeht sicher bald. Die Nase läuft schon. Das erschreckt mich am allermeisten: Alles geht so schnell! Und die ganze Zeit über ist er kalt. Aber das macht nichts, er wird schon warm werden, Gott geb's, daß alles vorbeigeht! Kinder sind für eine Erkältung furchtbar empfänglich.«

Ich sage nichts und stecke mir eine Zigarette an.

»Dir stehen die Haare zu Berge ...«, bemerkt Klawdija. Ich nehme meinen Kamm heraus und kämme mich. Dann stehe ich auf und sage träge: »Ich muß gehen. Sollte etwas sein, gib mir sofort Nachricht!«

»Gut! Kommst du morgen?«

»Ja, selbstverständlich!«

»Sorg dich nicht allzu sehr! Kinder erkälten sich immer schnell.«

Sie begleitet mich bis zur Tür und drückt mir fest die Hand. Als sie »Bis morgen!« und »Sorg dich nicht!« sagt, scheint mir in ihrem Gesicht eine stille Freude aufzuleuchten.

Auf der Treppe lächele ich unwillkürlich. Und je weiter ich mich von ihnen entferne, desto stärker durchdringt mich dieses Lächeln.

Ich gehe zu Fuß nach Hause, ohne daß das Lächeln von meinen Lippen schwindet. Sowohl der gestrige Tag wie auch der heutige sind mir bereits furchtbar fern, sie scheinen sich vor langer Zeit abgespielt zu haben. Ich denke an Weißkäppchen, aber auch sie ist mir jetzt so fern, fremd und gleichgültig.

Sie begrüßt mich im Vorzimmer. Ich grüße ebenfalls und gehe langsam ins Arbeitszimmer. Weißkäppchen betrachtet mich aufmerksam.

»Wo waren Sie?« fragt sie besorgt.

»Bei Klawdija.«

»Was ist jetzt wieder passiert? Warum sind Sie gestern nicht gekommen?«

Ich schweige und sage dann leise: »Darüber müssen wir nicht reden.«

»Warum nicht?«

»Übrigens – nein: Wir müssen schon darüber reden!«

Und während ich meine gleichmäßige, monotone Stimme irgendwoher von der Seite zu hören scheine, berichte ich, was sich gestern und heute zugetragen hat. Erschrocken hört sie zu, wobei sie mich nicht zu unterbrechen wagt. Als ich schließlich erzähle, wie er auf meinen Händen unter der Lüftungsklappe lag, krümme ich mich vor Abscheu und möchte am liebsten nichts mehr damit zu tun haben. Ich kann nicht weitersprechen.

»Mit einem Wort: Jetzt ist Schluß damit...«, sage ich und verstumme.

Auch Weißkäppchen schweigt. Die Augen fallen mir zu, und mir wird wieder übel, so wie gestern. Ich denke an die Worte des Apothekers, daß Veronal auch am zweiten Abend wirkt. Das sage ich Weißkäppchen und lege mich aufs Kanapee. Im selben Augenblick schlafe ich ein, es ist, als falle ich in süße Ohnmacht.

Von einem inneren Schlag wache ich auf, und ich setze mich aufrecht hin. Mir scheint, es habe jemand laut und erregt geklingelt.

»Was ist Ihnen?« fragt Weißkäppchen erschrocken, sie erhebt sich auch aus dem Sessel.

»Hat es nicht geklingelt?«

»Nein, ich habe nichts gehört.«

Ringsum ist es still, von der Straße dringt kein Laut herein.

»Wie spät ist es?« Ich schaue auf die Uhr: Es ist vier Minuten nach vier. Ich nehme an, daß die Uhr stehengeblieben ist, und halte sie an mein Ohr – sie geht.

»Seltsam! Wie spät ist es?«

»Es ist wohl bald Morgen«, sagt Weißkäppchen leise.

»Und Sie sind nicht weggegangen?«

»Nein!«

»Warum nicht? ...«

»Ich ... habe darauf gewartet, daß Sie aufwachen.«

Ihr Gesicht sieht bläulich, blaß und gequält aus, jetzt hat es keine kindlichen Züge mehr.

Ich stehe auf und beginne im Zimmer hin und her zu laufen.

»Eigentlich bin ich gestern zu Ihnen gekommen, um mich zu verabschieden«, sagt sie plötzlich leise. »Aber Sie sind eingeschlafen ...«

»Verabschieden?«

»Ich wollte Kiew verlassen.«

»Warum?«

»Um Ihnen nicht im Wege zu sein und ... um Sie nicht zu quälen. Ich habe angenommen, Sie könnten sich nicht überwinden, und das würde immer zwischen uns stehen. Sie würden sich quälen, und bei uns käme nichts heraus. Nicht das Leben, das wir ... leben wollten. Und aus diesem Grund wollte ich wegfahren.«

»Und jetzt?«

»Und jetzt? Was hat das jetzt für einen Sinn? Jetzt weiß ich überhaupt nichts mehr. Alles ist so furchtbar und ... In mir ist alles abgestorben. Entschuldigen Sie, ich bin sehr müde. Darf ich mich hinlegen?«

»Ach, verzeihen Sie, selbstverständlich!«

Ich stürze hinaus, um Mykola zu wecken, und ohne auf Weißkäppchens Proteste zu achten, machen wir ihr ein richtiges Bett auf dem Kanapee. Als Mykola gegangen ist, küsse ich Weißkäppchens Hand, verabschiede mich und frage noch einmal: »Also werden Sie jetzt nicht fahren?«

Und sie antwortet noch einmal: »Was hat das jetzt für einen Sinn?«

Gegen zehn Uhr morgens fahre ich mit Weißkäppchen zu Klawdija. Weißkäppchen wird draußen warten, und ich gehe hinein, bringe die Neuigkeiten in Erfahrung und komme wieder heraus, um ihr alles zu sagen. Ich muß sicherlich dortbleiben, und sie fährt dann nach Hause. Über gestern reden wir nicht, aber ich merke, daß sie alles akzeptiert, und jetzt fahren wir gemeinsam.

Als wir den Schlitten verlassen und ich bereits in den Hausflur gehen will, hält mich Weißkäppchen zurück, sie ist sehr aufgeregt und will etwas sagen, aber dann sagt sie doch nichts und stößt mich leicht von sich weg.

Vor Klawdijas Wohnungstür wird mir so schwach, daß ich automatisch die Hand aufs Herz lege, das die ganze Zeit über zu zerspringen droht. Mir ist, als werde ich nicht die Kraft zum Klingeln finden. Und dennoch reiße ich sofort am Griff. Hinter der Tür verhallt der langgezogene Klingelton, und gleich kommt jemand den Korridor entlanggelaufen.

Auf der Schwelle steht Olha Petriwna, sie macht ein erschrockenes Gesicht. Als sie mich sieht, schreit sie verwundert und erleichtert auf: »Sie sind das? Oh, Herr im Himmel, ich habe gedacht: Es brennt, die Polizei! Weshalb tun Sie das? Was ist passiert?«

Verständnislos schaue ich sie an. Ihre Worte und ihr ganzes Aussehen beeindrucken mich so stark, daß ich vor der Tür stehenbleibe und schweige.

»Was ist denn mit Ihnen? Jakiw Wassyljowytsch ...« Sie erschrickt. »Kommen Sie doch herein, in Gottes Namen! Was ist passiert?«

»Wie geht es Mika?«

»Alles in Ordnung!« Sie wundert sich immer mehr. »So kommen Sie doch herein, es wird kalt!«

Automatisch trete ich ein. Klawdija kommt uns entgegengelaufen, sie ist ebenfalls erschrocken und rückt eilig ihr Pincenez zurecht. Sie hat die Haare gelöst, die ihr in einer dichten, schönen Welle auf die Schultern und die Brust fallen.

»Was? Was ist los?!«

Ich spüre tödliche Spannung und Verzweiflung, dabei bemühe ich mich zu lächeln und sage: »Nichts ist passiert! Ich bin gekommen, um nach Mika zu sehen. Ist er gesund?«

»Herr im Himmel!« Klawdija lacht. »Gesund ist er, gesund! Eine kleine Erkältung, er niest noch ein bißchen, aber er hat kein Fieber, und auch sonst fehlt ihm nichts. Willst du ihn sehen? Er schläft nicht.«

»Nein, danke, ich muß schnell ins Gericht. Ich bin nur für einen Moment gekommen, um mich zu erkundigen, wie es ihm geht. Ich habe mir große Sorgen gemacht. Entschuldigen Sie! Dann ...«

Ich murmele noch etwas und schiebe mich schnell seitlich aus der Tür, ohne mich zu verabschieden und sie anzusehen. Eine von ihnen schaut mir noch lange hinterher, und die Tür wird erst nach einer ganzen Weile geschlossen.

»Er ist gesund ...«, sagte ich, als ich zu Weißkäppchen komme.

Sie versteht mich nicht.

»Wieso gesund? ... Wer?«

»Er! Gesund und munter! Nur eine kleine Erkältung.«

Wir gehen schweigend die Straße hinauf: ich etwas vor ihr, sie hinter mir; bedrückt, vernichtet, verspottet.

»In Maupassants Erzählung war das leichter ...«, sage ich mit einem Lachen. »O nein!« schrie ich plötzlich über die ganze Straße und schwenke meinen Stock durch die Luft. Weißkäppchen hält mich erschrocken an der Hand fest, aber ich reiße mich los und will umkehren. Die Passanten schauen uns verwundert und beeindruckt an.

»Jakiw Wyssyljowytsch, lassen Sie das! Kommen Sie doch zur Besinnung!« sagt Weißkäppchen leise, während sie meine Hand festhält.

»Nein, lassen Sie mich! Lassen Sie mich, Weißkäppchen! Ich kann nicht. Ich kann so nicht. Lassen Sie mich los!«

»Gut, ich lasse sie los; gut, aber warten Sie doch! Sagen Sie mir, was Sie tun wollen? Fuhrmann!« ruft sie. »Warten Sie, lassen Sie das! Setzen Sie sich, wir fahren ein bißchen durch die Stadt! Setzen Sie sich doch, das ist peinlich, man sieht schon auf uns!«

Ich beiße mir die Lippe blutig und setze mich in den Schlitten.

»Geradeaus!« sagt Weißkäppchen zu dem Kutscher.

Blinder Wahn spricht aus meinen Augen: Ich möchte losbrüllen und jemanden schlagen, mit den Fäusten ins Gesicht und in die Augen, schlagen, treten, beißen.

»Nein, ich kann nicht, ich muß! Ich . . .«

»Ruhig, ruhig, mein Lieber, ruhig!« Weißkäppchen streichelt rasch meine Hand und steckt sie dann zu sich in den Muff. Und sobald ich nur den Mund aufmachen will, sagt sie zärtlich und mitleidsvoll: »Laß das, das ist nicht nötig«, streichelt meine Hand und drückt sich an mich. Auf wundersame Weise beruhigt mich das. Und ich komme allmählich wieder zur Besinnung.

Lange noch fahren wir schweigend durch die Straßen, und schließlich läßt Weißkäppchen den Kutscher vor ihrem Haus halten. Ich will nicht mit zu ihr gehen, aber sie bittet mich mit derselben zärtlichen, unnachgiebigen Stimme, und ich füge mich.

»Haben Sie keine Angst, Sie werden in meinem Zimmer sitzen. Ich rede nur kurz mit Marussja, und dann behelligt uns niemand mehr.«

Ich schäme mich, sogar physisch empfinde ich diese Scham. Ob Weißkäppchen das versteht oder nicht, weiß ich nicht; sie spricht mich zumindest nicht an, sie schaut nicht zu mir herüber und schreibt lange an irgendwelchen Briefen. Vielleicht tut sie nur so, als ob sie schreibt?

Irgend etwas treibt mich plötzlich hoch, ich springe auf.

»Ich gehe! Leben Sie wohl!«

Weißkäppchen hört augenblicklich mit Schreiben auf, kommt zu mir gelaufen und faßt mich an der Hand.

»Wohin? Wohin wollen Sie denn? Das muß nicht sein, mein Lieber, lassen Sie das!«

»Lassen Sie mich, Weißkäppchen! Lassen Sie mich! Jetzt gehe ich. Ich muß mein Märchen retten.«

»Was für ein Märchen? Mein Lieber, mein Bester, Sie sind krank, das muß nicht sein! Das ist Wahnsinn! Das geht so nicht! Wir werden es anders machen. Mein Lieber, Guter, das muß nicht sein!«

»Nein, Weißkäppchen, ich kann nicht. Ich muß. So können wir nicht leben. Und Sie verstehen das selbst am besten. Ich muß wenigstens einmal etwas zu Ende bringen. Sonst . . .«

Ich reiße meine Hand los und gehe.

Aufrecht sitze ich in der Droschke. Unterwegs mache ich mir Gedanken, wie ich vorgehen werde. Klawdija will, daß ich mit dem Kind allein bleibe. Ungeachtet des gestrigen Vorfalls wird sie auch heute spazierengehen. Wenn sie nicht von selbst geht, muß ich es unbedingt so einrichten, daß sie geht. Dann bringe ich »ihn« tüchtig zum Schwitzen und halte ihn dann unter die Lüftungsklappe. Gut wäre es, wenn sie heißes Wasser hätten. Zuerst werfe ich ihn in heißes Wasser, dann halte ich ihn unter den Wasserhahn und anschließend unter die Lüftungsklappe. Ich muß ihn lange so halten und Durchzug machen, wenn das möglich ist.

Für einen Augenblick betrachte ich mich selbst von der Seite und erkenne mich mit einem Gefühl von Übelkeit und Entsetzen, aber dann verberge ich mich gleich wieder und durchdenke alles weiter – genau, detailliert und grausam.

Klawdija empfängt mich mit verborgener Freude, die ich an ihren fürsorglich übertriebenen Bewegungen, an ihrer ungezügelten Redelust und dem nervösen Lachen erkenne. Der unvermeidliche Tee erscheint, und während wir ihn trinken, berichtet sie von der letzten sorgenvollen Nacht und davon, was für ein ungewöhnliches

Kind Mika ist. Ich mache meine Bemerkungen und gebe ihr zu verstehen, daß auch ich mich sehr gesorgt habe. Sie erinnert mit ein paar Worten an meinen vorherigen Besuch und sagt noch einmal, daß er weder Fieber noch irgend etwas Ernsthaftes hat.

»Willst du ihn sehen?«

»Schläft er?«

»Ja!«

»Nein, ich werde dann bei ihm sitzen, wenn ihr spazierengeht.«

Klawdija verstummt aus irgendeinem Grund sofort und schweigt eine Weile, offenbar gefällt ihr meine Aufrichtigkeit.

»Kostja war heute schon draußen. Und ich fürchte ... Aber wenn du mit ihm allein sein willst, dann gehen wir ...«

»Ja, ich möchte gern ...«, sage ich.

Klawdija blickt mich an, gerät dabei merklich in Erregung und räumt eilig das Geschirr auf. Kostja sitzt schon auf dem Fußboden und schnauft über seinen Gamaschen.

Zum drittenmal mache ich die Tür hinter ihnen zu.

Im Schlafzimmer ist es noch hell. Wie Spinnengewebe klebt der Frost an den Fensterscheiben. Auf dem Fensterbrett steht eine gelbe Pfütze vom Eis. Der Rahmen der Lüftungsklappe ist, wie mit Schimmel, mit samtweichem Reif überzogen. Ein weißes Tuch hüllt die Wiege ein.

Ich gehe in die Küche. Auf der Platte steht ein großer, blauer Kessel mit heißem, sauberem Wasser. In der Ecke steht auch die kleine Badewanne, die mit einem Tuch zugedeckt ist. Ich gehe ins Schlafzimmer zurück. Als ich an der Kommode vorbeigehe, schaue ich automatisch in den großen, runden Spiegel. Ich sehe ein längliches Gesicht mit einer Entennase und einem langen Kinn, das von einem Spitzbart geziert wird. Unter den Brauen blicken finstere und grausame kleine Augen hervor. Mein Gesicht ist mir fremd und unangenehm.

Ich lächele und gehe auf Zehenspitzen zum Bettchen. Vorsichtig lege ich die Decke zurück und beuge mich darüber. Die bekannte süßliche Milchwärme eines Babys schlägt mir ins Gesicht; als Antwort darauf durchzuckt etwas Unangenehmes meinen Körper, aber ich presse die Zähne fest aufeinander und mache mich an dem Tuch zu schaffen, während ich von der Seite her das ernsthaft ruhige, rosafarbene, wimpernlose Gesichtchen mit dem länglichen Kinn betrachte. Es bewegt sich, die Lippen beginnen zu schmatzen. Und plötzlich öffnen sich die Augen, sie schauen mich direkt an. Und ich erkenne in ihnen denselben Schrecken wie gestern. Einen deutlichen, animalischen Schrecken. Das kleine Gesicht verzieht sich und bricht in durchdringendes Schreien aus.

Irgendeine starke Kraft von außerhalb wirft mich plötzlich zurück. Ich wanke auf die Wand zu und bleibe dort stehen.

In der Wiege ist es still, er scheint dazuliegen und mit angehaltenem Atem zu lauschen. Wankend nähere ich mich auf Zehenspitzen. Die Augen sind geschlossen, auf seinem kleinen Gesicht breitet sich wieder sanfte Bedeutsamkeit aus. Wie Ausrufezeichen liegen die schwarzen Haare auf der hohen Stirn. Auf *meiner* Stirn. Die Unterlippe hat er unter die Oberlippe gezogen, und daher rührt der Ausdruck von Bedeutsamkeit und Ernsthaftigkeit. Ich habe Angst, mich zu bewegen, damit er nicht die Augen aufmacht. Und ich möchte gern, daß er sie ohne Schreck und ohne Schreien öffnet!

Ich beuge mich über ihn und berühre mit dem Finger vorsichtig seine zärtlich seidenweiche Wange. Von dieser Berührung durchströmt mich eine warme Welle, so zärtlich wie diese Wange, und meine Beine werden weich. Wenn er sich doch bloß vor mir nicht fürchten würde!

Ich streiche mit der Hand über seine kleine Stirn und sage ganz automatisch und leise: »Mika!« Das Köpfchen bewegt sich unter meiner Hand, die Augen öffnen sich und werden sofort breit und rund.

»Mika! Mika!« sage ich und spüre selbst, wie sich mein Gesicht schmerzhaft verzieht.

Er schreit durchdringend, aber ich greife verzweifelt nach ihm, nehme ihn aus der Wiege heraus und drücke ihn fest an meine Brust, als wolle ich ihn vor jemandem schützen. Er schreit weiter, aber ich trage ihn durch das Zimmer und murmele die zärtlichsten Worte, die ich in meinem Leben kenne, und drücke ihn fest an mich.

Aus diesem Zustand reißt mich Klawdijas Klingeln heraus. Ich lege Mika in die Wiege und öffne die Tür. Das Schreien hört man bis in den Korridor. Klawdija erschrickt.

»Mein Gott! Ist wieder etwas mit ihm?«

»Nein, nein, überhaupt nichts. Heute ist überhaupt nichts. Ich habe ihn wohl etwas erschreckt. Nichts!«

Auf den Armen der Mutter wird er ruhig. Ich setze mich so hin, daß er mich nicht sehen kann. Dann nähere ich mich vorsichtig und beuge mich über ihn. Und mir scheint, daß sich seine Augen bereits davon erweitern. Das schmerzt mich, und ich trete zurück. Ich fühle bereits, daß jetzt alles ein Ende hat: die Lüftungsklappe, die erschrockenen Augen, dieses faltige, verzerrte Gesicht, mein Schmerz – das alles bindet mich für immer an sie. Jetzt ist Schluß, Weißkäppchen!

Als ich aus Klawdijas Haus herauskomme, bleibe ich lange unter der Laterne an der Straßenecke stehen. Einzelne Schneeflocken fallen und tauen auf meinem Gesicht. Ein stiller, bohrender Schreck sitzt in meiner Seele.

Dann gehe ich in einen Süßwarenladen und schreibe Weißkäppchen ein paar Worte.

»Ich habe es nicht fertiggebracht und werde es auch niemals fertigbringen. Entscheiden Sie!«

Aber im selben Augenblick streiche ich die Worte »Entscheiden Sie!« so aus, daß sie unleserlich werden, und klebe den Umschlag zu. Auf dem Chrestschatyk gebe ich den Brief einem Boten und erteile ihm den Auftrag, eine eventuelle Antwort bei mir abzuliefern. Selbst gehe ich nach Hause und lege mich dort mit demselben nicht endenwollenden, stillen Schrecken, der von irgendwoher herüberweht, aufs Kanapee. Bisweilen flammt blitzartig Verzweiflung auf, ich springe hoch, laufe im Zimmer hin und her und warte gespannt darauf, daß der Bote klingelt. Schließlich kommt er.

»Man hat mir aufgetragen zu sagen, daß man selbst kommen wird.«

Ich lege mich wieder hin und warte. Viel Zeit vergeht, aber ich bleibe liegen. Als es zwei Uhr in der Nacht schlägt, gehe ich ins Schlafzimmer und bleibe bis zum Morgen im Bett liegen, wobei ich mit trockenen, brennenden Augen zur Decke hinaufsehe und dabei flüstere: »Weißkäppchen, Weißkäppchen, Weißkäppchen!«

Am Morgen gibt mir Mykola einen Brief. Ich kenne bereits seinen Inhalt.

»Leben Sie wohl, Jakiw Wassyljowytsch! Wenn Sie diesen Brief lesen, werde ich schon nicht mehr in Kiew sein. Suchen Sie mich nicht! Es fällt mir sehr schwer. Aber so ist es besser. Ich werde immer an Sie denken. Danke für vieles! Es schmerzt tödlich. Ich kann nicht viel schreiben. Aber Sie verstehen alles auch so. Leben Sie wohl, mein Teuerster, Ärmster! Ihr Weißkäppchen.«

Mika wird vier Jahre. Seit diesem Weihnachtsfest trägt er bereits meinen Namen. Klawdija tut so, als sei die Trauung für sie eine unangenehme Notwendigkeit, und sie erklärt Olha Petriwna, daß eine echte Ehebeziehung nicht von der Trauung abhängig sei. Sonja ist mit ihr völlig einverstanden, sie hat uns aber dennoch auf ihre rührend-spöttische Art beglückwünscht. Alle sind von meinem so stark ausgeprägten moralischen Pflichtgefühl gerührt.

Panas Pawlowytsch lächelt zärtlich und bringt sich als Paten für den »neuen Nachfolger« ins Gespräch – Klawa ist im siebenten Monat.

Meine Angelegenheiten gehen gut. Ich habe zwei Assistenten, eine Gouvernante, eine große Wohnung und Erfolg im Spiel.

Klawa ist eine gute Frau, und ich bin zufrieden, daß ich mit ihr verheiratet bin. Aber wie sie jetzt lebt, weiß ich nicht, denn ich sehe sie sehr selten. Trotz allem schicke ich Netschyporenko Geld in die Verbannung, ich bemühe mich, daß Klawdija nichts merkt – ihr tut zwar das Geld nicht leid, aber sie ist besorgt, daß die Bekanntschaft mit solchen Leuten meiner Karriere schaden kann. Sie schreit nicht, sie weint nur. Ich ziehe dennoch vor, mir das nicht ansehen zu müssen, und schließe mich im Arbeitszimmer ein.

Über Weißkäppchen weiß ich fast gar nichts. Man sagt, sie sei in Moskau, singe bereits im Theater und lebe mit irgendeinem Künstler in ziviler Ehe.

Abends bin ich selten zu Hause. Wenn ich doch da bin, sitze ich mit Mika im Arbeitszimmer. Wir schließen uns ein, damit uns niemand stört. Ich erzähle ihm Märchen, von denen er eins besonders gern hört: das Märchen vom kleinen, lieben Mädchen »Weißkäppchen«.

ISBN 3-352-00479-X

1. Auflage 1994

Einbandgestaltung Bert Hülpüsch
Satz Dörlemann-Satz GmbH, Lemförde
Schrift 11/13p Stempel Garamond
Druck und Binden Wiener Verlag, Himberg
Printed in Austria